W0302876

DARKLANDER: Dunkles Verlangen
Band 1

Andra Leabhar

DARKLANDER: Dunkles Verlangen

MACHWERKE

DARKLANDER: Dunkel Verlangen
© MACHWERKE Verlag, Trier
1. Auflage, September 2019
Herstellung&Satz: MACHWERKE Verlag
© Cover und Umschlag: TRAUMSTOFF Buchdesign
Lektorat&Korrektorat: Stephanie Kempin
Druck&Bindung: Bookpress

ISBN 978-3-947361-14-4

info@machwerke-verlag.de
www.machwerke-verlag.de

*

Bibliografische Informationen der Deutschen Nationalbibliothek
Die Deutsche Nationalbibliothek verzeichnet diese Publikation in der Deutschen Nationalbibliografie; detaillierte bibliografische Daten sind im Internet über http://dnb.de abrufbar.

*

*

DISCLAIMER

*

Die erotische Darklander:Vampirreihe ist nur für Leser*innen über 18 Jahren gedacht und enthält explizite, möglicherweise verstörende Sprache und Szenen, ebenso wie Darstellungen von ungeschütztem Geschlechtsverkehr. Sollten Sie Probleme damit haben, sehen Sie bitte vom Lesen dieses MACHWERKES ab. Vom Nachahmen der im Buch aufgeführten Szenen rät der Verlag/die Autorin dringend ab. Für etwaige Schäden, die durch Nachahmungen entstehen könnten, übernimmt der Verlag/die Autorin keinerlei Verantwortung. Diese obliegt Ihnen ganz alleine. Gehen Sie bitte liebevoll und verantwortungsbewusst mit Ihren Mitmenschen und sich selbst um.

*

Wenn Ihnen diese Lektüre gefallen hat, dann empfehlen Sie sie bitte Ihren Freunden und Bekannten. So fördern Sie nicht bloß die Autorin, sondern auch eine fantastische Lesewelt.

Danke!

Kapitel 1

Schottland zeigte sich von seiner besten Seite. Ein böiger Wind trieb mir dunstige Luft ins Gesicht und längst war meine Kleidung klamm und kalt geworden. Solange ich nicht stehen blieb, fror ich nicht. Aber spätestens, wenn in gut einer halben Stunde die Sonne im Meer versinken würde und es dunkel wurde, würde ich mein Cape aus dem Rucksack holen müssen. Zum x-ten Mal verfluchte ich meine Nachlässigkeit, die Regenhose zu Hause gelassen zu haben. Auf ein paar Gramm mehr oder weniger in meinem Wandergepäck wäre es nicht angekommen. Und was das Modische betraf, war mir das auf meiner Reise egal. Die Schafe oder die zotteligen Highland-Rinder auf Skye interessierten sich kein bisschen für eine wandernde Touristin und hoben nur vereinzelt die hörnerbesetzten Köpfe, um dann sofort wieder weiterzugrasen. Seit Stunden war mir niemand begegnet. Meine Plastikhose hätte also niemanden beeindruckt, aber sie hätte mich wenigstens trocken gehalten. Ich seufzte und stapfte weiter. Es waren noch einige Meilen bis zur nächsten größeren Ortschaft.

In Kilmaluag gab es ein schickes Hotel mit Preisen, die meine Reisekasse arg strapazieren würden. Weniger weit entfernt gab es ein kostengünstiges B&B in Duneany, das ich jetzt ansteuerte. Die Internetseite des Buttercup B&Bs anzusehen, hatte ich mir bislang gespart. Ich war mit meinen vorab herausgesuchten Strecken und Unterkünften bisher immer gut gefahren. Warum sollte es heute also anders sein?

Es hatte angefangen zu regnen. Der Wind wehte kräftig und ließ die Regentropfen wie Nadelstiche auf meine Haut einprasseln. Ich hielt an einem Gatter an, durch das mein Weg weiterführte. Langsam atmete ich würzige Luft ein und genoss den Moment. Ich überlegte, ob ich trotz des Regens ein paar Fotos machen sollte, ließ es dann aber bleiben. Man würde ohnehin kaum etwas erkennen können. Ungemütliches Wetter hin oder her, die raue Schönheit der Natur war berauschend. Zur Meerseite hin fiel die Küste steil ab, weiter unten brandete das Meer gegen die Felsen, über allem tanzten Krähen. Den Vögeln schien das Wetter gerade recht zu sein. Sie ließen sich in den Himmel hinauftreiben und schossen dann wie Pfeile entlang des Cliffs zurück gen Meer. Dabei drehten sie kunstvolle Pirouetten. Ihr Krächzen übertönte selbst das Rauschen des Windes. Landeinwärts waren die sanften Hügel mit saftigem Grün bedeckt und wurden, ebenso wie die Umrisse eines Schlosses, vom Regen weich gezeichnet. Alles verschmolz zu einem organischen Ganzen, von dem auch ich längst ein Teil geworden war. Hier fühlte ich mich trotz aller Widrigkeiten wohl. Und es war mit ein Grund, warum ich Schottland liebte und immer wieder bereiste. Anders als zu Hause in der Zivilisation spürte ich hier, alleine in den Highlands, nicht bloß eine tiefe Verbundenheit zur Natur, sondern auch eine befriedigende Ruhe. Genau das Richtige, um den Akku wieder aufzuladen. Dafür war ich hergekommen. Allerdings wäre es mir lieber gewesen, ich wäre trocken geblieben. Ich nahm meinen Rucksack ab, kramte das Regencape hervor und zog es über. Es flatterte im Wind so sehr, dass ich es mir unter die Arme klemmen musste, damit es nicht fortflog.

Ich hörte den Mann nicht kommen, wohl aber das ferne Donnergrollen, das mir sagte, ich solle mich beeilen, wenn ich nicht als triefnasse Touristin den Teppich des B&Bs ruinieren wollte. Als ich aufsah, stand er einfach vor mir. Entweder hatte ich ihn überhört oder er hatte sich absichtlich angeschlichen. Mit einem überraschten Schrei sprang ich zurück und vergaß für einen Moment das Wetter. Das Cape klatschte mir prompt ins Gesicht. Ich hatte Mühe, es von meinem Kopf zu ziehen. Ich hörte den Mann lachen und wäre es nicht ein angenehmes Lachen gewesen, hätte ich mit einem gepfefferten Kommentar gekontert.

Mit seiner Hilfe schaffte ich es schließlich, das wild gewordene Cape zu bändigen.

„Das nächste Mal sollten Sie dieses Untier besser zu Hause lassen. Der Wind hier am Cliff ist tückisch. Und der Regen, nun ja, der Regen ist einfach nur Wasser." Sein Lächeln war so entzückend, dass ich es nicht vertreiben wollte. Ich versuchte, ebenso entzückend zurückzulächeln, und musterte ihn.

Vor mir stand ein waschechter Schotte im Kilt, wie man ihn von Filmen oder typischen Bildern von Folklore-Festen kannte. Sein weißes Hemd klebte an seinem Körper und ließ keinen Zweifel aufkommen, dass er durchtrainiert und muskulös war. Sehr zu meiner Verwunderung stand er barfuß vor mir. Als ich aufsah, blickte ich ihm direkt in die Augen. Ich fühlte mich ertappt und sah demonstrativ weg.

„Sie lieben wohl die Abgeschiedenheit", sagte er. „Es verirren sich selten Touristen in diese abgelegene Gegend. Erst recht keine allein reisenden Frauen. Die meisten bleiben auf den offiziellen Routen."

Sollte ich jetzt Angst haben? Hätte ein Mann in der fremden Stadt so etwas zu mir gesagt, hätte ich schleunigst das Weite gesucht. Hier aber fühlte ich mich genauso zu Hause, wie der beeindruckende Schotte vor mir.

„Ich habe keine Angst", antwortete ich. „Ich mag es, alleine zu sein."

„Sie sehen auch nicht aus wie eine Frau, die ängstlich ist." Seine dunklen Augen musterten mich kurz und hefteten sich dann wieder an die meinen. Seine angenehme Stimme hatte einen schweren schottischen Einschlag. Ich liebte diesen Akzent, seitdem ich ihn zum ersten Mal gehört hatte. Vor Ewigkeiten im Kino, in einer Originalaufführung von Braveheart. Ich wurde mir plötzlich bewusst, dass ich den Mann immer noch anstarrte. Nur mit Mühe konnte ich meinen Kopf drehen und stattdessen die Vögel beobachten. Sie zogen angriffslustig über unsere Köpfe hinweg. Ihr lautes Krächzen klang bedrohlich und ging mir durch Mark und Bein. Automatisch zog ich die Schultern hoch.

„Sie brauchen keine Angst vor den Tieren zu haben." Die schwarzen Augen des Schotten glänzten selbst im schwachen Grau des späten Nachmittages wie Diamanten, was sie magisch und geheimnisvoll erscheinen ließ. Mir gefiel das Lächeln darin, aber ich schämte mich ein wenig, dass ich ihn schon wieder anstarrte. Glücklicherweise schien es ihn nicht zu stören.

„Halten Sie mich bitte nicht für aufdringlich", meinte er höflich. „Hätten Sie vielleicht Lust, mir heute Abend beim Essen Gesellschaft zu leisten? Sie könnten auch in meinem Schloss nächtigen."

Ich machte wohl ein ziemlich verdutztes Gesicht, denn sofort fügte er entschuldigend hinzu: „Natürlich bloß, wenn Sie es wünschen. Ich möchte Sie zu nichts überreden, aber Sie sehen erschöpft aus und in nicht einmal einer Stunde wird es dunkel. Heute Abend wird heftiger Regen einsetzen und der Buttercup B&B in Duneany hat vor einigen Tagen wegen eines Wasserschadens schließen müssen. Sie müssten also bis Kilmaluag weitergehen." Er zuckte mit den Schultern und lächelte wieder. Weiße Zähne blitzten zwischen seinen vollen Lippen hervor.

Ich zögerte. Es gehörte sich nicht, sich von einem Wildfremden einladen zu lassen. Andererseits hatte ich ein gutes Gefühl. Sein Angebot wirkte herzlich und offen. Er schien mir nicht wie ein Mann, der auf eine Gelegenheit aus war, eine Frau in sein Bett zu locken.

Und wenn doch? Dann passiert, was passieren soll. Oder auch nicht. Hat er eben echt „bei mir nächtigen" gesagt?

Wortgewandt war er ja. Also wieso zögerte ich jetzt? Wenn das B&B tatsächlich geschlossen hatte, würde ich bis nach Kilmaluag laufen müssen. Dort wäre das Kings and Queens Hotel, das beim Bewertungsportal im Internet zwar als „Best Stay" ausgezeichnet war, dessen Zimmerpreise jedoch mein restliches Reisebudget sprengen würden. Dabei hatte ich mir extra für den letzten Tag vor dem Abflug noch etwas Besonderes ausgesucht und ich war nicht bereit, jetzt das Geld dafür bei einer ungeplanten, extravaganten Übernachtung zu verprassen. Eher schlief ich irgendwo in den Highlands in einer Scheune im Stroh.

„Ich könnte meinem Butler auftragen, Ihnen etwas Schmackhaftes zuzubereiten. Angeblich soll sein Stew außerordentlich delikat sein."

„Haben Sie ihn denn noch nicht probiert?", rutschte es mir heraus. Immerhin hatte ich meine Sprache wiedergefunden.

„Ich muss zu meiner Schande gestehen, dass ich ihn tatsächlich noch nicht gekostet habe. Ich mag kein Fleisch." Das Lächeln erreichte dieses Mal nicht seine Augen und er drehte sich leicht von mir weg. Eine kleine, unbedeutende Geste, die mir jedoch seltsam vorkam.

Ich überlegte kurz. Es könnte ja durchaus ein netter Abend werden. Und auf einen Marsch im Dunkeln, noch dazu bei Regen, hatte ich keine Lust. Ich hatte seit Stunden nichts mehr gegessen, und Durst hatte ich auch.

Wäre es noch früher am Tag gewesen, hätte ich mich möglicherweise anders entschieden. Aber ich wollte endlich aus den dreckigen Reiseklamotten raus. Die Aussicht auf ein kostenloses Dach über dem Kopf, vielleicht sogar eine heiße Dusche und der schmackhafte Stew eines mir unbekannten Butlers schienen mir plötzlich ein sehr verlockendes Angebot. Trotzdem war ich unentschlossen.

„Ich würde doch lieber erst im Buttercup B&B anrufen und mich vergewissern, dass sie geschlossen haben. Möglicherweise haben sie den Wasserschaden ja schneller behoben als erwartet. Ich möchte Ihnen ja nicht unnötig zur Last fallen."

Vielleicht war es bloß eine Finte. Andererseits … er sieht nicht aus, als würde er lügen.

„Natürlich." Er hob die Hand und deutete gen Norden. „Wenn Sie sich entscheiden sollten, mein Angebot anzunehmen, dann müssen Sie lediglich noch einen halben Kilometer den Weg entlanggehen. An der nächsten Abzweigung müssen Sie dann links hinauf zu Ballinmore Castle. Sie können es praktisch nicht verfehlen. Man sieht es bereits von hier aus auf der nächsten Bergkuppe."

„Stimmt, ich habe es gesehen, als es weniger stark geregnet hat. Ballinmore Castle, das klingt sehr malerisch."

„Das ist es. Es ist zwar ein wenig in die Jahre gekommen, aber immer noch beeindruckend." Er hielt mir die Hand hin.

Ich ergriff sie und erwartete, dass wir nun Hände schüttelten. Stattdessen legte er meine Finger behutsam in seine Linke, hob sie und deutete einen Handkuss an. Er sah nicht gleich wieder auf, sondern verharrte ein paar Sekunden über unseren Händen. Mich faszinierte diese altmodische Geste derart, dass ich wie hypnotisiert auf seinen dunklen Haarschopf sah und fast entzückt geseufzt hätte. Als er sich aufrichtete, ließ er meine Finger lasziv aus seiner Hand gleiten. Die sanften Berührungen unserer Fingerkuppen waren kleine Gefühlssensationen, und hätte es tatsächlich ein paar Funken gegeben, hätte ich mich nicht darüber gewundert.

Wir hielten Blickkontakt. Ich konnte nicht anders, ich musste ihn ansehen und studierte die feinen Linien in seinem makellosen Gesicht. Er war eine Spur zu blass, aber das mochte am schottischen Wetter liegen. Schwarze Wimpern umrahmten die tiefgründigen Augen. Die hohen Wangenknochen wirkten weder aufdringlich noch knochig. Sie und das kantige Kinn mit einem angedeuteten Grübchen gaben ihm genau das richtige Maß aristokratischen Ausdruckes. Ich mochte auch die Art, wie er sich rasiert hatte. Lange Koteletten und eine leichte Kontur um den hübschen Mund. Das brachte seine vollen Lippen bestens zur Geltung.

Er ließ meine erneute Musterung wortlos über sich ergehen. Ich seine auch. Sie war mir nicht unangenehm. Im Gegenteil. Ich spürte seine bewundernden Blicke auf mir, spürte sie prickelnd über meinen Hals hinabgleiten und zwischen meinen Brüsten verharren. Und ich erwischte mich dabei, mir zu wünschen, es mögen nicht seine Augen, sondern vielmehr seine feinen Hände sein, die mich berührten. Das Verlangen wuchs in mir, ohne dass ich es wollte. Ebenso unwillkürlich hoffte ich auf baldige Erlösung. Seine Worte waren vielversprechend. „Ich erwarte Sie", sagte er, verneigte sich leicht und trat einen Schritt zurück. Es war, als hätte mir jemand die Sonne genommen. Sofort fröstelte ich und rieb mir über die Oberarme. Dabei machte sich das Cape selbstständig und versperrte mir die Sicht. Es dauerte, bis ich es gebändigt hatte. „Wenn Sie warten, rufe ich gleich an", sagte ich, doch als ich wieder freie Sicht hatte, stand ich alleine auf der Wiese. Verwirrt sah ich mich um. Kein Mensch weit und breit. Auch kein Baum, hinter dem sich jemand verstecken konnte. Ich lehnte mich über die Mauer, doch auch dort war niemand. Wie hatte der Mann so schnell verschwinden können?

„Ich weiß noch nicht einmal Ihren Namen", sagte ich dem kalten Wind und mir war, als trüge er mir ein charmantes Lachen als Antwort heran.

Kapitel 2

Im Buttercup bestätigte man mir, dass man zurzeit keine Gäste aufnehmen könne und ich leider bis nach Kilma-luag weitergehen müsse. Ich entschied mich gegen das teure Kings and Queens Hotel und für Ballinmore Castle, das aus der Nähe betrachtet jedoch mehr Ruine denn Schloss war. Dafür thronte es auf einem Hügel, dessen Küste zur Meerseite hin steil abfiel. Auf einer umzäunten Koppel standen Pferde und ein paar Schafe. Eine Stute hatte ein Fohlen, das neugierig zu mir herüber trabte, dann aber mit einem Ruck abdrehte und wieder zu seiner Mutter zurück galoppierte. Ich stellte mich unter einen knorrigen Baum, der wenigstens etwas Regenschutz bot, und sah mich um. Das Nebengebäude schloss sich zur Landseite an Ballinmore Castle an. Es war, wie auch das Schloss, in keinem guten Zustand, jedoch schien das Dach erst kürzlich neu eingedeckt worden zu sein und der Vorplatz war sauber. Ein Traktor und andere Gerätschaften standen ordentlich in einem offenen Verschlag. Alles wirkte friedlich und verlassen. Lediglich ein gesatteltes Pferd stand angebunden neben dem Eingangstor zum Stall. Es schnaubte laut und warf ungeduldig den Kopf nach oben. „Ich komme ja schon, Holly", rief eine Stimme aus dem Stall und Sekunden später erschien ein Mann auf dem Platz. Er trug einen Eimer und eine Kiste, in der, wie ich vermutete, Putzzeug für das Pferd war. Da er mich nicht bemerkte, konnte ich ihm zusehen, wie er Eimer und Kiste abstellte und dem Tier einen Klaps auf die Flanke gab, damit es zur Seite ging.

„Jetzt stell dich nicht so an, Holly", sagte er in breitem schottischen Akzent. „Es ist doch immer das Gleiche. Das müsstest du doch mittlerweile begriffen haben, oder? Erst das Putzen, dann der Hafer."

Der Mann nahm dem Pferd den Sattel ab, verschwand damit im Stall und kehrte kurz darauf wieder zurück. Derweilen hatte sich das schlaue Pferd über den Eimer hergemacht.

„Lässt du das sein", schimpfte der Mann, hob den Kopf des Tieres aus dem Eimer und stellte den Hafer weiter weg. „Du verfressenes Biest, du!", lachte er und gab Holly einen Nasenstüber. Dafür knabberte sie ihm freundschaftlich in den Haaren und zerrupfte ihm die Frisur. Lachend band er sich die blonden Haare neu zum Zopf und begann mit seiner Arbeit.

Ich konnte nicht ewig hier stehen bleiben und trat aus meiner Deckung hervor. Der Weg führte auf einer Anhöhe am Stallvorplatz vorbei, sodass der Mann mich unweigerlich sehen musste. Als sein Kopf nach oben ruckte, winkte ich zu ihm hinüber. Sein Blick war alles andere als freundlich.

„Hier gibt es nichts zu sehen“, rief er entrüstet. „Das hier ist keine Touristenattraktion. Das hier ist Privatbesitz.“ Ich änderte meinen Kurs und steuerte auf ihn zu. „Hallo“, rief ich und winkte noch einmal.

Er warf sein Werkzeug beiseite und kam mit großen Schritten auf mich zu. „Haben Sie mich nicht gehört? Ich sagte, das hier ist Privatbesitz.“

Sein Verhalten hätte mich eingeschüchtert, hätte ich nicht einen guten Grund gehabt, hier zu sein.

„Guten Abend“, sagte ich betont freundlich. „Entschuldigung, dass ich hier einfach so vorbeikomme, aber ich wurde dazu eingeladen. Vermutlich von Ihrem Arbeitgeber.“

Sein Blick wurde finster.

Ich wurde misstrauisch und hielt an. „Möglicherweise war es der Besitzer des Schlosses?“, fragte ich unsicher. „In dem Schloss wohnt doch jemand, oder?“

Vielleicht war ich ja doch auf einen üblen Scherz reingefallen? Vielleicht hatte mich jemand hierher locken wollen, um dem Mann vor mir eins auszuwischen? Er sah zornig aus und die Muskeln seiner vor der Brust verschränkten Arme ließen keinen Zweifel daran, dass er mich nicht einfach so weitergehen lassen würde.

„Sind Sie vielleicht der Inhaber von diesem wunderschönen Schloss?“ Möglicherweise konnte ich ihn mit meiner Schmeichelei über die Ruine besänftigen.

Verdammt noch mal, dann war das womöglich doch nur ein Möchtegern-Braveheart? Ein verkleideter Typ, der sich einen Scherz erlaubt hat und eine kleine Touristin ins Bockshorn jagen wollte. Prima. Und ich bin auch noch darauf reingefal-

len. Wie konnte ich bloß auf die Idee kommen, so jemanden ernst zu nehmen? Keiner rennt doch heutzutage freiwillig im Kilt und noch dazu barfuß herum.

Der Gedanke an den Butler mit dem leckeren Stew, an eine warme Dusche und ein trockenes Plätzchen zum Schlafen hatte mich blind für das Offensichtliche gemacht. Als mein Gegenüber stumm blieb und mich weiterhin böse anfunkelte, gab ich auf und akzeptierte meine Niederlage. „Okay, wenn ich Ihnen jetzt sage, dass mir vorhin ein Schotte begegnet ist, also, ein richtiger Schotte in Kilt und Hemd und allem, außer Schuhen, dann würden Sie mich vermutlich zu Stew verarbeiten, oder?"

Frechheit siegt. Wenn schon Untergang, dann mit wehenden Fahnen.

„Und eben jener Mann hat mich für die Nacht hierher eingeladen und nur deshalb bin ich hier. Nicht, um mich auf Privatbesitz herumzutreiben. Eigentlich wollte ich nach Duneany, in den B&B, aber der hat leider geschlossen. Ich habe extra dort angerufen, um mich zu vergewissern, dass der Schotte mich nicht anlügt. Und ..."

„MacConnell", blaffte der Mann. Seine Miene war zwar mittlerweile nicht mehr ganz so grimmig, jedoch immer noch weit entfernt von gastfreundlich.

„Bitte?", fragte ich.

„MacConnell. So heißt der Besitzer von Ballinmore Castle. Der Schotte in Kilt und Hemd, der Sie angeblich eingeladen hat."

„Ich lüge nicht! Er hat mich eingeladen. Vorausgesetzt, wir reden von dem gleichen Schotten." Meine

Hoffnung wuchs und ich war erleichtert. Also doch kein Scherz? „Kennen Sie ihn? Wohnt er tatsächlich hier?“

„Ich arbeite hier“, sagte mein Gegenüber lediglich.

Ich seufzte. „Gut. Wenn das jetzt geklärt ist, darf ich dann weitergehen? Möglicherweise wartet Herr MacConnell auf mich.“

„*Lord* MacConnell. Wohl kaum.“

Seine Sturheit machte mich wütend. „Wohl doch“, blaffte ich zurück.

„Er hat noch nie jemanden eingeladen.“

„Vielleicht, weil Sie ihm mit ihrem gastfreundlichen Empfang alle Besucher vergraulen?“, konterte ich frech und starrte ihn genauso böse an wie er mich. Er antwortete nicht, sah aber als Erster weg.

Ha! Eins zu null für mich.

Mein Triumph fühlte sich gut an. Leider währte der Moment nur kurz.

In den Hünen kam plötzlich Bewegung. „Sie warten gefälligst hier.“ Er deutete auf meine Füße. „Keinen weiteren Schritt! Ich gehe hinein und frage nach.“ Er würdigte mich keines weiteren Blickes und stürmte Richtung Schloss. Dabei brummte er unentwegt vor sich hin. Ich bekam bloß Fetzen gälischer Wörter mit, aber es war auch so klar, dass er kein poetisches Gedicht zum Besten gab. Er stieg die Hintertreppe hinauf – wohl der Dienstboteneingang – und knallte die Tür laut und unmissverständlich hinter sich zu. Kurz überlegte ich, ob ich ihm dennoch folgen sollte, unterließ es dann aber. Immerhin bestand die Möglichkeit, dass Lord MacConnell gar nicht der Schotte war, der mich eingeladen hatte.

Ich war durchaus neugierig, aber Hausfriedensbruch zu begehen lag mir fern. Also wartete ich ab. Ich drückte mein Cape fester an mich und sah den Schafen und Pferden beim Nasswerden und beim gelangweilten Herumstehen zu. Irgendwie waren wir uns gerade ziemlich ähnlich, mit dem Unterschied, dass ich nicht sattgefressen war und mein Magen protestierte. Den letzten Müsliriegel hatte ich vor Stunden aufgebraucht, der nächste Take-away war Kilometer entfernt und Gras wollte ich nicht essen. Zumindest so lange nicht, bis ich wusste, ob nicht doch noch ein Stew zum Abendessen möglich war. Es dauerte gefühlt eine Ewigkeit, bis der Stallbursche endlich wiederkam.

Seine Stimme klang zwar freundlicher, doch der grimmige Gesichtsausdruck war der gleiche. „Lord MacConnell erwartet Sie", sagte er. „Aber nehmen Sie bloß den Vordereingang und warten Sie ab, bis Henk Ihnen die Tür aufmacht."

„Ich nehme an, Henk ist der Butler?"

„Beeilen Sie sich, bevor er es sich anders überlegt."

Er blieb mir die Erklärung schuldig, wen von beiden er damit meinte, und stiefelte zurück zum Stall. Ich nahm es mit Humor, schließlich erwarteten mich jetzt – hoffentlich – eine warme Stube, ein gutes Essen und nette Gesellschaft. Die Erinnerung an das Glitzern in den hübschen Augen des Schotten bereitete mir einen wohligen Schauer.

An der Eingangstür angekommen staunte ich. Sie als gewöhnliche Tür zu bezeichnen, war maßlos untertrieben. Der Eingang war ein imposantes Portal mit gut drei

Meter hohen Holzflügeln. Starke Eisenbeschläge hielten sie in Position. Und auch der Türklopfer war alles andere als gewöhnlich. Zwei fein gearbeitete Fledermäuse klammerten sich an einen Stab, den ich anheben und gegen eine runde Medaille schlagen konnte. Das Geräusch, das der Klopfer von sich gab, war leise und ich überlegte schon, ob ich kräftiger klopfen sollte, als sich einer der Türflügel langsam öffnete. Dahinter stand ein alter Mann im Anzug. Dem Anschein nach hatte ich Henk vor mir. Er nickte mir höflich zu, zog die Tür ganz auf und forderte mich mit einer schwungvollen Armbewegung auf, einzutreten. Wie man es von einem Butler erwartete, steckten seine Hände in weißen Handschuhen.

„Kommen Sie bitte herein, junge Dame", sagte er. Selbst seine Stimme klang wie die eines Butlers.

„Maryan Lecon", stellte ich mich vor und hielt ihm die Hand hin, die er erst kurz anschaute, bevor er sie ergriff. Sein Händedruck war sanft. Ich spürte, dass es ihm unangenehm war, und gab seine Hand schnell wieder frei.

„Angenehm, Sie kennenzulernen, Miss Lecon. Aber es ist nicht nötig, mir die Hand zu geben", sagte er und lächelte verhalten. „Ich bin Henk, der Butler. Bitte kommen Sie herein und reichen Sie mir Ihr Cape und Ihr Reisegepäck. Ich werde es sogleich in Ihr Zimmer bringen, derweilen Sie im Salon auf die Lordschaft warten."

„Lordschaft?" *Erst ein Schotte im Kilt, dann der Stallbursche, jetzt die Lordschaft. Und ich dachte, der Adel legt heutzutage keinen Wert mehr auf dieses Brimborium.*

Trotzdem musste ich mir eingestehen, dass ich es mochte. Es hatte etwas Märchenhaftes und Erhabenes und es hätte mich nicht gewundert, wenn gleich auch noch ein schwer bewaffneter Ritter aufgetaucht wäre. Bei diesem absurden Gedanken musste ich ein Kichern unterdrücken.

„Bitte. Ihr Cape und Ihr Reisegepäck“, sagte Henk und hielt mir zuvorkommend einen Arm als Kleiderständer entgegen.

Ich zog das Cape aus, unterdrückte den Impuls, es auszuschütteln, und hängte es über Henks Arm. Den Rucksack gab ich ihm in die andere Hand.

„Bitte, folgen Sie der Treppe nach oben und gehen Sie dann rechts. Die Türen zum Salon stehen offen“, sagte er. „Ich habe Ihnen den Kamin angezündet. Es wird aber noch einige Zeit brauchen, ehe es im Salon warm ist. Sobald der Stew vorbereitet ist, werde ich auch in Ihrem Schlafgemach das Kaminfeuer entfachen. Heute Nacht soll es ausgesprochen frostig werden.“

Unschlüssig stand ich in der großen Eingangshalle und zog schließlich meine nassen Schuhe aus. Henk war durch und durch Butler und schaute dezent zur Seite. Als ich zur ausladenden Treppe gehen wollte, gab er mir noch einen Hinweis.

„Lassen Sie sich Zeit, Miss Lecon. Sie dürfen sich gerne überall umschauen, jedoch sind Sie nicht befugt, Räume zu betreten, deren Türen geschlossen sind. Bitte merken Sie sich das.“

„Selbstverständlich“, antwortete ich. „Ich wäre nie auf die Idee gekommen, hier herumzuschnüffeln. Natürlich werde ich mich an Ihre Anweisung halten, Herr Henk.“

„Henk. Lediglich Henk, Miss Lecon. Ohne ‚Herr‘. Der Abort befindet sich rechts vom Salon.“

„Abort?“

„Die Toilette, Miss Lecon.“

„Oh, ja. Danke.“

Er verzog den Mund zu einem angedeuteten Lächeln und ging dann mit dem tropfenden Cape und meinem Rucksack in einen angrenzenden Raum, in dem ich die Garderobe vermutete.

Erstaunlicherweise wirkte Ballinmore Castle im Innern weitaus weniger baufällig, als es von außen den Eindruck erweckte. Was aber nicht heißen musste, dass es standsicher war. Möglicherweise waren manche Gebäudeteile des Schlosses durchaus sanierungsbedürftig und es war lebensgefährlich, sie zu betreten. Langsam lief ich durch die mit dickem Teppich ausgelegte Halle und nahm mir Zeit, die vielen Gemälde an der Wand zu studieren. Die großformatigen Ölbilder in schnörkeligen, goldenen Rahmen hingen in chronologischer Reihenfolge und waren mal mehr, mal weniger gut erhalten. Unter ihnen waren kleine Messingschildchen angebracht, die das Geburts- und Sterbejahr der Porträtierten angaben. Die Reihe reichte bis in die frühen 1500er Jahre zurück. Neben einigen Männern, die sich oft im Tartan und mit Hundemeute oder Pferden hatten malen lassen, gab es auch einige Frauen, die mit ausdrucksloser oder verkniffener Miene auf üppigen Sesseln thronten. Es war das übliche Sammelsurium von Ahnenbildern, wie man sie auch in anderen Schlössern fand. Zwei Bilder fehlten in der Reihe und die hellen rechteckigen Flecken, die noch von ihrer Abwesenheit zeugten, wirkten wie eine Anklage gegen all die anderen, die da sein durften. Unter einem hing noch das Messingschild, worauf der Name „Robert, Earl of Thee“ stand. Beim anderen fehlte hingegen das Schild, was ich bedauerte, denn es war das letzte Bild in der Reihe. Ich hätte gerne den jüngsten Spross der Familie in Augenschein genommen. Bestimmt hatte sich auch Lord MacConnell mit seinen Jagdhunden oder seinem Lieblingshengst in den Highlands malen lassen.

Vermutlich wurden die Bilder gerade restauriert, denn insgesamt machte die Ahnengalerie keinen guten Eindruck. Das Alter hatte die Farben nachdunkeln lassen und so war es kein Wunder, dass die Stimmung auf den Bildern eher düster und unheimlich war. Mit einer Ausnahme. Ein bemerkenswert schlichtes Bild in einem nüchternen, schwarzen Rahmen, schien vollkommen aus der Reihe zu fallen. Es zeigte eine Frau, die auf einem Sessel saß. Sie hielt ein aufgeschlagenes Buch in den Händen, und schien gerade darüber nachzusinnen, was sie gelesen hatte. Die Frau wirkte vollkommen entspannt und diese Ruhe hatte sich auch auf den Maler übertragen, denn die Komposition war mehr als gelungen. Wurde man im Allgemeinen von der Opulenz solcher Bilder erschlagen, war dieses hier in seiner Darstellung und Ausstattung klar, ja fast karg. Außer der Frau, dem Buch und der Andeutung einer Rückenlehne gab es kein

Detail, das von der Porträtierten ablenkte. Jeglicher Schnörkel fehlte, was den Liebreiz der Szenerie und die Magie des Momentes deutlich hervorhob. „Charlott de Burgh, 6. Duchesse of Clarence, 4. Countess of Ulster “ benötigte keinen zusätzlichen Zierrat, außer ihrem beeindruckenden Namen. Auf dem Messingschild stand ihr Geburtsjahr: 1795. Sie war eine bildhübsche, junge Frau mit gelocktem und zur Hochsteckfrisur drapiertem Haar. Einige vorwitzige Locken kringelten sich an ihren Schläfen, ihre Lippen waren zu einem zaghaften Lächeln geformt und die feine Nase wies einen süßen Schwung nach oben auf. Am ausdrucksvollsten fand ich jedoch die Augen. Ich konnte mich nicht entscheiden, ob ihr Blick direkt auf dem Betrachter lag oder ob er an ihm vorbei ins Unendliche ging. Ich tat ein paar Schritte nach rechts und links, bloß um festzustellen, dass mich ihr Blick verfolgte.

Ein wenig unheimlich ist das aber schon. Das ist wie eines dieser Bilder in Gruselfilmen. Fehlt bloß noch, dass sich jetzt gleich Löcher in den Augen auftun und mich jemand von der anderen Seite der Wand ausspioniert.

War es wirklich ein argloses, naives Lächeln? Oder lag da nicht vielmehr ein diabolischer Zug um Lady Charlotts Mundwinkel? Ich fröstelte.

Meine Güte. Das hier ist kein Geisterhaus. Das ist lediglich ein altes Schloss und eine gewöhnliche Ahnengalerie.

Mein Magen knurrte leise und erinnerte mich daran, was ich lange Zeit aufgeschoben hatte. Ich rieb mir über die Oberarme, die ganz kalt waren. Meine Kleidung war immer noch klamm und in der Eingangshalle war es nicht sonderlich warm. Ich nickte Lady Charlott ein letztes Mal zu und stieg, gefolgt von ihrem nicht zu deutenden Blick, die weit ausladende Treppe hinauf zum hoffentlich warmen Salon.

Kapitel 3

Im Salon herrschte eine angenehme Temperatur, was daran lag, dass auch hier der Raum mit dickem Teppich ausgelegt war. Vor dem brennenden Kamin standen zwei gemütliche Sofas, auf denen zahlreiche Kissen drapiert lagen. Zwar waren die Vorhänge der deckenhohen Fenstertüren offen, doch es kam kaum mehr Licht herein. Dennoch war der Blick auf das tosende Meer beeindruckend und ich konnte mir gut vorstellen, wie man hier auf dem Sofa sitzend Stunden damit zubringen konnte, nur hinaus auf den Horizont und den Ozean zu schauen. Wie wunderbar musste es sein, hier zu leben? Jeden Tag diesen Ausblick genießen zu können, fernab jeglichen Tagesgeschehens. Behütet in seinen eigenen vier Wänden, in seinem eigenen Fort? Oder fühlte man sich irgendwann gefangen und ausgegrenzt?

Eine Zeit lang wäre es vielleicht ganz schön, so zu leben. Aber ein Leben lang? Der Galerie nach zu schließen, konnte man annehmen, dass die Inhaber seit Generationen hier wohnten. Aber es war ja bekannt, dass viele Adlige oft mehrere Schlösser besaßen und gelegentlich wechselten. Je nach Laune, Jahreszeit oder Familienstand. Vielleicht lebten die modernen Besitzer ja auch gar nicht mehr hier, sondern in Edinburgh, Dundee oder Glasgow in einer hippen Appartementwohnung und kamen bloß wenige Tage oder Wochen zum Ausspannen hierher. Andererseits hatte der Schotte nicht nach Hipster ausgesehen. Er passte viel besser hierher, als in eine Großstadt.

Ich war gespannt, über welche Themen wir uns heute Abend unterhalten würden. Das Schloss und die Umgebung boten viele Möglichkeiten. Eintönig würde es sicherlich nicht werden. Es sei denn, er stellte sich als Langweiler heraus, aber das glaubte ich nicht.

Und wenn doch, dann schweigen wir uns eben die ganze Zeit an und genießen den Ausblick.

Ich nahm auf einem der Sofas Platz, versank in den weichen Kissen und sah mich weiter um. Neben mir auf dem Kaminsims stand eine goldene Uhr, die jedoch nicht tickte. Rechts und links davon standen seltsam geformte Kelche. Über allem hing das Ölgemälde einer Jagdszene. Es war eine jener deprimierenden Szenen, wie man sie von Schlössern dieser Art kannte. Jäger auf ihren Pferden, die nach der erfolgreichen Treibjagd triumphierend tote Füchse emporhielten, während unter ihnen zähnefletschend die Hundemeute versuchte, an die Beute heranzukommen. Ich fand diese Darstellungen widerlich und konnte nichts Schönes oder gar Sinnvolles darin erkennen, Tiere zum Spaß zu töten. Aber hier in den ruhigen Weiten der Highlands war das Leben eben ein anderes, als das in der beengten, lebhaften Stadt.

Hier prägte die Natur mit all ihren Facetten den Alltag. Und dazu gehörte für viele die traditionelle Parforcejagd, die glücklicherweise aber seit 2005 verboten war. Neben den Sofas und den kleinen Tischchen fand ich außer etwas Nippes und mehreren kleinen Stehlampen nichts Aufregendes. Flügeltüren mit kunstvollen Glasfüllungen führten in den angrenzenden Raum. Da die Türen jedoch verschlossen waren, konnte ich nur vermuten, dass sich dahinter eine Bibliothek befand. Ich glaubte, die Schemen dunkler Regale und einer Sitzgruppe auszumachen.

Die angenehme Wärme macht mich müde. Ich war durch das viele Laufen ohnehin erschöpft und hätte problemlos hier auf dem Sofa einschlafen können. Mühsam versuchte ich, mich wachzuhalten, und hoffte, dass mein Gastgeber nicht mehr allzu lange auf sich warten lassen würde. Es wäre peinlich, wenn er mich schlafend und womöglich schnarchend auf seiner Couch antreffen würde.

Andererseits, wer eine Wanderin nach einem langen Marsch auf einem kuschelig warmen Sofa warten lässt, der muss damit rechnen.

Ich unterdrückte ein Gähnen und schloss kurz die Augen. Das Prasseln des Feuers und der Regen, der in den letzten Minuten zugelegt hatte und nun gegen die Fensterscheiben schlug, wirkten einschläfernd. Als ich eine Berührung spürte, erschrak ich so sehr, dass ich quiekte und reflexartig aufsprang. Neben mir saß mein Gastgeber mit einem zauberhaften Lächeln auf den Lippen.

„Verflixt, Sie haben mich zu Tode erschreckt!“, rief ich und legte mir die Hand auf die Brust. „Wo kommen Sie denn so plötzlich her?“

„Entschuldigen Sie. Es war nicht meine Absicht, Sie zu erschrecken.“ Sein Lächeln verschwand nicht und mit einem leichten Nicken forderte er mich auf, mich wieder zu setzen. „Sie sind wohl eingenickt und haben mich nicht kommen hören. Ich habe sogar an die Tür geklopft, doch Sie haben nicht reagiert. Da bin ich einfach hereingekommen.“

Ich setzte mich mit einem gewissen Abstand zu ihm wieder aufs Sofa. Ich war mir sicher, nicht eingeschlafen zu sein. Ich hatte doch bloß ganz kurz die Augen zugemacht. Es waren maximal ein paar Sekunden gewesen, höchstens eine Minute, vielleicht auch zwei.

„Der Tag war anstrengend“, gab ich zu. „Und hier ist es so furchtbar gemütlich und warm. Außerdem ist das hier Ihr Schloss. Sie dürfen also kommen und gehen, wohin und wann Sie wollen.“ Ich erinnerte mich an meine Manieren. „Herzlichen Dank noch einmal für die großzügige Einladung.“ Ich hielt ihm eine Hand hin. „Ich hatte vorhin ganz versäumt, mich vorzustellen. Ich bin Maryan Lecon.“

Er zögerte kurz, ehe er mir die Hand gab. Sein Händedruck war kräftig, seine Hand aber ungewöhnlich kalt. Er bemerkte mein Erstaunen. „Ich komme gerade von draußen. Ich habe noch schnell nach den Pferden gesehen.“ Er log, das sah ich ihm sofort an.

„Ihren Mitarbeiter im Stall durfte ich vorhin schon kennenlernen. Ein äußerst netter, sympathischer Zeitgenosse."

Sein Lachen war herzlich. „Dann müssen Sie jemand anderen meinen. Eric Sanders ist ein sehr zuverlässiger, treuer Stallbursche und liebt Tiere über alles. Fremden gegenüber ist er aber in der Regel erst einmal abweisend. Oh." Er hob den Kopf, als höre er etwas. „Henk wird jeden Moment zum Essen rufen." Kaum hatte er ausgesprochen, hallte auch schon ein tiefer Gongschlag durchs Schloss. „Ihr Abendessen steht im Speisesaal bereit", sagte er. Er stand auf und streckte mir die Hand hin.

Ich ließ mir aufhelfen, auch wenn es unnötig war. Es war eine nette Geste, die ich schlecht abweisen konnte, ohne unhöflich zu wirken. Wieder fiel mir die Kälte seiner Hand auf, doch dieses Mal überraschte sie mich nicht mehr. Ich tolerierte es, dass er meine Hand auf seinen Arm legte und mich aus dem Salon hinaus zur Treppe führte. Wir schritten wie ein Brautpaar nebeneinander die Treppe hinunter ins Erdgeschoss. Fehlten bloß noch die Fanfaren oder Glockenklang. Ich schmunzelte.

„Vorhin trugen Sie einen Kilt", sagte ich, um die Stille auszufüllen, die lediglich von unseren durch den Teppich gedämpften Schritten untermalt wurde.

Er hielt auf der letzten Stufe an. Ich musste ein wenig den Kopf heben, um ihm in die Augen sehen zu können. Eine kleine Haarsträhne hatte sich aus seinem Zopf gelöst und in sein Gesicht geschmuggelt. Ich konnte gerade noch verhindern, dass sich meine Hand selbstständig machte, um sie wieder zurückzustecken.

„Ich trage ihn immer nur zu besonderen Gelegenheiten", sagte er. Er wandte den Blick nicht ab und machte keinerlei Anstalten weiterzugehen.

„Und heute war so eine besondere Gelegenheit?"

„Eine ganz besondere."

Ich spürte es zuerst in meinem Bauch. Dieses feine Zittern, wenn man glaubt, ein wichtiger Moment stünde bevor. Diese Aufregung, der Nervenkitzel und die Ungeduld, wann es endlich passieren würde. Würde er mich gleich am ersten Abend küssen? War er zu sehr Gentleman und würde abwarten? Oder wartete er auf ein Signal von mir? Ich kam ihm entgegen, beugte mich leicht zu ihm herüber und zuckte zurück, als jemand verkündete: „Der Stew steht im Speisesaal für Sie bereit, Miss Lecon."

Henk stand in der Halle und blickte völlig unbeeindruckt, auch wenn wir auf der Treppe sicherlich ein seltsames Bild abgeben mussten. Der Zauber war verflogen. „Den Stew von Henk sollte man nicht kalt werden lassen, Miss Lecon", sagte mein Gastgeber und führte mich in einen riesigen Saal, in dem einzig ein langer Tisch mit unzähligen Stühlen stand. Lediglich ein Platz war formvollendet mit Bestecken, Gläsern und Serviette eingedeckt. Er zog mir den Stuhl zurecht, wartete, bis ich mich setzte, und schob ihn mir dann langsam unter. „Sie müssen mich entschuldigen, aber ich werde nicht mitessen. Ich habe bereits gegessen."

Wieder eine Lüge.

Er setzte sich mir gegenüber an den Tisch.

„Ich erinnere mich." Ich nickte. „Sie erwähnten ja vorhin, dass sie kein Fleisch mögen."

Henk, der gerade mit einem Tablett hereinkam, hüstelte. Er stellte das Geschirr auf den Tisch, hob den Deckel und sofort verbreitete sich der Duft von Gebratenem in dunkler Soße. Mir lief augenblicklich das Wasser im Mund zusammen. Mein Magen reagierte prompt mit einem lauten Knurren. Beide Männer, sowohl Henk als auch mein Gastgeber, überhörten es kavaliersmäßig.

„Ich hoffe, Sie mögen Kartoffel-Möhren-Püree, Miss Lecon?", fragte Henk. „Ich habe davon abgesehen, Scones zu backen, wie sie traditionell zum Stew gegessen werden. Dies hätte zu viel Zeit in Anspruch genommen. Ich hoffe sehr, Sie nehmen es mir nicht übel." Er legte mir von allem etwas auf den Teller.

Es war ungewohnt, sich bedienen zu lassen. Aber schließlich war ich in einem Schloss. Hier war alles außergewöhnlich. Sogar mein Gastgeber, dessen Namen ich noch immer nicht kannte.

„Danke, das war sehr zuvorkommend", sagte ich und lächelte Henk dankbar zu. „Es riecht ganz köstlich und das Püree passt sicher perfekt zur Soße."

Der Butler nickte freundlich und ließ uns dann alleine. Ich begann zu essen. Es schmeckte köstlich und ich seufzte vor Genuss.

„Da fällt mir auf, Sie haben sich noch gar nicht vorgestellt", sagte ich, nachdem ich Bissen hinuntergeschluckt hatte.

„Levente“, sagte er. „Levente Finlay MacConnell. Das ist mein Name.“

Ich sah von meiner vollen Gabel auf. „Wow, was für ein schöner Name.“

Und was für ein bescheuerter Spruch von mir!

„3. Duke of Ballinmore, 7. Marquess of Clarence, 13. Lord of Hurtly.“

Oha, das klingt jetzt aber sehr gewichtig.

„Oha, das klingt aber sehr vornehm“, sagte ich.

Er lehnte sich vertrauensvoll zu mir herüber. Wieder stahl sich eine Strähne aus seinem Haar und fiel ihm über die Wange. Fast streifte sie das feine, weiße Tischtuch. „Für dich einfach nur Levente.“

Das Fleischstückchen, das ich gerade auf die Gabel genommen hatte, fiel herunter und landete glücklicherweise im weichen Püree. Warum mich das Angebot so nervös machte, wusste ich nicht. Dennoch war ich es, und zwar mächtig. Ich, eine einfache Frau aus Deutschland, sollte diesen Adeligen, der ein eigenes Schloss und wer weiß wie viele Ländereien besaß, duzen und mit seinem Rufnamen ansprechen? Der Name Levente war mir vorher noch nie zu Ohren gekommen. Ich versuchte, mein Essen so beiläufig wie möglich wieder aufzunehmen, und fischte das Fleischstück aus dem Kartoffelbrei.

„Gerne.“ Probehalber versuchte ich, den Namen auszusprechen. „Levente. Aber dann nennst du mich bitte auch Maryan.“ Ich machte den Fehler und sah von meiner Gabel zu ihm hinüber. Er schaute mir direkt in die Augen.

„Sehr gerne, Maryan", sagte er mit diesem verführerischen Akzent.

Levente, testete ich den Namen in Gedanken erneut. Er gefiel mir. Er passte hervorragend zu einem Mann wie ihm. Stilvoll, charmant und sexy.

„Wenn du weiter so langsam isst, wird das Stew kalt", lachte er und setzte sich aufrecht hin. Er deutete auf meinen Teller. „Ganz schön widerspenstig, das Fleisch. Mit ein Grund, warum ich es nicht mag."

Ich schloss verlegen meinen Mund, der mir immer noch offen stand, und verbat mir, ihn anzusehen. Stattdessen konzentrierte ich mich auf die Mahlzeit. „Sind die Titel, die du eben aufgezählt hast, wirklich alle echt?", fragte ich.

„Jeder einzelne", antwortete er. „Ich könnte dir noch den einen oder anderen weiteren Titel aufzählen. Die, die ich dir genannt habe, sind nur die wichtigsten. Manche liegen schon seit Generationen in unserer Familie."

Ein Hüsteln kündigte den Butler an. Henk trat ein, blieb aber bei der Tür stehen. „Schmeckt es Ihnen, Miss Maryan?", fragte er. „Soll ich Ihnen nachlegen?"

„Ich habe noch genug, danke. Es ist köstlich."

„Wasser haben wir ja bereits, aber möchtest du vielleicht auch ein Glas Rotwein zum Essen?"

„Das ist nicht nötig", sagte ich, obwohl Rotwein das Mahl perfekt abrunden würde.

„Ist das ein Ja?"

Ich lachte. „Ja."

„Bringen Sie für Miss Maryan bitte noch Rotwein, Henk?"

Henk nickte dienstbeflissen. „Sehr wohl, Sir. Ich bin sofort wieder da."

„Das wäre echt nicht nötig gewesen", meinte ich. „Wasser hätte auch gereicht."

„Was ist schon nötig?", fragte Levente. „Man kommt mit so viel weniger zurecht, als man im Allgemeinen hat."

Ich konnte nicht anders, ich sah ihn wieder an. „Das klingt nach schwerer Kost. Vielleicht sollten wir besser erst Wein trinken, bevor wir mit dem Philosophieren anfangen?"

„Gerne", sagte er. „Trinken wir. Und danach philosophieren wir über Dinge, auf die wir nicht verzichten möchten."

Ich grübelte über diesen Satz nach, bis Henk zurückkam und mein Glas mit einem tiefroten, herrlich duftenden Rotwein füllte. Die Karaffe stellte er auf einen gläsernen Untersetzer auf dem Tisch, ohne Levente ein Glas oder gar Wein gereicht zu haben.

„Gießen Sie mir bitte auch ein Glas ein, Henk?"

Ich hatte gerade zu Henk aufgesehen und so bemerkte ich, dass ihn die Frage seines Arbeitgebers Sekundenbruchteile aus dem Konzept brachte. „Wie Sie wünschen, Sir", sagte er souverän.

Nachdem auch Levente ein Glas Wein vor sich stehen hatte, verließ Henk den Raum. Schweigend aß ich mein Essen auf, derweilen Levente mich beobachtete. Mir waren seine Blicke nicht unangenehm, denn er hatte stets ein Lächeln auf den Lippen, wenn ich kurz zu ihm hinübersah. Es wirkte keineswegs gönnerhaft oder aufdringlich. Mein Gastgeber schien sich wirklich zu freuen, jemandem etwas Gutes tun zu können. Er wirkte irgendwie ...

Glücklich?

Wer lebte sonst noch alles hier? Hatte Levente Familie? Lebte er nur mit seinem Butler und dem Stallburschen in diesem riesigen Schloss?

„Lebt sonst niemand hier? Außer dir, Henk und Eric?" Ich traute mich erst nach ein paar Anläufen, ihm diese indiskrete Frage zu stellen.

Wieder überraschte er mich mit einem Lachen. „Außer mir, Henk und Eric lebt keiner hier im Schloss", sagte er und strich sich die Haare zurück. Ich glaubte, einen Anflug von Trauer in seinem Gesicht zu sehen, verkniff mir aber, nach dem Warum zu fragen. Es war auch nicht nötig.

„Menschen halten es nicht lange mit mir aus", erklärte er. „Ich bin wohl zu ... speziell."

„Verstehe ich nicht. Ich finde dich höflich, zuvorkommend und charmant."

Oh, Mist. Hoffentlich empfindet er das jetzt nicht als plumpe Anmache.

„Ich meine, du bist sehr nett. Du lädst mich hierher ein, bewirtest mich und bietest mir eine Unterkunft an. So etwas ist heutzutage nicht mehr selbstverständlich."

Er könnte auch ein gesuchter Axtmörder sein und mich als sein neues Opfer auserkoren haben. Dann wäre er auch so zuvorkommend, bevor er mir den Kopf abhackt.

Ich verwarf diesen absurden Gedanken.

„Danke für die Komplimente", sagte er. „Hier in den Highlands ist es durchaus noch üblich, Wanderer aufzunehmen und zu bewirten. Aber es ist etwas völlig anderes, mit einem Menschen Tag und Nacht oder gar das ganze Leben zu verbringen." Jetzt war ich mir sicher, dass da ein trauriger Zug um seinen Mund lag.

„Hast du denn diesbezüglich schlechte Erfahrungen gemacht?", fragte ich und bereute meine vorschnelle Frage sofort. Es ging mich nichts an, welche Beziehungsprobleme er hatte oder weshalb er der Meinung war, dass er ein schwieriger Mensch sei. Dennoch interessierte es mich. Er machte nicht den Eindruck eines resignierten, beziehungsgeschädigten Mannes. „Entschuldige, es ist mir einfach so rausgerutscht. Es geht mich gar nichts an. "

„Genau genommen habe ich es mir nicht ausgesucht", erwiderte er und nippte an seinem Wein. Er behielt das Glas in der Hand und stand auf. „Bist du fertig? Wenn du möchtest, können wir hinauf in die Bibliothek gehen und uns dort weiterunterhalten." Er deutete mit einem Nicken zur Tür. „Wir müssen nur wieder ins erste Geschoß, durch den Salon."

Ich war durchaus nicht abgeneigt, mir andere Räumlichkeiten des Schlosses anzuschauen, und die Bibliothek interessierte mich besonders. Ich mochte volle Regale und den Geruch alter Bücher. „Gerne." Ich tupfte mir den Mund mit der Serviette ab und versuchte, den blütenweißen, gestärkten Stoff nicht allzu schmutzig zu machen.

Levente hatte sein Glas und die Weinkaraffe gegriffen und war bereits zur Tür gegangen. „Machst du bitte auf? Ich habe beide Hände voll." Er hob entschuldigend seine Fracht.

„Klar." Ich stand auf und ergriff die Türklinke. Dabei streifte ich unbeabsichtigt Leventes Arm. Es gab eine kleine elektrische Entladung, die zwar nicht wehtat, mich aber zurückzucken ließ. „Mist", fluchte ich, weil durch meine heftige Bewegung mein Glas überschwappte und Wein auf den Teppich tropfte. „Das tut mir leid!"

„Um den Teppich ist es nicht schade, aber dein Shirt hat jetzt ein paar Farbtupfer mehr."

Wir gingen in die Halle und die Treppe hinauf in den Salon.

„Hier entlang." Levente nickte zu den Flügeltüren.

Ich öffnete vorsichtig eine der großen Türen und blieb im Rahmen stehen. Was sich vorhin durch die Scheiben nur verschwommen abgezeichnet hatte, war tatsächlich eine Bibliothek. Eine, die den Namen zu Recht verdiente.

„Sehr beeindruckend!", sagte ich anerkennend und konnte mich kaum sattsehen.

Deckenhohe, zweigeschossige Regale zogen sich die Wände entlang, einzig eine Kaminnische unterbrach die Vitrinen. Der Balkon der Galerie war mit durch eine schmale Stiege erreichbar. Manche Abteile waren mit Glastüren versehen, hinter denen dezent beleuchtet dicke, alt aussehende Almanache standen. In einigen Vitrinen standen Artefakte, kleine Phiolen und Kreuze.

Inmitten des Raumes thronte ein riesiger Globus auf einem hölzernen Gestell. Er musste immens viel wert sein. Darüber hing ein mächtiger Kronleuchter an der stuckbesetzten Decke. Er spendete jedoch kein Licht und auch von draußen kam mittlerweile keines mehr herein. Stattdessen setzten verdeckt angebrachte Wandleuchten den Raum meisterhaft in Szene. Es gab ein kleines Stehpult, auf dem ein aufgeschlagenes Buch auf die nächste Lesezeit wartete. Und in einer getäfelten Ecke stand ein weinrotes Sofa, das vom Stil her überhaupt nicht zu der sonstigen, antiken Ausstattung passte. Doch gerade deshalb wirkte die Nische so gemütlich. Da es die einzige Sitzgelegenheit in der Bibliothek war und daneben ein Beistelltischchen stand, steuerte ich darauf zu.

Die Kissen waren weniger bequem als erwartet und ich rutschte ein paar Male hin und her, ehe ich die richtige Position fand.

„Bist du sehr müde?", fragte Levente. Er stellte sein Glas ab und drehte sich ganz zu mir. Ein Bein legte er dabei halb auf das Sofa und berührte meinen Oberschenkel. Es schien ihm nicht aufzufallen. Oder es störte ihn einfach nicht. Mich störte es auch nicht.

Ich bekam eine angenehme Gänsehaut. Ob vom Wein, seiner Berührung oder von seiner Stimme, konnte ich nicht sagen. „Ein wenig", log ich. Eigentlich war ich hundemüde, aber die Gelegenheit, alleine mit ihm in dieser traumhaften Bibliothek zu sitzen, wollte ich mir nicht entgehen lassen. Schlafen konnte ich auch später noch.

„Du hattest einen anstrengenden Tag. Wenn du also lieber schlafen gehen möchtest, dann …"

„Nein."

Er lachte, weil ich ihn so schnell unterbrach.

„Ja, es war ein langer Tag", erklärte ich. „Und ja, ich bin müde. Aber ich möchte noch nicht zu Bett gehen. Ich würde sehr gerne mehr über dieses Schloss erfahren."

Er zog eine Grimasse. „Für Schlossführungen ist Eric zuständig und der hat bereits Dienstschluss. Damit musst du dich also leider bis morgen gedulden. Gibt es noch etwas anderes, das dich interessiert? Ansonsten hätte ich ein paar Fragen an dich."

Der Wein war mir längst zu Kopf gestiegen. „Du bist interessanter. Immerhin lebst du in einem riesigen Schloss auf Skye, ich nur in einem winzigen Appartement in Hamburg", kam es aus meinem Mund.

„Das Schloss ist alt und marode und ich bin sterbenslangweilig, glaube mir. Aber du", er sah mich an und ich hielt die Luft an, „du bist sehr reizvoll."

Reizvoll? Hatte mich jemals jemand so bezeichnet? Normale Männer redeten nicht so.

Bei anderen würde es geschwollen und gestelzt wirken. Aber nicht bei ihm. Er ist schließlich auch Lord und lebt auf Ballinmore Castle. Er kann so reden, ohne lächerlich zu wirken.

Und wie er es konnte. Sein Bein berührte mich immer noch. Wartete er auf meine Reaktion? Wollte er testen, wie weit er bei mir gehen konnte?

„Ich bin bloß eine ganz gewöhnliche Bürgerliche", sagte ich. „Auch wenn ich dank meines Vaters französische Wurzeln habe. Aber ich bin keine Lady Charlott, Duchesse von Irgendetwas und x-te Countess Sowieso."

Seine Reaktion hätte nicht heftiger ausfallen können. Levente zog sich unvermittelt von mir zurück und griff nach der Karaffe. Energisch schenkte er sich Wein ins Glas und trank es in einem Zug leer.

„Es tut mir leid, wenn ich etwas Falsches gesagt habe", entschuldigte ich mich kleinlaut. Mir war die Situation peinlich. „Wenn ich getrunken habe, dann plappere ich manchmal ziemlichen Unsinn. Ich wollte niemanden beleidigen."

Er hatte beide Gläser nachgefüllt und stellte die Karaffe so fest ab, dass sie auf das Holz donnerte. „Hast du nicht." Er hob sein Glas erneut an die Lippen, als wolle er es in einem Zug leeren.

„Was zum Teufel geht hier vor, Finlay?", drang da eine wütende Frauenstimme vom Speisesaal zu uns herüber und stoppte ihn in seinem Vorhaben.

Kapitel 4

„Finlay? Wieso Finlay? Ich dachte, dein Rufname wäre Levente.“ Verwirrt sah ich von einem zum anderen.

Und hieß es vorhin nicht, er lebt hier nur mit einem Butler und einem Stallburschen?

Levente gab mir keine Antwort und starrte die Furie an, die sich vor uns aufbaute. Die hochgewachsene Frau kam mir bekannt vor, ich konnte sie im Moment jedoch nicht zuordnen. Ihre blonden Haare waren zu einem strengen Knoten zusammengefasst. Die Bluse mit dem eng anliegenden Stehkragen und der kurze, schwarze Blazer ließen sie wie eine Gouvernante erscheinen. Mit dem Finger deutete sie auf mich. „Was hat das eigentlich zu bedeuten? Seit wann lädst du dir so was ins Schloss ein?“

Geht´s noch? Sie kennt mich nicht und redet über mich wie über ein Ding? Und überhaupt, wieso bestimmt sie so über ihn? Wer ist sie überhaupt?

Ihre herablassende Art ging mir augenblicklich gegen den Strich. Dennoch blieb ich still, schließlich war ich bloß Gast hier und die Frau offensichtlich Bewohnerin des Schlosses. Es war Leventes Sache, ihr zu erklären, was ich hier zu suchen hatte.

Wieder hatte sich seine Stimmung verändert. Er stand auf und funkelte die Frau böse an. „Das ist mein Gast, Maryan Lecon. Sie wird heute Nacht hierbleiben."

Ich wurde mit einem feindlichen Blick begutachtet. „Es gibt genügend Gasthöfe in der Umgebung", sagte sie kalt.

„Wie du weißt, ist das Buttercup in Duneany geschlossen und bis nach Kilmaluag wäre es zu weit."

„Dann hätte sie bei einem Bauern fragen sollen. Die haben in ihren Ställen immer Platz für Reisende. Zur Not tut es auch die Kammer bei Eric."

Levente antwortete ihr nicht. Ich kam mir vollkommen deplatziert vor. Es war klar, dass Leventes Frau, oder wer auch immer sie war, von der ganzen Situation nicht erfreut war.

Hätte ich geahnt, dass er liiert ist, hätte ich die Einladung erst gar nicht angenommen oder wäre zumindest nicht ganz so offensiv gewesen.

Kein Wunder, dass sie sich aufregte. Seinen Partner mit einer fremden Frau in trauter Zweisamkeit in der eigenen Bibliothek vorzufinden, war bitter. Aber sie hatte nicht die geringste Ahnung, wie peinlich mir die Sache war.

Ich gehe besser, bevor der Streit eskaliert.

Ich hatte mich kaum erhoben, da drückte mich Levente zurück aufs Sofa.

„Du bleibst!", herrschte er mich an. Perplex lehnte ich mich in die Kissen und wagte kaum, die Frau anzusehen, deren Miene noch finsterer geworden war.

„Ich muss dich nicht daran erinnern, was letztes Mal passiert ist, oder?", fauchte sie. „Da standen wir kurz vor der Katastrophe, mein Lieber. Und noch mal werden sie kein Auge zudrücken, das garantiere ich dir." Sie taxierte mich.

Ihr Blick ging mir durch und durch. „Ich werde nicht noch einmal für dich den Kopf hinhalten. Nicht für so etwas Profanes wie … das da."

Mir schwirrte der Kopf. Was redete die Frau da? War sie nun Leventes Frau oder nicht? Und von welchen „Sie" war hier die Rede?

Levente schien von dem imponierenden Auftritt und der Warnung wenig beeindruckt. Er verschränkte die Arme vor der Brust und blieb hart. „Ich wiederhole: Maryan ist mein Gast. Ich habe sie eingeladen. Und wenn du sie noch einmal respektlos behandelst, dann sind wir geschiedene Leute. Habe ich mich klar und deutlich ausgedrückt, Carlotta?"

„Du wirst es ruinieren, Finlay. Ich dachte, du würdest aus dieser Eskapade von Lord Reginald lernen. Aber es sieht ganz danach aus, als würdest du jetzt den gleichen Fehler machen wollen. Maryan Lecon?" Sie lachte verächtlich und deutete spöttisch einen Knicks an. „Ich heiße Sie auf Ballinmore Castle willkommen. Fühlen Sie sich wie zu Hause und genießen Sie die Gastfreundschaft, solange es Ihnen noch möglich ist." Damit drehte sie sich auf dem Absatz herum und rauschte davon.

Levente sah ihr grimmig hinterher. „Es tut mir unendlich leid, dass du dir das anhören musstest. Carlotta ist manchmal sehr eigen. Und in den letzten Tagen ist sie äußerst gereizt und regt sich über jede Kleinigkeit auf."

„Das habe ich mitbekommen", sagte ich. „Vielleicht hättest du sie vorher besser fragen sollen, ob sie damit einverstanden ist, wenn ich hier übernachte."

„Es ist mein Zuhause", antwortete er und wollte sich wieder setzen.

Ich sprang auf. „Ich will nicht unhöflich sein, aber ich bin todmüde. Wärst du so nett und zeigst mir das Gästezimmer?"

Er sah mich an und hob ansatzweise eine Hand, um mich zu berühren. Mein Zurückweichen hielt ihn jedoch auf Abstand. „Natürlich. Komm, ich zeige dir das Zimmer."

Ich hatte tausend unbeantwortete Fragen. Zum Beispiel, wieso er mir verschwiegen hatte, dass er verheiratet, getrennt oder geschieden war. Antworten erwartete ich aber keine mehr. Der Zauber des Abends war längst verflogen. Hätte ich geahnt, dass Lady Carlotta ebenfalls hier wohnte, wäre ich der Einladung gar nicht erst gefolgt, oder wenn, dann nur mit ihrer ausdrücklichen Erlaubnis. Jetzt war ich aber bereits hier. Ich würde schlafen gehen und mich am nächsten Morgen früh auf den Weg machen. Ich hatte noch ein paar Kilometer Wegstrecke vor mir.

Nach dem Frühstück bin ich weg. Und dann ist das Thema schottischer Schlossherr abgehakt.

Levente ging vor mir her. Ich sah, wie seine Schultern beim Gehen leicht hin und her pendelten, wie sein knackiger Hintern dem Schwung des Oberkörpers folgte ...

Ich richtete meinen Blick stur geradeaus. Da vorne war eine Tür, die nur angelehnt war. Dämmerlicht drang aus dem Türspalt. Ich konzentrierte mich darauf und vermied den Blick auf das hübsche Hinterteil. Levente öffnete die Tür und winkte mich hinein. „Bitte sehr. Ich hoffe, es gefällt dir."

Ich betrat den schlichten Raum, der an einen Turm grenzte. Ein großes Himmelbett dominierte hier. Daneben brannte eine hübsche, gusseiserne Lampe. Vor dem Bett lehnte mein Rucksack an einer Truhe. Das mittlerweile getrocknete Cape hing über einem antiken Stuhl, der in einer Turmnische stand.

„Das Badezimmer ist hier." Levente deutete auf eine schmale Tür. „Und ein Kleiderschrank ist hinter der Vertäfelung." Dem Bett gegenüber war die Kaminnische. Ein Feuer brannte darin und verbreitete Wärme und den angenehmen Geruch von Holz. Die Seite des Raumes, in der auch die Badezimmertür war, war vollständig mit Holz vertäfelt. Hätte sich die Tür nicht durch eine schmale Zarge verraten, wäre sie mir nicht aufgefallen, so perfekt fügte sie sich in die Paneele ein. Die Schranktür fand ich nicht. Aber das war nicht schlimm. Ich würde meinen Rucksack ohnehin nicht ausräumen.

„Danke", sagte ich und reichte ihm förmlich die Hand. „Ich werde eure Gastfreundlichkeit nur heute Nacht in Anspruch nehmen. Morgen früh reise ich weiter."

Er ignorierte meine unterschwellige Aufforderung und sah mich an. Traurig, wie ich fand.

„Es ist nicht, wie du denkst“, sagte er.

„Ich kann gerade nicht mehr denken, Levente, oder wie auch immer du heißt.“

„Ich heiße Levente. Und Finlay.“

Ich überging seine Erklärung. „Es war für heute ein bisschen zu viel. Meine lange Wanderung war anstrengend und es ist spät geworden. Danke nochmals.“

„Gerne.“ Er wollte mehr sagen. Ich sah, dass er überlegte, ob er es sollte, doch letzten Endes war er höflich genug, meine Verabschiedung zu akzeptieren. „Dann sehen wir uns morgen zum Frühstück. Schlaf gut, Maryan.“

Wie er meinen Namen ausspricht! Er genießt den Klang eines jeden Buchstaben.

„Süße Träume“, hörte ich ihn noch sagen, dann schloss sich die Tür und ich war alleine mit meinen Gedanken.

Nach einer Katzenwäsche lag ich unter dem kuscheligen Federbett und starrte hinauf in den Stoffhimmel. Das leise Prasseln des Feuers wirkte einschläfernd, doch ich lag hellwach im Bett und ging das Geschehene immer wieder durch. Eigentlich konnte ich Levente keinen Vorwurf machen. Ich hätte vorsichtiger handeln sollen. Es war schließlich vorschnell von mir gewesen, eine andere Intention als Freundlichkeit hinter seiner Einladung zu vermuten.

Er hat sich vielleicht einfach nur gefreut, Gesellschaft zu haben und jemanden zum Essen einladen zu können. Vielleicht, jemanden zum Reden zu haben. Eine normale Unterhaltung scheint mit diesem Biest Carlotta ja nicht möglich.

Über das Knistern des brennenden Holzes hörte ich plötzlich noch etwas anderes. Redete draußen im Gang jemand?

Das geht mich nichts an.

Ich schloss die Augen und versuchte mich zu entspannen. Ich rief mir die sanften Hügel der Highlands ins Gedächtnis, zählte die Schafe, die vor meinem imaginären Auge über die Weide hopsten.

Etwas rumpelte laut vor meiner Tür, sodass ich die Augen wieder aufriss und erwartete, jemand käme gleich hereingestürmt. Doch es passierte nichts. Als vor meiner Tür erneut ein Poltern ertönte, war es deutlich weiter entfernt als zuvor. Was war da draußen bloß los?

Ich schlüpfte aus dem Bett und tappte barfuß über die Dielen. Der Boden war eiskalt, gelegentlich knarrte das Holz verräterisch. Ich drückte vorsichtig die Klinke herunter. Der Griff war ein altmodischer, goldener Bogen, der vom Gebrauch blank poliert war. Es klackte leise im Innern des Schlosses, dann sprang die Tür einen Spalt weit auf. Ich lauschte in den Gang hinaus. Nichts, nur Stille und ein kalter Windhauch. Meine Füße waren mittlerweile zu Eisklumpen mutiert und meine Arme mit Gänsehaut übersät. Ich sah kurz zu meinem Bett. Es war bestimmt noch kuschelig warm. Bloß, wie lange noch? Ich drückte die Klinke, um sie geräuschlos zurück ins Schloss fallen zu lassen, da hörte ich draußen Stimmen. Ich legte ein Ohr zwischen Tür und Rahmen und lauschte. Ja, da stritt jemand. Ich vernahm Leventes und Lady Carlottas Stimmen, beide aufgebracht und aggressiv. Aber in welcher Sprache redeten sie da miteinander? Schottisch war es nicht. Gälisch konnte es auch nicht sein. Ich sprach zwar kein Gälisch, verstand aber ein paar Worte. Die Sprache, in denen sich die beiden unterhielten, konnte ich jedoch nicht zuordnen. Vielleicht war es ein Dialekt?

Das Gespräch wurde hitziger. Carlotta schrie plötzlich, ein Krachen folgte, dann herrschte Ruhe.

Es geht mich nichts an. Es geht mich nichts an.

Ich wiederholte es wie ein Mantra, doch es war sinnlos. Meine Neugierde war einfach stärker und auch wenn ich genau wusste, dass ich es nicht tun sollte, schnappte ich mir einen Pulli, zog mir Socken an und trat zur Tür hinaus in den dunklen Gang.

Unschlüssig stand ich da und schaute hinaus. Der Flur führte geradeaus über die Galerie zum Salon und der Bibliothek. Links hingegen führte er an der Treppe vorbei und in einen Gang hinein, von dem noch mindestens zwei weitere Türen abgingen. Viel konnte ich nicht erkennen. Vom dunklen Ende des unbekannten Korridors her schimmerte ein dämmeriges Licht. Ich tappte behutsam gen Treppe, versicherte mich, dass unten niemand stand und mich beobachtete, und schlich in den Korridor. Der dicke Teppich auf den Dielen dämpfte meine Schritte. Um ein Haar wäre ich jedoch gegen eine lebensgroße Statue gerempelt, weil ich zu weit am Rand gelaufen war und auf der Kante des dicken Flors umknickte. Ich konnte mich gerade noch an der Wand abfangen und verhindern, dass ich gegen den hölzernen Schild der Ritterstatue krachte. Platt an die Wand gedrückt hing ich für ein paar kurze Atemzüge da und versuchte, meinen Herzschlag zu mäßigen. Das war mein Glück, denn just in diesem Moment stürmte jemand den Gang entlang und rannte nur einen halben Meter entfernt an mir vorbei in Richtung Treppe. Lady Carlotta übersah mich und stob leise fluchend die Treppe hinunter. Kurz darauf knallte eine Tür. Mein Herz raste. Ich atmete ein paarmal tief durch.

Ich muss zurück ins Bett. Ich habe hier nichts zu suchen. Nachts in einem Schloss auf Entdeckungstour zu gehen, ist was für Kinder. Ich bin schon zweiunddreißig.

Ich linste zur Treppe. Alles war wieder ruhig. Zumindest fast alles, denn aus dem schwach erleuchteten Flur drang neben dem wabernden, unsteten Licht einer Fackel oder einer Kerze auch leises Gemurmel. Irgendjemand war also noch in diesem Gebäudeteil. Jemand, der, im Gegensatz zu mir, die Berechtigung hatte, sich dort aufzuhalten. Und wenn ich mich nicht täuschte, dann war es Levente, der einen leisen Monolog führte. War in diesem nachträglich angebauten Teil des Schlosses eine Kapelle? Es war keine Seltenheit, dass Adlige ihre eigene Kirche hatten bauen lassen. Man ersparte sich damit den oft weiten und lästigen Gang zur Messe und konnte jederzeit in intimer Atmosphäre seine Gebete sprechen. Ob Levente sein Nachtgebet sprach oder führte er Selbstgespräche?

Ich wagte mich aus der Ecke und schlich in den Gang hinein. Weiter hinten stand eine Tür einen Spalt weit offen. Ich sah noch einmal zurück. Alles frei. Schritt für Schritt näherte ich mich dem Türspalt. Mit jedem Zentimeter wuchs meine Unsicherheit. Ich durfte nicht hier sein. Ich durfte nicht schnüffeln. Ich musste zurück in mein Gästezimmer. Ich musste, denn das gebot der Anstand. Und doch ging ich immer weiter dahin, wo ich Levente vermutete. Ich konnte nicht anders. Wie ein Jagdhund folgte ich einer vielversprechenden Fährte und stand schließlich an der Tür. Ich widerstand der Versuchung, sie weiter aufzudrücken, aber das war auch nicht notwendig. Ich konnte Levente sehen. Er kniete nackt mitten im Raum vor einem steinernen Altar, der dem einer Kirche nicht unähnlich war. Ein großer Kelch wurde von zwei brennenden, schwarzen Kerzenstummeln erleuchtet. Ein klobiger Almanach lag aufgeschlagen dazwischen. Links davon stand eine seltsame Skulptur, deren Symbolik mir unbekannt war. Ein Kreuz, wie es in den Gotteshäusern normalerweise vorkam, fand ich nirgends.

Neben meinem Gastgeber lag ein weiteres, ramponiertes Buch auf dem Boden. Ich vermutete, dass dies der Grund für das Gepoltere kurz zuvor gewesen war. Seiten des Almanachs waren ausgerissen, der Buchdeckel war umgeknickt und zeigte anklagend zur Decke. Levente störte sich nicht daran und war völlig in sich gekehrt.

Ich studierte seine breiten Schultern und den muskulösen Rücken, fuhr mit den Augen die Wirbelsäule entlang bis zum strammen Hintern, der fast auf den Unterschenkeln ruhte. Ich hatte in Kirchen schon oft Gläubige beim Gottesdienst beten sehen, doch diese Szenerie bot einen vollkommen anderen Anblick. Levente umgab selbst so schutzlos und nackt eine Aura der Stärke. Und dennoch wirkte er auf mich ganz in sich versunken, furchtbar zerbrechlich. Ich lauschte seiner Stimme. Mal kamen ihm die Silben hart und zornig, mal unsicher und traurig über die Lippen. Mal beugte er sein Haupt so weit, dass er fast die Steinplatte des Altars berührte, mal kniete er mit steifem Rückgrat. Als würde ihn ein inneres Hadern zerreißen, als kämpften zwei Wesen in ihm. Plötzlich richtete er sich kerzengerade auf und hieb mit der Faust auf die Steinplatte. Das Aufbegehren hielt jedoch nicht lange an. Schon hing Levente wieder am Altar. Er murmelte klagend, schlug die Hände vors Gesicht und schluchzte. Ich fühlte mich wie eine Verräterin. Ich sollte sofort gehen und ihn alleine lassen, doch verlangte mein Herz zu bleiben.

Lange stand ich da und beobachtete Levente. Die Gefahr, entdeckt zu werden, war Nebensache. Die Intensität des Momentes, dieses geheimen, intimen Augenblicks, den er unwissend mit mir teilte, war mir das Risiko wert.

Hätten meine Füße nicht irgendwann nach Durchblutung geschrien, wäre ich vermutlich bis zum Morgengrauen geblieben. Ich verlagerte mit unterdrückten Schmerzensbekundungen mein Gewicht auf das linke Bein und drehte den rechten Fuß, um die Blutzufuhr wieder anzukurbeln. Dann wechselte ich auf das andere

Bein und biss mir auf die Lippen, weil der Schmerz kaum auszuhalten war. Ich drehte den linken Fuß unablässig, doch er wollte mir nicht gehorchen. Ich versuchte, ihn mit Schütteln an seine Dienste zu erinnern, und hatte endlich Erfolg. Leicht tappte ich von einer Zehenspitze auf die andere und freute mich über das nachlassende Pochen. Mit leisem Knacken sprang mein Knöchel wieder zurück in Position. Ich war erleichtert, als das Ziehen endlich aufhörte und ich wieder ruhig stehen bleiben konnte.

Ich muss von hier verschwinden, ehe es zu spät ist.

Einen letzten Blick wagte ich noch durch den Türspalt und schnappte unwillkürlich nach Luft. Drinnen hatte Levente seine Andacht beendet. Der Platz vor dem Altar war verlassen.

Kapitel 5

Ich machte, dass ich wegkam. In meinem Zimmer angekommen hüpfte ich ins Bett und zog die Decke bis zum Kinn hinauf. Ich fühlte mich wie ein kleines Kind, das etwas Verbotenes getan hatte und nun erwischt worden war. Aber war ich denn tatsächlich erwischt worden? Hatte Levente mich doch gesehen? Immerhin bestand die Möglichkeit, dass er sich nicht zur Tür herumgedreht hatte.

Wenn er sich morgen früh seltsam benimmt, dann weiß ich es. Ihm am Frühstückstisch gegenüberzusitzen und zu wissen, dass er weiß, was ich gesehen habe, ist megapeinlich.

Warum hatte ich mich überhaupt dazu hinreißen lassen, zu schnüffeln? Was hatte ich mir bloß dabei gedacht?

Das ist dieses reizende Schloss. Genau, dieses Gemäuer ist daran schuld. Das verdammt einen ja quasi dazu, nachts durch die Gänge zu streifen und nach Geheimtüren und Gespenstern zu suchen.

Im Dämmerlicht des Feuers betrachtete ich die Wände meines Gästezimmers. Die Vertäfelungen könnten ohne Weiteres solche Geheimtüren sein.

Stopp! Halt! Nicht weiterdenken!

Ich verbot mir jegliche Parallelen zu bereits gesehenen Filmen über Schlösser, nächtliche Besucher und Nosferatu. Seufzend zog ich mir die Decke nun komplett übers Gesicht und atmete den angenehmen Duft von Lavendel ein. Dank meiner Hektik, wieder in mein Zimmer zu kommen, drehte mein Kreislauf auf Hochtouren. Mir war kein bisschen kalt, aber das gestärkte Laken und der Geruch nach Sommerfrische beruhigten mich. Lavendel hatte immer im Garten meiner Großmutter gestanden. Unzählige Sommer hatten wir damit zugebracht, im Garten zu arbeiten. Wir hatten viel miteinander gelacht und geredet. Oma hatte immer Marmelade gekocht, Obst und Gemüse eingemacht und Zimtschnecken oder Apfelkuchen gebacken. Altmodische Dinge, die heutzutage niemand mehr machte.

Zimtschnecken.

Der herrliche Duft von Zimt und Kaffee ließ mich die Decke aufschlagen. Erstaunt stellte ich fest, dass es im Zimmer hell war. Sonnenstrahlen zeichneten Muster auf die Vertäfelung und auf den Boden und fingen sich im Vorhang meines Himmelbettes.

Ich schnupperte, um sicherzugehen, nicht geträumt zu haben. Doch, es roch nach Zimt und Kaffee. Also hatte jemand gebacken und Frühstück zubereitet.

Es gibt tatsächlich Menschen, die solche aus der Mode gekommenen Fertigkeiten noch draufhaben. Und einer davon lebt in einem halb verfallenen Schloss inmitten der Highlands, ist vermutlich Butler und heißt Henk. Toll, so jemanden hätte ich auch gerne.

Gab es auch in Hamburg Butler? Aber selbst wenn, wäre es viel zu teuer, sich einen eigenen Bediensteten zu gönnen. Und wenn ich es mir genau überlegte, dann waren die Zimtschnecken meines Bäckers um die Ecke eigentlich gar nicht so verkehrt. Marmeladen kochte ich gelegentlich selbst ein und Mixed Pickles oder süßsauer eingelegten Kürbis mochte ich ohnehin nicht. Wozu also einen Butler engagieren? Dann doch eher eine Putzhilfe. Wobei selbst die auf die Dauer für mich unerschwinglich war.

Wie finanziert man eigentlich ein ganzes Schloss samt Butler, Stallbursche und Co? Allein von staatlicher Unterstützung ja wohl nicht. Ob Levente einer regulären Arbeit nachgeht? Oder ist er einfach nur Schlossherr?

Kaum wach, hatte ich schon Millionen Fragen, mit denen ich meinen Gastgeber löchern würde. Mein mögliches Erwischtwerden in der vergangenen Nacht verdrängte ich aus meiner Erinnerung.

Als ich den Speisesaal betrat, empfing mich lediglich Henk. Von Levente gab es keine Spur.

„Es tut mir leid, Miss Lecon", sagte der Butler. „Sie müssen mit meiner Gesellschaft vorliebnehmen. Der Lord musste schon sehr früh außer Haus und lässt sich entschuldigen. Ich soll Ihnen die besten Grüße ausrichten. Er hofft, Sie haben gut geschlafen und genügend Kraft für den heutigen Tag tanken können."

Ich setzte mich mit einem flauen Gefühl an den Tisch. Wie gerne hätte ich diese Worte von meinem Gastgeber gehört und nicht von seinem Butler.

„Danke, Henk. Aber er wird doch sicher noch mal zurückkommen, bevor ich abreise?" Es kostete mich einige Mühe, meine Frage neutral und unbeeindruckt zu stellen, denn natürlich war ich enttäuscht. Ich kam mir sitzen gelassen vor, auch wenn ich dazu keinerlei Anrecht hatte. Gerne hätte ich unser Gespräch vom Abend zuvor aufgegriffen. „Es ist nicht, wie du denkst", hatte Levente gesagt. Ich würde seine Erklärung dafür nie mehr erfahren. Genauso wenig, ob er mich in der Nacht gesehen hatte oder nicht. Ich seufzte und sah Henk dabei zu, wie er mir Tee einschenkte.

„Ich fürchte, nein, Miss."

Die Enttäuschung lag mir wie ein kalter Stein im Magen.

„Ihr Fully Scottish Breakfast wird sofort serviert", sagte er.

„Eine Schüssel Porridge hätte es auch getan, Henk."

Er lächelte galant. „Warten Sie bitte hier. Ich bin in wenigen Minuten zurück." Er ging hinaus, um mein Frühstück zu holen. Um die Wartezeit zu überbrücken, stand ich auf und stellte mich ans Fenster. Der Ausblick auf die grünen Hügel und das Meer war spektakulär. Jetzt, bei Sonnenschein, wirkte die Landschaft aufgeräumt und sauber. Wo Regentropfen an den Halmen hingen, glänzte die Wiese. Doch die Schafe störten sich nicht daran und stapften munter durch das hohe Gras. Ihre Rücken waren mit unterschiedlichen Farbklecksen gekennzeichnet, um sie später wieder ihren Eignern zuordnen zu können. Bis auf einige wenige hatten alle einen grünen Flecken im Fell. Lämmer hüpften ausgelassen zwischen den Alttieren umher. Ob sie alle zum Schloss gehörten?

Hinter mir ertönte ein Klappern und ich drehte mich in der Hoffnung um, Henk mit meinem Frühstück in der Hand hereinkommen zu sehen. Ich musste meine Kinnlade zwingen, nicht herunterzufallen, als statt des Butlers Lady Carlotta in den Speisesaal hereinrauschte.

„Guten Morgen, Miss Lecon." Ihr harscher Tonfall machte mir sofort klar, dass ich keinen Small Talk zu erwarten brauchte.

„Guten Morgen, Lady Carlotta", sagte ich mit einer Extraportion Freundlichkeit. *Die Gesellschaft vom Hausherren wäre mir lieber gewesen. Aber der ist ja verhindert.*

„Es ist eine Schande, dass mein … Cousin nicht mit Ihnen frühstücken kann", sagte sie. „Aber wie Henk Ihnen vermutlich schon ausgerichtet hat, ist Finlay heute Morgen indisponiert." Sie lächelte eiskalt. „Um Klartext zu reden: Er hat Wichtigeres zu erledigen, als mit Ihnen seine Zeit zu vertun. Verstehen Sie?"

Cousin und Cousine also.

Seltsamerweise fühlte ich mich erleichtert. Levente war also nicht mit dieser Hexe zusammen. Diese Tatsache beruhigte mich, auch wenn es keine Rolle spielte. Was ging es mich an, ob die zwei geschieden, verschwägert oder verwandt waren?

„Selbstverständlich. Und deshalb leisten Sie mir jetzt Gesellschaft? Wie äußerst nett von Ihnen, Lady Carlotta."

Sie funkelte mich böse an, was ich jedoch mit einem zuckersüßen Lächeln konterte. Wenn sie glaubte, mich einschüchtern zu können, dann irrte sie sich. Levente hatte deutlich gemacht, dass er mich eingeladen hatte und ich sein Gast war, ob es ihr nun passte oder nicht. Ich hatte also meine Berechtigung, hier zu sein. Zumindest noch für ein Frühstück. Wann kam Henk endlich?

„Ich warne Sie, Miss Lecon." Sie kam mir einen Schritt zu nah. Ich konnte das Parfum riechen, dass sie aufgetragen hatte, und den leichten Lavendelgeruch ihres Kleides. Dieses Mal jedoch war mir der sonst so angenehme Blütenduft zuwider. „Auch wenn Finlay freundlich tut – er ist es nicht. Er ist das genaue Gegenteil dessen, was Sie in ihm zu sehen glauben."

Ich hielt ihrem strengen Blick mühelos stand. „So? Was denken Sie denn, was ich in Ihrem Cousin sehe?"

„Einen appetitlichen Liebhaber mit genügend Kleingeld, um Ihnen zumindest für eine Weile hier in Schottland die Auszeit vom ach so anstrengenden Alltag zu finanzieren." Sie zuckte nicht ein einziges Mal mit den schwarz getuschten Wimpern.

„Ach so? Tut mir leid, Sie enttäuschen zu müssen, Lady Carlotta. Ich bin weder auf der Suche nach einem schottischen Lover noch nach einem Finanzier." Ich winkte lässig ab und log: „Wissen Sie, ich bin in der IT-Branche tätig und leite mein eigenes Unternehmen mit fünfzig Angestellten. Das ist zugegeben ein schweißtreibender Job, aber dafür verdiene ich mein eigenes Geld, um mir zum Beispiel auch gelegentliche Reisen wie diese hier zu finanzieren. Einen Sponsor benötige ich dafür also genauso wenig, wie einen appetitlichen Liebhaber. Unnötiger Ballast, verstehen Sie?"

Das saß. Ich sah es an ihrem Gesichtsausdruck. Sie rückte von mir ab und strich sich den ausladenden Rock ihres Kleides glatt. „Ich meine es nur gut mit Ihnen, Miss Lecon. Mein Cousin ist nicht das, was er zu sein scheint. Er ist kein einfacher Mensch. Er ist nicht gut."

Ich schüttelte den Kopf. „Er hat mir Hilfe angeboten. Was ist daran schlecht?"

„Die Absicht dahinter."

Ihre Antwort verwirrte mich. „Er bot mir lediglich eine Unterkunft an. Was ist daran falsch?", fragte ich noch einmal. „Und außerdem: Er ist nicht einmal mehr da, damit ich mich dafür bei ihm bedanken kann."

„Seien Sie froh, dass ich dafür gesorgt habe, dass es so ist", sagte sie. „Nein!", fuhr sie mich an, als ich zum Reden ansetzte. „Das war ein schlechter Scherz. Sie müssen mir dafür nicht danken. Und Sie müssen es auch nicht verstehen. Halten Sie einfach den Mund, essen Sie und verschwinden Sie dann für immer. Kommen Sie nicht auf die Idee, hierzubleiben. Und kommen Sie niemals zurück, sonst werden Sie es bereuen."

Es klapperte erneut an der Tür. Endlich kam Henk mit dem ersehnten Tablett herein. Der würzige Duft nach Rührei, gebratenem Würstchen und frisch aufgebackenem Toast zog mit ihm ein.

„Genießen Sie Ihr Frühstück, Miss Lecon. Henk wird Sie später hinausbegleiten, nicht wahr, Henk?"

„Sehr wohl, Lady Carlotta." Der Butler stellte das Tablett auf dem Tisch ab und machte eine leichte Verbeugung.

„Alles Gute für Ihr weiteres Leben", sagte sie und rauschte hinaus.

„Ihr Frühstück, Miss", lenkte Henk meine Aufmerksamkeit beherzt auf das Essen. „Sollte noch etwas fehlen, dann zögern Sie nicht, es mir mitzuteilen. Lord MacConnell möchte, dass es Ihnen an nichts fehlt. Und er hat mich ausdrücklich darauf hingewiesen, Ihnen mitzuteilen, dass Sie Ihren Aufenthalt sehr gerne verlängern können. Genießen Sie die Vorzüge dieses Schlosses, solange Sie es wünschen."

Ich schluckte. „Danke, Henk. Bitte richten Sie ihm aus, dass ich sein Angebot sehr gerne annehmen würde. Leider habe ich einen straffen Reiseplan einzuhalten und ein längerer Aufenthalt, so gerne ich es auch möchte, ist einfach nicht möglich."

Ich konnte nicht verhindern, dass mich Lady Carlottas Warnung beeinflusste. Zu gerne hätte ich sie ignoriert. Aber sie kannte Levente besser als ich. Die paar Stunden, die ich mit ihm zusammen gewesen war, waren ohne Frage schön und aufregend gewesen. Unter anderen Umständen hätte ich sehr gerne mehr Zeit mit ihm verbracht. Jetzt war ich mir aber unschlüssig, ob es eine gute Idee war. Selbst wenn Lady Carlotta mich – aus welchen Gründen auch immer – von Levente fernhalten wollte, welche Aussicht barg ein weiteres Treffen mit ihm? Seine

Cousine würde gedanklich immer zwischen uns stehen und unser Beisammensein verderben. Ich hatte keine Lust, mich im Urlaub mit eifersüchtigen Hexen zu beschäftigen. Und es war auch nicht gelogen, dass ich keine Zeit hatte, länger zu bleiben. In drei Tagen ging mein Flieger zurück nach Deutschland. Bis dahin musste ich es nach Glasgow schaffen, zu Fuß oder per Taxi. Allerdings war es nicht das Ziel meiner Reise, den Weg mit einem fahrbaren Untersatz zu bewältigen.

„Wie Sie wünschen, Miss Lecon. Ich werde es seiner Lordschaft sehr gerne ausrichten."

Der gefühlsneutrale Dienst des Butlers schmerzte. Ich wusste, Henk machte lediglich seinen Job. Nicht mehr und nicht weniger. Trotzdem hätte mir etwas Mitgefühl gutgetan.

„Danke, Henk. Für das leckere Frühstück und alles andere." Ich biss in den warmen Toast, auf dem die Butter zerlief. Plötzlich kam mir eine Idee. „Sagen Sie, Henk." Ich musste meine Frage in harmlosem Ton stellen, um ihm die Möglichkeit zu geben, unverfänglich antworten zu können. „Leben Lady Carlotta und Levente schon lange hier auf Ballinmore Castle?"

Henk nickte. „Ja."

„Dann ist das Schloss bestimmt schon lange im Familienbesitz. Dass Cousin und Cousine hier residieren, finde ich sehr ungewöhnlich." Ich sah von meinem Frühstück auf. Henk stand nahe der Tür, hatte die Hände gefaltet und lächelte. Eine Antwort wollte er mir jedoch nicht geben.

„Es ist sicher nicht einfach in einem so großen Schloss. Müssen Sie das alles selbst sauber halten?“

Henk verzog keine Miene. „Außer meiner Wenigkeit sind gelegentlich noch Mila und Bonny im Haus, die sich um den Haushalt kümmern. Möchten Sie noch Tee, Miss Lecon?“

Ich nickte und ließ mir nachschenken. „Ich kann mir vorstellen, dass es in so einem großen Schloss sehr viel zu tun gibt.“

„Oh ja, sehr viel sogar, Miss Lecon.“

„Alleine die Renovierungen. Oder Planungen für Festivitäten.“

Er zögerte.

Ha, jetzt aber.

„Das ist von Fall zu Fall unterschiedlich, Miss Lecon. Im Allgemeinen ist Lord MacConnell derjenige, der die Entscheidungen trifft.“

„Verstehe“, sagte ich, obgleich ich gar nichts verstand. Wenn ihm das Schloss gehörte, wieso durfte Levente dann keine Gäste einladen? Und wieso durfte Lady Carlotta ihren Cousin bevormunden?

Und wieso ist er erst so interessiert und anhänglich und lässt mich tags darauf sitzen?

Vermutlich hatte Lady Carlotta ja recht und Levente war tatsächlich weder charmant noch höflich. Er hatte ja selbst gesagt, dass es andere mit ihm nicht lange aushielten.

Wenn er sich immer so benimmt, und seine Gäste sitzen lässt, dann wundert mich das nicht.

Vielleicht hatte er mich nur als Zeitvertreib gesehen und war, als dann seine Cousine auftauchte, zur Vernunft gekommen? Aber sich jetzt verleugnen zu lassen, nur um mir nicht mehr in die Augen sehen zu müssen, war niveaulos.

Klingt logisch, aber irgendwie kann ich dennoch nicht glauben, dass das von vorneherein so geplant war. Oder hängt das mit gestern Nacht zusammen?

Ich rief mir Leventes Augen in Erinnerung, die feinen Fältchen, die sich in die Haut gruben, wenn er lachte. Die Gefühle, die ich da sah. Oder besser: die ich glaubte zu sehen. Machte ich mir etwas vor? Reimte ich mir hier etwas zusammen, was in Wirklichkeit nicht zusammenpasste? Ich konnte doch nach so kurzer Zeit Levente und alle Dinge um ihn herum überhaupt nicht einschätzen. Andererseits war ich mir sicher, dass seine intime Andacht, die ich unerlaubterweise mit angesehen hatte, keine Inszenierung gewesen war, sondern echte Kontemplation.

Es passte einfach gar nichts zusammen.

Warum auch immer, ich saß alleine hier im Speisesaal. Statt mit dem attraktiven Schlossherren zu flirten, unterhielt ich mich mit einem spröden Butler. Selbst der Blick zu den Fenstern hinaus half nicht, meine Enttäuschung zu schmälern. Ich schaute aufs Meer und kaute freudlos auf meinem Toast herum. In wenigen Minuten würde ich meinen Rucksack schultern und Levente und Ballinmore Castle den Rücken kehren.

Kapitel 6

Das Abendessen, das ich im Pub von Elishader vorgesetzt bekam, war nicht halb so gut wie der Stew von Henk tags zuvor. Ich stocherte appetitlos in der von der schnippischen Kellnerin vollmundig als „Proudly homemade Lasagna“ angepriesenen Pampe herum und pickte mir die Gemüsestücke heraus, die noch einigermaßen genießbar waren. Ich hatte heute kaum Strecke gemacht. Mein nächster Halt wäre eigentlich Portree gewesen. Stattdessen hatte ich mich nach der Hälfte des Weges zur Rast am Kilt Rock und dem Mealt Falls Aussichtspunkt entschlossen und mich nach einer weiteren Stunde herumsitzen und Löcher in die Luft starren kurzerhand im Sam's View B&B in Elishader eingebucht. Meine Motivation, schnell voranzukommen, war gleich null. Immer wieder dachte ich über den vergangenen Tag nach. Und über Levente. Er war morgens wirklich unhöflich gewesen. Das passte nicht zu dem, wie er sich sonst präsentiert hatte. Levente schien mir ein Mann zu sein, der Manieren besaß. Einer, der anderen Respekt zollte, höflich und ehrlich war.

Abgesehen von der geheimnisvollen Sache vor dem Altar. Was hat er da gemacht? Hatte sein Verhalten am Morgen danach etwas damit zu tun? Weil ich ihn bei etwas beobachtet habe, das ich nicht hätte sehen sollen?

Es war genau diese Tatsache, die mich immer wieder zu ihm zurückbrachte: Er war geheimnisvoll. Er war wie ein hübsch verpacktes Weihnachtsgeschenk unterm Baum, das ich zwar sah, aber nicht anfassen oder gar auspacken durfte. Ich ahnte, dass hinter der Fassade ein Mann steckte, der seltsam war, möglicherweise Narben von seinem Leben trug, der jedoch auch liebenswert und interessant war. Ich erwischte mich dabei, zu bereuen, nicht mehr Zeit mit ihm verbracht zu haben, den Warnungen von Lady Carlotta zum Trotz.

Hätte er mich nicht sitzen gelassen …

Ich seufzte, pickte das letzte Stückchen Karotte aus der Pampe und steckte es in den Mund. Ich würde es nie erfahren, was wirklich hinter Leventes Verhalten steckte. Wir hatten weder Telefonnummern ausgetauscht noch hatte er meine Adresse. Und ich würde freiwillig nicht mehr nach Ballinmore Castle zurückkehren.

Ich sah auf den Stapel Postkarten, die ich eigentlich hatte beschriften wollen, und packte sie wieder ein. Meine Arbeitskollegen, Nachbarn und mein Ex-Freund Sven würden dieses Mal ohne eine Karte auskommen müssen. Nicht, dass irgendeiner offiziell etwas auf diese antiquierte Kommunikationsform gab. Man zog mich damit gelegentlich auf, fand das Schreiben von Postkarten archaisch, freute sich aber insgeheim dann doch darüber, was das liebevolle Chaos an Urlaubsgrüßen auf der Pinnwand in der Kaffeeküche bewies. Selbst Sven hatte eine meiner Karten nach Jahren noch am Kühlschrank hängen. Die Tür des Pubs ging auf und ein Mann kam herein. Ich beachtete den ankommenden Gast nicht weiter, sondern schob meinen Teller beiseite und trank einen großen Schluck Guinness, um den schäbigen Geschmack nach schlechter Lasagne fortzuspülen.

„Ich habe fast den ganzen Tag nach Ihnen gesucht. Wieso sind Sie nicht am Loch Leathan ins Old Man of Storr B&B eingekehrt? Das wäre touristisch logischer und für mich weniger aufwendig gewesen. Und außerdem ist dort das Essen besser."

Jemand setzte sich ungefragt mir gegenüber auf die Bank. Überrascht stellte ich mein Glas ab.

„Herr Sanders. Das ist aber eine Überraschung", sagte ich und konnte mir dabei ein wenig Ironie nicht verkneifen. „Ich habe nicht damit gerechnet, dass sich unsere Wege so schnell wieder kreuzen."

„Mir wäre es anders auch lieber gewesen", antwortete er spöttisch und zog einen zerknitterten Briefumschlag aus der Innentasche seiner Jacke. „Hier. Mehr habe ich nicht zu sagen." Er pfefferte ihn mit der flachen Hand auf den Tisch und stand im selben Moment auf. Er blickte mich nicht einmal mehr an und stapfte zur Tür.

Vor Aufregung zitterten meine Hände, als ich den Brief aufnahm. Eric hatte das Kuvert achtlos auf die nasse Tischplatte geknallt. Vorsichtig versuchte ich, das Kondenswasser wegzutupfen, doch das Papier war schon aufgeweicht. Auf der Vorderseite stand mit Kugelschreiber mein Name gekritzelt. Ich zog eine Karte heraus. Darauf stand lediglich ein Satz:

Hören Sie auf Ihr Herz und nicht auf übellaunige Ladys. Bitte!!!

Ich las die Nachricht wieder und wieder. Schließlich klappte ich die Karte zu, steckte sie zurück ins Kuvert und winkte der Kellnerin, um zu bezahlen. Erst in meinem Zimmer setzte ich mich aufs Bett und öffnete die Karte noch einmal. Was bedeutete dieser Satz? Wieso sagte mir Eric nicht direkt, was er sagen wollte? Eine Karte abzugeben, war kindisch. Aber auch ein wenig mysteriös, so wie die ganze Angelegenheit.

Mein Urlaub war in ein paar Tagen vorbei. Zu Hause wartete das übliche, geregelte Single-Leben fernab von Schlössern und Schlossherren. Spätestens nach dem ersten Arbeitstag würde die Erinnerung an die Highlands unter einem Berg Akten und unter Hunderten von unbeantworteten E-Mails begraben sein und allenfalls in einsamen, gefühlsduseligen Momenten wieder aufflammen. Doch egal, wie romantisch und sexy Levente auch war, er passte weder in mein schnörkelloses Appartement, noch in meinen stressigen Alltag. Wir hatten eine kurze Begegnung und vielleicht hätte ich mir noch mehr Zeit für ihn genommen.

Aber dafür ist es jetzt zu spät.

Ich verstand Erics Brief als Aufforderung, nach Ballinmore Castle zurückzukehren. Warum kam sie nicht von Levente selbst, sondern von seinem Stallburschen? Eric schrieb zwar nicht, ich müsse unbedingt zurückkommen, aber seine Botschaft war auch so unmissverständlich. Was sagte mein Herz? Ich schloss die Augen und hatte prompt Leventes Gesicht vor Augen. Er lächelte mir zu.

„Nein!“

Ich war kein verknallter Teenie mehr, ich war eine selbstbewusste, erwachsene Frau, die ein selbstbestimmtes Leben führte. Ich würde mich von einem Mann nicht vorführen lassen, egal ob Schlossherr oder Stallbursche. Wenn die Herren etwas von mir wollten, dann sollten sie gefälligst herkommen, statt kryptische Nachrichten zu verschicken. Ich würde nicht zurückrennen, nur weil sie auf geheimnisvoll taten.

Nette Masche, nur leider sinnlos.

Ich spürte, dass ich mir einen Vorwurf konstruiert hatte. Aber so zu denken machte vieles einfacher und übertönte die leise Stimme, die mir zuflüsterte, ich solle ihnen wenigstens eine Chance geben. Ich steckte die Karte in meinen Rucksack und schob sie bis zum Boden, um ja nicht in Versuchung zu kommen, sie erneut herauszuziehen. Dann machte ich mich bettfertig und schaltete das Abendprogramm im Fernsehen ein. Aktuelle Nachrichten flirrten über den Bildschirm, ohne Eindruck zu hinterlassen. Eine Werbesendung folgte. Nachdem Bob zum vierten Mal die limitierten, super-effektiven Kochtöpfe zum Schnäppchenpreis angepriesen hatte, schaltete ich aus und versuchte zu schlafen. Ich hörte die Geräusche aus dem Pub, dessen Eingang genau unter meinem Zimmer war. Gesprächsfetzen und

Musik wurden jedes Mal laut, wenn jemand die Tür öffnete, der Gestank von Zigaretten drang durchs gekippte Fenster bis zu mir herauf. Das gelegentliche Brausen eines Autos, das in der engen Straße von den Häuserfassaden reflektiert wurde, nervte zusätzlich. Ich stand auf und schloss das Fenster. Wenigstens war jetzt Ruhe. Doch gegen das Licht der Straßenlaterne konnte der Vorhang nur wenig ausrichten. Normalerweise war ich nicht so empfindlich, aber heute Abend störte mich so ziemlich alles. Ganz besonders das Summen eines Moskitos, der sich hierher verirrt hatte.

Als ich am vorletzten Tag meiner Reise endlich in Glasgow ankam, war ich einerseits traurig, dass sich die schöne Zeit zu Ende ging, andererseits war ich es langsam leid, ständig unterwegs zu sein und jeden Tag woanders aufzuwachen.

Herrje! Ich werde echt alt.

Die Sonne lachte vom Himmel, als wolle sie mich für das Wetter der letzten Tage entschädigen. Regen und heftiger Wind hatten mich auf meiner Wanderung begleitet. Ich ließ es an mir abprallen. Ich war ohnehin taub für alles. Ständig kreisten meine Gedanken um Levente, um Erics Nachricht und um die möglichen Erklärungen. Ich sah Levente unter einem Baum auf mich warten, glaubte sein Lachen hinter meinem Rücken zu hören und fluchte, weil mir mein Hirn immer wieder Streiche spielte. Hätte ich wenigstens die Erinnerung an seine Berührungen und seine strahlenden Augen verbannen können, dann wäre es mir leichter gefallen, ihn zu vergessen. Aber ihn als ständigen Begleiter bei mir zu haben, wenn auch nur imaginär, war die Hölle. Mittlerweile verfluchte ich mich dafür, nicht nach Ballinmore Castle zurückgegangen zu sein. Dann wieder gab es Momente, ich denen ich stolz war, der Verlockung widerstanden zu haben.

Ich nutzte die verbliebene Zeit, um mir die Stadt anzusehen. Ich kaufte mir ein 24-Stunden-Ticket für die Clockwork Orange, die U-Bahn Glasgows, und ließ mich von Station zu Station transportieren. Gelegentlich stieg ich aus und bewunderte die stilvollen Art-Nouveau-Gebäude des schottischen Architekten Charles Rennie Mackintosh, trank in den Botanischen Gärten Tee oder schlenderte durch den Kibble Palace, ein imposantes Glashaus mit tropischen Pflanzen. Ich besichtigte die St. Mungo's Kathedrale, die Kathedrale von Glasgow, schaffte es aber nicht mehr zur Necropolis, einem in der Nähe befindlichen und als wichtige Sehenswürdigkeit angepriesenen viktorianischen Friedhofshügel. Es war kurz vor sechzehn Uhr und der Friedhof schloss seine Tore. Ein pfiffiges Unternehmen bot szenische Mitternachts-Besichtigungen für unerschrockene Besucher an und unterhielt dort sowohl mit Fakten als auch mit angeblich wahren Schauermärchen. Auf dem Reklamezettel warb man mit der Legende von der Weißen Lady, die jede Nacht in den Grüften nach ihren verstorbenen Ehegatten fahndete, oder von einem kopflosen Earl, der nicht etwa sein eigenes Haupt, sondern das seines geliebten Jagdpferdes suchte. Doch bis zur Geisterstunde würde ich nicht durchhalten und so stattete ich lieber noch dem Kelvingrove Art Gallery and Museum einen kurzen Besuch ab, merkte aber recht schnell, dass mir endgültig die Puste ausging. Die Ausstellungsstücke in dem wunderschönen Barrockgebäude waren zwar interessant, doch meine Beine machten nicht mehr mit. Um etwas Kraft zu tanken, setzte ich mich in der Haupt-Ausstellungshalle auf eine Bank und ruhte mich aus. Still war es nicht, dazu waren zu viele Besucher unterwegs. Sie flanierten entlang der oberen Balkone oder kamen in Gruppen an mir vorbei. Als sich wieder eine laut plappernde Menge auf mich zubewegte, war ich kurz davor, mich zu beschweren. Ich hatte bereits den Finger erhoben, um ihn an die Lippen zu legen und ein böses „Pst“ von mir zu geben, da sah ich ihn. Er wurde von einem kräftigen Mann verdeckt, aber die Frisur, die Haarfarbe und die hohen Wangenknochen … das konnte nur Levente sein. Meine Lungen brannten, bis ich mich daran erinnerte, dass ich atmen musste, wenn ich ihm nicht gleich bewusstlos vor die Füße fallen wollte. Ich wiegte mich auf meinem Platz so unauffällig wie möglich hin und her, um einen besseren Blick auf ihn zu erhaschen, aber es war unmöglich. Entweder versuchte Levente absichtlich, sich vor mir zu verstecken, oder aber der Mann vor ihm hatte die Gabe, immer dann zur Stelle zu sein, wenn ich die Chance auf gute Sicht gehabt hätte.

Was sage ich bloß zu ihm? Soll ich ihn fragen, was er hier sucht? Blöde Frage, ganz blöde Frage. Was wird er hier schon suchen? Er wird bestimmt nicht wegen der ausgestellten Kilts oder den antiquarischen Schwertern nach Glasgow gekommen sein.

Ich hatte ihm doch erzählt, dass ich von Glasgow aus nach Hause fliegen würde? Bestand die Möglichkeit, dass er wegen mir gekommen war?

Aufhören! Ich sehe bloß Gespenster.

Ich verbot mir die heimliche Freude über ein mögliches Wiedersehen. Sie war unnötig. Es war absurd zu glauben, dass er den weiten Weg auf sich genommen hatte, um mich zu suchen.

Purer Zufall, dass er hier ist. Nichts als Zufall.

Mittlerweile passierte mich die Gruppe. Einer nach dem anderen gingen sie an dem ausgestellten Elefanten vorbei, der mit seiner schieren Größe die Ausstellung dominierte. Ich musterte den beleibten Mann, der Levente abschirmte, und konnte trotz Anstrengung die Vorfreude auf ein Wiedersehen kaum mehr verdrängen. Noch zwei Schritte weiter, dann war meine Sicht auf ihn frei. Noch einen. Der ältere Herr trat zur Seite. Hinter ihm stand ein Mann, der Levente in Statur und Größe durchaus ähnelte, doch bar jeder Eleganz und Ausstrahlung war. Das Prickeln, das mich durchfuhr, war kein Entzücken, sondern pure Enttäuschung. Das hatte ich jetzt davon.

Geschieht mir recht! Ich sollte ihn endlich vergessen!

Frustriert stand ich auf und verließ das Museum. Es war höchste Zeit, ins Hotel zurückzufahren.

Für die letzte Nacht meines Urlaubes hatte ich mir eine besonders noble und komfortable Unterkunft ausgesucht. Das Royal Glesga Hotel verfügte über eine Wellness-Lounge mit Saunen, Pools und Massage-Angeboten. Ich würde dies alles, abgesehen von einer Massage, die ich gebucht hatte, niemals nutzen können, doch es konnte nicht falsch sein, sich am letzten Urlaubstag noch einmal richtig verwöhnen zu lassen. Die kommenden Tage auf der Arbeit würden stressig genug werden und mir graute schon vor den Papierbergen und Mails, die auf mich warteten.

Der Wellness-Bereich war ansehnlich. Marmorfliesen, lebensgroße Statuen und steinerne Bänke vermittelten den Eindruck, man befände sich in einem eleganten, antiken Bad. Die wenigen Gäste, die sich außer mir hier aufhielten, nickten mir schweigend zu. Einige lagen in Bademänteln in den Nischen und unterhielten sich flüsternd. Angestellte in weißer Kleidung und Frottee-Pantoffeln huschten geschäftig über den Marmor und lächelten freundlich.

Die Frau am Tresen blickte von ihrem Kalender auf, als ich mich vorstellte.

„Hallo. Ich bin Maryan Lecon und habe eine Behandlung gebucht", sagte ich.

„Herzlich willkommen, Frau Lecon", begrüßte sie mich und blickte kurz auf ihre Unterlagen. „Sie haben die Lomi-Lomi-Tempelmassage gebucht, richtig?"

Ich nickte. Ich hatte die hawaiianische Massage nur deshalb gebucht, weil mir der Name und die Beschreibung gefallen hatten. Mich erwartete eine zuwendungsvolle Massage bei hawaiianischer Musik, die meinen „Körper regenerieren und in Einklang mit sich und der

Umgebung bringen“ sollte. Keine Ahnung, ob das was für mich war. Aber der horrende Preis, den diese eineinhalb Stunden andauernde Massage kostete, war nach all den vergangenen Strapazen hoffentlich gut investiertes Geld. Und wenn mein Geist endlich wieder mir gehören würde und nicht mehr mit Levente beschäftigt war, würde es meinem Körper bestimmt besser gehen.

„Ich begleite Sie in Ihren Behandlungsraum. Jane, Ihre Masseuse, wird gleich bei Ihnen sein.“

Knapp zwei Stunden später kam ich müde, aber vollkommen entspannt aus dem Behandlungsraum. Ich war während der Massage eingenickt und erst gegen Ende wieder aufgewacht. Als ich mich bei Jane dafür entschuldigte, lachte sie und versicherte mir, dass dies jedem passiere und es ein gutes Zeichen sei. Mein Körper sei eben tiefenentspannt gewesen, Seele und Geist hätten wieder zueinandergefunden und wären endlich zur Ruhe gekommen. Ich gähnte verhalten und verabschiedete mich. Von der Massage hatte ich nicht viel mitbekommen.

Das Geld hätte ich besser in ein gutes Essen und Alkohol investiert. Dabei wäre ich wenigstens nicht eingeschlafen.

Ich schlurfte in meinen kuscheligen Frottee-Latschen und Bademantel am Ruhebereich vorbei zum Ausgang.

„Aloha, Miss Lecon“, sprach mich jemand von seiner Liege aus an.

Ich hätte seine Stimme unter Millionen wiedererkannt. Meine mühsam errichtete Schutzmauer, die ich mir mithilfe von Verstand und Logik zusammengeschustert hatte, fiel in sich zusammen und machte mir schlagartig klar, dass ich einen großen Fehler begangen hatte. Wieso hatte ich bloß mit aller Macht versucht, mein Herz zum Schweigen zu bringen? Jetzt stand ich hier, bekam schweißnasse Hände und zitterte. Nicht vor Angst, sondern vor Freude, ihn wiederzusehen. Der Klang seiner Stimme legte sich wie ein seidenes Tuch über mich, beschützte mich und blendete alles andere um mich herum aus. Die körperlichen Anstrengungen der vergangenen Tage, ja selbst die Mühen, nicht an ihn zu denken, waren vergessen. Levente war hier und das war das Einzige, was im Moment zählte.

Er erhob sich von seiner Liege. Dabei verrutschte sein Bademantel ein wenig, sodass ich einen Blick auf seinen Bauch erhaschte. Bevor es jedoch zu peinlicheren Einblicken kommen konnte, hatte Levente den Gürtel festgezurrt. Als er aufsah, war mir klar, dass er genau wusste, worauf ich gehofft hatte. Prompt wurde ich rot und schwitzte noch mehr.

„Hallo“, sagte ich und schämte mich für meine viel zu hohe Stimme. Ich zwang mich zur Beherrschung. „Das ist aber eine Überraschung. Was machst du denn hier?“

Seine Hand berührte nur den dicken Stoff an meinem Arm, dennoch reichte es aus, um mich zu elektrisieren. „Das Gleiche wie du. Ich mache Wellness.“ Er beugte sich vor und hauchte mir einen Kuss auf beide Wangen. Ein feiner Duft von Massageöl ging von ihm aus. Im Gegensatz zu mir war er jedoch kein bisschen verschwitzt. Er hatte noch nicht einmal gerötete Wangen.

„Hier?", fragte ich. Mein Hirn war aufgrund seiner plötzlichen Nähe vollkommen überlastet und arbeitsunfähig.

„Auf Ballinmore Castle gibt es leider keinen Fitnessraum, von einer kompetenten Masseuse ganz zu schweigen." Er lachte. „Ich freue mich sehr, dich wohlauf zu sehen. Ich hatte mir Sorgen gemacht."

Ich fühlte mich ertappt und sah auf meine Füße. „Weil ich nicht zurückgekommen bin?"

„Zurückgekommen?", fragte er verwirrt. „Nein, weil ich es leider nicht geschafft habe, dich zu verabschieden, wie es sich gehört. Komm." Er nahm mich am Arm und deutete auf die Gäste, die um uns herum auf den Liegen dösten. Zwei Frauen sahen neugierig zu uns herüber, schauten aber schnell weg. Ich hatte die anderen bisher gar nicht wahrgenommen. „Lass uns gehen."

Wir stiegen in den Aufzug und während ich die Taste meiner Etage drückte, kam mir die irrsinnige Idee, den Halteknopf des Aufzugs zu betätigen und über Levente herzufallen. „In welchen Stock musst du?", fragte ich.

„In den dritten Stock. Ich habe Zimmer 331."

„Das ist genau neben meinem", wunderte ich mich. „Ich habe 330. Was für ein Zufall."

Aus den Augenwinkeln heraus bemerkte ich sein Schmunzeln. Die Türen schlossen sich, der Aufzug setzte sich in Bewegung. Ich überlegte fieberhaft, was ich sagen sollte. Als sich die Türen öffneten, war mir immer noch nichts Sinnvolles eingefallen. Die offensichtlichste Frage, warum er wirklich hier war, hätte mich bloßgestellt, und unverfänglichere Fragen wären belangloser Small Talk gewesen. Wir schwiegen, bis wir an meiner Zimmertür ankamen. Ich blieb stehen.

Und jetzt?

Ich stopfte meine nervösen Hände in die Taschen des Bademantels.

Menschenskind. Nimm dich zusammen.

Ich ertastete die Karte und nahm die Hände wieder aus den Taschen. „Hast du schon gegessen? Ich wollte gleich noch runter ins Restaurant", sagte ich und war froh, dass ich meine Stimme einigermaßen im Griff hatte. „Magst du mitkommen? Ich müsste mich nur schnell umziehen."

Ich konnte ihn ja wohl kaum hier stehen lassen und morgen einfach nach Hause fliegen.

„Nur unter einer Bedingung", sagte er. Seine Augen blitzten. Alle Lachfältchen sprangen auf ihren Platz. Ich konnte mich noch an jedes Einzelne erinnern. „Wir reden nicht über uns und über die Vergangenheit. Einverstanden?"

„Im Ernst?"

Vermutlich hatte ich einen ulkigen Ausdruck im Gesicht, denn er lachte vergnügt. „Mein voller Ernst. Wetter, Schottland, Fußball, Baumstammwerfen oder Schafe. Nur das ist erlaubt."

Es war die seltsamste Bedingung, die mir jemals für ein Date gestellt worden war. Ich starb fast vor Neugierde und sollte jetzt übers Wetter reden?

„Schade. Und wenn ich dir verrate, dass ich mit Fußball nichts anfangen kann?", neckte ich. „Das betrifft mich doch, weil es meine Einstellung ist. Das wäre dann also nicht erlaubt?"

Er näherte sich mir ganz langsam. „Selbstverständlich ist das erlaubt. Deine Einstellungen zu ganz bestimmten Dingen interessieren mich durchaus. Sagen wir, in einer halben Stunde unten im Restaurant?", schlug er vor.

Ich brauchte einen Moment, ehe ich mich wieder gefangen hatte. „Ja, sicher."

Er wandte sich nicht ab, sondern stand einfach nur da. Ich hatte ein Déjà-vu und sah uns auf der Treppe von Ballinmore Castle stehen.

Worauf wartet er?

Das verschmitzte Lächeln um seinen Mund, die freche Strähne, die ihm wie üblich aus dem Zopf gerutscht war, die dunklen, rätselhaften Augen, mit denen er mich ansah.

Und worauf warte ich?

Eine Antwort darauf brauchte ich mir nicht geben. Mein Körper wusste Bescheid und zeigte mir deutlich, was er erwartete. Während ich mein Zimmer aufschloss, rührte sich Levente nicht vom Fleck. Ich war mir sicher, dass er nicht ungefragt mit hineinkommen würde. Mit einem kurzen Blick versicherte ich mich, dass er nicht abgeneigt war, mir zu folgen. Ich ergriff seine Hand, um ihn mit ins Zimmer zu ziehen. Würde er mich gleich in einer filmreifen Szene gegen die Tür pressen und an Ort und Stelle vernaschen?

Der kalte Schmerz der Enttäuschung machte sich breit, als er nicht auf meine Aufforderung einging, mir seine Hand entzog und den Kopf schüttelte.

Er ist eben ein Gentleman. Aber verflixt … ein verdammt heißer Gentleman.

„Wir treffen uns in ein paar Minuten wie abgemacht unten im Restaurant." Er zückte seine Zimmerkarte. „Bis gleich."

Während wir im Restaurant zusammensaßen, zog sich unser Gespräch schleppend dahin. Levente blieb die meiste Zeit über still, hatte angeblich keinen Hunger und nippte an seinem Glas Wasser. Seine flüchtigen Blicke machten mich nervös.

„Nachtisch, die Dame?", fragte der Ober. „Ich kann Ihnen die hausgemachten Scones mit Clotted Cream und Erdbeerjus empfehlen."

„Nein, danke. Ich bin satt. Aber ein Cappuccino wäre fein." Ich sah zu Levente rüber, der – natürlich – leicht den Kopf schüttelte. „Das wäre dann alles, danke", sagte ich und der Ober ließ uns wieder alleine.

Es gab zwei Möglichkeiten, den Abend zu überstehen. Entweder, ich ging in die Offensive und fragte ihn direkt, ob er bloß gekommen war, um schweigend vor mir zu sitzen, oder aber ich ging in die Defensive, schwieg meinerseits und verzog mich bei der nächstbesten Gelegenheit. Weiterhin dazusitzen und den Blumen in der kleinen Vase beim Verwelken zuzusehen, darauf hatte ich keine Lust. Und die kühle Stille, die wie die Vase zwischen uns stand, gefiel mir nicht. Irgendetwas an Levente hatte sich verändert. Keine Spur mehr vom selbstsicheren Schotten, den ich kennengelernt hatte. Er wirkte verloren, unsicher und distanziert.

Als wäre es ihm unangenehm, hier zu sein. Und wenn er mich ansieht, dann studiert er mich, als sei ich ein Ausstellungsstück im Museum. Was hat er bloß? Warum redet er nicht?

Die ganze Situation missfiel mir zusehends. Ich würde den Kaffee schnell austrinken und dann gehen. Ich hatte die Tasse fast leer getrunken, als Levente endlich das unangenehme Schweigen brach. „Ich wollte mich bei dir verabschieden, bevor du zurück nach Hause fliegst, und dir sagen, dass es mich sehr gefreut hat, deine Bekanntschaft gemacht zu haben. Und ich wollte mich dafür entschuldigen, dass ich dir das nicht schon auf Ballinmore Castle gesagt habe. Es kam mir morgens leider ein sehr wichtiger Termin dazwischen, der sich nicht verschieben ließ."

„Ich fühle mich geehrt, dass du extra dafür herkommst." Mein spöttischer Tonfall ließ ihn zusammenzucken. Gut so.

„Es ist das letzte Mal, dass wir uns sehen, Maryan."

„Wenn du das ändern willst, kannst du ja mal nach Hamburg kommen." Meine Einladung kam halbherzig und ich rechnete nicht wirklich mit einer Zusage. Er mochte distanziert tun, sah mich dabei aber an, als fiele ihm der Abschied schwer.

Er kommt mir irgendwie so wankelmütig vor.

Seine prompte Zurückweisung tat weh. „Das kann ich nicht."

„Das ist schade, aber wohl nicht zu ändern."

„Es ist mir verboten."

„Es ist dir verboten?“, wiederholte ich ungläubig. „Du bist ein erwachsener Mann. Du bist sogar Lord. Wer kann dir verbieten, nach Deutschland zu reisen? Deine Cousine ja wohl kaum.“

Er verzog das Gesicht.

Falsches Thema für dich? Mir doch egal.

Warum konnte ihm jemand verbieten zu reisen? Hatte er eine Straftat begangen und durfte das Land nicht verlassen? Und wieso fühlte ich mich plötzlich so miserabel? Er hatte mir nie etwas versprochen und ich interpretierte vermutlich mehr in die Sache hinein, als sie hergab.

Eingebildeter Kerl. Ich muss das abstellen. Ich muss aufhören, mir über ihn und alles andere Gedanken zu machen.

Ich trank meinen Cappuccino aus und stand demonstrativ auf. „Danke, dass du gekommen bist, aber es wäre wirklich nicht nötig gewesen. Dann auf Wiedersehen und danke für alles.“ Der Quasi-Rauswurf war eine reine Schutzmaßnahme. Selten hatte ich mich in einer so peinlichen Situation befunden. Ich würde Levente keine Szene machen, aber meinen Stolz würde ich behalten. Mit erhobenem Kopf wollte ich mich umdrehen.

„Es war ein Fehler“, sagte er.

„Wie bitte?“ Ich fuhr herum. Hatte ich mich verhört? Wenn ich gedacht hatte, dass es nicht unangenehmer werden konnte, wurde ich nun eines Besseren belehrt. Die schönen Eindrücke des ersten Treffens, das wunderbare Schloss, die herrschaftlichen Räume, der Abend in der Bibliothek … alles verkam zu einer Farce.

„Das alles war ein furchtbarer Fehler“, wiederholte er und stand ebenfalls auf. „Es tut mir leid, Maryan. Ich hätte dich erst gar nicht einladen sollen. Und ich hätte nicht hierherkommen dürfen.“

In was bin ich da bloß reingeraten?

Plötzlich erschienen mir die Ereignisse im Schloss, mit Lady Carlotta und Eric, nicht mehr seltsam, sondern befremdlich und bedrohlich. Wie blauäugig und vertrauensselig ich manchmal war. So gesehen konnte ich froh sein, dass alles glimpflich ausgegangen war und die kurze Episode mit dem schottischen Schlossherren hier ihr Ende fand.

Ich nehme nie wieder die Einladung eines Fremden an. Egal wie sympathisch oder sexy er ist. Lieber schlafe ich bei den Rindern auf der Wiese oder laufe mir die Sohlen bis zur nächsten vernünftigen Unterkunft runter. Der Kerl hat sie doch nicht alle.

„Und mir tut es leid, dein Angebot angenommen zu haben.“ Sich so von mir zu verabschieden, war unmöglich. Hatte er eine Ahnung, wie sich das anfühlte? „Aber keine Sorge, es wird nie wieder vorkommen. Das garantiere ich dir.“

So viel zu: Er ist ein Gentleman. Er ist kein Gentleman, er ist ein Vollidiot ohne jeden Anstand.

„Lebe wohl, Maryan“, sagte er.

Ich sah die Traurigkeit, die sein Gesicht zeichnete, ignorierte sie aber und verließ das Restaurant. Levente kam mir nicht hinterher. Er versuchte nicht, mich aufzuhalten. Und das war gut so, denn sonst hätte ich ihm womöglich doch noch eine Szene gemacht. Ich war wütend ob meiner eigenen Unvernunft und seines unmöglichen Verhaltens. Zu kommen, um mir zu sagen, dass er mich nicht hätte einladen sollen, war schon ein starkes Stück. Hatte er das vorher schon geplant gehabt oder war das eine spontane Reaktion gewesen? Egal wie, hätte er sich das nicht sparen können? Dann hätten wir uns nie wiedergesehen und uns irgendwann vergessen. So aber hatte er mir im letzten Moment meine gesamte Reise verdorben. Diese Verabschiedung würde für immer prägendes Element meiner Urlaubserinnerungen sein.

Danke für nichts.

Ich warf die Zimmertür hinter mir ins Schloss. Vom Fenster aus beobachtete ich die wenigen Spaziergänger und den Verkehr. Als jemand aus dem Hotel kam und nach einem Taxi winkte, wich ich hinter die Gardinen zurück. Ein Wagen hielt am Straßenrand an. Levente öffnete die Tür, klärte etwas mit dem Fahrer und stieg ein. Ich sah dem Taxi hinterher, bis es an der nächsten Ecke abbog und aus meinem Blickfeld verschwunden war. Ich konnte nicht verhindern, dass sich Tränen den Weg bahnten. Ich wischte sie ärgerlich weg und machte mich dann bettfertig. In Leventes Verhalten passte nichts zusammen, aber warum sollte ich mir darüber noch Gedanken machen?

Es kann mir egal sein. Es muss mir egal sein. Er *muss mir egal sein!*

Ich musste mich auf die Dinge besinnen, die wichtig waren und auf dem Plan standen. Mein Rückflug morgen und mein Alltag in Hamburg waren Realität.

Eine romantische Begegnung mit einem schottischen Schlossherren hingegen war eine kindische Fantasie. Nichts für bodenständige Frauen wie mich. Dennoch, irgendetwas in Leventes Blick ließ mich immer wieder zu der Frage zurückkommen, welche Motivation er tatsächlich für seinen Besuch gehabt hatte. Ich würde es nie erfahren. Es war besser, mein gewohntes Leben wieder aufzunehmen und wenigstens zu versuchen, so zu tun, als wäre es eine ganz normale Reise gewesen.

Kapitel 7

„Hier sind noch die Unterlagen, die du angefordert hast."

Der Praktikant knallte mir einen Riesenstapel auf die letzte freie Stelle meines Schreibtisches. Der übervolle Kaffeebecher kippte, die Flüssigkeit schwappte über und tropfte auf meinen Rock.

„Na prima, Nick", fluchte ich und sprang auf, um den Schaden zu minimieren.

Der Kaffee plätscherte lustig weiter und bildete einen braunen Fleck auf meinem Bürostuhl.

„Sorry", murmelte der schlaksige, junge Mann. Er zupfte ein zerknülltes Taschentuch aus seiner Jeanstasche und begann, die Sitzfläche zu betupfen. Währenddessen verteilte sich der Kaffee auf der Tischplatte und färbte die ersten Unterlagen.

Ich riss meinen Schal vom Hals und wischte die Flüssigkeit auf.

„Lass gut sein, Nick", sagte ich. „Ich nehme mir den Stuhl aus dem Besprechungszimmer, bis meiner wieder trocken ist."

„Ich kann einen Föhn besorgen." Ihm war das Missgeschick sichtlich peinlich. Es war nicht das erste Mal, dass er im Büro für Chaos sorgte.

„Nein, nein", wiegelte ich ab. Vermutlich würde er mit einem Föhn meinen Stuhl in Brand setzen. Das Feuer würde den Brandmelder im Büro aktivieren und dieser wiederum die Sprinkleranlage auf der ganzen Etage. Woraufhin das ganze Gebäude unter Wasser gesetzt würde und die anrückende Feuerwehr gleichzeitig löschen und pumpen müsste. „Es geht schon." Demonstrativ zog ich mir zwei Kartons voller Druckerpapier vor den Schreibtisch und setzte mich darauf. „Gar nicht mal so unbequem", log ich und lächelte Nick zu.

„Ich kann dir gerne neuen Kaffee holen", bot er zu allem Überfluss an. Prompt sah ich ihn eine lange Tropfspur von der Küche quer durchs ganze Büro bis zu meinem Platz ziehen.

„Danke, ich hatte genug für heute."

Endlich gab er auf. „Okay. Wenn noch was ist, dann melde dich einfach, ja?"

„Mach ich. Und danke für die Unterlagen." Wie gerne hätte ich auf diese zusätzliche Arbeit verzichtet. Ich war erst vier Tage zurück und schon stapelten sich die Akten so hoch, wie der Old Man of Storr auf Skye.

Denk nicht weiter! Nicht! Vergiss Schottland!

Ich seufzte und verbannte sämtliche Erinnerungen in den dunkelsten Kerker meines Hirns. Da gehörten sie hin. Da musste ich ihn nicht ständig sehen. Ich betrachtete den Papier-Dschungel auf meinem Schreibtisch. Es war mein Job, mich um die Steuerangelegenheiten meiner Mandanten zu kümmern. Also nahm ich die nächste Kladde vom Stapel. Dann rutschte ich auf meinem provisorischen Hocker so lange, bis ich bequem saß, und machte mich wieder an die Arbeit. In zwei Stunden war Feierabend.

„Ach, Maryan?“, unterbrach mich Nick, der wieder den Kopf zur Tür hereinsteckte. „Hatte ich ganz vergessen: Da hat vorhin so ein komischer Typ nach dir gefragt, während du in der Mittagspause warst.“

„Komischer Typ?“, fragte ich.

Ob es Sven gewesen war? Aber was sollte der hier?

Wir würden uns heute Abend doch ohnehin beim Italiener treffen. Nein, er konnte es eigentlich nicht gewesen sein. Er war hier ja kein Unbekannter.

„Wie sah er denn aus?“

Mir fiel kein plausibler Grund ein, warum Sven mich besuchen sollte. Abgesehen von unserer Verabredung war er kein anhänglicher Typ, der einem ungefragt auf die Pelle rückte. Erst recht nicht vor Zeugen wie den neugierigen Damen hier im Büro. Neugierige Praktikanten mit eingeschlossen.

„Wie ein Möchtegern-Wikinger, bloß ohne Hörner auf der Boshi.“

Ich musste lachen. „Geht es ein bisschen genauer? Hat er gesagt, worum es geht?“

„Nö. Der war total pampig, weil du nicht da warst. Hat was gebrummt von ‚Warum mach ich den Scheiß überhaupt‘ oder so was Ähnliches.“ Nick überlegte. „Ah, und er war blond und hatte so einen Hipster-Bart.“

Ich hatte keinen Mandanten, auf den diese Beschreibung passte. „Hat er gesagt, ob er noch mal vorbeikommt?"

„Nö." Nick verzog das Gesicht. „Ich hoffe es jedenfalls nicht. Hatte mieses Karma, wenn du mich fragst."

„Na, wenn es wichtig ist, wird er sich wieder melden. Danke, Nick."

Die Tür schloss sich und ich machte mich weiter an die Arbeit.

Um siebzehn Uhr verließ ich das Steuerbüro. Ich wohnte nicht weit entfernt und ging die kurze Strecke zu Fuß. Meine Verabredung mit Sven war erst um neunzehn Uhr, sodass ich noch genügend Zeit für einen schnellen Zwischenstopp in meinem Lieblingscafé und anschließendes Umziehen und Katzenfüttern hatte. Normalerweise genoss ich den Spaziergang, wenn es nicht regnete. Er beruhigte mich immer und brachte meinen Puls auf Normalmaß. Heute jedoch nieselte es. Meinen Regenschirm hatte ich im Büro vergessen. Er war bei hamburger Regen normalerweise auch nutzlos. Ich zerrte mir die Kapuze über den Kopf, drückte das Kinn gegen die Brust und stiefelte los. Es waren nur wenige Menschen im Kiez unterwegs. Ich betrat das Mar Y Sal und winkte Ramon zu, der hinter der Theke stand. Ich brauchte ihm nicht zu sagen, was ich bestellen wollte. Es war immer das Gleiche. Kurz darauf brachte mir Ramon mein Getränk.

„Bitte." Er lächelte und stellte Teller und Glas ab. „Dein Stammplatz wird frei. Soll ich ihn reservieren?"

„Lass nur“, antwortete ich. „Ich sitze heute lieber hier am Tisch. Ist gemütlicher. Außerdem bleibe ich nicht lang.“ Ich hatte mir die aktuelle MOPO aus dem Regal genommen und sie auf den Schoß gelegt. „Und ich habe mehr Platz zum Lesen.“

Ramon nickte. „Hast du schon gelesen, was sie mit den alten Häusern in der Bahrenfelder Straße planen?“

Ich hatte die Zeitung noch nicht aufgeschlagen. „Nein. Vermutlich abreißen und teure Eigentumsbunker drauf bauen?“

Zumindest hatte Sven bereits vor Monaten davon geschwärmt. Er arbeitete in einem großen Architekturbüro, das die Baupläne für besagtes Quartier entwickelte.

Die Tür ging auf und ein Pärchen kam herein. Sie sahen sich unsicher um. Ich hatte sie noch nie hier gesehen.

„Wirst dich wundern“, sagte Ramon und tippte auf die MOPO. „Lies. Ich muss. Da ist Kundschaft.“

Ich nippte zuerst am Latte und aß ein Stück vom Küchlein. Kauend schlug ich die Zeitung auf und suchte nach besagtem Artikel. Ein kalter Windzug fuhr durchs Café, als weitere Gäste zur Tür hereinkamen.

„Einstiges Ottensener Schmuddeleck wird aufgewertet. Bewohner laufen Sturm“, stand als Titel über dem halbseitigen Beitrag. Ich begann zu lesen und schreckte auf, als sich mir gegenüber jemand in den Stuhl warf.

„Miss Lecon. Können Sie nach der Arbeit nicht wie jede anständige Frau nach Hause gehen? Ich hätte Sie fast aus den Augen verloren.“

Ich staunte nicht schlecht, als ich aufsah. Eric sah verändert aus. Der Naturburschenlook, den er auf Ballinmore Castle zu tragen pflegte, war verschwunden. Jetzt saß da ein hip gekleideter Mann in schwarzer Lederjacke vor mir. Mit seiner beige-blau gestreiften Strickmütze sah er nicht wie ein Möchtegern-Wikinger, sondern eigentlich wie jeder andere Kerl hier aus dem Kiez aus. Nichts ließ darauf schließen, dass er ein schottischer Stallbursche war. „Jetzt glotzen Sie doch nicht so. Der Typ am Tresen beäugt mich ohnehin schon misstrauisch, weil ich mich hierhersetzen wollte."

Ramon kam mit einem Tee. „Schwarzer Tee?" Er stellte Eric die Tasse hin und wandte sich an mich. „Alles gut bei dir, Maryan? Brauchst du noch Zucker?"

Er wusste bestens, dass ich nie Zucker zur Latte nahm.

„Danke, nachher wieder", sagte ich und zwinkerte ihm lächelnd zu. „Mein Freund Eric und ich bleiben bestimmt noch eine Weile hier sitzen."

Ramon entspannte sich. „Okay, verstehe", meinte er und ging.

„Ihr Freund?" Verdrossen tunkte Eric den Teebeutel mit dem Löffel in seine Teetasse. „Ihr Kontinentaleuropäer habt überhaupt keine Ahnung vom Teetrinken, oder?", nörgelte er. „Wie soll ich jetzt wissen, wie lange mein Assam schon zieht?"

Unbeholfen zog er den Beutel hoch und ließ ihn wieder ins Wasser fallen.

Ich musste kichern. „Vielleicht so lange warten, bis das Wasser schwarz geworden ist?"

Er sah zu mir herüber, als sei ich völlig verrückt geworden. Die Tatsache, dass Leventes Stallbursche vor mir saß, machte mich extrem neugierig.

Er kommt doch bestimmt nicht aus Jux und Tollerei.

„Wie haben Sie mich überhaupt gefunden?“, fragte ich. „Ich habe weder Ihnen noch Levente meine Adresse genannt. Lediglich, dass ich in Hamburg wohne.“

Eric hob die Schultern. „Betriebsgeheimnis.“

„Aha.“ Ich tat gelassen und trank meinen Kaffee. Als ich die Gabel aufnahm, um mich dem Rest Törtchens zu widmen, hatte ich Eric so weit.

„Na gut. Ich habe ein Detektivbüro angeheuert. Ihr Name ist ja nicht gerade gewöhnlich. Würden Sie Michaela Schmitt heißen, wäre es vermutlich schwierig bis unmöglich geworden, Sie ausfindig zu machen.“

Mir wurde etwas mulmig zumute. „Sie haben ein Detektivbüro engagiert? Im Auftrag von Levente, nehme ich an?“

Doch Eric schüttelte den Kopf. „Lord MacConnell hat keine Ahnung davon, dass ich hier bin. Er denkt, ich würde meine Verwandten in Wales besuchen.“

Ich war sprachlos und sah von meinem unerwarteten Stalker zu Ramon am Tresen hinüber.

„Nicht! Hören Sie auf damit. Der Kellner schaut schon wieder so grimmig zu uns.“

Ich versuchte ein Grinsen in Richtung Ramon. Er runzelte die Stirn. Erst als ich ihm ein Okay-Zeichen gab, wandte er sich wieder dem Ausschank zu. Dennoch behielt er mich im Auge.

„Das Geld für Sherlock hätten Sie sich sparen können. Ein Blick ins Internet hätte genügt. Ich bin zwar nicht auf Facebook, aber auf der Homepage meiner Firma bei den Mitarbeitern gelistet."

Der Seitenhieb musste sein und er verzog auch dementsprechend den Mund. Vielleicht auch, weil ihm der Keks nicht zusagte, der mit seinem Tee gekommen war.

„Was wollen Sie eigentlich von mir?", fragte ich. „Sagten Sie nicht kürzlich, Sie sind froh, wenn Sie mich nicht mehr sehen müssen? Sie haben Ihre Meinung ziemlich schnell geändert."

„Ihren Spott können Sie sich sparen, Miss Lecon." Er rollte den Teebeutel auf seinen Löffel auf, presste ihn aus und nippte dann an der Tasse. „Bäh", beschwerte er sich. „Gallenbitter."

„Was erwarten Sie, wenn Sie Ihren englischen Vier-Uhr-Tee abends um sechs in Deutschland trinken? Kippen Sie Sahne rein und ein bisschen Zitrone, wie man es hier üblicherweise macht, dann schmeckt er auch."

Eric schüttelte sich. „Brrrr", schnarrte er. „Ihr Deutschen habt keinen Geschmack. Sahne und Zitrone im Tee. Kein vernünftiges Shortbread. Wie kann man sich so ernähren?"

Ich wartete, bis er mich ansah. „Weshalb?", fragte ich noch einmal.

Er seufzte und rieb sich über den Kopf. Als er bemerkte, dass er noch seine Mütze aufhatte, nahm er sie herunter und strich sich die Haare glatt. Er schob seine Tasse beiseite und holte tief Luft. „Gut. Ich bin schließlich nicht hergekommen, um mit Ihnen schrecklichen Tee in einem schrecklichen Café zu trinken."

Immer noch schwieg ich, auch wenn mir eine passende Erwiderung auf seine Unverschämtheit einfiel.

„Wie gesagt, Lord MacConnell … Levente weiß nichts von meinem geheimen Ausflug. Jedoch ist genau er der Grund meines Kommens."

„Was ist passiert?" Die plötzliche Sorge um Leventes Wohlbefinden überfiel mich völlig überraschend. Unser Abschied war eindeutig gewesen und auch wenn ich die letzten Tage nicht fähig gewesen war, ihn ganz aus meinen Gedanken zu verbannen, rechtfertigte das doch jetzt noch lange nicht dieses starke Gefühl. Aber was sollte ich dagegen tun? Ich konnte es nicht unterdrücken.

„Nichts, was Sie rückgängig machen könnten." Als er meinen verwirrten Blick sah, lenkte er ein. „Keine Sorge, er lebt. Also … zumindest geht es ihm gut. Er ist in letzter Zeit nur sehr niedergeschlagen."

Alles war plötzlich wieder präsent. Seine Freude, als ich seine Einladung angenommen hatte. Sein Interesse bei unserem Gespräch in der Bibliothek. Seine seltsame, nächtliche Fürbitte in der Kapelle. Sein Abgang, der so gar nicht zum Rest passte.

Er sah sehr traurig aus. Warum verhielt er sich so seltsam? Was plagt ihn?

Ich mochte den Gedanken nicht, dass ich ihm möglicherweise zusätzlich Unbehagen bereitet hatte.

Vielleicht hätte ich ihn nicht so schnippisch abservieren sollen?

Das schlechte Gewissen verschaffte mir ein unangenehmes Grummeln im Bauch. Ich wollte es mit Kaffee fortspülen und bemerkte, dass ich ihn längst leer getrunken hatte. Auch mein Törtchen war aufgegessen. Also hob ich mein Glas und eine Hand und bedeutete Ramon, er solle mir dieses Mal nicht bloß einen, sondern gleich zwei Latte macchiato und zwei frische Eiertörtchen bringen.

Levente hat deutlich gemacht, dass er mich nie wiedersehen will.

Er empfand es als Fehler, mich überhaupt getroffen zu haben. Also? Andererseits: Taten wir nicht alle mal etwas Seltsames? Sagten etwas und meinten es ganz anders? Hätte ich ihm nur richtig zuhören müssen?

Mist, ich muss damit aufhören! Ich bin nicht seine Seelenklempnerin.

„Das tut mir wirklich sehr leid für ihn. Aber ich fürchte, ich kann ihm da nicht helfen. Haben Sie schon mal drüber nachgedacht, ihn zu einem Psychiater zu bringen?“

Eric lachte laut heraus. „Psychiater? Levente? Nein, da würden ihn keine … wie sagen die Deutschen? … fünf Pferde hinbringen.“

„Zehn.“

„Nein, nicht mal hundert. Levente ist sehr speziell, was das Leben außerhalb von Ballinmore Castle betrifft. Normalerweise geht er nicht aus. Er unternimmt höchstens einsame Streifzüge durch die Highlands oder einen gelegentlichen Ausritt. Und bei einem Arzt war er seit Jahrhunderten nicht mehr.“

„Ziemlich nachlässig, wenn Sie mich fragen. Zumindest zu den Vorsorgeuntersuchungen sollte man regelmäßig gehen."

Er prustete. „Levente ist kerngesund."

„Gerade eben war er noch sehr niedergeschlagen."

„Ich meine körperlich. Er ist in einem großartigen Zustand."

Ich erinnerte mich bestens an Leventes „großartigen Zustand" und war froh, als Ramon mit dem vollen Tablett kam. Die Unterbrechung gab mir die Gelegenheit, mich gedanklich wieder abzukühlen.

„Die eine Hälfte geht an Eric, der andere ist für mich. Nichts für ungut", sagte ich, als Eric sich schon beschweren wollte. „In Deutschland trinkt man bei einem Portugiesen keinen englischen Tee."

„Dafür guten, italienischen Kaffee mit einem spanischen Eiertörtchen", fügte Ramon lachend hinzu und servierte unsere Bestellung. „Guten Appetit. Den Tee kann ich dann abräumen, oder?" Er stellte das Glas aufs Tablett und ging.

„Oder hätten Sie ihn doch noch trinken wollen, jetzt, wo er so schön schwarz ist?", feixte ich und rang Eric damit sogar ein Grinsen ab.

Er stupste den Löffel in das Milchhäubchen und probierte. „Sind das Zartbitter-Schokoflocken? Und Zimt?"

Ich nickte. „Mit einem Hauch Kardamon." Ich löffelte meinen Schaum großzügig ab. „Schmeckt es Ihnen?"

„Besser als erwartet." Eric probierte erneut, schmatzte prüfend und schob sich die nächste Ladung Schaum in den Mund. Dann hob er sein Glas zum Trinken an. Dass sein Kaffee kochend heiß war, schien ihn nicht zu stören. Als er das Glas wieder absetzte, hatte er einen kleinen Milchbart auf der Oberlippe. Er sah damit richtig niedlich aus. „Um ehrlich zu sein, es schmeckt vorzüglich."

„Na, sehen Sie. Geht doch." Ich brannte darauf, endlich zu erfahren, warum er nach mir gesucht hatte. Es bereitete mir allmählich Spaß, mit ihm zu plaudern. „Erzählen Sie bitte weiter", forderte ich ihn auf. „Was ist mit Levente?"

Eric schluckte noch den Rest seines Törtchens hinunter, wischte sich mit der Serviette den Mund ab und sah mich an. „Er ist sehr einsam. Wenn sich nicht bald etwas ändert, dann müssen wir damit rechnen, dass etwas Fürchterliches passiert. Und das möchte ich unbedingt verhindern."

„Etwas Fürchterliches? Das klingt sehr dramatisch."

„Er verliert zusehends den Mut. Ich habe Angst, er könnte dem Ganzen ein Ende bereiten."

Ich schwieg betreten.

Er lehnte sich über den Tisch. „Sagen wir es ganz konkret: Er wird sterben, wenn wir nichts gegen seinen Trübsinn unternehmen."

„Wir?"

„Levente braucht Aufmunterung. Jemanden, der ihm zur Seite steht."

„Einen treuen Angestellten, wie Sie."

Eric schüttelte energisch den Kopf. „Er braucht Sie, Miss Lecon … Maryan!"

Ich versuchte, einen klaren Gedanken zu fassen, doch in meinem Kopf war Chaos angesagt. Abertausende

Fragen flogen umher, dazu Gesprächsfetzen von meiner Unterhaltung mit Levente und über allem die Frage, wieso ausgerechnet ich einem depressiven Schlossherrn helfen sollte, der mich nicht wiedersehen wollte.

„Ich weiß, was Sie jetzt denken“, meinte Eric. „Es muss in Ihren Ohren so klingen, als wären Sie für seine Genesung verantwortlich. So ist es aber nicht und ich kann Sie natürlich auch zu nichts zwingen. Aber ich hoffe, Sie hören mir wenigstens kurz zu. Ansonsten stehe ich auf und gehe.“ Er erhob sich ansatzweise von seinem Stuhl, setzte sich aber wieder, als ich ihn zurückhielt. „Gut. Eines vorweg: Sie brauchen kein schlechtes Gewissen haben, wenn Sie sich am Ende gegen mein Angebot entscheiden, das ich Ihnen gleich unterbreiten werde. Das wäre nichts Unehrenhaftes. Es ist Ihre freie Entscheidung, Miss Maryan.“

„Könnten wir bitte diese altmodischen Anreden weglassen und Du zueinander sagen?“, fragte ich. „Das würde unser Gespräch irgendwie persönlicher machen. Und ich habe das Gefühl, dass wir gleich ein sehr persönliches Gespräch führen werden.“

„Richtig. Ich bin Eric.“ Er reichte mir eine Hand über den Tisch.

„Maryan“, sagte ich und schüttelte die seine.

Das Zischen des Kaffeeautomaten, das Geplapper der Gäste, das Klappern von Geschirr verstummten, zumindest für mich.

„Deine Rettungsmaßnahme ist wirklich löblich, aber leider bin ich die falsche Retterin“, sagte ich. „Levente hat mir bei unserem Abschied deutlich zu verstehen gegeben, dass er mich nie wiedersehen möchte."

„Das war gelogen", antwortete Eric ohne zu zögern. „Levente ist ein Meister der Selbstbeherrschung."

„Er klang aber sehr überzeugend. Woher willst du wissen, dass er gelogen hat?"

Ich hatte Levente noch gut in Erinnerung. Es war ja auch erst ein paar Tage her, dass er vor mir gestanden und unseren Abschied für immer proklamiert hatte. Aber ich erinnerte mich auch an dieses ungute Gefühl, dass er sich eigentlich nicht sicher war.

Du fabulierst wieder. Hör auf!

„Hat er mit dir geredet?", fragte ich.

„Nein, das muss er nicht. Ich kenne ihn lange genug, um zu wissen, was in ihm vorgeht. Er mag dir die kalte Schulter gezeigt haben, aber das tat er nur, um sich und vor allem dich zu schützen. Ich erkläre es dir gerne so gut ich kann."

Es wurde immer verrückter. Alles klang danach, als wäre Levente ein Irrer. Und man hatte mich als Heilerin auserkoren. Das schlussfolgerte zumindest mein Verstand. Komisch nur, dass mein Herz etwas ganz anderes vermutete.

„Also gut, dann schieß los", sagte ich.

„Okay." Er fuhr sich wieder über die Haare, rutschte auf seinem Stuhl zurecht und kramte dann in seiner Tasche. Er legte einen dicken Briefumschlag auf den Tisch und schob ihn mir entgegen.

„Was ist das?", fragte ich neugierig.

„Um dir zu zeigen, wie ernst mir dieses Anliegen ist, und um dir die Entscheidung leichter zu machen, habe ich meinen Sparstrumpf geleert. Das hier ist die erste Anzahlung für alle anfallenden Kosten, die du haben würdest, wenn du erneut nach Schottland kämst."

„Ich bin nicht käuflich", behauptete ich und straffte die Schultern.

„Und ich bin ein sparsamer Schotte, der über Jahre hinweg jeden freien Cent beiseitegelegt hat."

„Ich will dein Geld nicht."

„Na ja, eigentlich ist es nicht mein Geld. Es ist … "

„Egal. Ich bin nicht käuflich."

„Es sind fünftausend Euro."

Ich hatte bereits den Mund geöffnet und schloss ihn wieder.

„Wie gesagt, es ist die erste Anzahlung. Weitere fünftausend Euro bekommst du, wenn du wieder zu Hause bist." Als würde er meine Gedanken erahnen, fügte er an: „Unabhängig davon, wie es Levente nach deinem Besuch geht."

„Es scheint dir sehr ernst zu sein", murmelte ich.

Zehntausend Euro!

Das war ein halbes Vermögen. Um so viel sparen zu können, musste ich lange arbeiten und zudem von Brot und Wasser leben. Mit diesem Geld wären meine nächsten Urlaube, eine neue Waschmaschine oder sogar ein kleines Auto drin.

„Selbstverständlich übernehme ich auch sämtliche Reisekosten." Eric studierte mein Gesicht kritisch.

Was hatte er erwartet? Dass ich mir sofort den Umschlag krallte und laut „Juhu" rief?

„Das ist ein ziemlich unmoralisches Angebot", sagte ich.

Eric nickte. „Und es hat sogar noch einen gravierenden Haken."

Ich seufzte.

Als hätte ich es nicht geahnt.

„Welchen denn?"

Er lehnte sich weit zu mir herüber. „In Leventes Leben gibt es ein großes Geheimnis. Und das gilt es unter allen Umständen zu wahren."

In der folgenden halben Stunde redete er ununterbrochen. Er erklärte mir mit schwülstigen Worten, wie wichtig Levente Ehre und Loyalität waren und erwähnte eine Vereinigung, deren konkreten Namen er nie nannte. Ich hörte Eric zu, nickte gelegentlich, verstand aber nicht genau, was das alles mit Leventes Situation zu tun hatte und wo mein Part in dieser Angelegenheit sein sollte.

„Eric", unterbrach ich ihn schließlich. „Wir sitzen hier jetzt schon eine Weile zusammen. Ich hatte einen verdammt stressigen Tag und ich habe heute auch noch eine Verabredung. Was zur Hölle willst du mir wirklich sagen? Levente ist krank, so viel habe ich verstanden. Dann gibt es da noch eine Vereinigung, bei der er Mitglied ist, was wichtig und geheim ist. Und weiter? Komm bitte zum Punkt." Ich musste gähnen und versuchte, es zu vermeiden.

„Du musst das, was ich dir eben erzählt habe, unter allen Umständen für dich behalten."

„Weil es Leventes Geheimnis ist. Klar."

„Seine Existenz hängt davon ab." Er sah mich eindringlich an. „Hast du das verstanden?"

Ich brauchte einen Moment. „Ich weiß nicht, ob ich diese Verantwortung übernehmen kann oder überhaupt will", antwortete ich ehrlich. „Seine Existenz hängt davon ab, ob ich jemandem verrate, was du mir gesagt hast? Ehrlich, Eric, das wird immer abgedrehter."

„Du musst mir vertrauen. So, wie ich darauf vertraue, dass du sein Geheimnis bewahren kannst. Na ja, zumindest diesen einen Teil seines Geheimnisses. Den Rest muss er dir selbst erläutern, wenn … vorausgesetzt, du kommst zurück nach Ballinmore Castle."

„Eric, einen Moment, bitte." Das Durcheinander in meinem Kopf war kaum zu bändigen und ich musste es Stück für Stück sortieren.

Also, nur fürs Protokoll: Ich lerne einen mysteriösen und attraktiven Lord kennen. Die Zeit, die wir miteinander verbringen, ist toll und seltsam zugleich. Aber hinterher stellt sich heraus, dass der Lord alles für einen Fehler hält und sich „Auf Nimmerwiedersehen" verabschiedet. Dann reist mir sein Stallbursche hinterher und bezahlt mich dafür, zurückzukehren, um dem Lord aus einem Stimmungstief herauszuhelfen, das er hat, weil er … was? Weil er einer geheimen Vereinigung angehört?

„Ich bin weder an einer Mitgliedschaft in einem dubiosen Klub interessiert, noch bin ich Psychiaterin. Ich komme für den Job also nicht infrage."

Ich schielte wehmütig auf den Briefumschlag, der nach wie vor zwischen uns lag.

Da liegt die Urlaubskasse meiner nächsten zwei Urlaubsreisen. Mindestens. Ich muss zugeben, dass ich es noch nie so leicht hatte, so viel Geld zu verdienen. Nur leider bin ich für diesen Job nicht geeignet.

Eric lachte humorlos. „Deine Schlussfolgerung ist verständlich, aber falsch. Es wäre schön, wenn es so einfach wäre, Maryan. Levente aufzumuntern wird nicht einfach sein, das kann ich dir garantieren. Doch dafür musst du weder eine Mitgliedschaft beantragen, noch Psychologie studiert haben. Ich wollte dir dieses besondere Detail von ihm nur vorab preisgeben, damit du dir ein besseres Bild von ihm machen kannst. Na ja, und damit du ihm leichter Verständnis entgegenbringen kannst, wenn er dir wie ein verschrobener Schotte vorkommt." Er bemerkte meinen flüchtigen Blick auf den Umschlag. „Es ist wirklich ein unmoralisches Angebot, zugegeben. Und eigentlich auch vollkommen unpassend. Ich muss gestehen, jetzt schäme ich mich dafür. Du bist eine sympathische und empathische Frau. Wenn, dann entscheidest du dich aus Mitgefühl, nicht um des Geldes willen."

„Und wenn ich mich trotzdem dagegen entscheide? Wenn ich mit Levente und seinen Problemen nichts zu tun haben möchte?"

Es war eine rhetorische Frage und Eric spürte es sofort. „Das tust du nicht, dafür liegt er dir zu sehr am Herzen. Genauso wie mir." Sein Blick war eindringlich.

„Ich bin trotz deines ersten Briefes nach Hause gereist", forderte ich ihn heraus.

„Das musstest du tun. Um dir selbst und dem Rest der Welt zu beweisen, dass du selbstbestimmt und Herrin deines Lebens bist. Mir war klar, dass du nicht so einfach zu überzeugen bist. Aber die Hoffnung stirbt bekanntlich erst am Ende." Er lächelte.

Dennoch hielt ich ihm stand. „Ist er ein Verbrecher?"

„Himmel, nein! Er ist der ehrlichste, aufrichtigste Mann, den ich kenne."

„Ist er ein Psycho?"

„Nein."

„Ist oder war er verheiratet?"

„Nein."

Ich dachte kurz nach. Der Sinn von dieser geheimen Vereinigung erschloss sich mir nicht, aber wenn ich dieses Detail zum „besseren Verständnis" bloß für mich behalten musste, dann würde ich das tun können. Wie sah es aber mit dem Rest meiner Mission aus? Was, wenn ich scheiterte? Insgeheim befürchtete ich, dass meine Entscheidung längst gefallen war. Mein Herz pochte zu heftig, das Wissen, dass Levente litt, war nichts Gutes, und dass ich möglicherweise sein Leiden ein bisschen lindern oder gar beenden konnte, war zwar kaum zu glauben, rührte mich aber gleichzeitig. So viel Bedeutung hatte mir noch nie ein Mann zugemessen. „Eine Bedingung habe ich aber, Eric. Du musst mir noch ein wenig mehr erzählen."

Eric nickte und wirkte erleichtert. „Alles, was du wissen möchtest. Das heißt, alles bis auf das, was mir nicht erlaubt ist. Diese Fragen muss dir Levente selbst beantworten."

„Ah ja, richtig", meinte ich. „Er weiß ja nicht, dass du mich eingeweiht hast. Was, wenn er gar nicht damit einverstanden ist? Wenn er dir und mir hinterher böse ist, weil ich jetzt etwas weiß, was mich nichts angeht?"

„Es ist die einzige Möglichkeit, meinen Freund zu retten. Ich habe also keine andere Wahl, als auf deine Verschwiegenheit zu vertrauen, und auf sein Verständnis zu hoffen, wenn du dich verraten solltest. Aber das Risiko nehme ich gerne in Kauf. Ich werde nicht weiter tatenlos mit ansehen, wie er leidet."

Ich ging in die Vollen. „Jetzt mal ehrlich: Für was genau steht diese Vereinigung?"

Er fuhr sich durch die Haare und holte tief Luft. „Levente hat sich vor langer Zeit diesem Bündnis angeschlossen, das einer Bruderschaft ähnelt. Es ist ein sehr altes Bündnis mit heute unzeitgemäß anmutenden Regeln und Prinzipien. Aber damals, zu der Zeit, als Levente sich für seinen Beitritt entschied, war es fortschrittlich. Es bot den Mitgliedern Schutz und Sicherheit vor den Problemen, die ein Zusammenleben mit der Gesellschaft bedeutete."

Ich versuchte, mir vorzustellen, welche Probleme vor ein paar Jahren in Schottland so anders gewesen waren als heute. „Von welchem Zeitraum reden wir hier?", fragte ich. „Das kann ja nicht mehr als zwanzig Jahre her sein und da war der Krieg längst vorbei. Und was meinst du mit ‚Zusammenleben mit der Gesellschaft'? Adel und Bürgerliche?"

Eric ignorierte meinen Einwurf. „Den Mitgliedern sind ihre Regeln sehr wichtig und du hast Levente kennengelernt. Du weißt genauso gut wie ich, dass er ein korrekter und zuverlässiger Mann ist."

Wenn man davon absieht, dass er mich beim Frühstück sitzen gelassen und mich abserviert hat, dann stimmt das. Diese geheimnisvolle Andacht in der Kapelle – war das ein Ritual dieser Vereinigung?

„Er würde nie – selbst nach so langer Zeit – seinen einst abgelegten Schwur brechen. Eher würde er daran zerbrechen."

„Ist das nicht ein wenig zu melodramatisch? Er machte auf mich eigentlich nicht den Eindruck, als wäre er depressiv", meinte ich.

Nur irgendwie … ich weiß nicht. In die Ecke gedrängt?

„Weil er sich in deiner Gegenwart wohlgefühlt hat. Du hast ihn auf andere Gedanken gebracht. Aber dieser Zustand hielt nur so lange an, wie du auf Ballinmore Castle warst. Maryan, ich möchte dich eindringlich bitten, Levente erneut Gesellschaft zu leisten. Vorerst nur für zwei Wochen. Danach sehen wir weiter. Redet oder schweigt. Geht wandern oder reiten, oder was auch immer ihr tun wollt." Er zwinkerte mir vielsagend zu. „Hauptsache, er ist abgelenkt und grübelt nicht mehr so viel."

Die Vorstellung, mit Levente Zeit in den Highlands zu verbringen, war verlockend, aber momentan unmöglich. Mehrere Gründe sprachen dagegen.

„Wie stellst du dir das vor?", fragte ich. „Er hat mir deutlich zu verstehen gegeben, dass es ein Abschied für immer wäre. Und ich hatte gerade erst Urlaub. Außerdem ist meine Reisekasse leer."

Eric lachte. „Was die Reisekasse betrifft: Dafür ist ja dieses Päckchen." Er tippte auf den Umschlag. „Was Levente betrifft: Ignoriere das einfach."

„Was ist mit Lady Carlotta?" Deren Warnung einfach in den Wind zu schießen, hielt ich für ungehörig. Ich konnte mich nicht einfach so über ihren Wunsch hinwegsetzen.

„Der Drache hat nichts zu sagen."

„Der Drache?", schmunzelte ich. „Sie machte mir aber unmissverständlich klar, dass meine Anwesenheit im Schloss nicht erwünscht ist."

„Sie wird ihre Meinung ändern, wenn sie sieht, wie Levente in deiner Gegenwart auflebt", brummte Eric. „Carlotta spielt sich gerne als Herrin über Ballinmore Castle auf. Wenn es mit ihr Probleme geben sollte, dann kümmere ich mich darum."

Mit der bärbeißigen Lady war nicht zu spaßen. Wenn ich Levente besuchen würde, dann würde es zwangsläufig auf eine Konfrontation mit ihr hinauslaufen. Wollte ich das wirklich? Wollte ich zwei Wochen oder länger mit dieser Furie unter einem Dach verbringen?

Glücklicherweise hatte sich Eric auch darüber Gedanken gemacht. „Du hättest natürlich im Schloss übernachten oder bei mir im Stall einziehen können. Es gibt da ein Stübchen, das recht gemütlich ist und einigen Komfort bietet. Aber ich ging davon aus, dass dir ein Hotelzimmer ohne Pferdegeruch und mit eigenem Bad lieber wäre und habe daher im Kings and Queens Hotel in Kilmaluag ein Zimmer für dich reservieren lassen. Auch wenn ich hoffe, dass du tagsüber mehr auf Ballinmore Castle sein wirst als anderswo."

Blieb noch eine Unwägbarkeit. „Und wenn mich Levente sofort wieder nach Hause schickt?", fragte ich. „Schließlich besteht ja durchaus die Möglichkeit, dass er gar keine Hilfe annehmen will."

Ich würde am Ende wie ein Depp dastehen, weil ich versucht habe, mich ihm an den Hals zu werfen.

Es wäre eine schöne Blamage für mich, wenn er das täte. Andererseits schätzte ich ihn nicht so ein. Er wäre vermutlich niemals so unhöflich und würde es mir direkt sagen. Er würde sich einfach von mir fernhalten.

Ich ging die möglichen Szenarien kurz durch. Möglichkeit eins war, ich würde eine schöne Zeit mit Levente verbringen, könnte ihn wie von Eric gewünscht aufmuntern und nach zwei Wochen mit dem Wissen nach Hause reisen, jemandem Gutes getan zu haben. Möglichkeit zwei war, er würde mich abweisen. Dann würde ich entweder gleich wieder abreisen und mich schämen oder aber zwei Wochen mit bezahltem Nichtstun und einem satten Notgroschenpolster in den Highlands verbringen.

„Das wird er nicht tun", sagte Eric.

„Du bist dir deiner Sache anscheinend sehr sicher."

„Zu hundert Prozent, ja."

Seine Zuversicht zerstreute meine Bedenken. Dennoch sah ich noch ein Problem. „Es wird schwierig, so kurz nach meinem Urlaub schon wieder zwei Wochen freizubekommen."

„Ich bin sicher, dir wird etwas Passendes einfallen. Notfalls kündigst du.“ Er verzog keine Miene.

Ich musste lachen. „Klar. Und den Verdienstausfall zahlst du mir dann auch, oder wie?“

„Ja, aber nur so lange, bis du wieder Arbeit gefunden hast.“ Eric grinste nicht einmal. Er meinte es ernst und wartete auf meine Reaktion.

„Okay“, antwortete ich. Ich wollte nicht weiter überlegen, die Entscheidung war längst gefallen. Mein Herz ließ mir keine andere Wahl. Wie hätte ich zukünftig guten Gewissens in den Spiegel schauen können? Was wäre ich für eine Person, wenn ich eine Bitte um Hilfe ausschlagen würde?

Und das viele Geld …

Ich schämte mich für diesen Gedanken, konnte aber den Drang, es anzunehmen, nicht verleugnen.

„Du hast mich überzeugt. Gut, ich werde nach Schottland fliegen. Aber ich brauche ein paar Tage Vorlauf, bis ich alles geregelt habe. Ich muss meinem Chef irgendwie klarmachen, dass ich schon wieder Urlaub brauche. Ich muss die Post abbestellen, in der Wohnung klar Schiff machen und so Zeug. Wenn alles gut geht, sollte ich Ende nächster Woche losfliegen können. Passt das?“

Statt mir zu antworten, hob er seine Tasche auf den Schoß und durchforstete sie. Er zog einen weiteren, diesmal bunten Umschlag heraus und legte ihn auf den anderen. „Hier ist dein Flugticket“, sagte er und grinste, als er mein überraschtes Gesicht sah. „Du siehst, ich habe an alles gedacht. Und ja, ich war mir sicher, dass du nicht Nein sagen würdest.“

Ich starrte auf die Umschläge. „Wann?"

„Der Flug geht übermorgen, Samstag, neun Uhr. Check-in ist um acht Uhr."

Blieben mir ein paar Stunden, um mir eine Begründung einfallen zu lassen und Reisevorbereitungen zu treffen.

„Ganz schön knapp", seufzte ich und nahm die Umschläge zögerlich an mich. Ich traute mich nicht, gleich hineinzusehen.

Ich muss optimistisch an die Sache rangehen. Alles wird gut!

Ich schob die letzten Vorbehalte beiseite. Es würde schon klappen. Und obgleich mich Levente so frostig verabschiedet hatte, freute ich mich darauf, ihn wiederzusehen. Ob er sich ebenso freuen würde, sollte sich bald herausstellen.

Und wer weiß, vielleicht finden wir eine Möglichkeit zur Aussprache.

Vielleicht konnte ich ihn tatsächlich bei seiner Genesung unterstützen und ihn ganz nebenbei auch besser kennenlernen. Den Schlossdrachen würde Eric hoffentlich in Ketten legen. Und dank Henks Kochkünsten würde ich zwei Wochen später mit ein paar Kilo mehr auf den Rippen nach Hause kommen. Was konnte mir also Besseres passieren?

„Ich bin sicher, dir wird für deinen Chef etwas Plausibles einfallen", sagte Eric. „Hast du nicht eine entfernte Verwandte, die unerwartet sterben könnte? Oder einen Freund, der spontan heiratet und dich zum Hochzeitsbankett nach Schottland einlädt?"

„Mist!“, fiel es mir siedend heiß ein. „Sven!“ Ich sah auf mein Handy. Es war kurz vor sieben. „Sorry, ich muss los. Wie schon gesagt: Ich bin noch verabredet.“ Hektisch sammelte ich meine Sachen zusammen, stand eilig auf und warf mir die Jacke über. „Wenn ich nicht pünktlich bin, kann ich in der Urne nach Skye reisen“, witzelte ich. Ungeduldig kramte ich in meiner Tasche nach dem Portemonnaie.

Eric stand ebenfalls auf. „Lass mal. Ich bezahle heute. Das geht schneller. Die Überführung von Verstorbenen in Urnen kostet ein Vermögen und ich investiere nur ungern in tote Pferde. Also geh lieber, bevor du zu spät kommst. Wir sehen uns wieder.“

Kapitel 8

„Ich dachte schon, du versetzt mich“, begrüßte mich Sven, als ich endlich im Cagliari ankam. „Hast du nach dem Urlaub viel an Arbeit aufzuholen?“ Er beugte sich herüber, umarmte mich und küsste mich flüchtig auf die Wange. „Zieh schnell deine nasse Jacke aus, sonst wirst du noch krank.“

„Entschuldige, es ist etwas spät geworden.“ Ich zog meine Jacke aus und warf sie auf die Bank.

Seitdem Sven und ich getrennte Wege gingen, verstanden wir uns blendend. Manchmal verhielt er sich jedoch wie ein großer Bruder und ging mir mit seinem Beschützerinstinkt auf die Nerven.

„Warte.“ Er griff sich das pitschnasse Ding und ging damit zur Garderobe, wo er es ordentlich aufhängte. „So, jetzt ist es besser“, meinte er zufrieden und sah mich an. „Hattest du denn keinen Regenschirm?“

„Habe ich im Büro vergessen.“

„Bis zu deinem Büro sind es doch nur ein paar Meter.“

„Ich war vorher noch schnell im Mar Y Sal auf einen Kaffee.“

Er runzelte die Stirn. „Du sagtest, es wäre im Büro spät geworden."

„Ich sagte … Ach, vergiss es."

Warum hatte ich bloß einer Verabredung zugestimmt? *Ich könnte jetzt gemütlich und alleine zu Hause auf der Couch liegen, Popcorn futtern und irgendeine belanglose Netflix-Serie schauen, statt mich von ihm mal wieder ausfragen zu lassen. Oder über Erics Angebot nachdenken.*

Sven hatte schon immer die Begabung gehabt, mit einem Blick meine Gemütsverfassung zu erkennen. Leider hatte er nicht die gleiche gute Begabung, sensibel mit dieser Kenntnis umzugehen.

„Ist schon gut. Ich frage nicht weiter." Er grinste und schob mir die Speisekarte herüber. „Sollen wir gleich für deinen neuen Lover mit bestellen? Oder leistet der in deiner Wohnung unserer Katze Gesellschaft?"

Ich warf ihm einen bösen Blick zu. „Noch so ein Spruch, Kieferbruch", antwortete ich. Ich blätterte pro forma in der Karte herum und klappte sie wieder zu.

Der Restaurant-Chef kam. „Was darf es sein?", fragte er und sah mich an.

„Ich nehme ein stilles Wasser und die Lasagne al forno", sagte ich.

„Und ich bekomme ein Pils und die Pizza Fünfundzwanzig, bitte mit doppelter Portion Knoblauch und extra Peperoni." Er wartete, bis wir alleine waren. „Und jetzt erzähl mal: Wie war der Schottlandurlaub?"

„Vorher muss ich dich etwas fragen." Ich wollte meine zusammengeschusterte Ausrede erst einmal an ihm testen, bevor ich sie bei meinem Chef anbrachte. „Ich muss am Samstag weg. Könntest du dich noch mal um Fia kümmern? So für etwa zwei Wochen?“

Sven sah mich kritisch an. „Schon wieder? Muss ja dringend sein. Und dein Chef macht das mit?“

Ich vertiefte mich in die Speisekarte. „Ob sie heute auch hausgemachtes Tiramisu haben?“

„Das steht doch da vorne an der Tafel. Wie immer.“

„Ach ja, stimmt.“ Ich sah zur Wand, an der wie üblich der Nachtisch angeschrieben war. Weiße Akrylfarbe auf dunkelgrünem Grund.

„Maryan, was ist los?“, fragte er. „Du kommst zu spät, bist nervös und wirkst abwesend. Ich bin echt der Letzte, dem du etwas verheimlichen musst. Also raus damit, was ist los? Was ist passiert?“

Erst jetzt sah ich auf. Sven war besser als jeder Lügendetektor. Ihm musste man schon einen Grizzlybären aufbinden, um ihn zu überzeugen. Nur leider reichte es bei mir nicht mal für einen Teddy. Ich seufzte und verwarf endgültig die Idee, ihm etwas von einer entfernten Tante zu erzählen.

„Okay. Also, halte mich nicht für verrückt, aber ich habe eben ein unmoralisches Angebot bekommen. Das ist auch der Grund, warum ich zu spät gekommen bin.“

„Du wirst dieses unmoralische Angebot doch hoffentlich gut überdenken, bevor du es annimmst.“

„Ich habe es bereits angenommen. Ich bekomme einen Haufen Geld dafür und zudem noch die zweiwöchige Reise finanziert.“

„Wie immer spontan und aus dem Bauch heraus“, ächzte er. „Das ist nicht immer der richtige Weg, Maryan. Was ist der Preis, den du zahlen musst? Was musst du als Gegenleistung erbringen?“ Er war verständlicherweise skeptisch. Die Sache hörte sich, laut ausgesprochen, ja auch ziemlich merkwürdig an.

„Ich muss nichts weiter tun, als einen Schotten aufzumuntern, und ihn auf andere Gedanken bringen.“

„Einen Mann.“

„Ja. Aber es ist nicht so, wie du denkst. Ich wurde nicht von ihm direkt beauftragt, sondern von seinem Stallburschen.“

„Moment mal, nur zum besseren Verständnis: Du bist von einem Mittelsmann als Animateurin für einen Mann engagiert worden, um ihn ‚auf andere Gedanken zu bringen‘? Heißt, du lässt dich neuerdings für Sex kaufen?“

„Nein! Nein, es ist nicht das, wonach es aussieht!“ Ich verschränkte trotzig die Arme.

„Schade, ich dachte schon, du wärst unter die Callgirls gegangen“, meinte er und zwinkerte mir zu. „Aber jetzt mal im Ernst, Maryan. Wer sagt dir, dass es nicht genau das sein soll? Was bringt einen Kerl schneller auf andere Gedanken, als Sex? Mir fällt da spontan nichts anderes ein.“

„Mir schon“, maulte ich. „Porsche, Ferrari, Modelleisenbahn …“

„Sehr witzig. Aber wir reden hier von Schotten. Die stehen im Allgemeinen nicht auf geile Karren. Die bevorzugen andere Pferdestärken und leben in Schlössern, die weitab vernünftiger Autobahnen stehen.“

Sven lag mit seinen Schlussfolgerungen so gut wie immer richtig. Das hatte mich nicht nur früher schon geärgert.

„Also, was ist?", brummte ich. „Kümmerst du dich um Fia oder soll ich sie in eine Katzenpension geben?"

„Natürlich kümmere ich mich um die Kleine", sagte er. „Habe ich mich jemals nicht um diejenigen gekümmert, die mir am Herz liegen?" Er sah mich an.

Ich konnte nicht verhindern, sein Lächeln zu erwidern. Die große Liebe zu ihm mochte verflogen sein, aber es war noch genug Zuneigung vorhanden. Er war nach wie vor eine Konstante in meinem Leben. Ich liebte zwar meine Unabhängigkeit, aber ich konnte sie nur ausleben und genießen, solange ich einen Rückhalt hatte. Sven mochte nur noch mein Ex-Freund sein, aber er war und blieb jemand, auf den Verlass war. Ich war froh, dass Sven es selbstverständlich fand, unseren Kontakt nicht abzubrechen. Und das lag nicht bloß an unserer gemeinsamen Katze Fia. Sven war ein Beschützer, einer, der einen nicht im Stich ließ, bloß weil man nicht mehr miteinander schlief. Er war der Einzige, dem ich immer alles anvertrauen konnte. Alles, bis auf mein Intimleben. „Wenn es dich beruhigt, dann gebe ich dir die Adresse, zu der ich fahre. Nicht, dass ich einen Aufpasser benötige."

„Ich würde mitkommen, wenn du mich darum bittest."

Er meinte es ernst. Aber ich brauchte keine zweite Gouvernante. Ein Drache war mir schon genug.

„Das ist sehr lieb von dir, aber nein danke. Das ist nicht notwendig."

„Du musst den Schlossherrn sehr mögen, wenn du zu ihm zurückkehrst", sagte Sven.

„Wie kommst du darauf, dass er in einem Schloss wohnt und Pferde mag?"

„Du hast mir nicht widersprochen, als ich das mit den Pferdestärken und dem Schloss gesagt habe. Wäre nur noch die Frage, wo. Das, und die Tatsache, dass dich sein Stallbursche angeheuert hat, zeigt mir, dass es sich um ein Anwesen handeln muss, zu dem auch Pferdeställe gehören. Und die stehen normalerweise nicht in großen Städten, sondern außerhalb. Da du auf Skye wandern warst, ist anzunehmen, dass das Schloss dort steht. Richtig?"

Ich nickte. War ich wirklich so einfach zu durchschauen? „Richtig."

Der Kellner kam und stellte uns die Getränke hin. Sven trank den Schaum seines Bieres ab und schleckte sich dann den Bierbart von der Lippe. „So, und jetzt erzähl mal von Anfang an. "

Während wir unsere Lasagne und Pizza aßen, berichtete ich von den Höhepunkten meiner Wanderung, von den Seen, Felsklippen und Ruinen, die ich entdeckt hatte, und von den zahlreichen Blasen, die ich mir dabei erlaufen hatte. Sven hörte mir aufmerksam zu, aber ich sah ihm an, dass er nur darauf wartete, vom pferdeliebenden Schlossherrn zu hören. Ich war jedoch nicht gewillt, ihm diese Details zu verraten. Er wusste ohnehin schon zu viel.

„Am letzten Abend habe ich mir dann eine Nacht im Royal Glesga Hotel in Glasgow gegönnt. So mit Wellness, Massage und allem Zipp und Zapp. Das hat echt gutgetan, nach all den Strapazen. Insgesamt war die Wanderung ziemlich anstrengend, zumal das Wetter oft echt eklig war. Viel Regen, kalter Wind und wenig Sonne. Aber gut, was will man machen. Wenn man unterwegs ist, ist man unterwegs. Und den Bus oder das Taxi zu nehmen, ist ja nicht Sinn einer Wanderreise."

Sven tupfte sich den Mund mit der Serviette ab und nickte. „Ich würde mal sagen, du wirst alt. Erinnerst du dich? Bei einer deiner ersten Reisen bist du tagelang bei strömendem Regen dem West Highland Way gefolgt und warst am Ende dennoch mega glücklich."

„Das war was ganz anderes", beschwerte ich mich. „Ja, es hat geregnet, aber nicht die ganze Zeit. Und außerdem kam genau im richtigen Moment die Sonne raus und entschädigte mich für die nassen Klamotten."

„Als du auf dem Conic Hill standest und Richtung Loch Lomond geschaut hast."

„Respekt. Du erinnerst dich noch daran?" Ich bewunderte ihn für sein Gedächtnis. Natürlich erinnerte ich mich an diesen erhabenen Moment, der mich gleich zu Beginn der Tour mächtig beeindruckt hatte. Aber dass Sven sich noch daran erinnerte, fand ich bemerkenswert. Ich konnte mich an kein einziges Detail seiner Reisen erinnern. Wieso konnte er sich so etwas merken? Und warum tat er es überhaupt? Es waren doch nicht seine Reisen gewesen, sondern meine.

„Du hast es mir mit so viel Leidenschaft erzählt, da ist es mir eben lebhaft in Erinnerung geblieben", sagte er. „Und dieser Höllenaufstieg, diese Teufelstreppe."

„Devil's Staircase." Ich nickte. „Da habe ich mir dank des glitschigen Untergrundes den Fuß verknackst." Lachend legte ich mein Besteck beiseite und wischte mir den Mund sauber. „Dass du das noch alles behalten hast."

„Du bist mir eben wichtig." Er sagte das ehrlich und so, als sei es selbstverständlich.

„Das ist schön zu wissen", antwortete ich.

„Und deshalb kannst du mir auch gerne alles erzählen."

„Da gibt es nicht mehr."

„Glaube ich nicht. Bisher kamen weder Pferde noch Schotten vor."

Ich seufzte. „Die sind in Schottland doch quasi immer und überall zu finden. Die brauche ich doch gar nicht zu erwähnen."

Er zwinkerte mir zu. „Das gilt auch für den Regen", sagte er und neigte den Kopf. „Trotzdem erzählst du immer davon."

Ich betrachtete ihn einen Moment. Er war immer noch so gut trainiert wie früher.

Damals hat es mich genervt, wenn er trainiert hat. Das ewige Geächze und Gerumpel, wenn er die Stangen gestemmt und wieder abgelegt hat.

Ich hatte das Gestell, das in unserem Schlafzimmer gestanden hatte, als Klamottenständer missbraucht. Sehr zum Leidwesen von Sven, der sich jedes Mal darüber beschwert hatte. Mittlerweile verstand ich seinen Ärger besser. Für mich war es eine Art Revolution gegen den verhassten Sexkiller gewesen. Zum Ende unserer Beziehung hatte Sven viel mehr Zeit in sein Training investiert als in unsere Partnerschaft. Und dann war es irgendwann zur Explosion gekommen und wir hatten uns getrennt.

„Und wie läuft es bei dir?", fragte ich und hoffte, ihn endgültig vom Thema abzubringen.

„Och, eigentlich super." Er lehnte sich zurück und fuhr sich mit den Fingern durch die Locken. Dabei grinste er breit, sah aber nicht zu mir, sondern auf seinen leeren Teller. „Es gibt Neuigkeiten."

Sofort wurde ich hellhörig. „Gibt es was Neues bezüglich des Ottensener Viertels? Ich habe gelesen, dass sich die Bewohner über die Pläne aufregen, teure Eigentumswohnungen aus den Mietwohnungen zu machen."

„Nein, nichts mit Architektur. Oder … eigentlich doch, irgendwie."

Als ich ihn mir genauer ansah, bemerkte ich die zarten, roten Flecken auf seinen Wangen. Und als er sich erneut durch die Haare fuhr, wurde mir plötzlich klar, was kommen würde. Für ein paar Sekunden musste ich mich zwingen, weiterzulächeln. „Du machst es aber echt spannend."

Endlich traute er sich, mich anzusehen. „Ich werde umziehen", fing er an.

Das war natürlich nicht das, was er mir wirklich sagen wollte, aber er würde mir diese „Neuigkeit" auch nicht einfach so an den Kopf werfen, sondern sie hübsch verpacken. Ich wollte es ihm ein wenig leichter machen. Schließlich waren wir erwachsene Leute und keine Teenager mehr.

„Deine neue Kollegin?", fragte ich und tat, als würde ich überlegen. „Leonie, die dein Chef vor ein paar Monaten eingestellt hat, um dich bei der Planung der Ottensener Umbaumaßnahmen zu unterstützen? Die mit der ‚interessanten Stimme' und den ‚Pobacken, mit denen sie Nüsse knacken kann'?"

Jetzt wurde er knallrot. „Das hast du dir gemerkt?"

„Du hast es mir mit so viel Leidenschaft erzählt, da ist es mir eben lebhaft in Erinnerung geblieben", wiederholte ich seine Worte von vorher und musste ehrlich lachen. „Hey." Als er nicht wie erwartet reagierte, griff ich über den Tisch und drückte seine Hände. „Alles gut! Ehrlich! Ich freue mich für euch."

„Ja."

„Wenn sie genauso sportlich ist wie du, dann gibt es auch keinen Krieg um den Kleiderständer, ich meine, deine Hantelbank im Schlafzimmer." Wenn ich hoffte, ihn damit aufmuntern zu können, lag ich falsch. Seine Miene wurde immer sauertöpfischer.

„Im Schlafzimmer haben wir keinen Platz für meine Bank. Die muss vorerst in den Abstellkeller."

„Ist die Wohnung so klein? Sagtest du nicht, Leonie wohnt jetzt in einem der großzügigen Lofts, deren Umbau euer Büro letztes Jahr geplant und kürzlich fertiggestellt hat?" Ich kratzte mich nachdenklich am Kopf. Hatte ich da etwas durcheinandergebracht?

„Sagte ich, ja. Aber es wäre zu gefährlich, die Bank aufzustellen. Das Schlafzimmer wäre zwar der einzige Raum, den man abschließen kann, aber es wäre dann trotzdem sehr beengt, weil ..."

„Weil?" Herrje, er machte es echt spannend.

„Weil sonst kein Platz mehr fürs Babybett wäre."

Mir blieb der Mund offen stehen.

„Leonie ist schwanger."

„Von dir?" Erst als ich die Frage gestellt hatte, wurde mir bewusst, wie dämlich sie war. Natürlich war Sven der Vater. Und er würde sich selbstverständlich um sein Kind kümmern wollen und dafür jedes Opfer auf sich nehmen. Auch wenn es bedeutete, dass er auf seine geliebte Hantelbank verzichten musste. „Entschuldige, das war eine blöde Frage", meinte ich zerknirscht. Ich ergriff wieder seine Hände und schüttelte sie leicht, damit ich seine Aufmerksamkeit bekam. „Herzlichen Glückwunsch, Sven! Das ist eine wunderbare Nachricht. Ich freue mich total für euch. Du wirst sicherlich ein toller Vater. Und du hast dir doch immer viele kleine Monster gewünscht."

„Stimmt. Aber das kam jetzt alles doch ziemlich schnell." Er wirkte unsicher. So kannte ich ihn nicht.

„Immerhin habt ihr noch ein paar Monate Vorbereitungszeit, bis ihr euren Job als Eltern antreten werdet. Bis dahin ruckelt sich das schon zurecht."

„Angeblich wächst man da schnell rein", meinte er.

„Genau. Du schaffst das locker, da bin ich mir ganz sicher."

Der Kellner brachte uns den Nachtisch. Ich begann, mein Tiramisu zu essen. Es schmeckte fantastisch.

„Bist du sauer?“ Sven sah von seinem Teller auf.

Lügen war zwecklos.

„Nein, nicht sauer“, antwortete ich ehrlich. „Aber überrascht und ein bisschen melancholisch. Manchmal träume ich natürlich auch von einer Familie, von einem Eigenheim mit Mann, Kindern und Hund. Diese romantische Vorstellung von Zukunft eben, die eine Frau im gebärfähigen Alter so hat. Und ich stelle mir vor, wie das wäre. Aber dabei wird mir immer recht schnell klar, dass mich ein solches Leben zu sehr einschränken würde. Ich könnte nicht mehr mal eben nach Schottland reisen, um zwei Wochen zu wandern, oder an all die anderen Orte, an die ich noch reisen möchte. Und dann die Verantwortung für so ein kleines, schutzloses Wesen.“ Ich schüttelte traurig den Kopf. „Ich weiß, ich bin sehr egoistisch, aber nein. Ich gehe lieber einen anderen Weg, auch wenn ich den alleine gehen muss. Umso mehr freut es mich aber für dich.“ Ich drückte seine Hand. „Es war schon immer dein Wunsch, Papa zu werden. Ich war nur leider nicht die richtige Mutter für deine Kinder.“

„Nein, so ist das aber falsch“, sagte er und richtete sich auf. „Du warst nur nicht hundert Prozent kompatibel. Ich muss zugeben, dass ich mich von den Ereignissen gerade etwas überfordert fühle, auch wenn Leonie und ich es drauf angelegt haben. Ich muss mich damit abfinden und das Beste draus machen. Ändern kann ich es nicht mehr. Und das Kind hat es nicht verdient, dass es abgestraft wird.“

„Das klingt aber nicht nach großer Liebe", wunderte ich mich. Auch wenn wir nicht mehr zusammen waren, so wünschte ich ihm dennoch alles Gute für seine Zukunft. Auch als Ex blieb er schließlich mein Freund.

„Oh, das ist es aber. Leonie ist bloß sehr ehrgeizig, was ihre Karriere betrifft und im Training ist sie noch ambitionierter als ich."

„Na, ist doch prima. Dann kannst du zu Hause bleiben und dich um dein Kind kümmern. Das sollte ja kein Problem sein."

„Ja, ich kann auch von zu Hause aus Teilzeit arbeiten. Das wäre nicht das Problem." Er legte den Löffel beiseite.

„Und was ist dann das Problem?"

„Dass ich nur zu fünfzig Prozent hausmannkompatibel bin."

Die Verabschiedung fiel herzlich aus. Ich versicherte Sven, mich gelegentlich bei ihm zu melden und ihn anzurufen, wenn ich Hilfe benötigte. Und er versprach mir, für mich da zu sein, wenn ich während meiner erneuten Reise Hilfe benötigte. Ich ließ mich ein letztes Mal umarmen und ging dann mit dem erfüllenden Gefühl der Freundschaft nach Hause. Was konnte mir auf der anstehenden Tour schon groß passieren, wenn mir ein guter Freund Rückhalt und Sicherheit anbot?

Kapitel 9

Drei Tage später landete ich in Glasgow. Ich stieg in einen kleinen Reisebus, den Eric speziell für mich organisiert hatte, und ließ mich durch die Landschaften fahren. Schnell tippte ich eine Nachricht an Sven, um ihm mitzuteilen, dass ich gut in Schottland angekommen war. Ballinmore Castle lag gute fünf Stunden von Glasgow entfernt. Eric hatte ein Treffen von Levente und mir erst für den nächsten Tag angedacht. Wann und wo hatte er mir nicht sagen können. Er wollte auf eine gute Gelegenheit warten und mir dann kurzfristig Bescheid geben, wohin ich zu gehen hätte. Ganz glücklich war ich mit diesem Arrangement nicht, aber was sollte ich dagegen tun? Job war Job. Ich hatte ihn angenommen, also würde ich ihn auch ausführen. Und ich freute mich sogar auf das Wiedersehen.

Nachdem wir die Stadt und die Vororte hinter uns gelassen hatten, rauschten wir auf der A82 am Loch Lomond entlang, dann weiter durch sattgrüne Hügellandschaften nach Glencoe und Loch Linnhe, schließlich Richtung Westen und über die Skye Bridge auf die Isle of

Skye. Von hier aus fuhren wir noch gut eineinhalb Stunden, ehe wir in Kilmaluag ankamen. Es war bereits Abend, als der Fahrer endlich anhielt. Er ließ mich am Kings and Queens Hotel aussteigen und holte mein Reisegepäck aus dem hinteren Teil des Wagens. Er verabschiedete sich und fuhr einfach davon. Während der Fahrt hatte er kein einziges Wort mit mir gesprochen.

Hier stand ich nun und fror. Vom langen Sitzen taten mir alle Knochen weh. Kalte Seeluft kam von der Bucht, an deren Ufer das Hotel lag. Ich konnte die Wellen gegen die Klippe donnern hören. Ich schnappte mir meine Koffer und die Reisetasche und betrat die Unterkunft. Wärme und der Duft nach frisch gestärkter Wäsche hüllten mich ein. An der Rezeption des mondänen Hotels erwartete mich eine Frau mit einem sonnigen Lächeln. Sie stand sogleich auf und kam mir entgegen.

„Einen wunderschönen guten Abend", grüßte sie herzlich. „Bitte stellen Sie doch Ihr Gepäck ab. Der Concierge wird es gleich auf Ihr Zimmer bringen. Ich hoffe, Sie hatten eine angenehme Anfahrt?"

„Danke, ja", antwortete ich. Ich fühlte mich in all dieser Pracht unwohl. Ich mochte Luxus durchaus, aber dieses Hotel war für meinen Geschmack zu viel des Guten.

Die gemütliche Stube im Stall hätte es eigentlich genauso getan.

Es würde sich noch herausstellen, ob ich dorthin wechseln konnte, ohne Eric damit zu beleidigen. Schließlich hatte er für mich alles arrangiert und bezahlt. Immerhin war das Zimmer, das man mir gab, nicht übertrieben chic ausgestattet. Es lag im Erdgeschoss, war hübsch, aber einfach eingerichtet und hatte einen kleinen Balkon mit Blick aufs Meer. Allein das Bad war extravagant und hatte jedes erdenkliche Zubehör.

Der Concierge verweigerte die Annahme eines Trinkgeldes höflich, aber bestimmt. Möglicherweise hatte Eric hier die Hände im Spiel und hatte ihn schon im Voraus bezahlt.

Dann genieße ich es einfach, statt mich zu beschweren.

Den ganzen Tag lang hatte ich überlegt, wie ich Levente begegnen sollte. Und wie er sich wohl verhalten würde, wenn er mich sah. Und wie wohl erst seine Cousine reagierte? Ging ich zu optimistisch an die Sache heran? Beschwor ich möglicherweise eine Katastrophe herauf?

Nicht meine Schuld. Es war Erics Idee.

Diese Perspektive war einfacher, als zugeben zu müssen, dass ich einen Fehler begehen könnte. Immerhin kam ich mit guten Absichten.

Und wieder nach Hause fliegen kann ich zur Not ja auch noch.

Ich räumte meine Kleidung in den Schrank und reihte im Garderobenbereich meine Schuhe ordentlich in einer Reihe auf. Dann brachte ich meine struppigen Haare in Form und zog mir eine frische Bluse an. Ich brauchte vorm Zubettgehen noch dringend etwas zu essen. Die Menü-Karte des Hotel-Restaurants hatte ich bereits studiert. Ein Ei-Avocado-Sandwich mit Kartoffelschnitzen und Salat war genau das, was ich zu meinem Wohlbefinden noch brauchte, ehe ich schlafen ging. Das Restaurant war edel und so gut wie leer. Abgesehen von einem älteren Paar waren keine Gäste da. Ich wählte einen Tisch am Fenster mit Blick aufs Meer und geduldete mich, bis der Ober kam, um meine Bestellung aufzunehmen. Während ich auf mein Essen wartete, sah ich hinaus. Unzählige Sterne funkelten am schwarzen Firmament. Ich versuchte, mir vorzustellen, wie das großartige Panorama vom Strand aus wirken mochte. Beim Fliegen wurde mir immer bewusst, wie klein und unbedeutend wir Menschen waren und wie zerbrechlich die Erde. Bei Nacht an einem weiten, verlassenen Strand zu stehen, war beängstigend und berauschend zugleich. Man war Teil der Nacht, verschmolz mit seiner Umgebung und war ihr schutzlos ausgeliefert. Wie viele Tiere gab es, die nachts viel besser sehen konnten als wir? Welches Getier lebte im Meer und wartete bloß darauf, dass sich ein Mensch des Nachts bis zum Wellensaum traute, um ihn dann zu verschlingen? Ich musste über meine Fantasie selbst lachen. Trotzdem; niemals würde ich mich trauen, nachts im Meer baden zu gehen. Nicht einmal im Schwimmbad würde ich das tun wollen. Da mochte die Faszination, die das Wasser ausübte, auch noch so groß sein.

Der Ober kam mit einem Teller, der ganz von einer silbernen Haube verdeckt wurde. Er stellte ihn vor mir ab und lüftete den Deckel. Noch bevor ich ihn zurückhalten konnte, war er gegangen. Ich starrte ungläubig auf das Porzellan, auf dem nicht etwa das bestellte Sandwich, sondern eine Blume und eine Karte lagen. Anhand der Schrift wusste ich sofort, wem ich diese Aufmerksamkeit zu verdanken hatte. Einen solchen Zettel hatte ich auch in dem Geldkuvert vorgefunden.

„Danke fürs Kommen und bis morgen früh um zehn Uhr am Strand“ stand darauf. Unterschrieben war er lediglich mit „Eric“.

„Entschuldigung, Miss? Ihr Essen.“

Ich glaubte, ein verschmitztes Lächeln beim Ober zu sehen. Flink nahm ich die Blume und die Karte auf und schuf für die neuen Teller Platz.

„Danke“, sagte ich zum Ober, während er die Haube anhob. Darunter kam mein Sandwich zum Vorschein. Es sah verführerisch lecker aus.

Ein weiterer Kellner kam heran und brachte neben den Beilagen auch eine Vase mit Wasser. „Bitte schön, Miss. Für ihre Nelke“, sagte er und stellte das Gefäß neben das Blumengesteck in die Mitte des Tisches. Dann ließen sie mich alleine.

Als ich fertig gegessen hatte, ging ich mit einem Gefühl der Zufriedenheit im Bauch und der Nelke nebst Vase in der Hand zurück auf mein Zimmer. Ich spürte, dass ich das Richtige getan hatte. Der Gedanke an Levente und an die Zeit, die wir bald – hoffentlich – miteinander verbringen würden, stimmte mich zuversichtlich. Zumindest solange ich nicht an den Schlossdrachen dachte. Morgen früh würden wir uns wiedersehen. Ein wenig bang war mir jedoch schon. Wie würde Levente reagieren?

Als ich mein Zimmer betrat, spürte ich gleich an der Tür, dass sich etwas verändert hatte. Das Fenster stand halb offen, sodass es im Raum ein paar Grad kälter geworden war, und die Badezimmertür war geschlossen, obwohl ich mir sicher war, sie offen gelassen zu haben. Ich trat vorsichtig ein und atmete erleichtert auf. Das Bett war aufgeschlagen worden und ein Gute-Nacht-Gruß in Form eines Schoko-Pfefferminztäfelchens lag auf dem Kopfkissen. Rechts und links vom Bett lagen Vorleger. Ich musste über meine Dämlichkeit lachen. Es war in noblen Hotels üblich, dass der Zimmerservice am Abend herumging und die Betten für die Nachtruhe vorbereitete. Ich schloss das Fenster, zog die Vorhänge zu und erschrak fast zu Tode, als ich eine Gestalt auf dem Balkon entdeckte. Mein Herz hatte bereits einen Hüpfer getan, bevor ich realisierte, dass draußen Lady Carlotta stand. Sie hatte die Arme vor der Brust verschränkt und funkelte mich so unverblümt an, dass mir die Zuversicht, die sich dank des Begrüßungsgeschenkes in mir breitgemacht hatte, mit einem Schlag abhandenkam. Hatte die Lady etwa die ganze Zeit da auf dem Balkon gestanden und auf mich gewartet? Warum war sie nicht gleich hereingekommen, wo doch die Tür offen stand? Ich hätte ihr die Scheibe gerne an die feine Nase geknallt, doch eine Konfrontation war ohnehin unvermeidlich. Besser, ich brachte die Sache gleich hinter mich, statt sie aufzuschieben. Beherzt trat ich hinaus auf den Balkon. Lady Carlotta zeigte sich nicht überrascht. Ich hatte mit ihrem Zorn über meine Rückkehr gerechnet und wappnete mich nun für ihren Auftritt. Eine unangenehme Gänsehaut konnte ich allerdings nicht verhindern. Und die lag nicht bloß an der Kälte, die mir entgegenschlug.

„Guten Abend, Lady Carlotta“, grüßte ich höflich. „Was für eine Überraschung, Sie hier anzutreffen.“

„Ich lebe hier“, blaffte sie. „Das ist mein Land. Sie hingegen gehören woanders hin.“

„Das mag ja sein, aber Ihr Land ist da drüben.“ Ich deutete in die ungefähre Richtung von Ballinmore Castle. „Im Moment stehen Sie jedoch hier auf meinem Balkon. Und hier hatte ich Sie nicht erwartet.“ Ich schenkte ihr mein sonnigstes Lächeln, bloß um sie zu ärgern.

Wenn schon Kampf, dann nach meinen Regeln.

„Darf ich Sie auf einen Drink in die Hotel-Bar einladen? Auf meinem Balkon ist es nachts zu dieser Jahreszeit leider sehr kalt. In der Bar hingegen brennt ein herrlich warmes Feuer im Kamin.“

„Ich hasse offenes Feuer.“

„Das ist schade. Dann vielleicht bloß auf einen Kaffee im Restaurant? Wir könnten auch die Kerzen löschen, wenn die ein Problem für Sie darstellen sollten.“ Mich fröstelte, eisige Luft streifte mein Gesicht. Oder waren es ihre frostklirrenden Blicke? Das Tosen des Meeres im Hintergrund klang wie die düstere Ankündigung von dem Übel, das gleich über mich herfallen würde. Ich musste hier weg. Schnellstens, bevor ich festfror und nie wieder auftauen würde. „Egal wie Sie sich entscheiden, ich gehe jetzt wieder rein.“ Ich drehte mich um und ließ sie einfach stehen. Sie würde schon nicht weglaufen. Schließlich war sie extra gekommen, um mich an ihre Warnung zu erinnern.

„Ihr Problem ist, dass Sie nicht zuhören, Miss Lecon", zischte sie und kam mir hinterher.

In meinem Zimmer wirkte sie noch größer und bedrohlicher als draußen im Freien. Doch auch für diese Situation hatte ich vorgesorgt und versuchte es jetzt mit einem Trick. Ich stellte mir die Lady als zu groß geratenes Erdmännchen vor. So gesehen war sie fast putzig, wie sie das Kinn reckte, den Rücken streckte und die Schultern straffte, als müsse sie Größe demonstrieren. Dazu zuckte ihre Nase neckisch und hätte mich fast dazu gebracht, zu kichern, wäre da nicht dieser böse Blick gewesen.

„Es tut mir leid, Lady Carlotta", sagte ich und wurde übermütig. „Was haben Sie gesagt? Ich glaube, mir sind die Ohren abgefroren."

„Sehr witzig." Sie sah sich neugierig im Zimmer um. Ihr Blick blieb an der Phalanx Schuhe hängen. Ich hatte eine stattliche Auswahl mitgebracht. Schließlich wusste ich nicht, was alles auf mich zukommen würde. Anders als auf meinen Wandertouren, zu denen ich lediglich zwei Paar Treter einpackte, hatte dieses Mal fast der gesamte Inhalt meines Schuhschrankes mitkommen dürfen. Meine bequemen Reiseschuhe, Ballerinas, die ich gerade trug, Flip-Flops, falls es plötzlich warm werden sollte, Stoffpuschen fürs Hotelzimmer, Badelatschen für eine möglicherweise schmuddelige Dusche, Wanderstiefel für Ausflüge in die Highlands. Dann noch Stiefel für den Stall und den Ausritt. Nicht, dass ich reiten konnte, aber man wusste ja nie. Turnschuhe, falls das Hotel einen Fitnessraum hatte, den ich unbedingt ausprobieren wollte, und für alle Fälle natürlich auch Ersatzpaare für jede Gelegenheit, falls die ersten nass oder schmutzig wurden oder nicht zum sonstigen Outfit passten. Und selbstverständlich auch meine sündigen High Heels für die delikaten Stunden im Schloss.

„Keine Sorge, ich habe keinen Schuhtick", sagte ich. „Das sind so ziemlich alle Schuhe, die ich besitze. Außer den Gartenschuhen, die mir meine Oma zu Weihnachten gekauft hat. Dabei habe ich nicht mal einen Garten. Aber ihr gefielen die Sonnenblumen darauf so gut. Dass die Größe gar nicht passt, habe ich ihr nicht verraten. Das habe ich nicht übers Herz gebracht, weil sie sich so viel Mühe mit diesem Geschenk gemacht hat." Ich plapperte, weil ich nervös war. Sie musste das längst mitbekommen haben, doch sie nutzte meine Misere nicht aus. Sie ignorierte mich sogar.

„Mein Gott", hauchte sie und ich beobachtete sie ungläubig dabei, wie sie vor der Schuhreihe in die Knie ging und einen meiner Schuhe wie ein rohes Ei anhob.

„Sind das ...? Sind das Louboutin?", fragte sie und drehte den Schuh hin und her, sodass die Reflexe nur so über den mohnroten Lack flirrten. Sie bewunderte die ebenfalls roten Sohlen und den goldenen Aufdruck darauf. „Tatsächlich. Das sind original Louboutin."

Ich glaubte ein anklagendes „Und Sie können sich solch sündhaft teuren Designerschuhe leisten? Haben Sie sie gestohlen?" in ihrer Bemerkung zu hören.

„Sicher. Die gibt es vollkommen legal zu kaufen", sagte ich. „Man kann sie wie so ziemlich alles im Internet kaufen. Mir fällt nur gerade nicht die Seite ein, auf der ich sie bestellt habe. Aber wenn Sie wollen, kann ich gerne nachschauen und Ihnen die Adresse geben. Da gab es die Schuhe sogar ein paar Euro günstiger, weil der Hersteller ab Lager verkauft. Es kommt zwar noch die Shipping-Gebühr dazu, aber dafür hat man dann original Louboutin und fühlt sich wie ein Star auf dem roten Teppich. Wollen Sie sie mal anprobieren?"

Offensichtlich hatte sich Lady Carlotta von ihrem Zuckerschock erholt. Sie stellte den Schuh wieder zu den anderen und stand auf. Dann strich sie in bekannter Manier den Mantel glatt und sah mich streng an. „Ich bestelle nie etwas im Internet", sagte sie. „Und ich steige auch nicht in fremder Frauen Schuhe." Sie senkte leicht den Kopf und blitzte mich an. Die Illusion eines freundlichen Erdmännchens war augenblicklich zerstört. Aus dem herzigen Tierchen wurde ein grimmiger Strauß, der mich taxierte. Aber immerhin hatte ich einen kurzen Blick auf Lady Carlottas geheime Leidenschaft erhascht. „Kommen wir zum Grund meines Besuches."

Ich hatte es kommen sehen und rüstete mich für die nun sicherlich gleich folgende Wiederholung ihrer Tirade.

„Es ist mir zu Ohren gekommen, dass man Sie eingeladen hat, nach Ballinmore Castle zurückzukommen. Eine Einladung, die ohne meine Zustimmung ausgesprochen wurde, und die Sie entgegen meiner wohlgemeinten Warnung angenommen haben."

„Wir leben in einem freien Land", antwortete ich gelassen und freute mich über diesen Einfall. Auch wenn er abgedroschen klang, er passte.

„Am liebsten würde ich Sie in ein Flugzeug setzen und zurückfliegen lassen."

„Was ich selbstverständlich nicht mit mir machen lassen würde."

„Und was, sehr zu meinem Leidwesen, zwei störrische Männer nicht zulassen würden."

„Zwei Männer reichen aus?"

Weiß Levente etwa doch schon von meinem Kommen?

„Eric und Henk sind Schotten durch und durch." Lady Carlotta seufzte. „Sie können sich nicht vorstellen, wie sehr ich mich gegen die zwei zur Wehr gesetzt habe. Wir haben stundenlang debattiert. Ich habe sie am Ende sogar angeschrien. Und ich schreie sonst nie!"

Ich sah sie an und nickte. Ich konnte sie mir sehr gut als schreiende Furie vorstellen, aber es wäre unklug gewesen, das zu sagen. „Das glaube ich Ihnen."

„Letztlich hat es nichts gebracht. Mir blieb also nichts anderes übrig, als Sie hier aufzusuchen." Sie ergriff so unerwartet meine Hände, dass ich nicht reagieren konnte. Ihre Haut war noch kalt vom Abendwind.

„Sie haben ganz kalte Hände", sagte ich. „Sollen wir nicht doch in die Bar gehen und am Kamin einen Kaffee trinken?"

„Miss Lecon." Ihr eindringlicher Blick ließ mich verstummen. „Ich bitte Sie, Ihren Besuch abzubrechen und nach Hause zu fliegen. Gehen Sie zurück in Ihre gewohnte Umgebung und vergessen Sie alles, was Sie hier gesehen haben. Leben Sie ein hübsches Leben, heiraten Sie einen hübschen Mann und bekommen Sie hübsche Kinder. Vergessen Sie Ballinmore Castle, vergessen

Sie Finlay und machen Sie zukünftig einen großen Bogen um unser Land."

„Warum?", forderte ich sie heraus und befreite meine Hände. Ich rieb die Handflächen aneinander, um sie wieder warm zu bekommen. „Nur weil es Ihnen nicht in den Kram passt, aus welchen Gründen auch immer? Warum sollte ich ein so wunderbares Land aus meinem Gedächtnis und von meiner Reiseplanung streichen? Warum sollte ich diese wunderbare Insel und Levente einfach vergessen? Alles das ist Teil meines, wie Sie es eben so treffend nannten, ‚hübschen Lebens'. Und das bestimme immer noch ich."

Und ob und wen ich heirate und mit wem ich hübsche oder hässliche Kinder zeuge oder nicht, geht dich gar nichts an. Selbst wenn mein hübscher Auserwählter dein Cousin wäre.

„Der Grund ist einfach und einleuchtend. Weil es Ihre Lebenserwartung deutlich verlängern würde."

Ihre Antwort war weder humorvoll noch spöttisch gemeint. Ich sah zu ihr auf und mir lief es eiskalt den Rücken hinunter, was nicht etwa an der zugigen, kalten Luft lag, die durch die nur angelehnte Balkontür hereinströmte, sondern an ihrer entschlossene Ernsthaftigkeit. Lady Carlotta machte mich der Situation gegenüber wieder misstrauisch. Ich hatte dieses unbestimmte Gefühl nach meinem Treffen mit Eric beiseitegeschoben, weil ich davon überzeugt gewesen war, dass Levente unbescholten und das Ansinnen seines Stallburschen ehrenhaft war.

Aber was wusste ich denn tatsächlich von diesen Menschen? Was wusste ich wirklich von Lord MacConnell?

Im Grunde genommen nichts. Ich sah ihn als einen höflichen Mann, dabei konnte er genauso gut ein landesweit gesuchter Verbrecher sein, der sich mit seinen Komplizen in einem halb zerfallenen Schloss versteckte, um einer Gefängnisstrafe aus dem Weg zu gehen. Meine Fantasie dachte sich sofort wieder die wildesten Möglichkeiten aus. Von Schuldner zu Bankräuber, von landesweitem Finanzbetrüger zu Massenmörder, alles war dabei. Schließlich brannten meine Synapsen, sodass ich kaum noch einen klaren Gedanken fassen konnte. Ich ließ mich aufs Bett fallen und atmete ein paar Male tief durch.

Das ist bloß ein Trick. Sie will mich mit allen Mitteln aus dem Weg haben. Aber warum bloß? Was habe ich ihr denn getan? Passe ich nicht in ihr Konzept? Oder geht es nur um ihr Ego? Ist sie eifersüchtig auf mich?

Ich sah ihre Schuhspitzen unter dem langen Rock. Wie passte Lady Carlotta ins Bild? Diese ominöse Cousine, die mich mit aller Macht von ihrem Cousin, dem Schloss und am liebsten aus ganz Großbritannien fernhalten wollte?

Ich sammelte meine ganze Energie, stand wieder auf und baute mich selbstbewusst vor ihr auf. „Ich kann gehen, wohin ich will. Sie halten mich nicht davon ab." Ich tippte ihr auf die Brust. Eine unverschämte, ungehörige Geste, die Lady Carlotta mit verkniffenen Lippen quittierte. „Und wissen Sie was? Sie sind weder Leventes Cousine noch seine Frau", behauptete ich aus einer spontanen Eingebung heraus. „Sie spielen hier bloß die Gouvernante, weil Sie verhindern wollen, dass Levente und ich uns näher kennenlernen. Sie haben gemerkt, dass wir uns gut verstehen und das können Sie aus irgendeinem Grund nicht ertragen. Sind Sie eifersüchtig, neidisch oder bloß egoistisch? Ganz egal, welche Gründe Sie haben, Lady Carlotta. Ich sage es Ihnen ein letztes Mal: Ich werde nicht gehen. Punkt. Und wenn Sie mich noch einmal derartig belästigen und mir drohen, dann werde ich bei der Deutschen Botschaft Beschwerde gegen Sie einlegen. Ich bin legal eingereist und bloß, weil Sie mich nicht leiden können, haben Sie noch lange nicht das Recht, mich des Landes zu verweisen."

Natürlich war alles, was ich gesagt hatte, übertrieben und frei erfunden. Mir zitterten mächtig die Knie und ich fror längst nicht mehr. Stattdessen schwitzte ich jetzt und der Windzug kühlte angenehm. Ich wagte kaum, sie direkt anzusehen, aber als ich es dann doch tat, bemerkte ich, dass Lady Carlotta an Haltung verloren hatte. Ganz so falsch hatte ich also nicht gelegen. Fragte sich nur, mit welcher der vielen Behauptungen.

„Ich will doch gar nichts Böses", lenkte ich ein, weil mir mein Gefühlsausbruch plötzlich peinlich war. „Ich möchte doch einfach nur …"

Sie hob die Hand, ohne den Blick zu heben. Ich schloss den Mund.

„Ich glaube, jetzt wäre es mir doch lieber, wir würden in die Bar gehen", murmelte sie. „Führen sie dort auch Jameson?"

„Ihr Whiskey, die Lady", sagte der schottische Barkeeper, als er uns die Getränke brachte. Er war Kummer gewohnt und beschwerte sich nicht darüber, dass eine schottische Lady irischen Whiskey bestellte. „Und einen Kaffee für die Miss."

Nach einem beherzten Schluck stellte Lady Carlotta ihr Glas ab und lehnte sich zurück. Wir saßen direkt neben dem Kamin, in dem ein großer Haufen Holzscheite munter prasselten. Sie hatte ihren Mantel abgelegt und kampierte unverkrampft in ihrem Sessel. Keine Gouvernantenattitüde, keine Überheblichkeit mehr. Mir saß eine vollkommen veränderte Frau gegenüber, die, wenn mich nicht alles täuschte, sogar lächeln konnte. Zumindest hatte sie den Kellner mit einem solchen Gesichtsausdruck bedacht. Woher kam ihr Sinneswandel? Als sie sich zu mir herumdrehte, lächelte sie jedoch nicht mehr. Was in Anbetracht dessen, was ich ihr in meinem Zimmer an den Kopf geworfen hatte, kein Wunder war.

„Gut, Miss Lecon, ich habe verstanden. Es birgt durchaus eine gewisse Ironie, mir Egoismus vorzuwerfen und selbst so stur und beratungsresistent zu sein."

Ich hob die Schultern und grinste.

„Sie haben recht, Miss Lecon. Ich bin weder die Cousine noch die Frau von Finlay, oder Levente, wie Sie ihn nennen. Dennoch verbindet uns etwas Gewichtiges. Es ist nicht etwa meinem Egoismus oder meiner Eifersucht geschuldet, dass ich mich in Ihre und Finlays Angelegenheiten einmische. Es ist meine Pflicht, das zu tun. Es geht hier weder um Sie noch um mich. Es geht hier einzig und alleine um das Wohl unserer Gemeinschaft." Sie griff sich ihr Glas und leerte es mit einem Zug.

Schon wieder so eine ominöse Gemeinschaft.

„Eine Gemeinschaft, die sie beide verbindet und die Sie zu Leventes Babysitterin werden lässt?“ Ich konnte mir die Frage nicht verkneifen. Spielte Lady Carlotta auf die von Eric erwähnte Vereinigung an?

„Das, Miss Lecon, geht Sie nichts an.“ Sie hob das Glas in die Höhe und signalisierte dem Kellner, ihr Nachschub zu bringen. „Das tut auch nichts zur Sache. Wenn ich Sie schon nicht dazu bringen kann zu gehen, dann möchte ich Sie wenigstens darum bitten, Ihr Vergnügen hinten anzustellen und sich ausschließlich auf den Grund Ihres Kommens zu konzentrieren. Bringen Sie meinetwegen Levente auf andere Gedanken, muntern Sie ihn auf, sodass er wieder zuversichtlicher in die Zukunft blicken kann. Aber halten Sie sich aus allem anderen heraus.“

„Sie meinen Finlay?“

„Levente Finlay, ja.“

„Sie wissen über die Gründe meines Kommens ja bestens Bescheid.“ Wie viel hatte sie aus Eric herauspressen können?

„Ich bin nicht blind, Miss Lecon. Ich kenne Levente besser als jeder andere und weiß, wofür Eric Sie bezahlt. Tun Sie also, wozu man Sie beauftragt hat. Aber sollte ich Sie noch einmal dabei erwischen, wie Sie nachts im Schloss auf Wanderschaft gehen …“ Sie sah mich düster an. „… oder dass Sie sich in unsere Privatangelegenheiten einmischen, dann werde ich dafür sorgen, dass Sie nie wieder einen Fuß auf dieses Land setzen werden. Ich habe mächtige Freunde und ich werde nicht zögern, diese um einen Gefallen zu bitten, sollten Sie sich nicht exakt an meine Regeln halten."

Der Kellner brachte ihren Whiskey und nahm das leere Glas auf.

„Bringen Sie mir bitte auch einen Jameson", bat ich. Mir zitterten die Knie. Ich brauchte nach dieser unmissverständlichen Erklärung etwas Hochprozentiges. Ich hatte mit Gegenwind gerechnet. Dass er aber ein solches Ausmaß annehmen würde, hatte ich nicht erwartet. Konnte Lady Carlotta mich allen Ernstes des Landes verweisen lassen? Oder deutete sie etwa an, mich umbringen zu lassen?

Lächerlich. Du übertreibst!

Ich wollte es nicht darauf ankommen lassen. Dazu liebte ich Schottland und mein Leben viel zu sehr.

Mein Whiskey kam. Beherzt trank ich einen kräftigen Schluck. Der Alkohol lief mir brennend den Rachen hinab, doch es blieb ein äußerst angenehmer Geschmack im Mund zurück.

„Ich wurde von Eric gebeten, mit Levente eine oder zwei Wochen zu verbringen", sagte ich. „Etwas anderes habe ich nicht vor."

„Ich könnte diesem Judas den Kopf abreißen. Vielleicht werde ich das tun, wenn er mir das nächste Mal über den Weg läuft. Irgendwann muss er schließlich wieder auftauchen", fluchte sie gar nicht ladylike. „Aber gut. Vergessen Sie nie: Ich werde Sie beobachten. Ein einziger Fehltritt, und Sie verlassen Schottland für immer." Sie trank ihr Glas in einem Zug aus, stellte es ab und erhob sich. „Genug geredet. Ich würde ja gerne ‚Auf

Nimmerwiedersehen' sagen, aber das wird anscheinend nicht so schnell der Fall sein. Schlafen Sie gut, Miss Lecon. Und lassen Sie meine Getränke ruhig auf Ihre Zimmerrechnung setzen. Die wird ohnehin aus der Schlosstruhe beglichen, wenn ich den Sattelschlepper richtig verstanden habe." Sie warf sich ihren Mantel um und stolzierte aus der Bar.

Kapitel 10

Ich erwachte am nächsten Morgen mit einem ordentlichen Brummschädel. Nachdem Lady Carlotta mich sitzen gelassen hatte, war mein Verlangen nach Alkohol noch nicht gestillt gewesen. Dem ersten waren noch drei Whiskey gefolgt. Ich hatte sie zügig getrunken und als die Wirkung schließlich einsetzte, war es bereits zu spät. Den Weg ins Zimmer hatte ich gerade noch geschafft und das Schlafshirt angezogen. Danach war ich auf dem Bett eingeschlafen, ohne mich um die noch brennenden Lampen oder meine restliche Abendtoilette zu kümmern.

Ich blinzelte ein paarmal, ehe ich die Augen öffnen konnte. Von draußen stahlen sich feine Sonnenstrahlen herein, übrig gebliebene Nachtregentropfen glitzerten auf den Scheiben. Ich stand auf und schob den Vorhang zur Seite. Die Wolken hatten sich verzogen, der Himmel strahlte blau. Als ich die Balkontür öffnete, blies mir kühle Meerluft ins Gesicht. Ich atmete tief durch. Gleich nach dem Frühstück würde ich zu einem Spaziergang aufbrechen, damit ich rechtzeitig um zehn Uhr am Strand war.

Ich werde ihn wiedersehen!

Die Bewegung und der frische Wind würden die letzten Alkoholmoleküle aus meinem Blut pusten.

Eine Stunde später spazierte ich den schmalen Pfad zum Meer hinunter. Ich hatte mir einen dicken Schal um den Hals geschlungen und eine Strickmütze auf. Den Kragen meiner Outdoorjacke hatte ich hochgeschlagen und so stapfte ich mit gesenktem Kopf zum Strand hinunter ans Wasser, wo der Wind glitzernde Wellen mit perlmuttfarbenen Schaumkrönchen zu mir schickte. Lange blieb ich stehen und beobachtete dieses herrliche Schauspiel. Das ansteigende Rauschen und das Rasseln der kleinen Kieselsteinchen, wenn die Welle sie erfasste und mir entgegentrieb. Das Gluckern, wenn die Kraft der Welle nachließ, sie ihr Gut endlich wieder freigab und das Nass im losen Sand versickerte. Immer und immer wieder. Es war beruhigend, sich vorzustellen, dass es ewig so weitergehen würde. Selbst, wenn ich längst nicht mehr hier war.

Zu meinen Füßen entdeckte ich ein kleines Stückchen Treibholz, das ich sogleich aufhob. Die glatte Oberfläche des aufgequollenen Holzes fühlte sich samtig und feucht an. Ich könnte es trocknen und mit noch mehr Fundstücken ein Mobile daraus basteln. Das wäre ein hübsches Andenken an diese Reise. Ich fischte zwei Muscheln aus dem Wasser und steckte sie ebenfalls ein. Dann setzte ich meine Wanderung entlang der Wasserlinie fort. So weit, bis ich das Hotel nur noch als dunklen Punkt auf den Klippen erkannte. Hier am Strand fühlte ich mich alleine und doch geborgen. Ich gehörte hierher, so wie das Meer, der Sand und der endlose Himmel über mir. Nichts konnte mich hier stören und Gedanken, die sich hinterlistig anschleichen wollten, ließ ich entspannt an mir vorüberziehen und schickte sie übers Meer zum fernen Horizont. Ändern konnte ich ohnehin nichts. Alles hing von Leventes erster Reaktion ab. Würde er mich abweisen, würde ich meinen Besuch als gescheitert betrachten. Würde er sich freuen, konnte ich Erics Wunsch entsprechen. Vielleicht.

Es kommt, wie es kommt. Bis dahin genieße ich diesen herrlichen Moment hier am Strand.

Bisher war mir niemand begegnet, was in Anbetracht des frühen Morgens und des abseits des Ortes gelegenen Hotels nicht verwunderlich war. Als ich jetzt den Rückweg antrat, kamen mir zwei Reiter und ein Hund entgegen. Die Pferde galoppierten am Wellensaum entlang, sodass das Wasser bis zu den Stiefelspitzen der Reiter hinauf spritzte.

Sind sie das etwa?

Erst als sie näher kamen, erkannte ich eines der Pferde und seinen Reiter. Eric ritt auf seiner Stute, die er vor dem Stall geputzt hatte, als ich Ballinmore Castle das erste Mal besucht hatte, vorweg. Dahinter folgte ein kräftiges, braun-weiß geflecktes Ungetüm mit üppiger Fesselbehaarung.

Dann muss der Reiter dahinter …

Nach ein paar weiteren Sekunden erkannte ich ihn wirklich. Derart eingepackt, in dicker Jacke und Schal, mit den zurückgebundenen Haaren und einem Helm, hätte ich Levente nicht wiedererkannt, wenn er ohne Ankündigung an mir vorbeigeritten wäre. Aber ihm ging es mit mir genauso. Eric drosselte das Tempo, nickte mir verhalten zu, hielt aber nicht an. Der Hund trottete auf mich zu, schnupperte kurz an meiner Hose und trollte sich dann.

Als Levente an mir vorbeiritt, grüßte er zuerst beiläufig und stutzte dann. „Maryan?"

Sein Pferd machte noch ein paar trotzige Schritte, bevor es sich behäbig herumdrehte. Kurz vor mir blieb der Koloss zum Glück brav stehen.

„Hallo, Levente", grüßte ich und vergaß vor lauter Freude, mich überrascht zu geben. Was hatte ich doch gleich vorbringen wollen? Wo waren die Worte, die ich mir schon zu Hause zurechtgelegt hatte?

Hinter ihm hob Eric grinsend den Daumen. „Perfektes Timing", formten seine Lippen. „Ist das nicht Miss Lecon?", fragte er jedoch laut und unfreundlich. „Ich hatte gehofft, Sie wären schon längst wieder außer Landes."

Ich schaute schnell wieder zu Levente, dessen Gesichtsausdruck ich wegen des Schals nicht deuten konnte. Freute er sich, mich zu sehen? Seine Augen wirkten leblos.

Mist! Ein Lächeln wäre eine bessere Basis gewesen.

„Dass Schotten immer so mit ‚ihrem Land' angeben müssen", antwortete ich bissig. „Keine Sorge, ich bin nicht wegen Ihnen hier. Familiäre Gründe zwangen mich, zurückzukommen." Es fiel mir ungeahnt leicht, auf Erics Theater einzugehen. Ich hatte meine Taktik bereits bei meinem Abteilungsleiter erfolgreich geprobt. „Leider ist eine entfernte Tante vor ein paar Tagen verstorben."

„Es tut mir leid zu hören, dass Ihre Tante gestorben ist", sagte Eric und nichts deutete darauf hin, dass er log. „Mein Beileid. Hatten Sie viel Kontakt zu ihr?"

„Gelegentlich", antwortete ich ausweichend. „Sie war die Stiefschwester meiner Großmutter."

„Wohnte sie hier in der Gegend?", fragte Eric weiter.

Ich hätte ihn dafür umbringen können. Was sollte das? Wieso brachte er mich zusätzlich in Erklärungsnöte? Aber gut, auch dafür hatte ich mir eine Antwort zurechtgelegt.

„Nein. Sie lebte eigentlich in Edinburgh, machte auf Skye aber gelegentlich Urlaub."

Klang meine Lüge plausibel genug? Zu Hause hatte ich sie als logisch empfunden. Gegenüber meinem Chef, der von Schottland ungefähr so viel Ahnung hatte, wie ich von Fußball, war das egal gewesen. Aber würde Levente sie mir abnehmen?

Der sah abwesend aufs Meer hinaus. Seine Teilnahmslosigkeit machte es mir schwer, das Spiel weiterzuspielen. Was hatte das alles hier für einen Sinn?

Was für eine bescheuerte Idee von Eric.

„Und nun sind Sie hierhergekommen, um Ihrer Tante zu gedenken", sagte Eric. „Eine nette Art, um sich an seine Lieblingstante zu erinnern. Andere würden sich einfach nur ans Grab setzen."

Ich sah zu ihm auf.

Er weiß genau, dass meine Lüge konstruiert ist. Wenn er mich jetzt weiter reizen wird, fliegen wir auf.

„Andere, aber ich nicht. Und Sie? Reiten Sie immer morgens hier aus?" Ich wollte Levente irgendwie aus der Reserve locken, wollte es zumindest versuchen. Aber so, wie er sich auf dem Pferd zeigte, erhaben und distanziert, hatte ich wenig Chancen.

„Es ist quasi unser Frühsport." Eric lachte. „Nicht wahr?" Er sprach Levente direkt an. Vermutlich war auch ihm unangenehm, wie abweisend sich sein Arbeitgeber verhielt.

Levente drehte sich nur widerwillig zu mir herum und sah mich von oben herab an. Dann schob er den Schal vom Kinn und ich sah ihn lächeln. Ein schmales, zurückhaltendes Lächeln zwar, aber immerhin.

„Wir sind jeden Morgen und manchmal auch abends hier unterwegs", meinte er. „Es erdet und beruhigt."

Das riesige Ungetüm, auf dem er saß, schnaufte plötzlich ungehalten, schüttelte wild die lange Mähne und scharrte mit dem Huf im nassen Sand.

Ich deutete auf das Pferd, das mir neugierig die Nase entgegenstreckte und ein paar Schritte auf mich zu machte. „Ich hoffe, der ist brav und frisst mich nicht gleich auf?"

Zugegeben, das Tier war hübsch anzusehen. Aber es war so riesig, dass ich nicht einmal über den Rücken schauen konnte. Aufgrund seiner Größe und Masse wirkte es alles andere als vertrauenerweckend. Mit einem einzigen Tritt würde es mich bis zum Festland katapultieren.

„Ach, Aramis ist nur ein wenig ungeduldig, weil er warten muss. Nicht war, mein Guter?“ Levente belohnte sein Pferd mit Streicheleinheiten und ein paar liebevollen Klapse auf den Hals.

Die rosafarbenen Nüstern blähten sich. Aramis pustete mir direkt ins Gesicht und gab mir dann einen ordentlichen Nasenstüber. So warm und samtweich die Berührung auch war, ich schreckte zurück. Immerhin hatte es etwas Gutes: Levente lachte. „Er scheint dich zu mögen. Keine Sorge, er ist lammfromm, glaub mir.“

„Das ist wahr“, bestätigte Eric. „Außer er denkt, er sei ein Araberhengst. Dann benimmt er sich gerne dementsprechend divenhaft. Dabei ist er laut Zuchtpapieren nur ein zu klein geratener Clydesdale Wallach.“

Levente laut lachen zu hören, tat gut. Das Eis schien gebrochen.

„Zu klein?“, fragte ich. Der Kopf des Kolosses ragte für mein Empfinden bis in den Himmel hinauf.

„Na, na“, tadelte Levente. „Aramis ist zwar ein kleiner, aber dafür ein ganz besonders hübscher Clydesdale und er ist ein sehr freundlicher Partner.“ Er klopfte erneut auf den kräftigen Hals des Tieres. Seine Finger blieben unschlüssig dort liegen. Dann drehte er sein Pferd zur Seite und stieg ab. Die unerwartete Nähe zu ihm und sein Sinneswandel waren berauschend. „Komm, überwinde deine Angst und steig auf. Es ist genügend Platz. Du kannst dich vor mich setzen und ich halte dich fest. Den Rest übernimmt Aramis."

Ich wollte nicht wie ein Angsthase dastehen. Die Aussicht, mit Levente am Strand entlangzureiten, hatte durchaus etwas.

„Oho! Nutzen Sie diese einmalige Chance, Miss Lecon", hörte ich Eric sagen. „Eine solche Gelegenheit wird er Ihnen nicht noch einmal anbieten."

„Aramis mag ein kleiner Clydesdale sein, aber er ist ein sehr angenehmes Taxi." Levente hielt mir die Hand hin. „Ich helfe dir hinauf." Er interpretierte mein Zögern richtig. „Du bist doch schon einmal geritten?"

„Klar. Na ja, so eine Art von. Aber nie alleine und erst recht nicht ohne Sattel."

Als Kind auf dem Jahrmarkt. Auf einem Pony, immer schön im Kreis herum.

„Ich reite immer nur mit Reitkissen. Das ist wesentlich bequemer. Für Reiter und Pferd. Komm, ich helfe dir. Es ist ganz einfach. Ich mache eine Räuberleiter und hebe dich an. Du kannst dich hier am Aufsteigriemen festhalten, sobald du ran kommst." Er zeigte auf einen Gurt, der an der Vorderseite des Kissens hing. „Und dann schwingst du dein linkes Bein über Aramis' Rücken. Bereit?"

Ich nickte beklommen und stellte meinen Fuß in Leventes verschränkte Hände.

„Auf drei. Eins, zwei … drei."

Ich hüpfte unbeholfen auf einem Bein und glitt bei drei sanft und wie von Zauberhand getragen nach oben. Leider schwang ich mein linkes Bein viel zu kräftig über das Reitkissen und wäre auf der anderen Seite heruntergefallen, hätte mich Levente nicht am Bein festgehalten.

Eric verkniff sich ein Grinsen, als er meinen unbeholfenen Aufstieg sah. Ich rutschte auf dem breiten Rücken hin und her, bis ich eine gute Position gefunden hatte.

Verdammt, ist das hoch. Von wegen „kleiner Clydesdale Wallach". Ich will gar nicht erst wissen, wie es auf einem großen Clydesdale Wallach ist.

Ich traute mich kaum, nach unten zu sehen, und krallte mich fest in die lange Mähne. Aramis missfiel das offensichtlich. Er schnaubte laut und schüttelte sich, sodass ich fast wieder herunterrutschte.

„Achtung. Ich komme jetzt hoch." Behände stieg nun Levente auf und kümmerte sich nicht um Aramis' Ungemach, während ich bei dem Geruckel Mühe hatte, das Gleichgewicht zu halten und gar nicht mitbekam, wie er aufstieg. Plötzlich saß er hinter mir.

Wie kommt er eigentlich ohne Hilfe hoch? Kein Mensch kann so hoch springen.

Er rutschte hinter mir in Position und zog mich an sich. Mir war vor Aufregung so warm geworden, dass mir seine kalten Finger wie Eis vorkamen. Aramis tänzelte ungeduldig und setzte sich in Bewegung, ohne dass Levente einen mir ersichtlichen Befehl gegeben hätte.

„Brauchst du keine Zügel?", fragte ich bang. Die Riemen hingen locker über der Mähne des Wallachs.

„Eigentlich nicht. Aber wenn es dich beruhigt, nehme ich sie auf." Mit der freien Hand griff er sich die Zügel. Sie hingen jedoch weiter frei durch.

„Kriegst du das denn mit einer Hand hin?"

„Er weiß, wo es langgeht.“

Das Pferd verfiel schon nach ein paar Schritten in Trab. In der festen Umarmung und an Leventes Bauch und Beine gedrückt, fühlte ich mich einigermaßen sicher. Anders als auf einem Jahrmarktpony war der Ritt auf Aramis angenehm. Selbst im Trab hüpfte man nicht wild auf und ab, sondern schaukelte nur leicht hin und her. Das Pferd bewegte sich gleichmäßig und souverän entlang des Strandes. Langsam entspannte ich mich.

„Siehst du? Es ist ganz einfach, oder?“

Ich spürte Leventes Körper nah an meinem, fühlte seinen starken Griff, den Arm, der meine Taille umfasste, und seine Oberschenkel direkt an meinen. Wider Erwarten fand ich mich hier oben sicher aufgehoben.

„Geht es auch noch ein bisschen schneller?“

Leventes Lachen ertönte, seine kalten Lippen hauchten mir einen leichten Kuss aufs Ohr.

Einbildung. Das war nur eine feuchte Haarsträhne, die mich gekitzelt hat.

Aramis schüttelte uns kurz durch, als er die Schrittfolge änderte. Die Hufe des Pferdes gruben sich in den nassen, harten Sand. Der Wallach schnaufte und hinter uns tat es ihm Erics Stute gleich. Und dann war es, als würden wir über den Strand schweben. Ich schloss die Augen und konzentrierte mich ganz auf die gleichmäßigen Geräusche, die Agilität der Muskelpakete unter und hinter mir und die frische Meerluft, die mir die heißen Wangen kühlte. Bei jedem Galoppsprung drückte mich Levente fest an sich, nur um mich gleich wieder freizugeben. Aramis' Energie übertrug sich auf mich und ich löste meine verkrampfte Hand aus seiner Mähne und streckte beide Arme zur Seite aus. Es war ein großartiges Gefühl, so dahinzugleiten. Als Aramis sein Tempo wieder drosselte und in Schritt verfiel, war ich einerseits erleichtert, andererseits enttäuscht. Und ich war klatschnass geschwitzt.

„Das war toll", rief ich und klopfte beherzt den Hals des Pferdes. „Braver Aramis. Du bist ein ganz Großer."

Mittlerweile waren wir einige Kilometer vom Hotel entfernt.

„Soll ich dich zum Hotel zurückbringen oder möchtest du mit zu uns kommen?"

Ich zögerte. Eigentlich sollte ich mich erst umziehen. Ich hatte schließlich meine praktischen, aber stillosen Wanderklamotten an und für unser erstes Date sollte ich mir etwas Schickeres anziehen. Andererseits wollte ich wider Erwarten am liebsten nie hier herunter. Es war so herrlich, das warme Pferd unter mir und Levente hinter mir zu wissen.

„Welcher Weg ist länger?", fragte ich.

„Der zum Schloss."

„Wenn dich mein gewöhnlicher Aufzug nicht stört, dann komme ich gerne mit nach Ballinmore Castle."

„Du siehst bezaubernd darin aus", flüsterte er nur für mich hörbar.

Ich spürte wieder diesen kühlen Hauch an meinem Ohr, der selbst dann noch blieb, als Aramis lostrabte. Unser Wiedersehen hatte entmutigend begonnen und hätte kompliziert und ernüchternd enden können. Stattdessen ritten wir jetzt in trautem Beisammensein Ballinmore Castle entgegen. Wenn das mal kein gutes Omen für die kommenden Tage war.

Das Schloss thronte majestätisch auf den Klippen. Vom Strand aus gesehen, wirkte es mit seinen hohen Zinnen und Türmen Schutz verheißend und abweisend zugleich. Wie viele Menschen hatte das Schloss schon kommen und gehen sehen? Wie viele Geschichten beherbergte dieses Gemäuer?

„Gibt es auf Ballinmore Castle eigentlich auch ein Schlossgespenst?“, fragte ich freiheraus, als wir vor dem Stall anhielten und abstiegen.

Levente band Aramis an. „Aber natürlich. Und wie jedes schottische Schloss hat auch Ballinmore seine Geheimnisse.“

„Magst du mir davon vielleicht erzählen? Nicht, dass ich an Gespenster glaube, aber die Geheimnisse eines in die Jahre gekommenen Schlosses interessieren mich.“

„Es sind viele. Sie dir alle zu erzählen, würde deine Zeit über Gebühr beanspruchen.“

Ich schmiegte mich vorsichtig an Aramis' warme Brust. Sein Fell roch nach nasser Wiese und Pferd. Ein sympathischer Geruch für ein Ungetüm. Ich fühlte mich ausgesprochen wohl und lächelte. „Ich habe mehr als genug Zeit. Außerdem ist es hier gerade so schön.“

Aramis zuckte, als Levente das Reitpad anhob und einen Steigbügel nach oben schob.

„Ich kümmere mich um ihn“, sagte Eric vorausschauend. „Geht ihr ruhig schon mal rein.“ Er drängte sich grinsend zwischen Levente und Aramis und löste den Sattelgurt.

„Na, dann.“ Levente trat verwundert zurück und sah ihm unschlüssig dabei zu.

„Ich kann auch gerne zurück zum Hotel, wenn es dir ungelegen kommt“, bot ich an, als ich sein Zögern bemerkte. „Das ist wirklich kein Problem. Ich rufe mir einfach ein Taxi.“

Levente gab sich einen Ruck. „Nichts da! Ich habe dich mit hierher gebracht und es wäre unhöflich, dich wieder wegzuschicken. Komm, gehen wir rein.“ Er reichte mir die Hand. Sie war genauso eisig wie meine. „Henk hat sicherlich etwas, das dich aufwärmen wird“, meinte er und führte mich ins Schloss.

Kapitel 11

Dieses Mal betrat ich das Gebäude durch den schmucklosen Hintereingang und gelangte in einen dunklen Flur. Wir hängten unsere Mäntel an die Garderobe.

„Das hier ist der nicht repräsentative Teil des Schlosses", erklärte Levente. „Hier sind die Küche, Vorratsräume und sonstige Zimmer, die früher von den Bediensteten genutzt wurden. Heute dienen sie nur noch als Lagerräume. Henk hat seine Räumlichkeiten im vorderen Bereich. Meine liegen hier links von uns. Gäste empfangen wir normalerweise keine und wenn doch, dann bleiben sie hier im Erdgeschoss. Niemand kommt sonst in die oberen Stockwerke." Er blieb stehen und sah mich an. „Du warst eine Ausnahme."

Ich schluckte schwer. „Das weiß ich zu schätzen."

Der hübsche Salon und die wunderschönen Regale und die geschmackvolle Ausstattung der Bibliothek waren mir noch lebhaft in Erinnerung und ich freute mich darauf, sie bald wieder zu betreten. Levente machte mir jedoch einen Strich durch die Rechnung.

„Lass uns in die Küche gehen. Dort ist es schön warm." Er öffnete eine Tür und ließ mich eintreten.

An einem großen, gusseisernen Ofen stand Henk. Er trug eine Küchenschürze und rührte in einem Kochtopf. Als er uns kommen sah, nickte er mir lediglich zu. „Guten Tag, Miss Lecon", sagte er, als wäre es selbstverständlich, dass ich wieder hier war. „Sie haben Glück. Die Scones sind gleich fertig. Nur noch ein paar Minuten und Sie können frühstücken."

Ich schnupperte und bekam prompt Appetit. Auch wenn das Frühstück im Hotel üppig ausgefallen war, würde ich auf Scones, die frisch aus dem Ofen kamen, nicht verzichten. „Das riecht wunderbar, Henk."

„Setz dich." Levente zog mir einen Stuhl zurecht und schob ihn vorsichtig in Position. Dann setzte er sich mir gegenüber.

Eine Weile sahen wir uns nur an. Zu gerne hätte ich gewusst, was in seinem Kopf vorging, doch im Beisein seines Butlers traute ich mich nicht zu fragen. Stattdessen tat ich schließlich so, als interessiere mich Henks Werkelei. Als mir die Stille zu unangenehm wurde, suchte ich mir ein unverfängliches Thema aus, um ein Gespräch zu beginnen.

„Backen Sie jeden Morgen Scones, Henk?", fragte ich.

Henk drehte sich zu uns herum. „Immer dann, wenn es meine Zeit zulässt, Miss", antwortete er. „Meist besteht unser Frühstück jedoch aus Porridge und Tee. Möchten Sie vielleicht eine Tasse Tee oder Kaffee, Miss Lecon?"

„Sehr gerne. Kaffee, mit Milch bitte. Porridge ist auch sehr lecker“, meinte ich. „Ich frühstücke zu Hause normalerweise auch nur Cornflakes oder Müsli. Für mehr reicht die Zeit nicht. Sonst müsste ich früher aufstehen, und dazu bin ich meist zu faul. Lieber esse ich später im Büro noch mal ein Croissant oder eine Butterbrezel.“

„Das klingt ebenfalls sehr schmackhaft. Wobei ich gestehen muss, dass ich eine Brezel noch nie gekostet habe.“ Henk stellte mir eine Tasse Kaffee und ein Milchkännchen hin und sah in den Ofen. „Die Scones wären so weit.“ Er stellte eine Schüssel Clotted Cream und eine Schale mit roter Marmelade auf den Tisch. Es folgten ein Teller, ein kleines Dessertmesser und eine Serviette, die er ausschließlich vor mir abstellte.

„Isst sonst keiner mit?“, fragte ich irritiert in Richtung Levente.

„Nein, Miss“, antwortete der Butler. „Ich esse nie mit den anderen zusammen.“

„Und du?“ Ich sah meinen Gastgeber an.

Muss ich jetzt echt wieder alleine essen? Isst in diesem Haus hier keiner was, außer mir?

Weder zeigte er, dass er von meiner Frage Notiz nahm, noch antwortete er mir direkt. „Wenn Sie einen Scone übrig hätten, dann würde ich gerne probieren, Henk.“

Sein Butler nickte. Gerade holte er das letzte, goldgelbe Küchlein aus der Röhre und stellte die dampfende Pracht zwischen uns auf den Tisch. „Ich wünsche guten Appetit.“

Die Creme war längst in den lockeren Teig des aufgeschnittenen Küchleins versunken, als ich die Erdbeermarmelade auftrug. Ich biss in die Köstlichkeit und genoss die delikaten Aromen. Aus den Augenwinkeln heraus beobachtete ich Levente, der sich seinen Scone zubereitete. Einem Schotten hätte ich weitaus mehr Hingabe zugetraut. Er knabberte zaghaft ein Stückchen von seinem dünn bestrichenen Küchlein ab und schluckte es fast sofort hinunter.

Isst er jetzt bloß mit, um mir einen Gefallen zu tun? Es scheint ja nicht gerade seine Lieblingsspeise zu sein. Dabei sind die Scones perfekt. Lauwarmer Teig, kühle, fettige Clotted Cream und eine zuckersüße, stückige Marmelade on top.

„Ich habe noch nie so leckere Scones gegessen, Henk." Es gehörte sich nicht, mit vollem Mund zu sprechen, aber ich wollte ihm meine Begeisterung nicht länger vorenthalten. Erst recht nicht, weil mich Leventes Zurückhaltung verwunderte.

„Danke, Miss."

„Du hast es gut, Levente." Ich schluckte den Rest herunter. „Du kannst dich jeden Tag von Henk bekochen und bebacken lassen. Ich wollte, ich hätte zu Hause auch jemanden, der mich mit so leckeren Sachen versorgt. Andererseits hätte ich dann vermutlich auch bald Probleme, in meine Jeans zu kommen."

Ich lachte. Die beiden Männer ließen sich lediglich zu einem kleinen Lächeln herab.

„Mit Verlaub, Miss Lecon. Ihnen stünden auch ein paar Scones mehr gut zu Gesicht." Galant hielt er mir den Teller hin.

Ich griff erneut zu. „Danke, Ihnen beiden aber auch."

Jetzt lachte der Butler. Er strich sich bedächtig über die kleine Rundung, die man nur mit Anstrengung unter seiner Kochschürze ausmachen konnte. „Ich muss auf meine Linie achten. Und der Lord mag kalorienreiche Gerichte nicht. Jeder hat einen anderen Geschmack."

„Soll mir recht sein", sagte ich.

Dann bleibt eben mehr für mich übrig.

Aber ein wenig seltsam fand ich das schon. Immerhin, Levente hatte seinen ersten Scone aufgegessen.

Mit jeder Minute, die verstrich, fühlte ich mich unwohler. Ich kam mir hier fehl am Platz vor.

Ich hätte ablehnen und zurück ins Hotel laufen sollen. Aber es ist nicht das, wozu Eric mich beauftragt hat. Er bezahlt mich nicht dafür, dass ich doof im Hotel herumsitze. Andererseits sitze ich hier genauso doof herum.

Was sollte ich bloß tun? Der Gedanke, als Gast Forderungen zu stellen, missfiel mir ebenso, wie Levente zu etwas anzustiften. Er sollte von sich aus auf mich zukommen. Mir blieb eigentlich nichts anderes übrig, als auf seine nächsten Schritte zu warten und zu hoffen, dass sie in die geplante Richtung gingen.

Oder aber, ich locke ihn ein bisschen aus der Reserve. Kann ja nicht schaden, ihm zumindest eine Ahnung davon zu vermitteln, was ich möchte.

„Ich habe Ihnen noch gar nicht erzählt, warum ich wieder hier bin, Henk." Ich wusste, er war ein diskreter Mann, der von sich aus niemals fragen würde. „Eine entfernte Tante ist unlängst gestorben. Sie lebte in Edinburgh, machte hier in der Nähe aber gerne Urlaub.

Daher kehrte ich zurück, um quasi ein letztes Mal auf ihren Spuren zu wandeln."

Das klang sehr poetisch. Vielleicht ein bisschen zu sehr?

„Lady Bloomsdale, richtig?", fragte Henk.

Ich nickte. Was hätte ich anderes tun sollen?

„Durch die Society hörte ich bereits von Lady Bloomsdales bedauerlichem Ableben. Sie soll in der Familiengruft in Edinburgh beigesetzt worden sein. Ich hoffe, es war eine angemessene Feier?"

Ich brauchte etwas, um den Rest Kuchen hinunterzuschlucken. Das gab mir Zeit, mich wieder zu fangen, und auf Henks professionelle Vorstellung ebenso gekonnt einzugehen.

„Sie kannten die Tante von Miss Lecon?", fragte Levente hörbar erstaunt. Ich hätte gerne dasselbe gefragt, denn ich wusste nicht einmal, dass meine erfundene Tante Lady Bloomsdale hieß.

„Selbstverständlich, Sir. Lady Vivienne Maryan Bloomsdale war in Wettbewerbskreisen durchaus eine namhafte Persönlichkeit. Es wird Ihnen sicherlich nichts sagen, aber die Pies der Lady waren die regelmäßig am besten prämierten."

„Oh ja, die Pies von Tante Vivienne waren echt legendär." Ich seufzte in gespielter Erinnerung.

Henk nickte bestätigend. „Aber ja. Lady Bloomsdale war eine gefürchtete und dennoch beliebte Teilnehmerin des Koch- und Backwettbewerbes. Ich lernte sie vor ein paar Jahren bei einem solchen kennen. Sie erinnern sich vielleicht noch daran, als ich um Sonderurlaub bat, um an einem Wettbewerb teilzunehmen?"

Levente nickte. „Was für ein sonderbarer Zufall, dass Sie dort ausgerechnet Miss Lecons Tante kennenlernten."

„Meine entfernte Tante", murmelte ich. Fielen diese ständigen Zufälle nicht langsam auf?

Henk war jedoch noch nicht fertig. Er erzählte ausschweifend und begeistert von seiner Teilnahme am Wettbewerb, der zum Gourmet Weekend der Grand Lodge in Dunfermline stattgefunden hatte. Bei diesem Wettbewerb, bei dem sein Klub namens Distinguished Bakermen Society zwar lediglich den zehnten Platz in der Disziplin „Savory Bakery" erlangt hatte, hatte er die berüchtigte und von allen sehr geschätzte Konkurrentin, die Lady der Pies, kennengelernt. Seinem Bericht nach konnte man glauben, es wäre ihm eine echte Ehre gewesen. Ich konnte nicht abschätzen, was er von dieser Geschichte erfand und was der Wirklichkeit entsprach. Bestimmt hatte er an einem solchen Wettbewerb teilgenommen, denn sonst hätte sein Bericht weitaus weniger glaubwürdig geklungen. Aber ob Henk tatsächlich eine Pie-Lady getroffen hatte, wusste ich nicht. Möglicherweise gab es diese Dame tatsächlich und er hatte nur den Namen geändert. Mir gefiel diese fiktive Persönlichkeit sehr und dank des Butlers hatte sie genügend Ansatzpunkte, an die ich zukünftig bei neugierigen Nachfragen bezüglich meiner „Tante" anknüpfen konnte. Ich hoffte bloß, dass es niemals nötig sein würde. Ich hatte kein großes Talent als Lügnerin.

„Genug geplaudert", meinte Levente plötzlich und stand mit Blick auf meinen leeren Teller auf. „Wir wollen Sie nicht weiter belästigen, Henk. Sie haben heute noch einiges auf der Liste, das Sie erledigen müssen."

„In der Tat, Sir." Henk räumte das Geschirr ab. Ich sah den davonfliegenden Köstlichkeiten wehmütig hinterher, während ich mich ebenfalls erhob. „Aber für Miss Lecon stehe ich dennoch jederzeit zur Verfügung, sollte sie ein kleiner oder größerer Hunger plagen."

Ich bemerkte sein Lächeln in den Worten und freute mich darüber. „Danke. Das ist schön zu wissen. Sie müssen mir bei Gelegenheit unbedingt noch mehr zu den Distinguished Bakermen erzählen."

Henk drehte sich zu uns um. „Mit Vergnügen, Miss Lecon. Es bedeutet mir sehr viel, eine Nichte von Lady Bloomsdale verköstigen zu dürfen."

Uff, ganz schön schwere Kost. Und zudem auch noch ganz schön verlogen. Henk, du bist echt ein unverfrorener Lügner. Von dir könnte ich mir noch was abschauen.

Ich spürte, dass ich rot anlief und drehte mich weg. Wieder einmal wurde mir bewusst, dass man Menschen immer nur bis vor die Stirn schauen konnte. Was sich dahinter verbarg, konnte man lediglich erahnen. Niemals hätte ich vermutet, dass ein Butler seinen Herrn belog. Auch wenn er es möglicherweise aus edlen Motiven tat. Aber dazu hätte er die Lügengeschichte mit meiner „Tante" nicht gleich aufgreifen und ausschmücken müssen.

Levente hielt mir die Tür auf. Ich trat unschlüssig in den Gang und wusste nicht, wohin.

Und was jetzt? Zurück ins Hotel?

Ich hatte nicht das Gefühl, dass ich weiterhin willkommen, sondern viel mehr unerwünscht war. Ich war ein Fremdkörper in diesem Schloss. Ich gehörte nicht hierher. Auch Levente schien nicht zu wissen, wie es weitergehen sollte. Ein paar Sekunden verstrichen, in denen wir lediglich dastanden und schwiegen. Wir brachen das Schweigen gleichzeitig.

„Ich glaube, ich gehe zurück zum Hotel."

„Soll ich dir das Schloss zeigen?", fragte er im gleichen Augenblick und wir lachten uns an.

„Wenn du das möchtest", gaben wir uns gegenseitig zur Antwort und lachten nur noch mehr. Der Bann schien gebrochen.

„Um ehrlich zu sein, fühle ich mich hier wie ein Eindringling", gestand ich ihm. „Du hast sicher viel zu tun und ich möchte dich nicht davon abhalten."

Er berührte mich am Arm. Eine Geste, die mich kurz erschaudern ließ, weil sie so zaghaft und dennoch so deutlich war. „Ich möchte dir aber nicht das Gefühl geben, unerwünscht zu sein. Denn das bist du nicht. Ich freue mich wirklich sehr, dich hier bei mir zu haben." Das kam von Herzen, das hörte ich wohl. Aber wie er sich in der Küche verhalten hatte, sprach eine andere Sprache. Welche war die echte?

„Ich bin ja noch ein paar Tage hier. Wir können uns also gerne noch einmal treffen." Aufdrängen wollte ich mich nicht. Es war besser, wenn er den Takt vorgab.

„Nichts da." Seine Hand verschwand nicht. Stattdessen hielt er sie mir auffordernd hin.

Wie beim letzten Mal, als wir anschließend die Treppe hinunter geschritten waren.

Ich nahm sie zögernd. „Bist du dir sicher?“

Levente lächelte. „Bist du dir sicher, dass dich alte Gemälde und antikes Gerümpel nicht langweilen?“, stellte er die Gegenfrage.

„Nicht, wenn ich sie von dir gezeigt bekomme“, antwortete ich und grinste. Ja, es war eine dezente Anmache. Na und? Ich konnte mir Schlimmeres vorstellen, als das Schloss mit einem attraktiven Reiseführer zu erkunden.

„Und du hast keine Angst vor unseren Schlossgespenstern Heartless Harvey und die unglückliche Quinny? Oder dem heimtückischen Graig Fersom, der im Kerker sein Unwesen treibt?“

„Darf ich bitte ins Hotel zurück? Ich glaube, jetzt kriege ich doch ein bisschen Angst.“ Ich tat, als zöge es mich zur Tür.

„Nichts da“, sagte Levente und fasste mich fest um die Hüfte. „Dafür ist es zu spät. Sie haben dich längst gesehen und können es kaum erwarten, dich kennenzulernen. Außerdem sind sie normalerweise nett und freundlich, es sei denn, man ignoriert sie. Dann könnte das übel ausgehen und das wollen wir doch nicht riskieren, oder?“

Wir spazierten in der großen Eingangshalle herum, die ich schon einmal bewundert hatte. Levente führte mich von einer Ecke zur nächsten und ich genoss jede Sekunde davon. Die Nähe zu ihm machte mich schwach.

Sein Arm lag nach wie vor um meine Taille, umfing mich kraftvoll und dennoch ungezwungen. Er verlor auch dann nicht den Halt, als wir zur Ahnengalerie kamen und uns schrittweise von Bild zu Bild bewegten. „Wo ist eigentlich dieses Gemälde hin?"

Wir waren beim Earl of Thee angekommen, dessen ehemaliger Platz immer noch genauso anklagend leer war, wie bei meinem ersten Besuch.

„Roberts Abbild wurde vor langer Zeit schon verbannt." Leventes Tonfall verhieß nichts Gutes.

„Das kenne ich", sagte ich mitfühlend. „Das schwarze Schaf. Jede Familie hat eines."

„So einfach ist es leider nicht." Er ließ mich los, was ich augenblicklich bedauerte. Dennoch war ich neugierig. Was hatte der Earl getan, um dermaßen in Misskredit zu geraten, dass man sein Konterfei abgehängt hatte?

„Sondern?", hakte ich nach. „Ist es eines der geheimen Geheimnisse, von denen noch nie ein Sterblicher zu hören bekam?"

Ich versuchte, lustig zu sein, kam mir aber ziemlich kindisch dabei vor. Vor allem, weil Levente ernst blieb.

„Es ist kein Geheimnis." Er strich sich durch die Haare, die er zum Zopf gebunden hatte. In seiner Jeans und seinem locker sitzenden Shirt sah er wie ein gewöhnlicher Mann aus. „Robert, Earl of Thee, war ein niederträchtiger Mann. Man sagt, er habe seine Gefolgsleute betrogen und seine Untergebenen bis aufs letzte Korn ausgenommen."

„Kein Ur-Uropa, den man sich wünschen würde", meinte ich. „Kein Wunder, dass ihr ihn aus der Ahnenreihe entfernt habt. Ich würde ihn auch nicht jeden Tag sehen wollen."

Levente musterte den Platz, an dem sein Verwandter einst gehangen hatte. „Sehen muss ich ihn zwar nicht. Aber dennoch ist er mir täglich im Gedächtnis. Daran ändert leider auch das Abhängen seines Porträts nichts." Er wandte sich mir wieder zu. Sein Lächeln ließ mich vergessen, nachzufragen, wieso er tagtäglich an seinen Ur-Urgroßvater dachte. Wenn es ein Ablenkungsmanöver war, dann gefiel es mir.

„Gibt es in deiner Familie ein schwarzes Schaf?", fragte er.

Ich überlegte kurz. „Abgesehen von einem Waffen liebenden Großcousin und einer esoterischen Tante gibt es eigentlich niemanden, den man als solches bezeichnen könnte", antwortete ich. „Aber wenn du die anderen fragen würdest, wäre ich vermutlich das schwarze Schaf."

„Wieso?" Er hob einen Arm und lotste mich zur Treppe. Ich folgte seiner Aufforderung nur zu gerne. Gemeinsam schritten wir die Stufen hinauf.

„Weil ich nicht den gängigen Vorstellungen einer Frau meines Alters entspreche. Statt mich auf die Tradition zu besinnen und eine eigene Familie zu gründen, bin ich Single, gehe alleine auf Reisen und besuche weder die verstorbenen Verwandten am Grab noch die lebenden an Geburtstagen. Um ehrlich zu sein, diese Klüngelei ging mir als Kind schon auf die Nerven. Jeden Monat musste ich mindestens zu einer Geburtstagsfeier gehen. Da waren zwar auch andere Kinder, aber ich hasste es trotzdem. Unter den Erwachsenen gab es ständig Krach und immer verließ einer im Streit die Feier. Zumindest kam es mir damals so vor. Dann noch die miese Luft, weil ein paar Raucher dabei waren, und eine Menge Alkohol. Na ja, heute glaube ich, dass es mir als Kind furchtbarer vorgekommen ist, als es tatsächlich war."

Längst waren wir oben angekommen und standen auf dem Treppenabsatz.

„Ich plappere wieder zu viel. Entschuldigung."

„Ich höre dich sehr gerne plappern. Es klingt so ... normal." Er führte mich in die Bibliothek, wo wir auf dem Sofa Platz nahmen. Die Morgensonne wurde von den Samtvorhängen vollständig ausgeschlossen, sodass der Raum in ein schummriges, rötliches Licht getaucht wurde.

„Nimm es mir nicht übel", griff Levente unser Gespräch wieder auf, „aber es ist doch zutiefst menschlich, dass sich eine Familie oder generell eine Gruppe Leute gesellschaftlichen Konventionen unterwirft. Zum einen die, die von außen gefordert werden, zum anderen die selbst gesetzten Bedingungen innerhalb der Gruppe. Das macht doch eine Gemeinschaft aus. Und hattest du nicht auch deinen Spaß mit den anderen Kindern? Bestimmt waren manche Feste auch schön, oder?"

„Meine Geburtstage schon. Da wurde oft gemeinsam Karten gespielt oder solche Dinge. Doch selbst dann wurde gegen Abend wieder lautstark debattiert. Aber wie du sagst: Das ist normal. Ist in anderen Familien ja auch nicht anders. Und natürlich redet man als Erwachsener über ganz andere Dinge, als man es als Kind getan hat." Ich musste lachen. „Ich habe es damals eben nicht verstanden. Für mich haben die alten Leute immer bloß gejammert und das fand ich langweilig."

„Ist es ja auch", meinte Levente. Sein Bein stieß ganz sachte an meines. Ich mochte diese zarte Berührung. Sie verursachte ein leichtes Kribbeln in meinem Bauch.

„Aber es ist doch schön, wenn man eine Familie hat, mit der man feiern und streiten kann. Ich kenne so etwas nicht. In meiner Familie war das nie möglich. Da gab es keine Diskussionen und erst recht keine Feiern. Da wurde über mich entschieden und ich hatte zu folgen. ‚Tradition' nannte man das." Er seufzte. Seine Hand legte sich wie selbstverständlich auf mein Knie. „Glaub mir, nach einer uralten, steifen Tradition zu leben ist anstrengender, als nach gesellschaftlichen, wandelbaren Konventionen. Denen kannst du dich jederzeit widersetzen. Was du ja auch getan hast. Du bist deinen Weg gegangen, hast eine Ausbildung gemacht und dein eigenes Leben aufgebaut. Anders, als es deine Familie vielleicht erhofft hatte, aber du hast es tun können." Er lächelte, aber irgendwie kam es mir nicht echt vor. „Ich hatte nie die Wahl."

„Aber das könntest du doch auch, oder?" Ich rührte mich nicht. Er sollte seine Hand bloß nicht von meinem Bein wegnehmen. „Du könntest das alles doch auch verkaufen und dir eine hübsche, kleine Eigentumswohnung in Glasgow oder Edinburgh mieten. Vorausgesetzt, du wolltest in der Stadt leben. Oder du könntest dir ein kleines Cottage kaufen, wenn du weiterhin im Ländlichen bleiben wolltest."

Wieder präsentierte er dieses falsche Lächeln. „Das ist nicht so einfach, Maryan. Das Schloss ist seit Generationen im Familienbesitz und da hat man gewisse Verpflichtungen, denen man sich nicht entziehen kann. Egal, wie sehr man das auch möchte."

Ich mochte es nicht, wie er das sagte. Er klang resigniert und furchtbar traurig. Ich mochte fürs Erste nicht mehr über solche schweren Themen sprechen und überlegte, was ihn aufmuntern könnte. Viel fiel mir nicht ein.

„Was hast du eigentlich für heute geplant? Ich will dich ja nicht von deinen täglichen Pflichten abhalten, aber ich würde zu gerne mal in den Stall gehen. Wie viele Pferde hast du eigentlich?"

Dass ich das richtige Thema gewählt hatte, sah man an seinem plötzlich wechselnden Gesichtsausdruck. Er strahlte.

„Momentan sind es sechzehn", sagte er und stand auf. Seine Hand rutschte dabei langsam von meinem Knie und streckte sich mir dann auffordernd entgegen. Ich ergriff sie nur zu gerne. Sein Händedruck war kräftig und souverän, als wäre es nicht die Berührung zweier Fremder, sondern viel mehr.

„Das sind aber nicht bloß unsere eigenen Pferde", sagte er.

Als sich unsere Hände lösten, wollte sich schon Enttäuschung in mir breitmachen, doch dann spürte ich seinen Arm in meinem Rücken. Während wir die Treppen hinabstiegen, rieben sich unsere Körper wie von selbst harmonisch aneinander. Automatisch nahmen wir die Stufen im gleichen Tempo, sodass wir ständig gleichauf waren. Mir war es, als wolle auch Levente verhindern, dass der Körperkontakt abriss.

An der Garderobe blieb uns jedoch nichts anderes übrig, als uns voneinander zu trennen. Schnell zogen wir Schuhe und Jacken an, nur um gleich wieder Arm in Arm das Haus zu verlassen und zum Stall zu laufen. Ich genoss diese kurze Strecke, fest an Leventes Seite gedrückt, und ich hätte unseren Spaziergang gerne ausgedehnt. Ja, ich überlegte mir sogar, ihn zu fragen, ob wir nicht lieber einen Rundgang über das Anwesen und vielleicht bis zum Cliff unternehmen könnten. Doch genau in diesem Moment kam Eric aus dem Stall gestürmt und rannte auf uns zu. Das verhieß nichts Gutes. Seine mehr gejapsten denn gesprochenen Worte bestätigten sogleich meine Vermutung.

„Harvey vom Avoy Castle hat angerufen", schleuderte er uns entgegen.

Levente wurde augenblicklich stocksteif und ließ mich los. „Was ist passiert?"

„Man hat Lord Reginald entdeckt", berichtete Eric. „Sie haben ihn in den Burstfield Woods gefunden. Gemeinsam mit Miss Theresa. Sie haben sich erschossen." Er wischte sich über die Augen, als müsse er Tränen zurückhalten. „Alle sind tot." Erics Stimme wurde zu einem leisen Krächzen. „Lord Reginald, Miss Theresa und ihr Ungeborenes."

Kapitel 12

Eben noch hatte mich Levente locker und entspannt im Arm gehalten. Jetzt stand er starr und mit nicht zu deutender Miene da. Er reagierte auch dann nicht, als Eric ihn zum wiederholten Mal fragte, ob er nach Avoy Castle aufbrechen solle.

„Ich gehe zurück zu meinem Hotel", sagte ich schließlich. Immer noch bewegte sich Levente nicht.

„Soll ich dich fahren?", fragte Eric. Dass er mich einfach so mit ‚Du' ansprach, fiel glücklicherweise nur mir auf.

„Danke, aber ich laufe zurück. So weit ist es nicht und ein wenig Bewegung tut mir gut." Auch wenn Levente nur wie erstarrt dastand, versuchte ich dennoch mein Glück. Ich legte ihm eine Hand auf den Arm, um ihm wenigstens eine kleine Geste abzuringen. „Wir sehen uns, ja? Ruf an, wenn du möchtest. Die Nummer vom Hotel hast du, oder?"

„Habe ich", antwortete Eric an Leventes Stelle. Doch der korrigierte ihn plötzlich.

„Ein Anruf wird nicht nötig sein. Ich werde in nächster Zeit weder die Möglichkeiten haben, dich aufs Schloss einzuladen noch dich zu treffen, Maryan. Es tut mir leid."

Da war er wieder, dieser Ausdruck. Ich sah ihm an, dass er sehr gerne Zeit mit mir verbracht hätte. Ich hatte noch vor ein paar Minuten seinen Wunsch nach mehr Nähe wahrgenommen. Und jetzt stand er da, abweisend, beherrscht und dennoch enttäuscht und unglücklich.

„Ich reise erst in zwei Wochen zurück nach Deutschland." So schnell würde ich ihn nicht mehr fallen lassen. „Vielleicht änderst du deine Meinung oder es finden sich doch noch ein paar freie Minuten." Ich nickte ihm zu. Ihn zu berühren, wagte ich nicht. Und ihm einfach die Hand zum Abschied hinzuhalten, schien mir zu gewöhnlich. Ich nickte auch Eric zu. „Es war schön, euch wieder getroffen zu haben. Macht es gut."

Erst als ich dem Kiesweg bis zum Gatter gefolgt war, blieb ich stehen und schaute zurück. Die Männer waren verschwunden. Im Stall wieherte ein Pferd, andere stimmten mit ein und kurz darauf kam erst Levente auf Aramis, dann Eric auf seiner Stute herausgetrabt. Sie hatten sich nicht die Mühe gemacht, die Pferde zu satteln, sondern saßen auf dem blanken Rücken ihrer Tiere. Kaum, dass sie den Hof verlassen hatten, trieben sie ihre Pferde an und galoppierten in die entgegengesetzte Richtung davon.

Nachdenklich wanderte ich zurück zum Hotel. Der Weg zog sich beträchtlich. Ich würde trotz des schönen Wetters länger brauchen als gedacht.

Mit vier Füßen läuft es sich eben schneller als mit zwei.

Was für eine tragische Geschichte mit Lord Reginald und seiner Theresa. Es war schon schlimm genug, wenn jemand so hoffnungslos war, dass er Selbstmord beging. Wie groß musste aber erst die Verzweiflung sein, wenn man seine Partnerin und sogar sein ungeborenes Kind mit in den Tod riss?

Ich entdeckte eine Bank am Rande der Klippen. Darauf saß eine Gestalt, die sich beim Herankommen als alte Dame herausstellte. Zuerst wollte ich grüßend weitergehen, doch da die Dame mich anlächelte und mir einen schönen Tag wünschte, blieb ich stehen. „Darf ich mich zu Ihnen setzen?", fragte ich.

„Selbstverständlich", antwortete sie und stellte ihren Gehstock auf die andere Seite der Bank. „Ein wunderschöner Tag heute, nicht wahr? Nach all dem Regen und Wind tut es gut, endlich wieder die Sonne zu spüren."

Sie hatte sich ein braunes Tuch über die Haare gebunden. In ihrem grauen, viel zu weiten Mantel sah sie ein wenig verloren aus. Doch die wachen Augen zeugten von einem ebenso wachen Geist. Die Frau musterte mich und deutete dann hinaus aufs Meer. „Man kann hier das Meer und den gesamten Horizont überblicken und manches Mal das Wetter für die nächsten Tage ablesen. Sehen Sie die feine Linie da hinten? Da kommt eine kleine Regenfront, vermutlich erst heute Nachmittag. Bis dahin sollten wir die Sonnenstrahlen genießen. Ich kenne das. Nur eine kleine Erholungspause vor dem nächsten Grau. So, wie es für Skye typisch ist."

„Sie kennen sich gut mit der Wettervorhersage aus. Kommen Sie oft hierher?" Ein Vorteil des Alleinreisens war, dass man schnell mit anderen ins Gespräch kam. Ich genoss diese meist spontanen Plaudereien mit Fremden, denn man lernte nicht bloß die Gegend besser kennen, sondern auch die Menschen vor Ort.

„Oh, sehr oft. Du meine Güte, ich habe mich noch gar nicht vorgestellt", sagte die Dame. „Ich bin Margret Bercrown."

„Angenehm." Ich reichte ihr gerne die Hand. „Ich bin Maryan Lecon."

„Schön, Sie kennenzulernen, Miss Lecon."

„Maryan, bitte."

Sie lachte und hielt mir erneut ihre zartgliedrige Hand hin. „Dann bin ich aber auch nur Margret."

Sie war mir auf Anhieb sympathisch.

„Gerne, Margret."

Wir schüttelten uns erneut die Hände und lachten uns an. Sie war dieser Typ Frau, den man sich als Mutter oder als Oma wünschte. Offen, freundlich und herzlich. Jemand zum Pferdestehlen.

„Wohnen Sie hier in der Nähe?", fragte ich.

Sie wies gen Süden. „Ich lebe in einem kleinen Cottage bei Duneany. Und Sie, Maryan? Sie kommen nicht von hier, oder? Sind Sie zum ersten Mal zu Besuch auf unserer schönen Insel?"

Ich kicherte. „Nein, ich bin Wiederholungstäterin. Ich bin bestimmt schon zum vierten oder fünften Mal hier. Ich bin quasi schon fast mit Skye verwachsen. Zumindest fühlt es sich so an, wenn mich zu Hause in Deutschland das Fernweh nach den Hebriden packt."

„Das kann ich gut verstehen." Margret nickte. „Ich bin so sehr mit ihr verwachsen, dass ich nicht mehr wegkomme. Oh", fuhr sie fort, als ich schon loslegen wollte, „nicht, dass ich es nicht könnte. Aber ich will es gar nicht. Wollte es auch nie. Ich habe hier alles, was es für ein gutes Leben braucht. Ich habe ein bisschen Land, ein kleines Häuschen, ein paar Hühner und Scotty, der mir gelegentlich zur Hand geht."

„Scotty ist Ihr Sohn?"

„Gott bewahre, nein", lachte Margret. „Scotty ist mein Nachbar. Er ist ein herzensguter Mensch und ein begnadeter Handwerker. Und trotz seines Alters kennt er sich mit der ganzen neuen Technik bestens aus. Ohne ihn säße ich ohne WLAN im Haus da und wenn Not am Mann ist, kann er auch mal das Tablet oder den PC wieder zum Laufen bringen."

„WLAN?", fragte ich und staunte nicht schlecht, als sie resolut zustimmte.

„Aber ja. Ich lebe zwar gerne in der Einöde, aber ohne Internet fühlt man sich hier manchmal wie hinter dem Mond." Ihr Kichern erinnerte mich an das meiner Oma. Ich schielte zur Seite und betrachtete ihren Mantel. Er musste entweder sehr alt oder sehr häufig in Gebrauch sein, denn der Saum war leicht ausgefranst und dunkler als der restliche Stoff. Margrets Schuhe machten ebenfalls den Eindruck, als wären sie oft getragen worden. Dennoch wirkte die Dame nicht schäbig. Eher wie jemand, der praktische Kleidung höher schätzte als die neuste Mode. Sie war wohl oft und gerne draußen unterwegs.

„Ist heute nicht ein herrlicher Tag?“, fragte sie mich wieder. Ihr faltiges Gesicht drehte sich in meine Richtung. Das strahlende Lächeln darin war ansteckend.

„Oh ja“, stimmt ich ihr zu. „Die Sonne tut richtig gut.“ Ich schloss kurz die Augen und atmete bewusst die frische Meerluft ein. Als ich wieder aufblickte, sah mich Margret immer noch an.

„Sie kommen von Ballinmore Castle“, stellte sie fest.

„Richtig.“

„Man hat Sie doch sicherlich wie üblich gleich wieder davon gescheucht.“

„Nein.“ Ich wusste nicht, in welchem Verhältnis sie zu den Leuten aus dem Schloss stand, ob sie sie mochte oder nicht. Also blieb ich lieber wortkarg.

„Oh“, sagte sie und riss dabei die Augen auf. „Das ist ungewöhnlich.“

„Ist es?“

„Sie können von Glück reden, dass Eric Sanders Ihnen nicht mit der Mistgabel entgegenkam. Das ist nämlich auch schon passiert. Einmal hat er einen Wanderer sogar mit Pferdeäpfeln beworfen, als dieser über den Zaun geklettert ist, um einen besseren Blick aufs Schloss zu haben. Der arme Tropf kam stinkend und beschmutzt in Duneany an und beschwerte sich bitterlich über diese rüde Behandlung. Er sah jedoch von einer Anzeige ab, weil Logan Menzies ihm verdeutlichte, dass es verboten sei, fremdes Land zu betreten. Schließlich hängen ja nicht umsonst überall Warnschilder an den Zäunen, dass der Zutritt verboten ist. Und Sanders kennt da keinen Spaß. Er verteidigt seinen Herrn tapfer und unermüdlich." Das klang nicht so, als würde Margret Erics Handeln unangebracht finden. „Es ist heutzutage ein etwas altmodisches Verhalten, aber er wird dafür sicherlich angemessen bezahlt." Margret musterte mich. „War er nett zu Ihnen?"

Ich lachte. „Er hat mich weder mit der Mistgabel verscheucht noch mit Pferdeäpfeln beworfen", antwortete ich.

„Ich meinte Lord MacConnell. Hat er Sie eingeladen, sich das Schloss anzusehen?"

Jetzt stand mir vor Überraschung der Mund offen. Hatte sie mich aus Ballinmore Castle herauskommen sehen? Ich blickte über die Hügel hinweg zum Schloss zurück. Man konnte das Hauptgebäude und die Stallungen auch von hier aus noch gut erkennen. Der Hintereingang jedoch war durch den Stall verdeckt. Möglicherweise hatte sie uns mit den Pferden ankommen oder mich von dort wieder herauskommen sehen. Und wenn es so ungewöhnlich war, dass sich eine Fremde so nah am Schloss aufhalten durfte, ohne gleich zum Teufel gejagt zu werden, dann war ihre Frage durchaus berechtigt.

„Ja, das hat er", antwortete ich. Ich sah keinen Grund, sie anzulügen. Ich hatte schließlich nichts Verbotenes getan.

„Sie sind nicht zum ersten Mal hier in dieser Gegend." Mit ihren blassblauen Augen sah sie mich prüfend an.

Ich spürte, dass dies ein Test war. Sie wollte wissen, ob ich sie anlügen und ihrer Aussage widersprechen würde oder ob ich ehrlich war.

„Das stimmt. Ich war vor ein paar Tagen schon einmal hier. Ich habe einen Wanderurlaub gemacht und bin dabei an Ballinmore Castle vorbeigekommen. Dabei bin ich Lord MacConnell zum ersten Mal begegnet." Automatisch hatte ich Levente in seinem Kilt vor Augen. „Es war schon spät, es war kalt und es hat geregnet. Da hat mir der Lord eine Unterkunft angeboten, damit ich nicht noch weiter laufen musste."

Margret nickte. „Das Buttercup B&B hat geschlossen. Sie hätten bis nach Kilmaluag laufen müssen. Tagsüber bei schönem Wetter durchaus eine lohnende Sache, nachts bei Regen hingegen eine Tortur." Margret nickte zufrieden. „Sehr aufmerksam von Lord MacConnell."

„Kennen Sie ihn?", fragte ich.

Margret wandte sich von mir ab. „Nur flüchtig", sagte sie. „Das, was man über ihn und sein Gesinde verbreitet, ist unschön und das Getratsche von leichtgläubigen Leuten, die noch zu sehr in der Vergangenheit leben."

Leventes Worte fielen mir ein. Er galt hier in der Umgebung als Außenseiter. Normalerweise interessierten sich die Leute für etwas, das sich von der Menge abhob. Woanders hätte Levente vielleicht als extravagant und interessant gegolten, doch hier hielt man Abstand, ließ jeden sein Leben leben und tratschte stattdessen lieber in Pubs darüber.

„Was sagt man denn über ihn?", fragte ich Margret und hoffte, sie würde mir meine Neugierde verzeihen.

„Ach, das Übliche eben. Sein Clan lebt ja schon seit Jahrhunderten zurückgezogen und ohne Kontakt zu den restlichen Bewohnern. Nur einige Auserwählte haben das Grundstück betreten. Der Stallbursche, der Butler und ein paar Mädchen kümmern sich um alles. Einkäufe, Botengänge und so weiter. Alle sind sehr höflich, aber verschwiegen. Den Lord hat man nur selten draußen gesehen. Und wenn, dann meist zu Pferd oder auf einer Wanderung. Er geht allen aus dem Weg und macht einen großen Bogen um jeden, der ihm zu nahe kommen könnte. Man munkelt, er leide an einer sonderbaren Krankheit, die sich von Generation zu Generation weitervererbt."

„Welche denn?"

„Das wechselt, je nachdem, mit wem Sie sprechen." Margret lachte. „Von Sonnenallergie über Krebs und MS, ja sogar AIDS, ist alles dabei. Es ist eben das gewöhnliche Gerede von Menschen, die nichts Besseres zu tun haben. Über irgendetwas muss man sich schließlich am Tresen unterhalten. Und wo es nichts zu sehen gibt, lässt sich schließlich auch viel Interessantes hineininterpretieren."

Drei Krähen zischten an uns vorbei. Ihre Flügelschläge waren über das leise Rauschen der Brandung gut zu hören. Einige Minuten schauten die alte Dame und ich aufs Meer hinaus.

„Haben Sie ihn jemals persönlich kennengelernt?", fragte ich dann.

Sie antwortete nicht gleich. Ob ihr meine Frage unhöflich erschien oder unangenehm war?

„Entschuldigen Sie, es geht mich nichts an", sagte ich daher. „Ich bin nur neugierig. Schottland hat so viel Interessantes zu bieten. Hier wartet hinter jedem Hügel eine neue, spannende Geschichte oder ein neues Abenteuer. Das macht für mich ja auch den Reiz dieses Landes aus. Diese wunderbare Landschaft, die Menschen und ihre Vergangenheit und auch das Mystische."

„Mystik", sagte sie leise. „Das ist das richtige Wort dafür."

Es entstand wieder eine Pause. Schließlich seufzte die alte Dame. Ich befürchtete schon, sie würde sich gleich erheben und sich verabschieden. Doch sehr zu meiner Freude blieb sie sitzen und beantwortete die zuvor gestellte Frage.

„Tatsächlich habe ich Lord MacConnell schon einmal persönlich getroffen. Wir sind uns bei einem Strandspaziergang begegnet. Damals hatte ich noch einen Hund, einen frechen, ungehorsamen Beagle namens Herold. Als sich uns eines Tages beim Spaziergang ein Reiter näherte, riss sich Herold plötzlich los und sprang dem herannahenden Pferd bellend zwischen die Hufe. Zum Glück passierte nichts Schlimmes. Herold trug nicht einen Kratzer davon, auch wenn sein impulsiver Salut ganz anders hätte ausgehen können. Natürlich entschuldigte ich mich bei dem Reiter, der sich, sehr zu meinem Erstaunen, als Lord MacConnell vorstellte. Er war ein stattlicher, adretter junger Mann mit guten Manieren. Er war zwar recht blass, trotzdem hatte ich nicht den Eindruck, dass er krank sei. Er saß fest im Sattel, war höflich und vornehm. Wir wechselten ein paar belanglose Worte über das Wetter und ich sagte ihm, dass er ein guter Reiter und sein Pferd ein ganz wunderbares Tier sei, weil sie beide bei Herolds stürmischer Begrüßung so ruhig geblieben waren. Daraufhin dankte er mir und meinte, dass Ross und Reiter nur dann ein gutes Gespann seien, wenn man sich gegenseitig als Partner und nicht als Gebieter und Gehorchender verstand. Die meisten sehen ihre Tiere bestenfalls als Untergebene, er jedoch sah sein Pferd als gleichwertigen Kameraden. Das hat mir sehr imponiert. Ich verstehe bis heute nicht, warum die Leute Lord MacConnell nicht mögen, wo sie ihn doch nicht einmal kennen, und warum sie so ungehörig über ihn tratschen. An seiner Erscheinung kann es nicht liegen. An seinen Umgangsformen ebenfalls nicht, denn die sind über jeden Zweifel erhaben. Einzig seine Vergangenheit kann ein Grund dafür sein. Aber von den kaltblütigen Ahnen auf den jetzigen Lord zu schließen, halte ich für unangebracht. Schade bloß, dass er alleine lebt. Ein Mann wie er hat eine gute Frau verdient."

Margret lockerte das Kopftuch, versteckte ein paar freche Locken unter dem Stoff und knotete es neu zusammen. „Jetzt habe ich Sie aber genug aufgehalten", meinte sie.

Ich hätte gerne noch mehr über ihre Begegnung mit Levente erfahren und hatte auch genügend andere Fragen, doch die Art, wie sie nach ihrem Stock griff und sich erhob, ließ mich zurückrudern.

„Sie haben mich nicht aufgehalten", versicherte ich ihr. „Danke, dass Sie sich die Zeit genommen haben,

Margret. Es war schön, Sie kennengelernt zu haben. Und ich würde mich freuen, wenn wir uns noch einmal begegnen würden. Ich bin noch ein paar Tage hier in der Gegend. Vielleicht treffen wir uns bald wieder hier auf dieser Bank."

„Das wäre sehr schön." Sie hielt mir ihre Hand hin. Die Finger wirkten zart und zerbrechlich. „Aber ich muss Sie warnen, ich erzähle gerne und viel." Sie lachte herzlich. „Mit anderen zu reden macht mir im richtigen Leben weitaus mehr Spaß, als es auf Skype zu tun."

„Das stimmt", pflichtete ich ihr bei. „Aber gestatten Sie mir noch eine Frage, Margret?"

„Sicher doch."

Wenn Levente mir nichts verraten möchte und Margret mir nicht sagen kann oder will, was hinter diesen „kaltblütigen Ahnen" steckt, dann sollte ich das vielleicht auf andere Art herausfinden.

„Gibt es in der Nähe vielleicht ein Museum oder eine Bücherei, wo ich Auskünfte über die Region finde? Ich interessiere mich sehr für die Geschichte von Skye und dessen Bewohner. Kleine Museen sind da oft wahre Fundgruben."

Sie bedachte mich mit einem durchdringenden Blick. „Gehen Sie nach Portree", empfahl sie mir dann. „Gehen Sie dort ins Manningrove Museum und wenden Sie sich an Henry Schwartz. Sagen Sie ihm, ich hätte Sie geschickt. Er soll Ihnen die Schriften über Ballinmore Castle und die Region zeigen." Sie hatte sich fast abgewendet, drehte sich aber noch einmal zu mir herum. „Aber wenn Sie außer Schwartz jemand fragen sollte, von wem Sie diese Information haben, dann haben Sie das nicht von mir. Versprechen Sie mir das, Maryan?"

„Versprochen, Margret", sagte ich. „Danke." Ich winkte ihr hinterher.

Gemütlich schlenderte ich auf dem Weg entlang der Klippen zurück, gelangte schließlich auf den Strand und erreichte nach einer Weile das Kings and Queens. Ich genehmigte mir ein ausgiebiges Bad in der riesigen Wanne, in der gut und gerne ein Wal Platz gehabt hätte, und wickelte mich anschließend in die kuschelige, leicht nach Lindenblüten duftende Decke meines Bettes ein. Der lange Spaziergang und die Aufregung am Morgen hatten mich müde gemacht. Und bestimmt steckten mir auch noch der ganze Organisationsstress meiner Reisevorbereitungen und die erneute Anreise in den Gliedern. Ich schlief ein und wachte erst am Nachmittag wieder auf. Die Sonne hatte sich mittlerweile hinter Wolken versteckt und es hatte erneut zu regnen begonnen. Da ich keine Lust hatte, mich auf den Weg nach Portree zum Manningrove Museum zu machen, entschloss ich mich für eine geruhsame Lesezeit im Bett.

Ich kam nicht weit mit meiner Lektüre. Nach zwei Seiten piepste mein Handy. Ich ignorierte es zunächst und versuchte, mich auf den Text meines Buches zu konzentrieren, gab jedoch nach einer Minute auf und schnappte mir das Telefon. Die Nachricht kam aus der Hotellobby. Ich hatte beim Check-in meine Nummer angeben müssen und so erhielt ich Informationen nun elektronisch.

Vorbei die Zeiten, in denen man bescheidene Telegramme oder hübsche, tintenbeschriebene Hotelbriefumschläge dezent unter der Tür durchgeschoben bekam. Ich tippte die SMS an und die Nachricht poppte auf.

„Sehr geehrte Frau Lecon", stand da geschrieben. „Bitte kommen Sie bei Gelegenheit an die Rezeption. Für Sie wurde ein Paket abgegeben. MfG, Ines M. Raonic, Guest Services Managerin, Kings and Queens Hotel."

Ich rappelte mich nur widerwillig auf, auch wenn ich neugierig war, wer mir etwas vorbeigebracht hatte und vor allem, was. Ich zog mich an und nahm mir vor, erst zum Empfang zu gehen, um dieses ominöse Paket abzuholen und im Anschluss einen kurzen Spaziergang zu machen. Sollte es zu sehr regnen, würde ich zumindest ein paar Minuten vor die Tür gehen und ein bisschen durchatmen. Frische Luft würde mich sicherlich wieder auf Touren bringen.

Die Dame an der Rezeption sah von ihren Zetteln auf, als ich an die Theke trat. „Miss Lecon", grüßte sie mich.

Wie schaffte es das Personal nur immer, sich in so kurzer Zeit die Namen der Gäste zu merken? Immerhin wechselten die immerzu. Und höchstwahrscheinlich kamen die wenigsten regelmäßig.

Die Frau ging zu einem Regal, in dem allerlei Briefe und Pakete lagen, und nahm ein gut verschnürtes Päckchen heraus. Sie übergab es mir. „Das wurde für Sie abgegeben. Leider hat der Mann mir nicht seinen Namen nennen wollen." Sie lächelte und wandte sich wieder ihren Unterlagen zu.

Ich ging mit klopfendem Herzen in mein Zimmer zurück. Dieses Päckchen konnte nur von Levente oder Eric stammen und ich fragte mich, was es wohl war. Ich beeilte mich und legte das Präsent auf den Tisch. Als ich die Schnüre löste und das Papier schließlich beiseiteschob, kam ein Buch zum Vorschein. Auf dem Umschlag stand kein Titel, doch der Aufmachung nach war es ein altes Notizbuch oder Tagebuch. Ich klappte es auf. Tatsächlich, es war ein Tagebuch. Feinsäuberlich mit Tinte beschriebene, vom Alter gezeichnete Seiten, auf denen sich Tag an Tag reihte. Laut des Datums auf der spontan aufgeschlagenen Seite handelte es sich um einen Eintrag von November 1823. Ich schloss das Buch und wendete es. Auf den verschlissenen Buchdeckeln stand nichts, also schlug ich nochmals die erste Seite auf. Mir stockte kurzzeitig der Atem.

In geschwungenen Lettern stand da „Ballinmore Castle, anno 1823".

Kapitel 13

Ich lag den ganzen Nachmittag bis in den Abend hinein im Bett und las, begierig, mehr über den MacConnell-Clan und vielleicht sogar über die geheime Vereinigung zu erfahren, von der mir Eric berichtet hatte. Da die Handschrift sehr unleserlich und die Zeilen sehr eng beschrieben waren, kam ich nur mühsam voran. Gelegentlich musste ich eine Pause einlegen, weil mir die Augen wehtaten. In den Aufzeichnungen ging es um Geschäfte, die man auf dem Schloss abgewickelt hatte. Meist waren es Einkäufe von Tieren, Nahrungsmitteln und Baumaterial, das man vermutlich für Umbaumaßnahmen am Schloss oder an den Stallungen benötigte. Da stand fein säuberlich aufgelistet etwas über den Ankauf von drei Hengsten, die selbst für damalige Verhältnisse eine Unsumme verschlungen hatten, und die viel zu späte Begleichung einer Rechnung über den Kauf von fünfzig Kilogramm Kartoffeln, die der Koch vergessen hatte. Lediglich die Rechnungen über zahlreiche Arztbesuche bei Lord William kamen mir seltsam vor. Hatte das Gerücht von der Erbkrankheit vielleicht doch einen realen Hintergrund? Die Auflistung ärztlicher Leistungen wäre dann eine mögliche Erklärung für die Befeuerung der Gerüchteküche. Ich kam zum Ende des Buches, doch so sehr ich auch darauf gehofft hatte, ich fand weder eine genaue Schilderung von Lord Williams Krankheit, noch etwas, das auf eine Vereinigung hindeutete.

Ich rieb mir die brennenden Augen und versuchte mich zu entspannen, aber es gelang mir nicht. Mein Nacken und mein Kopf schmerzten. Ich stand auf und nahm eine Tablette, in der Hoffnung, das Schädelweh damit zu vermindern. Als ich die Wasserflasche zurück auf den Tisch stellte, fiel mir auf, dass ich seit dem Frühstück nichts mehr gegessen hatte. Mittlerweile war es kurz nach sieben Uhr und längst Zeit für ein Abendessen. Lust, mich chic zu machen und zum Restaurant zu gehen, hatte ich nicht. Also schnappte ich mir das Handy, rief bei der Rezeption an und bestellte mir der Einfachheit halber noch einmal ein Ei-Avocado-Sandwich aufs Zimmer. Nach nur zehn Minuten wurde es mir, unter einer Haube versteckt, auf einem Rolltablett gebracht. Der Zimmerservice zog sich leise zurück und schloss die Tür, während ich mit Heißhunger über das Sandwich herfiel und es viel zu schnell verschlang. Die ganze Zeit über grübelte ich darüber nach, wer mir dieses kostbare Buch hatte zukommen lassen und zu welchem Zweck.

Auch wenn die Berichte über die Geschäfte auf Ballinmore Castle durchaus interessant waren, hatte das Buch nichts Bemerkenswertes beinhaltet. Bis jetzt war ich noch nicht hinter das Geheimnis des Präsentes gekommen. Es hatte nicht einmal einen doppelten Einband, in dem sich eine Geheimbotschaft hätte verbergen können. Lediglich fester Karton und vollgeschriebene Seiten.

Ich hatte einige Seiten nur überflogen. Es hätte ewig gedauert, alles genau durchzulesen. Aber wieso hätte ich das auch tun sollen, wenn es doch bloß um Pferde, Kartoffeln und Arztbesuche ging?

Vielleicht stand gar nichts Wichtiges darin. Andererseits, ergab es sonst einen Sinn, dass der Unbekannte mir dieses Kleinod übergeben hatte? Also, was wollte er, dass ich finden sollte?

„Welches Geheimnis birgst du?“, fragte ich das Buch und nahm es erneut zur Hand. Es öffnete sich von alleine. Auf der nun aufgeschlagenen Seite wurde für den 14. März anno 1823 der Einkauf von Weizen, Hafer und Stroh vermerkt. Neben zwei Arztrechnungen hatte der Schreiber den Besuch eines Mister H. notiert, der offensichtlich wertvolle Arbeit geleistet hatte. Sein Lohn kam den Kosten für die drei Hengste gleich.

Da schau an. Was hat dieser mysteriöse Mister H. denn getan, was so viel Geld wert war?

Alleine aus der knappen Notiz wurde ich nicht schlau. Ich blätterte auf eine Seite weiter, die ich zuvor nur überblättert hatte. Wenn ich den schwer leserlichen Text richtig verstand, dann ging es hier um das gesundheitliche Befinden von Lord William. Die bekannten, hinzugezogenen Mediziner hatten nichts ausrichten können und den Kranken aufgegeben. Man riet, einen Heiler zu rufen, und empfahl eben jenen Mister H. Der Schreiber hoffte, Mister H. könne den Lord dank einer fortschrittlichen, jedoch besonders teuren Behandlungen von seinem Leiden befreien, das ihn unpässlich und unzurechnungsfähig hatte werden lassen. Man hatte den Lord sogar ans Bett fesseln müssen, um ihn von weiteren Schandtaten abzuhalten. Welche Vergehen dies im Speziellen gewesen waren, hatte der Schreiber nicht vermerkt. Vermutlich mussten sie übel gewesen sein, wenn man den Schlossherren höchstpersönlich deswegen in Ketten gelegt hatte. Aber auch nach weiteren vier Seiten war ich nicht wirklich schlauer und so legte ich das Buch schließlich beiseite. Wenn es etwas verbarg, dann würde es auch bis morgen warten können. Mein Kopfweh war trotz der Tablette nicht besser geworden und ich nahm eine zweite, bevor ich zu Bett ging.

Ich löschte das Licht und schmiegte mich in die warme Decke. Das Pochen im Kopf wurde langsam schwächer, aber einschlafen konnte ich nicht. Ich wälzte mich von einer Seite auf die andere, zählte Schafe und versuchte, nervende Gedanken fortzuschicken. Immer noch sah ich dicht beschriebene Zeilen vor meinem inneren Auge. Zeile um Zeile der engen, schwer lesbaren Handschrift flog an mir vorbei. Wer hatte mir dieses Buch geschickt und zu welchem Zweck? Buchstaben verschwammen, flirrten wie Käfer umher und wurden zu einem dichten, undurchsichtigen Nebel, der mich einhüllte und schließlich unruhig einschlafen ließ.

Ich erwachte am nächsten Morgen aus einem wilden Traum, in dem ich mit Levente auf einem geflügelten

Pferd am Strand entlanggeflogen war, und erinnerte mich noch an die Hufe des Pegasus, die nicht die übliche gebogene Form gehabt hatten. Seine Hufe hatten zackenförmige Abdrücke im Sand hinterlassen, die einer Spur großer Vs gleichkamen. Ich schüttelte die letzten Traumfetzen aus meinem Kopf und stand auf. Die Sonne war gerade aufgegangen und zeigte sich bleich am dunstigen Himmel. Ich kontrollierte mein Handy, aber niemand hatte versucht, mich zu erreichen. Nach einer langen Dusche und abschließendem kalten Guss fühlte ich mich einigermaßen gerüstet für den neuen Tag. Erst als ich das Buch auf dem Nachttisch liegen sah, erinnerte ich mich daran. Mich erwartete niemand und ich hatte keine Pläne für den Vormittag. Daher nahm ich mir vor, gleich weiterzulesen. Aber zunächst brauchte ich etwas zu essen und vor allem Kaffee.

Der Frühstücksraum war kaum besetzt. Nur wenige Gäste saßen verstreut im Restaurant. Ich suchte mir einen gedeckten Tisch am Fenster und nahm Platz. Sofort kam die Servierkraft und stellte mir eine Kanne Kaffee auf den Tisch.

„Guten Morgen", grüßte sie. „Darf ich Ihnen heiße Milch für den Kaffee bringen?"

„Gerne", antwortete ich.

„Sie können sich drüben beim Büfett bedienen. Wenn Sie sonst noch etwas wünschen, dann lassen Sie es mich wissen." Sie ging, um die Milch zu holen.

Ich stand auf und nahm das Buffet in Augenschein. Es gab alles, was ich für eine reichhaltige Morgenmahlzeit benötigte, und ich füllte meine Schüssel genüsslich mit Porridge. Als ein älterer Herr mit Hut zum Eingang des Restaurants hereinkam, unterbrach ich kurz mein Tun und betrachtete ihn. Er war offensichtlich kein gewöhnlicher Gast, sondern ein auswärtiger Besucher, der im Hotel sein Frühstück einnehmen wollte. Während ich zurück zu meinem Tisch lief und mich setzte, sprach der Mann mit der Servierkraft. Sie bedeutete ihm, zu warten, doch statt am Eingang stehen zu bleiben, folgte er ihr.

Die Frau stellte das Milchkännchen auf den Tisch und bemerkte den Verfolger erst jetzt. „Der Herr hat es offensichtlich sehr eilig, Sie zu sprechen, obwohl ich ihn gebeten habe, zu warten, bis ich Ihre Erlaubnis habe." Mit verkniffenen Lippen blickte sie zu dem Mann. „Es tut mir wirklich leid. Normalerweise geschieht so etwas nicht. Meist haben die Besucher mehr Benehmen." Sie fühlte sich sichtlich unwohl.

„Kein Problem", beruhigte ich sie. „Ich habe ja noch genug Platz an meinem Tisch. Er kann sich gerne zu mir setzen und ebenfalls hier am Fenster frühstücken."

„Miss Maryan Lecon?", fragte er.

„Ja, das bin ich."

Er neigte den Kopf, hob seinen Hut und präsentierte eine Halbglatze mit schütterem, weißem Haarkranz. „Mein Name ist Wilbert Scott. Margret hat mich geschickt. Ich soll Ihnen herzliche Grüße von ihr ausrichten." Er stand ein wenig verloren vor meinem Tisch und presste sich den Hut auf die Brust.

„Nehmen Sie doch bitte Platz und leisten Sie mir Gesellschaft, Herr Scott", bot ich ihm an und nickte der

Serviererin zu, die dankbar davonlief, um die anderen Gäste zu bedienen.

Der alte Herr zog seinen Mantel aus und hängte ihn über eine Stuhllehne, seinen Hut legte er auf der Sitzfläche ab. Dann setzte er sich mir gegenüber und warf einen flüchtigen Blick auf meinen Kaffee.

„Möchten Sie vielleicht einen Kaffee trinken?", fragte ich und schob ihm einfach eine der frischen Tassen entgegen, mit denen der gesamte Tisch eingedeckt war.

Dankbar lächelte Herr Scott mich an. „Das ist sehr zuvorkommend von Ihnen", meinte er.

Ich schenkte ihm ein und schob ihm die Zuckerdose und das Milchkännchen hinüber. Er hob den Deckel und pickte mit einer silbernen Zange Würfel um Würfel heraus, die er sogleich in den Kaffee plumpsen ließ. Ganze fünf Stück landeten im schwarzen Sud. Als zelebriere er eine japanische Teezeremonie, rührte er den Kaffee so lange, bis sich der Zucker aufgelöst hatte, schleckte dann das Löffelchen ab und legte es auf den Teller. Dann hob er mit abgespreiztem kleinem Finger die Tasse und trank mit geschlossenen Augen ein kleines Schlückchen. Seufzend stellte er die Tasse wieder ab und leckte sich über die Lippen. Erst jetzt bemerkte ich den fein gestutzten Dreitagebart, der gänzlich grau und auf Herrn Scotts blasser Haut kaum zu sehen war, ihm aber einen schicken, fast sportlichen Anstrich verpasste. Spektakulärer und ebenso grau wie sein Bart waren seine buschigen Augenbrauen. Die grünen Augen sahen mich geradeheraus an.

„Normalerweise trinke ich meinen Kaffee schwarz", erklärte er lachend. „Aber manchmal mache ich eine Ausnahme. Jedoch nur dann, wenn Margret nicht in der Nähe ist. Sie passt immer auf, dass ich es mit dem Zucker nicht übertreibe."

Er machte nicht den Eindruck, als müsse er auf seine Linie aufpassen. Seine Tweetweste und das taubenblaue Hemd darunter saßen tadellos.

„Zu viel Zucker ist ungesund", sagte ich so dahin und trank einen Schluck meines Milchkaffees. „Deshalb trinke ich meinen Kaffee nur weiß." Ich grinste ihn über den Tassenrand hinweg an.

„Richtig. Aber bevor wir uns hier in eine sicherlich anregende Gesundheitsdiskussion verstricken, möchte ich Ihnen doch sagen, weshalb ich hier bin. Oder anders gesagt, wieso Margret mich geschickt hat. Sie haben das Buch erhalten?"

„Heißt das, Sie haben das Buch gestern an der Rezeption abgegeben?"

„Nein, das war Henry Schwartz vom Manningrove Museum. Er hat es gebracht, nachdem ich ihn darum gebeten hatte. Henry schuldete mir ohnehin noch einen Gefallen. Ich selbst war gestern leider verhindert. Bei einem Nachbarn sprang der PC nicht mehr an und ich musste sein Datenchaos aufräumen. Ich dachte mir, dass es für Sie vielleicht interessant wäre, es zu lesen, und wollte es Ihnen so schnell als möglich zukommen lassen." Er lächelte.

Ein hilfsbereiter Mann, der den Nachbarn bei ihren Computerproblemen hilft.

Plötzlich machte es in meinem Kopf klick.

„Sie sind Scotty!“ Ich sah an seinen blitzenden Augen, dass ich ins Schwarze getroffen hatte. „Wie der Chefingenieur Scotty aus Raumschiff Enterprise!“

„Richtig“, antwortete er. „So pflegt man mich in der Nachbarschaft zu rufen.“ Er trank erneut einen Schluck Kaffee.

„Margret hat mir von Ihnen erzählt. Sie sagte, dass Sie ein begnadeter Handwerker wären und ihr gelegentlich bei technischen Problemen helfen.“

Herr Scott lachte. „Gelegentlich ist gut. Eigentlich täglich. Aber bei Margrets Problemen ist, mit Verlaub gesagt, öfter der Nutzer als der PC der Schuldige. Die Gute ist manchmal einfach viel zu ungehalten und hackt, wenn es ihr nicht schnell genug geht, auf zu vielen Tasten herum, was ein sensibles System natürlich nicht gut verträgt. Ich sage ihr immer wieder, sie soll nicht so ungeduldig sein, wenn sie am Computer sitzt. Die Daten brauchen eben etwas Zeit, um von der Insel herunterzukommen.“ Er schmunzelte. „Aber sie hört natürlich nicht auf mich.“

So gerne ich wissen wollte, wieso er gekommen war, machte sich jetzt doch mein Magen bemerkbar und knurrte so laut, dass es auch Herr Scott hörte.

Er machte ein zerknirschtes Gesicht. „Ich halte Sie von Ihrem Frühstück ab.“

„Nicht schlimm“, schwindelte ich. „Ich mache Ihnen einen Vorschlag: Ich esse jetzt schnell mein Porridge und Sie erzählen mir, warum Sie hergekommen sind, ja?“

„Erlauben Sie mir, derweilen noch einen zweiten Kaffee zu trinken? Ich muss meinen Freigang schließlich nutzen." Er zwinkerte mir zu.

„Na klar. Greifen Sie zu. Das gilt übrigens auch für den Zucker." Ich zwinkerte zurück.

Ich begann zu essen und verrührte die Zucker-und-Zimt-Mischung mit dem immer noch dampfenden Haferbrei. Er war dermaßen heiß, dass ich lange auf den Löffel pusten musste, um wenigstens probieren zu können.

„Ungewöhnlich, sein Porridge mit Zucker und Zimt zu essen", sagte Herr Scott.

„Das ist eine alte Gewohnheit", verriet ich ihm. „Früher hat meine Oma immer Schmelzflocken in Milch aufgekocht. Das ist letztendlich nichts anderes als Porridge, nur dass der Hafer fein gemahlen und zu Flocken gepresst ist. Dadurch wird der Brei mehr wie Mus. Oma häufte dann immer noch eine Menge Zucker und eine Prise Zimt drauf, das machte den Glibber für mich unwiderstehlich, sonst hätte ich so gesundes Zeug niemals gegessen." Ich musste bei dem Gedanken daran lachen. „Verraten Sie mir doch jetzt, warum Sie hergekommen sind, Herr Scott", bat ich.

„Scotty, bitte", meinte er und streckte mir die Hand über den Tisch hinweg entgegen. Ich legte den Löffel beiseite und nahm an. Sein Handschlag war kräftig, aber feinfühlig. Passend für einen, der sich aufs Handwerk verstand.

„Scotty", wiederholte ich. „Und ich bin Maryan."

„Sehr erfreut." Er nippte an seinem neu eingeschenkten Kaffee, verzog den Mund und legte einen Zuckerwürfel nach. Dann rührte er langsam um und testete erneut. Die Mischung schien ihn zufriedenzustellen. „Gut", sagte er und straffte die Schultern. „Hatten Sie schon Gelegenheit, in das Tagebuch hineinzulesen?"

„Habe ich", sagte ich zwischen zwei Bissen. Das Porridge schmeckte köstlich. „Aber ich konnte bis jetzt nichts Besonderes darin entdecken. Außer Einkaufslisten für sündhaft teure Pferde fiel mir nur ein Mister H. ins Auge, der, soweit ich das verstanden habe, ein sehr geschäftstüchtiger Mediziner gewesen sein muss. Er galt wohl als letzte Rettung für den kranken Hausherren, nachdem kein normaler Arzt mehr weiterhelfen konnte."

Scotty nickte. „Wir dachten uns schon, dass Sie aus dem alten Schmöker nicht wirklich schlau werden würden."

Mit „wir" meint er vermutlich Margret und sich selbst.

„Steht denn sonst noch etwas in dem Buch, das interessant wäre? Kennen Sie das Tagebuch?"

„Ja, ich kenne es. Schließlich interessiere ich mich sehr für die Geschichte der Region und vor allem der des alteingesessenen Adels. Erst recht, wenn es … nun, sagen wir mal, ein paar Ungereimtheiten im Verlauf der Geschichte gibt."

Er strich sich über die Bartstoppeln.

Mit einem Bart würde er fast aussehen wie Sir Sean Connery.

Als er bemerkte, dass ich ihn dabei beobachtete, stoppte er und lachte. „Das, Maryan, ist eine alte

Gewohnheit meinerseits. Bis vor Kurzem hatte ich einen Vollbart. Ich habe ihn mir abrasiert, weil Margret meinte, ich würde damit zu alt aussehen. Nun trage ich diesen kratzigen Dreitagebart, wirke laut Margret mindestens zehn Jahre jünger, komme aber mit dem Rasieren nicht mehr hinterher. Fände die Gute es nicht so chic, würde ich die Barthaare sofort wieder wachsen lassen."

Irgendwie wurde ich das Gefühl nicht los, dass die beiden sich sehr mochten. Auch in Margrets Erzählung hatte eine große Zuneigung mitgeschwungen, als sie von Scotty gesprochen hatte.

„Wie dem auch sei, ich bin ja nicht hergekommen, um mit Ihnen über Männerprobleme zu sprechen. Wobei es im Grunde doch genau darum geht." Er hob seine Tasse an und trank.

„Sie machen mich wirklich neugierig, Scotty", meinte ich. Noch konnte ich mir keinen Reim darauf machen, was Ballinmore Castle, ein kranker Lord, der mysteriöse Mister H. und Männerprobleme gemeinsam haben sollten, würde es aber hoffentlich gleich erfahren.

„Das Buch", sagte er und stellte seine leere Tasse wieder ab, „bildet lediglich das Tagesgeschehen im und um das Schloss ab. Viel interessanter ist aber das, was zwischen den Zeilen steht."

„Aber das müsste ich hinzudichten, nicht wahr? Ich kann zwar Vermutungen anstellen, aber das heißt ja nicht, dass es so gewesen sein muss."

„Eben deshalb bin ich hier. Sehen Sie, Maryan, ich hatte die große Ehre, für die Manningrove Library alte Schriften zu sichern. Briefe, Prozessakten, Heirats- und

Sterbeurkunden und dergleichen. Natürlich auch jenes Tagebuch, das Sie gestern lesen konnten. Alles habe ich digitalisiert und für zukünftige Generationen archiviert. In Kürze werden die gesammelten Daten auch online nutzbar sein, aber das dauert noch ein wenig. Wäre es eine Vollzeitstelle mit angemessener Bezahlung und würde die Digitalisierung der Bibliothek so schnell voranschreiten, wie es die Technik erlaubt, dann wäre die Angelegenheit innerhalb eines Jahres erledigt. Da ich mich aber als einziger Ehrenamtler mit Technik herumschlagen muss, die fast genauso alt ist wie die Schriften, die ich sichern soll, dauert die Prozedur erheblich länger." Er zwinkerte mir wieder zu.

Klar, wieso sollte es hier anders sein, als anderswo? Für alles ist Geld da, bloß nicht für Kultur und Literatur.

„Nichtsdestotrotz fielen mir unlängst ein paar sehr interessante Briefe in die Hände, in denen von unheilvollen Vorkommnissen auf Ballinmore Castle berichtet wird."

„Von wem stammten die Briefe?", fragte ich mit dem Mund voll Haferbrei.

„Von einer gewissen Jane Missford, die um 1830 Haushälterin im Hause des Lord William war. Sie schrieb gelegentlich ihrer Schwester, die in London lebte. Ich konnte einige Schriftstücke von ihr sichern. Die meisten sind sterbenslangweilige Berichte über Streitigkeiten zwischen ihr und den anderen Angestellten, vorwiegend mit jüngeren Frauen, oder über ihre Unpässlichkeiten. Einige Briefe jedoch waren äußerst informativ und bezogen sich auf eben jene Zeit, in der Lord William krank war und von Mister H., den Sie ja auch im Tagebuch entdeckt haben, behandelt wurde."

Ich hatte den Löffel längst beiseitegelegt und hing an Scottys Lippen. „Und was stand in den Briefen?"

„Zunächst begann einer der Briefe wie die anderen. Mit Vorwürfen, die Magd würde stehlen und das Obst und Gemüse dann heimlich auf dem Markt weiterverkaufen, um sich ein Zubrot zu verdienen. Und mit ihrer erneuten Absage an einen aufdringlichen Burschen, der ihr angeblich immer nachstellte und sie ins Stroh zu locken versuchte. Eigentlich recht unterhaltsam. Doch dann wurde der Tonfall düster. Jane schrieb, dass sich Lord William in letzter Zeit verändert habe. Der ehemals ungnädige, aber ansonsten harmlose Lord wäre zu einer ‚Bestie' mutiert, dem weder ‚Medizin, Gericht noch Soldat' nunmehr Herr werden würde. Selbst ein hinzugezogener Quacksalber, der uns als Mister H. bekannt ist, konnte nichts ausrichten. Jane schrieb, dass er mit einer fürstlichen Entlohnung bedacht wurde. Sie schimpft aufs Übelste darüber, dass der Scharlatan mit seinem unnützen Theater an einem einzigen Tag mehr verdiene, als sie ehrliche Angestellte in einem ganzen Jahr."

„Das stand auch im Tagebuch. Es muss sehr schlimm um den Lord gestanden haben und man muss sehr verzweifelt gewesen sein, dass man so viel Geld ausgab."

„Ja. Dennoch waren alle Versuche vergebens. Lord William starb kurz nach dem Besuch von Mister H."

„Das hat dann der Familie und den Angestellten von Lord William wohl doppelt zugesetzt", vermutete ich.

„Erst die hohe Ausgabe und dann noch der Tod des Hausherrn."

„Jane war anderer Meinung", meinte Scotty jedoch. „Sie empfand es durchaus als Glücksfall, dass das Schauspiel ein Ende gefunden hatte. Aber am Ende ihres Briefes stand ein Satz, der den Quacksalber in einem anderen Licht zeigt, als bisher angenommen."

Ich lehnte mich zu ihm hinüber, um bloß nichts zu verpassen.

„Lord William starb etwa eine Woche nach der Abreise von Mister H. Der Heiler hatte Jane ein Fläschchen Medizin dagelassen und verordnet, der Lord möge jeden Morgen und Abend ein Glas Wasser mit zehn Tropfen eben jenes Heilsudes bekommen. Jane kannte sich für ihre Verhältnisse sehr gut mit Heilmitteln aus. Sie pflegte den Kräutergarten und half gelegentlich auch dem Gesinde, wenn es um kleinere Krankheiten ging. Sie schrieb, dass sie schon von Anfang an misstrauisch gewesen sei, sich aber dennoch an die Anordnungen des Heilers gehalten habe. Nach dem wohl recht qualvollen Tod ihres Herrn habe sie aber den Heilsud des Quacksalbers genauer untersucht und kam zu dem Schluss, dass es sich um Arsen handeln musste."

„Das heißt, Mister H. hatte Lord William auf dem Gewissen? Fragt sich nur, ob es aus Unwissenheit oder mit Vorsatz passiert ist."

„Letzteres", antwortete Scotty und senkte die Stimme. „Jane kam zu der Überzeugung, dass jemand im Schloss die Flüssigkeiten ausgetauscht haben musste. Denn als sie in ihrem Kräuterschränkchen nachsah, fehlte ihre

Phiole mit Arsen, das sie stark verdünnt als Fiebermittel und auch als Aphrodisiakum verabreichte."

„Das heißt, Lord William starb nicht, weil er krank war …"

„… sondern weil er vergiftet wurde. Ganz genau. Aber das ist noch nicht alles, was wir von Jane über Lord William erfahren haben." Scotty deutete auf die leere Kaffeekanne. „Lassen wir uns Nachschub bringen, bevor ich zu den wirklich pikanten Details komme? Hier ist gleich gute Nervennahrung gefragt."

Ich überging seine Frage. Ja, es war unhöflich, doch ich brannte darauf, mehr zu erfahren. Ich war nicht bereit, ausgerechnet an dieser spannenden Stelle eine Pause einzulegen.

„Arsen ist kein ungewöhnliches Gift für die Zeit, in der wir uns bewegen", meinte ich. „Außerdem spricht man Giftmorde häufig den Frauen zu. Männer suchten da eher den direkten Kontakt und nutzten Pistolen, Schwerter oder andere Waffen."

Scotty nickte. „Das ist richtig. Natürlich behielt Jane ihre Entdeckung für sich. Die Tatsache, dass sie einzig ihrer Schwester von dem Mord schrieb, bedeutet entweder, dass sie unschuldig oder aber eine gerissene Lügnerin war. Wenn sie später jemand verdächtigt hätte, ihren Herrn umgebracht zu haben, würde man auch ihre Schwester befragen und diese würde zu Janes Vorteil aussagen. Möglicherweise sah Jane ihren Brief also als einen Nachweis ihrer Unschuld im Falle einer Anklage. Heutzutage wäre das natürlich Unsinn, aber damals war die Gerichtsbarkeit noch eine andere. Dennoch glaube ich nicht, dass Jane Missford gemordet hat, denn es taucht noch eine andere Frau auf, die für Lord Williams Tod verantwortlich sein könnte. Eine Dame, die weder in Urkunden noch im Familienstammbaum auftaucht: Lord Williams Frau, Lady Elisabeth."

„Im Tagebuch taucht ihr Name ebenfalls nicht auf. Wie kommen Sie darauf, dass Lord William verheiratet war, wenn diese Lady nirgends erwähnt wird?"

„Weil Jane ihrer Schwester von ihr erzählt hat. Miss Elisabeth lebte laut Jane zurückgezogen in einem Nebengebäude des Schlosses, vermutlich im Bereich der heutigen Stallungen. Woher sie kam, bleibt im Dunkeln, ebenso, wohin sie nach Lord Williams Tod ging. Aber sie spielte eine tragische Rolle in diesem Kriminalfall. Jane schrieb, dass der Herr Miss Elisabeth anfangs sehr ergeben war und sie als Mätresse in sein Schloss geholt hatte. Doch bald schon soll sie sich zur Xanthippe gewandelt und den Lord immer offener gedrängt haben, sie zu ehelichen. Sie befahl den Bediensteten, sie künftig mit „Lady Elisabeth von Ballinmore Castle" anzusprechen, ließ sich die edelsten Kleider und Schmuck kaufen und plante ein großes Bankett, das Jane als Festmahlzeit einer Hochzeit verstand. Der bevorstehenden Hochzeit von Lord und Lady Ballinmore, wie Jane schrieb."

„Aber wenn Lady Elisabeth doch so kurz vor ihrem Ziel stand und der Lord sie geheiratet hätte, dann hätte sie doch alles erreicht, was sie wollte. Warum sollte sie ihn da vor der Hochzeit umbringen? Wenn er sie gar nicht ehelichen konnte, dann war sie ja gar nicht seine Frau. Zumindest nicht offiziell." Ich verstand die Logik dahinter nicht. Den Klassiker, dass Frauen mittels Gift mordeten, um an das Geld ihres Mannes zu kommen, kannte man ja. Dass eine Verlobte, die ohnehin bereits Zugang zu den Barschaften ihres Zukünftigen hatte, ihren Mann in spe ermordete, ergab hingegen wenig Sinn. Da konnte es nicht ums Geld gehen, denn das hatte sie ja schon. Es sei denn, sie hatte feststellen müssen, dass der Strom an finanzieller Unterstützung nach der Eheschließung versiegte. Hatte Lord William vielleicht seinen letzten Willen zu ihren Ungunsten geändert? Und war das Vermögen nach dem Tod von Lord William an die Erben, also an seine Nachkommen, gegangen? Eine Frau, die es in der Öffentlichkeit gar nicht gab und die nicht offiziell liiert gewesen war, musste dabei wohl leer ausgehen.

„In diesem Fall ist vieles undurchsichtig. Aber dennoch sind wir uns sicher, dass Lady Elisabeth nach Lord Williams Ableben mehr Handlungsbefugnisse bekam, als üblich gewesen wäre."

„Hatte der Lord denn keine Verwandten oder Kinder, die sich dagegen wehrten?", fragte ich.

„Nein. Es gab bis zum Tod von Lord William keinen direkten Erben. Er hatte weder Brüder noch Schwestern noch sonstige Anverwandte. Jedoch gebar Lady Elisabeth acht Monate nach dem Mord einen Sohn, dem der gesamte Besitz schließlich übereignet wurde. Dieser Sohn taucht nur ein einziges Mal in den öffentlichen Schriften auf, nämlich in einem Taufschein, den ein katholischer Priester namens Jacob Appelton am 4. September 1825 ausstellte. Als Vater wird Lord William genannt. Den Namen der Mutter hatte Appelton seltsamerweise aber nicht notiert. Entweder war das aus Unachtsamkeit geschehen, oder aber weil Lady Elisabeth ihn für seinen „Fehler“ großzügig entlohnte. Damals durchaus ein probates Mittel, um Informationen zu vertuschen.“

„Aber der Sohn? Über den muss doch einiges bekannt sein?“

„Auch das ist für damalige Zeiten nichts Besonderes. Taufscheine stellte man notfalls noch Jahre nach einer Geburt aus. Und was den Sohn betrifft: Außer, dass man ihn auf den Namen Montgomery William taufte, habe ich bisher nichts weiter über ihn finden können. Es scheint, dass die Familienlinie von Ballinmore Castle geschichtlich eine große Lücke aufweist.“

Ich rechnete kurz nach. Wenn Lord William 1823 ermordet worden war, dann war sein Sohn, Montgomery William, vermutlich Leventes Ur-Ur-Urgroßvater. Ich versuchte, mich an einen solchen Namen in der Ahnengalerie zu erinnern, doch mir fiel beim besten Willen nicht ein, ob ich den Namen William oder Montgomery unter einem der Porträtierten tatsächlich gelesen hatte.

„Das ist alles sehr, sehr seltsam“, murmelte ich nachdenklich. Ob ich beim nächsten Besuch Levente darauf ansprechen durfte? Er kannte seine Geschichte schließlich am besten. Vielleicht konnte er Licht in diese dunkle Lücke bringen?

Kapitel 14

„Na ja.“ Scotty straffte den Rücken und ächzte, als es laut knackte. Er massierte sich mit einem gequälten Gesichtsausdruck das Rückgrat. „Solche Lücken gibt gelegentlich mal, aber eben nicht in diesem Ausmaß innerhalb einer Familie“, meinte er dann und sah plötzlich sehnsüchtig über meine Schulter hinweg.

Ich spürte einen Windzug, roch den ihm folgenden Kaffeeduft und wusste sofort, wonach es Scotty gelüstete. Ich drehte mich schnell um. „Entschuldigung? Könnten Sie uns eine weitere Kanne Kaffee bringen, bitte?“

Die Kellnerin blieb stehen und lächelte. „Gerne.“

„Und eine volle Zuckerdose, bitte? Die, die auf dem Tisch steht, ist so gut wie leer“, fügte Scotty rasch hinzu und schenkte der Dame wieder sein charmantes Sean-Connery-Lächeln.

„Gerne, der Herr“, antwortete sie und bediente anschließend weiter.

Wir schwiegen so lange, bis sie uns eine neue Kanne und Zucker gebracht hatte. Vieles geisterte mir im Kopf herum. Die Geschichte um den MacConnell-Clan war spannend. Wenn ich im Gegensatz dazu an meine Historie dachte, dann war mein Familienstammbaum ungefähr so interessant wie der eines Grashalms. Gelegentlich gab es kleinere Unebenheiten, aber davon abgesehen lief alles glatt und reibungslos. Keine nennenswerten Makel, allenfalls eine Scheidung oder ein frühzeitiger Todesfall. Und die waren alle feinsäuberlich beurkundet worden. Für alle Ewigkeiten im digitalen Großhirn abgelegt.

Scotty schenkte uns Kaffee nach und füllte seine Tasse dann zufrieden mit Zuckerstückchen auf. Dieses Mal zählte ich sechs Würfel mit.

Dicke Tropfen prasselten gegen die Fensterscheibe. Der Himmel hatte sich zugezogen und ein kräftiger Wind trieb dunkelgraue Wolken vom Meer auf die Insel. Das Gras wurde durchgeschüttelt und die Äste eines Baumes, der direkt vor dem Fenster stand, tanzten wirr umher. Scotty sah unruhig nach draußen.

„Ich denke, ich werde mich jetzt wieder auf den Weg machen", meinte er schließlich. „Die Meteorologin meines Vertrauens hat für heute Mittag Unwetter mit Starkregen und heftigen Sturmböen angekündigt und ich mache mich jetzt auf den Weg, damit ich zu Hause bin, bevor es losgeht. Wenn ich Ihnen einen Rat geben darf, Maryan, dann bleiben Sie besser im Hotel. Nach draußen sollten Sie heute nicht mehr gehen. Es wäre doch schade, wenn es Sie ins Meer pusten würde." Er trank seinen Kaffee in einem Zug leer und stand auf. „Der Morgentrunk geht auf mich", sagte er freundlich.

„Bleiben Sie ruhig noch ein wenig sitzen und genießen Sie diese herrliche Aussicht. Gerade wenn sich das Wetter von seiner besonderen Seite zeigt, lohnt es sich. Vor allem, wenn man im Warmen und Trockenen sitzt." Scotty schlang sich den Schal um den Hals und zog sich seinen Mantel an.

Auch ich erhob mich, um ihn zu verabschieden. „Danke, dass Sie vorbeigekommen sind", sagte ich. „Es hat Spaß gemacht, sich mit Ihnen zu unterhalten."

„So erging es mir ebenfalls. Vielleicht kommen Sie bei Gelegenheit mal bei Margret im Cottage auf einen Tee vorbei? Dann könnten wir dort weiter über die Geschichte Ballinmore Castles und der Region fachsimplen."

„Wohl eher tratschen", lachte ich und schüttelte seine Hand. „Ich komme gerne. Allerdings weiß ich nicht, wo Margrets Cottage ist."

„Margret sagte, Sie wären noch länger hier?"

„Zwei Wochen."

„Dann werden wir Ihnen einfach eine Nachricht zukommen lassen. Und dann hole ich Sie mit dem Wagen ab. Sie könnten zwar auch hinlaufen, aber es ist doch ein weiter Weg."

„Ich kann mir auch ein Taxi rufen."

„Kommt nicht infrage", schimpfte er und tat, als hätte ich ihn soeben tödlich beleidigt. „Taxis sind sündhaft teuer und unzuverlässig. Ich werde Sie abholen."

„Also gut, abgemacht. Vorausgesetzt, Margret ist damit einverstanden, dass wir sie quasi mit einem Treffen überrumpeln."

Scotty lachte. „Ihre Teatime ist eine Institution! Und ob nun einer mehr oder weniger am Tisch sitzt, ist einerlei. Scones bleiben ohnehin immer übrig. Margret backt die besten, die es auf Skye gibt."

Ich freute mich schon auf die Chance, Henks und Margrets Scones zu vergleichen, und auch darauf, die alte, sympathische Dame wiederzusehen.

„Dann bis bald, Scotty! Ich freue mich schon auf Ihre Nachricht."

„Auf baldiges Wiedersehen, Maryan. Es war mir eine Ehre." Er lüpfte kurz seinen Hut und ging. Kurz sprach er noch mit der Serviererin und verließ dann den Frühstücksraum.

Ich verbrachte nicht nur den restlichen Tag im Hotel, sondern auch noch den nächsten. Das Sturmtief hatte die Insel voll im Klammergriff und da das Kings and Queens über einen zwar kleinen, aber durchaus ansprechenden Wellness-Bereich verfügte, ließ ich es mir dort gut gehen und genehmigte mir eine Massage. Ich las viel, bediente mich dabei in dem Bücherregal des Foyers und schaute gelegentlich Serien, die man kostenlos streamen konnte. Trotz des turbulenten Wetters hatte ich ein paar ruhige, gemütliche Stunden. So entspannt mein Körper auch nach einer Weile war, so frustriert wurde ich allmählich. Hier saß ich, ließ mich durch den Tag treiben, und wollte doch eigentlich ganz woanders sein. Ich wollte Zeit mit Levente verbringen, vielleicht mit ihm über die Wetterkapriolen schimpfen oder wenigstens stumm am Strand spazieren gehen. Egal, was. Viel lieber wollte ich in seiner Gesellschaft sein, als hier alleine im Hotel zu versauern, so angenehm Nickerchen, Massagen und Wellness auch waren. Nur, wie sollte ich das anstellen? Noch einmal ein zufälliges Wiedersehen zu provozieren, war nicht möglich.

Das wäre lächerlich. Das würde er spitz kriegen. Und wenn ich direkt zu ihm gehen würde, dann wird er mich sofort wieder wegschicken, so wie er sich beim letzten Mal verhalten hat.

Ich zappte einen Kanal weiter zu einem regionalen Sender. Skye News brachte gerade einen Bericht über das Sturmtief Clark, das sich langsam abschwächte und in der Nacht endlich abziehen würde. Am nächsten Morgen sollte es laut dem Meteorologen wieder aufklaren. Sogar die Sonne sollte sich gelegentlich blicken lassen. Ich freute mich schon darauf, endlich wieder nach draußen zu können. So hübsch das Hotel auch war, es kam mir langsam wie ein Gefängnis vor.

Auf dem Bildschirm wechselte die Szene. Eine Frau stand mit einigen Blättern in der Hand im Nachrichtenstudio und lächelte in die Kamera. „Guten Abend. Willkommen zu den Skye-Abendnachrichten", sagte sie. Es folgte eine kurze Abhandlung über die Schäden, die Clark verursacht hatte. Glücklicherweise waren durch den Sturm keine Menschen verletzt worden. Bei etlichen Cottages waren die Dächer abgedeckt worden, ein paar Schafe wurden vermisst und irgendwo war ein Auto ins Meer gestürzt, wobei sich der Fahrer noch rechtzeitig hatte retten können. Beim nächsten Thema horchte ich auf.

„Neues zum Leichenfund in den Burstfield Woods", kündigte die Sprecherin an. „Wie bereits gestern bekannt wurde, handelt es sich bei den zwei Leichen, die man kürzlich in den Burstfield Woods gefunden hat, um einen Mann und eine Frau. Beide Leichen konnten bisher noch nicht identifiziert werden. Auch die Todesursache ist noch unklar. Gregory Miles, der Gerichtsmediziner, kommt laut eigener Aussage mit der Untersuchung der Leichen nur langsam voran. Die Verwesung sei so stark vorangeschritten, dass es schwierig sei, den genauen Todeszeitpunkt festzulegen, sagte Miles gegenüber unserem Sender. Klar sei lediglich, dass die Leichen zu unterschiedlichen Zeiten ums Leben gekommen seien. Ein genauer Todeszeitpunkt könne jedoch allenfalls grob geschätzt werden. Nach Miles' Schätzung liegt der zwischen einer Woche bis zu vier Monaten. Genaueres könne er erst sagen, wenn die Leichen in die Gerichtsmedizin nach Glasgow verbracht wären. Miles zufolge rechnet man nicht mit einem schnellen Ergebnis. Bis ein endgültiger Befund vorliegt, könnten mehrere Wochen vergehen.

Burstfield Woods ist ein privates Waldstück bei Bradford, im Süden der Insel. Große Areale des Waldes gehören zu den Ländereien der Grafschaft Avoy. Und nun zu einem anderen Thema. Das Britische Unterhaus hat heute über …"

Ich schaltete den Fernseher aus und sah nachdenklich auf die dunkle Scheibe. Eric hatte vor zwei Tagen berichtet, man hätte Lord Reginald und Miss Theresa in ebenjenen Burstfield Woods gefunden. Die beiden erwähnten

Toten jedoch sollten schon mehrere Tage bis Wochen tot und stark verwest sein. Hatte sich der Bericht überhaupt auf den Lord und seine Miss bezogen? Ich hielt es für abwegig, dass es sich um jemand anderes handeln konnte. Schottland war ein Land ohne viel Kriminalität. Erst recht auf Skye. Aber warum hatte die Sprecherin behauptet, die Identität der Leichen sei noch nicht geklärt? Waren denn Lord Reginald und seine Verlobte nicht als vermisst gemeldet worden? Oder wollte man die Öffentlichkeit über den Fall im Dunkeln lassen, um die Menschen nicht unnötig zu beunruhigen? Oder um die Statistik zu schönen?

„Seltsam. Da passt irgendwie nichts zusammen", murmelte ich und schälte mich aus dem Bett. Ich würde das Rätsel jetzt nicht lösen können. Es war bereits nach sieben Uhr und Zeit für ein Abendessen. Ich schob den Vorhang beiseite und sah hinaus. Am dunklen Firmament funkelten bereits die ersten Sterne. Die Wolken hatten sich verzogen. Das waren die besten Voraussetzungen dafür, dass morgen ein schöner Tag werden würde.

Ich zog mich an, kämmte mir die Haare und nahm eine leichte Strickjacke aus dem Koffer. Die musste für heute Abend reichen. Ich zog die Tür hinter mir zu und wollte zum Restaurant gehen, als ich an der Rezeption einen Mann stehen sah, der mir sehr bekannt vorkam. Levente redete gerade mit der Rezeptionistin und drehte sich um, als er mich kommen sah. Mit offenen Armen kam er auf mich zu und umarmte mich. Diese plötzliche

Nähe verunsicherten mich. Seine ständig wechselnden Stimmungen machten es mir schwer, mich zu freuen.

Wer weiß, wie lange seine gute Laune dieses Mal anhält.

„Maryan!“ Seine Haut, die er mir beim Küssen rechts und links auf meine Wangen drückte, war kalt. „Wie schön. Ich dachte schon, du wärst vielleicht ausgegangen oder würdest bereits schlafen. Ines weigerte sich, mir deine Zimmernummer zu geben, und ich wollte sie gerade davon überzeugen, dich wenigstens anzurufen.“

Hinter ihm lachte die Guest Services Managerin des Kings and Queens Hotels laut auf. „Da könnte ja jeder kommen“, meinte sie.

„Aber ich bin nicht jeder“, meinte er gut gelaunt in ihre Richtung. „Wie auch immer.“ Er drehte sich wieder zu mir herum und fasste mich an den Schultern.

Ich wusste nicht, ob ich mich losmachen oder ihm um den Hals fallen sollte. Einerseits freute ich mich wahnsinnig, ihn hier vor mir zu haben. Andererseits wusste ich nicht, was ich sagen sollte.

„Ich wollte dich überraschen“, sagte er, als er meine Zurückhaltung bemerkte. Seine Augen schienen Freudenfunken zu sprühen. „Ich dachte mir, dass du bei dem Sturm nicht rausgekommen bist, und habe deshalb mein allerbestes Pferd gesattelt, um dich für einen Ausritt abzuholen. Hast du schon gegessen?“

Trotz aller Vorsicht steckte er mich mit seiner guten Laune an.

„Aramis steht draußen? Der Arme.“ Ich lachte, mehr aus Erleichterung und Nervosität. Wieso machte ich mir eigentlich immer Sorgen, ich wüsste nicht, worüber wir reden sollten? Mit Levente zu plaudern war bisher immer eine leichte Sache gewesen. Außer, seine Laune schlug um.

„Nicht Aramis. Der traut sich bei diesem Wetter nicht aus dem Stall. Noch dazu, wo er sich die Mähne und den Schweif nass machen könnte. Was sollten da die Damen im Stall von ihm denken? Nein, der Gute steht im Warmen und Trockenen. Aber ich habe meinen anderen, vierrädrigen Untersatz aus der Garage geholt und wollte dich entführen. Das heißt, sofern du möchtest."

Ich kam mir überrumpelt vor und war immer noch ein bisschen sauer über seine letzte Abfuhr. Und ich trug langweilige Klamotten und hatte mir nicht mal das Gesicht gewaschen. Immerhin hatte ich mich gekämmt.

Ganz so einfach muss ich es ihm ja nicht machen.

Er wurde nervös, weil ich nicht sofort auf seinen Vorschlag ansprang. Das gefiel mir.

„Henk hat extra frische Shrimps gekauft."

Leventes Lächeln war wie ein Versprechen, das mich langsam entspannen ließ. Ich konnte, nein, ich musste diese Situation genießen. Alleine diese Erkenntnis legte den Schalter in meinem Kopf von Defensive auf Offensive um.

„Ich mag Shrimps nicht sonderlich", meinte ich. Es war unhöflich, aber es kam mir über die Lippen, ohne dass ich vorher darüber nachgedacht hatte. Alles lief automatisch.

„Kein Problem. Dann lassen wir das einfach weg. Als Hauptgang dachte ich an Steaks vom Aberdeenrind."

„Klingt schon besser."

„Als Nachspeise gibt es Henks göttlichen Pudding." Er blinzelte mir verführerisch zu, sodass ich lachen musste.

„Mit Pudding habe ich es nicht so."

„Kuchen?"

„Langweilig."

„Gummibärchen?"

Ich lachte. „Schon eher. Aber ich wüsste etwas Göttlicheres für eine Nachspeise."

Er hing an meinen Lippen. Es war genau das, was ich beabsichtigt hatte. Dennoch kostete es mich Überwindung, das zu sagen, wonach mich wirklich verlangte. Ich würde viele meiner Gefühle preisgeben. Ob er es wert war?

Wer sich traut, der zieht selten eine Niete. Also sag die Wahrheit.

Erst als ich es laut aussprach, wurde mir bewusst, wie sehr ich es mir die ganze Zeit schon gewünscht hatte. „Ich würde gerne wieder mit dir in der Bibliothek auf der Couch sitzen."

Sein Blick wurde eindringlicher. Levente rückte näher und seine Augen funkelten gefährlich. Ich brannte innerlich. Ich wollte die Hand heben, um ihn zu berühren. Noch immer hielt er mich an den Schultern fest und war mir so nah, dass ein Außenstehender meinen könnte, wir würden uns gleich küssen.

Verdammt, warum tun wir es nicht endlich?

Ich wollte ihn küssen. Hier. Jetzt und sofort. Ich musste mich nur ein wenig vorbeugen und das Kinn heben und schon …

Lautes Lachen erklang und ließ mich verharren. Leute kamen aus dem Restaurant und rempelten uns auf ihrem Weg zum Ausgang unhöflich an. Sie entschuldigten sich nur lustlos und verschwanden dann nach draußen. Herbe Enttäuschung über die vergangene Chance machte sich in mir breit. Wir hatten uns bei dem Stoß unwillkürlich voneinander gelöst. Als ich Levente ansah, flog wieder dieser seltsame Ausdruck über sein Antlitz, den ich nicht deuten konnte. Zweifelte er plötzlich wieder?

Der kalte Windstoß, der zur Tür hereinkam, ließ mich frösteln. Levente legte einen Arm um mich. Sein Atem streifte meinen Hals, als er mir ins Ohr flüsterte: „Ich möchte unter keinen Umständen ohne dich nach Hause fahren." Er küsste ganz leicht die Stelle unter meinem Ohr.

„Bist du dir sicher? Was, wenn ich nicht mitkommen möchte?", neckte ich.

„Dann bleibe ich so lange hier stehen, bis du es tust."

Vorbei der Zweifel, vorbei die Unsicherheit. Er wollte, dass ich mit ihm ging. Es war, als hätte sich ein Problem aufgelöst und Platz für etwas Neues geschaffen. Eine Vertrautheit, die uns verband. Ich neigte den Kopf, um ihm mehr Spielraum zu bieten, doch er ließ schon wieder von mir ab. Ich quittiere es mit einem enttäuschten Seufzer.

„Wenn es den Nachtisch in deiner Bibliothek gibt, komme ich auch freiwillig mit", sagte ich.

Dieses Mal seufzte Levente. „Was tut man nicht alles", meinte er und lächelte dann zufrieden. „Selbstverständlich gehen wir in die Bibliothek. Ganz, wie du wünschst. Ich möchte heute Abend nur …", ich spürte wieder seine Lippen an meinem Ohr, „… nicht alleine sein."

Alleine sein mochte ich auch nicht. Jetzt schon zweimal nicht mehr.

„Ich brauche aber noch eine Jacke."

„Das ist so ziemlich das Unromantischste, was man auf so ein romantisches Eingeständnis erwidern kann", lachte er laut heraus. „Beeile dich. Ich warte hier." Er strahlte mich glücklich an.

Binnen zwei Minuten hatte ich meine Jacke und meine Tasche aus dem Zimmer geholt. Levente stand immer noch an selber Stelle im Foyer und hielt mir den Arm hin. Ich hakte mich ein und folgte ihm an der Rezeption vorbei.

„Einen schönen Abend wünsche ich Ihnen", rief uns die Managerin hinterher, aber die Türen schlossen sich bereits hinter uns und ich winkte lediglich zum Gruß.

In der Einfahrt standen ein weißer Porsche und ein alter, schmutziger Landrover. Ich zögerte und wollte Levente den Vortritt lassen, doch er blieb ebenfalls stehen.

„Na, welchen hättest du lieber?", fragte er. „Den schicken Flitzer mit roten Ledersitzen und einem Fahrwerk, das jedes Schlagloch zum unvergesslichen Erlebnis werden lässt, oder den alten Kastenwagen, der röhrt wie eine altersschwache Betonmischmaschine und in dem es nach nassem Hund stinkt?"

Ich betrachtete beide Autos. Jedes hatte seine Vorzüge, keines reizte mich wirklich. „Egal, Hauptsache, wir kommen schnell zu dir. Ich hatte noch kein Abendessen." Ich hängte mich an seinen Arm und lachte, als er mich zum Rover führte. „Hätte ich mir denken können."

„Ich sagte dir doch, der Gute steht im Warmen und Trockenen. Im Gegensatz zu Aramis ist ein Auto bei solch einem Wetter unempfindlicher."

Wir lachten beide, während er mir die Tür aufhielt und mich einsteigen ließ. Es roch tatsächlich ein wenig nach Hund, jedoch war der Geruch nicht penetrant. Der Duft nach Leder und Pferd dominierte und weckte die Erinnerung an unseren Ritt auf Aramis. An die Berührung unserer Körper, an seinen Atem in meinem Haar und seiner Hand auf meinem Bauch. Wenn ich mich darauf konzentrierte, dann spürte ich immer noch ein leichtes Kribbeln dort, wo er mich berührt hatte. Ich drehte den Kopf. Levente stand, mit einer Hand auf dem Jeepdach, an den Türholm gelehnt neben mir. Wir sahen uns an und die Zeit fror ein. Langsam beugte er sich zu mir ins Wageninnere, berührte mich an der Wange und zog mich sachte zu sich heran. Diese berauschende Nähe, sein Geruch und die Absicht, die ihm allzu deutlich vom Gesicht abzulesen war, machten mich willenlos. Ich schloss die Augen im selben Moment, in dem Leventes Lippen auf meine trafen. Weich und vorsichtig tasteten sie sich heran und wurden, kaum, dass ich ihnen entgegenkam, fordernder. Willig öffnete ich meinen Mund, als auch seine Zunge Einlass verlangte. Seine Leidenschaft war einnehmend und anspornend. Ich vergrub meine Finger in seinem Haar, zog ihn fest an mich. Als er von mir abließ, wollte ich ihn nicht gehen lassen und hielt ihn zurück. Er küsste mich ein zweites Mal und wich dann schnell aus, als ich ihn erneut zu einem Kuss nötigen wollte.

„Wenn wir so weitermachen, dann wird das Essen kalt", sagte er lachend.

„Das wäre mir egal." Ich war wie hypnotisiert von seinem Verlangen.

„Wenn das Kaminfeuer in der Bibliothek ausgebrannt ist, wird es kalt."

„Auch das ist mir egal." Ich rang ihm ein kleines Küsschen ab, bevor er meine Tür schloss und gleich darauf hinter dem Steuer Platz nahm.

„Du erinnerst dich? Es gibt kein Bärenfell in der Bibliothek. Nur ein altes Sofa und ein paar Kissen."

„Dann musst du mich eben wärmen."

Der Motor sprang an und der Jeep erbebte. Das Getöse, das der Wagen von sich gab, war dem einer Betonmischmaschine nicht unähnlich. Levente schaute mich noch einmal an.

„Dein Wunsch ist mir Befehl", sagte er und fuhr mit einem zufriedenen Grinsen los.

Kapitel 15

Die Auffahrt zum Schloss war mit Fackeln gesäumt, die die Straße nur mäßig, aber stimmungsvoll beleuchteten. Ballinmore Castle selbst lag im Dunkeln. Levente parkte den Wagen vor dem Portal, stieg aus und machte mir die Tür auf. Auf den Stufen zum Portal hinauf standen Laternen, deren unstetes Licht die Kapitelle der Säulen und des Portals lebendig wirken ließen. Ein wenig schauderte es mir bei dem Anblick der grotesken Fratzen und angriffslustigen Tiere, die auf mich herabsahen und mir, wie mir schien, nach dem Leben trachteten. Als Henk nun auch noch die Tür öffnete und als schwarzer Schemen vor einem kerzenbeschienenen Hintergrund im Eingang erschien, war die Gruselkulisse perfekt.

„Sieht ja ganz nach Hitchcock aus", meinte ich und hakte mich sicherheitshalber bei Levente ein. Ein wenig unheimlich war mir das Ganze schon. „Gehört es zu deinem Plan, mich in Schockstarre zu versetzen?"

„Entschuldigen Sie, Eure Lordschaft", begann Henk. „Aber der Strom ist wieder einmal ausgefallen. Ich habe mich dennoch bemüht, soweit es ging, alles herzurichten. Für das Essen ist gesorgt. Ich habe den alten Holzherd eingeheizt." Dann wandte er sich an mich. „Guten Abend, Miss Lecon. Ich hoffe, Sie hatten trotz der Dunkelheit eine sichere und angenehme Anreise?"

Die Fahrt hatte nicht allzu lange gedauert und mir war unterwegs nicht aufgefallen, dass der Strom ausgefallen war. Wie auch? Die Straßen waren schließlich nicht beleuchtet. Ich hatte mich lediglich gewundert, dass es auf Ballinmore Castle ungewöhnlich dunkel war.

„Danke, Henk", sagte ich und trat ein. „Die Fahrt war schön, trotz Dunkelheit." Tatsächlich hatte ich die Tour sehr genossen. Levente hatte eine Hand am Steuer und die andere meist auf meinem Oberschenkel liegen gehabt. Gelegentlich hatte er sie mir auch in den Nacken gelegt und meinen Hals gestreichelt. Eine innige, zärtliche Geste, die mich anregte und auf mehr hoffen ließ. Der Mond hatte die Landschaft erhellt und ließ Hügel zu Elfenbergen werden, auf denen hier und dort ein paar einzelne Bäume gierig ihre schwarzen Arme zu den Sternen in den nachtdunklen Himmel streckten. Mit etwas Fantasie glaubte man, kleine Gestalten umherhuschen zu sehen, die um Lagerfeuer tanzten und leise Lieder sangen. Das war natürlich Unsinn, denn über das Dröhnen des Motors konnte man sich nicht einmal unterhalten. Trotzdem wirkte die Aussicht auf mich. Es war bei dieser märchenhaften Landschaft und der besonderen Atmosphäre bei Nacht kein Wunder, dass hier die Wurzeln für so viele mystische Geschichten und Kreaturen zu finden waren.

Heute Nacht kann alles passieren. Wer weiß, welche Geheimnisse mir die kommenden Stunden noch offenbaren?

Ich legte meine Jacke über Henks ausgestreckten Arm und wartete, bis sich auch Levente seines Mantels entledigt hatte.

„Komm", sagte er dann zu mir und nahm meine Hand. „Wir wollen das Essen doch nicht unnötig kalt werden lassen."

Überall standen oder hingen Kerzenleuchter. Bloß die Ahnengalerie lag im Dunkeln. Auf den wenigen Bildern, die ich noch halbwegs erkennen konnte, leuchteten die Augäpfel der Porträtierten gespenstisch weiß aus den ansonsten dunklen Leinwänden heraus. Der große Kronleuchter, der in der Halle hing, war mit Hunderten brennender Kerzen bestückt und ich fragte mich, wie lange Henk wohl gebraucht hatte, um sie anzuzünden. Und überhaupt, hatten dort nicht gewöhnliche Glühbirnen in den Fassungen gesteckt, als ich das letzte Mal hier gewesen war? Im Dämmerlicht des Kerzenscheins wirkte das Innere des Schlosses andersartig und befremdlich. Zwar hatte ich keine Furcht, aber unheimlich fand ich es schon. Die düstere Stimmung machte mir schmerzlich bewusst, wie sehr ich trotz aller Gegenbehauptungen ein Kind der Moderne war. Ich mochte es durchaus lauschig und romantisch, mochte Lagerfeuerromantik mit brennendem Kamin und Kerzen, und gerne auch die Abgeschiedenheit. Ich brauchte keinen Protz und keine Statussymbole, aber ich brauchte wenigstens Komfort und Sicherheit. Und dazu gehörte nach meinen Maßstäben auch Elektrizität und Licht.

Im Dunkeln lauert immer das Böse. Geister, Monster und Dämonen.

Ein Glück, dass ich Levente als Begleitung neben mir hatte. Er führte mich zur Treppe hinauf. Er würde doch sämtliche Spukgestalten von mir fernhalten und mich zur Not mit Klauen und Zähnen verteidigen? Schließlich war ich sein Gast und mir durfte kein Haar gekrümmt werden.

Himmel, jetzt werde ich echt kindisch.

Es war einfach zu viel Aufregung. Meine Nervosität und die gespannte Erwartung, mit ihm den Abend und vielleicht sogar die Nacht zu verbringen, und zu alledem diese seltsame Stimmung, die romantisch hätte sein können, wäre es in diesem dunklen Schloss nicht so unheimlich ruhig und gewöhnungsbedürftig weiträumig gewesen.

„Aber der Speisesaal ist doch unten", meinte ich. Unten war auch die Küche, in der wir vor zwei Tagen gewesen waren. Dort saß vermutlich Henk am Tisch und trank Tee. Plötzlich erschien mir die warme, heimelige Küche als erstrebenswerter Zufluchtsort.

„Deine Hand zittert", stellte Levente zu allem Überfluss fest. Er blieb stehen und musterte mich. Ich konnte sein Gesicht kaum erkennen. „Du hast Angst." Noch bevor ich widersprechen konnte, nahm er mich in den Arm. „Wir können gerne in die Küche, wenn du möchtest. Henk kann alles herunterholen und dann setzen wir uns an den Küchentisch und essen dort."

Ich setzte ein entrüstetes Gesicht auf. „Kommt gar nicht infrage. Erstens habe ich überhaupt keine Angst und zweitens möchte ich nicht, dass Henk doppelt und dreifach Arbeit hat." Ich deutete seine Kopfbewegung als Zustimmung.

„Das stimmt. Ich habe ihm zudem nach dem Servieren auch freigegeben. Aber er bliebe bestimmt, wenn ich ihn darum bitten würde."

„Das heißt, wir sind nachher ganz alleine in diesem großen Schloss?"

Leventes Lachen echote durch die Eingangshalle. „Genau. Aber zu deiner Beruhigung sei gesagt, dass ich auch unserem Heartless Harvey und der unglücklichen Quinny Ausgang bewilligt habe. Und der heimtückische Graig Fersom hängt gut verzurrt im Kerker. Du siehst also, heute Nacht treibt hier keiner außer uns beiden Unfug."

„Und der Drache?", fragte ich unüberlegt. Zum Glück verstand mich Levente falsch.

„Drachen sind in diesem Land schon seit Jahrhunderten ausgerottet."

Ich fasste vorsichtshalber an die Tasche, in der mein Handy lag. Es war voll aufgeladen. Außerdem hatte ich hier auch Empfang, sodass ich mir problemlos sämtliche Taxis von Skye einzeln bestellen konnte, wenn es nötig sein sollte.

Wenn ich denn überhaupt wieder von hier weg will.

„Ich habe keine Angst", wiederholte ich leise. „Vor nichts und niemandem."

Das wenige Licht ließ seine Augen glänzen. War es Vorfreude, Lust oder blanke Gier, was ich da in seinen Blicken las? Er küsste mich stürmisch und presste sich ungeduldig an mich. Ich ließ mich gehen und gab den Widerstand fast augenblicklich auf. Seine Hände fuhren meinen Rücken hinauf. Ich spürte seine Finger auf meiner Haut. Sie tasteten sich langsam voran und verweilten kurz zwischen den Schulterblättern, während seine andere Hand sich in meinen Haaren vergrub und mich leicht nach hinten zog. Gehorsam beugte ich mich seinem Willen und legte den Kopf in den Nacken. Leventes Lippen begannen zu wandern, zogen eine kühl gehauchte Spur über mein Kinn zum dargebotenen Hals, den Muskelstrang empor bis an mein Ohr und glitten wieder zurück. Ich seufzte, als mich ein wohliges Schaudern durchfuhr. Kurz verharrten wir in dieser Position, und ich betete, dass er nicht aufhören würde. Doch Levente stöhnte plötzlich und gab mich unvermittelt frei. Er grinste, was mir den Schmerz des Verlustes wenigstens etwas versüßte, aber es kostete ihn sichtlich Mühe, fröhlich zu sein. „Dein Essen wartet“, sagte er.

„‚Dein‘? Isst du denn nicht mit?“

Schon wieder nicht? Das ist doch kein romantisches Dinner, wenn er nicht mitisst.

„Doch, natürlich.“ Er hielt mir die Hand hin und wir setzten unseren Weg fort. „Sonst wäre es unromantisch.“

Okay, ich dachte schon …

„Oder dachtest du, ich würde dich all die leckeren Sachen, die Henk gezaubert hat, alleine verspeisen lassen?“

Ich schüttelte den Kopf. „Nein, natürlich nicht.“

Wir erreichten den Salon, in dem anders als erwartet kein eingedeckter Tisch stand. Der Raum sah wie immer aus. Im Kamin brannten große Holzscheite, davor standen die zwei Sofas mit den vielen Kissen. Die Vorhänge waren zugezogen und sperrten die Nacht aus. Die Gemälde waren kaum zu sehen, so dunkel war es. Lediglich die Uhr auf dem Kaminsims und einige Bilderrahmen glommen im goldenen Schein des Feuers.

Ich versuchte, meine Gänsehaut zu ignorieren. Levente blieb nicht lange in dem schummrigen Raum stehen und lotste mich zu den Glastüren, die in die Bibliothek führten. Hinter dem Glas erkannte ich unscharf Kerzenlicht und ebenfalls loderndes Feuer. Mit beiden Händen griff Levente die Knäufe der Flügeltüren und gab ihnen einen Stoß. Die Flügel wichen mit Schwung zurück und gewährten uns den unverstellten Blick auf die Bibliothek.

„Oh, wow", entfuhr es mir entzückt.

Die Bibliothek war auch ohne besonderes Mobiliar ein fantastischer Ort, aber nun stand zusätzlich noch ein Tisch vor dem großen Fenster. Zwei hochlehnige Stühle mit weißen Hussen flankierten die Tafel, die mit edlen Kristallgläsern für Wein und Wasser, Silberbesteck und weißen Stoffservietten eingedeckt war. Kerzen auf Silberständern und eine kleine Vase mit weißen Rosen komplettierten die Dekoration. Im Hintergrund spielte leise Musik und in der Nische prasselte das Feuer, dessen Schein nur den unteren Raum, nicht jedoch die Galerie erreichte, und das eine angenehme Wärme produzierte. Ich schaute nach oben, aber die stuckbesetzte Decke, die mir so gut gefiel, war kaum auszumachen. Die Bibliothek war zu einem lauschigen Ort geworden, der wie geschaffen war für ein intimes Tête-à-Tête.

Und für heute Abend kann die Welt mit ihren Monstern gerne draußen bleiben.

Ich hörte das Klicken, als Levente die Türen schloss und drehte mich zu ihm um. Er stand da, schaute mich mit leicht gesenktem Blick an. Seine langen Haare fielen ihm dabei ins Gesicht. Das schummerige Licht unterstrich gekonnt das Kinn und die prägnanten Wangenknochen und als seine Lippen ein leichtes Lächeln andeuteten, wirkten auch diese voller und sinnlicher als zuvor.

Ich weiß nicht, was es ist, ob es dieser Raum ist, dieses Licht oder die ganze Stimmung … Er sieht unglaublich sexy aus.

Sein helles Shirt lag so eng an, dass es die wohl definierten Muskeln eindrucksvoll betonte. Genauso sah es bei der Jeans aus. Mein Blick blieb bei der originellen Gürtelschnalle hängen. Das schwarz-silberne Ding war handtellergroß, vier metallische Punkte glitzerten darauf und mit ein bisschen Fantasie konnte ich zwei ineinander verschlungene Tierkörper ausmachen. Schlangen vielleicht? Ich sah genauer hin, dabei flog mein Blick ganz kurz ein paar Zentimeter tiefer, nur um schnell wieder aufzufliegen. Hatte er meine indiskrete Musterung bemerkt?

Hat er! Mist! Megapeinlich.

Levente grinste breit, sagte aber nichts.

Ich äußerte das Erste, das mir einfiel: „Hübsch hier, so mit Feuer und Tisch und allem.“

Ich wandte mich von ihm ab, damit er nicht sehen konnte, dass ich rot wurde. Und fast zeitgleich fühlte ich seine Hand an meinem Hals. Zaghaft zog er mich zurück, sodass ich mich wieder umdrehen musste. Sein Mund verhinderte jedes angedachte Wort und seine unmissverständliche Körpersprache jeden klaren Gedanken. Mein Hunger war vergessen und längst durch ein anderes Verlangen verdrängt. Dennoch versuchte ich halbherzig, ihn von mir wegzudrücken. Es ging mir alles zu schnell und doch nicht schnell genug. Mein Körper schrie nach ihm, mein Verstand riet besonnen zu mehr Geduld.

Ich stöhnte, als mich Levente am Hintern packte und an sich presste. Allzu deutlich spürte ich, wonach er sich sehnte.

„Ich kann mich nicht beherrschen", flüsterte er zwischen zwei Küssen. „Ich habe es versucht, aber ich kann es einfach nicht."

Wir küssten uns wieder und wieder. Ich zog ihm das Shirt aus der Hose und ließ meine Hände darunter gleiten. Ich spürte die Muskeln auf seiner Brust. Feine Wulste zogen sich dort über das Brustbein. Ich wollte sie mir genauer ansehen, ihn in seiner vollen Pracht bewundern und die Konturen entlangfahren, wollte ihn mit allen Besonderheiten und Seltsamkeiten kennenlernen. Eine eisige Berührung an meinem Hals kühlte mein erhitztes Gemüt kurzzeitig ab.

„Au", entfuhr es mir und automatisch griff ich mir an die schmerzende Stelle.

Levente schnellte zurück. „Entschuldigung!"

„Was war das?“, fragte ich und rieb mir die Stelle, an der es brannte.

„Ich habe dich wohl gekratzt. Tut mir leid.“ Er schob meine Finger beiseite, besah sich die Stelle und streichelte vorsichtig darüber. „Es ist bloß eine feine Schramme, nichts Schlimmes. Da war ich wohl zu stürmisch. Bitte entschuldige.“ Er blickte mich besorgt an. „Warte, ich hole den Verbandskasten und das Desinfektionsspray.“

„Nein.“ Noch bevor ich ausgesprochen hatte, war er verschwunden. Ich stand alleine in der Bibliothek und lauschte. Nicht das geringste Geräusch war zu vernehmen. Dabei musste Levente doch zu hören sein. Aber da waren weder Schritte noch das Knarzen des Dielenbodens, nur das Knistern des brennenden Holzes im Kamin. Ich wartete, zählte in Gedanken bis hundert und setzte mich dann auf die Kante des Sofas. Was sollte das? Wo war er hin? Ich brauchte kein Desinfektionsspray. Ich wollte ihn. Jetzt jedoch weniger als eben noch, denn so langsam fand ich die Situation albern.

Plötzlich hörte ich ein leises Scheppern, dann ein dezentes Klopfen. Levente kam herein und öffnete beide Flügeltüren. Hinter ihm folgte Henk mit einem großen Tablett, auf dem silberne Abdeckhauben und zwei Karaffen standen.

„Das Abendessen“, kündigte Henk an.

„Hast du Henk beim Kochen geholfen?“, fragte ich und schmollte.

„Tut mir leid", antwortete er und schloss mich in die Arme. „Dafür habe ich das hier für dich mitgebracht." Er zauberte aus dem Nichts ein Pflaster hervor.

„Danke, nicht nötig." Ich hätte schwören können, dass sich irgendetwas an ihm verändert hatte, konnte es aber nicht fassen. Ein leichter Hauch von Pferd hing an ihm. War seine Mimik anders? Die Lippen? Wirkten sie nicht roter als zuvor? Und dieser eigentümliche Glanz in seinen Augen. War der zuvor schon dagewesen?

„Pflaster halten am Hals ohnehin ganz schlecht. Und außerdem tut es gar nicht mehr weh."

Das Tablett rumpelte auf den Tisch und die Karaffen klirrten aneinander, als Henk seine Fracht ungewöhnlich tollpatschig abstellte.

„Entschuldigen Sie bitte", sagte er, sichtlich zerknirscht. Er begann, wieder ganz in seine Routine verfallen, die Teller abzuladen, schenkte uns Wasser und Wein ein und stellte die Karaffen an den Tischrand. Dann verbeugte er sich förmlich vor uns. „Es ist angerichtet."

„Danke, Henk. Sie können nun gehen. Den Rest erledige ich", komplimentierte Levente seinen Butler hinaus.

„Sehr wohl, Lord MacConnell. Soll ich noch bleiben, falls …?"

„Nein, das wird nicht nötig sein." Die Männer nickten einander zu, als hätten sie eine stille Übereinkunft.

„Selbstverständlich, Sir." Henk deutete erneut eine Verbeugung an und schloss leise die Türen. Wir waren wieder alleine.

„Jetzt lass uns aber lieber gleich essen, sonst wird das Essen tatsächlich kalt“, meinte Levente. „Und es wäre schade um die Steaks.“ Er ging zum Tisch, stellte meinen Stuhl zurecht und ließ mich setzen. Der Stuhl rückte in Position, ohne dass ich ihn berührte. Ich wartete, bis auch Levente saß, und legte mir dann die Serviette auf die Knie. Ich kannte mich nicht sonderlich gut mit der Etikette in teuren Restaurants aus, aber für heute Abend sollte das Wenige reichen.

Schweigend begannen wir zu essen. Das Steak war köstlich und auf den Punkt, genau so, wie ich es liebte. Kräuterbutter und ein kleiner Salat rundeten diesen Gang ab. Als wir unsere Teller geleert hatten, nahm ich unser Gespräch wieder auf.

„Es gab ja gar keine Shrimps“, spöttelte ich. „Dabei hatte ich mich schon so darauf gefreut.“

Levente zog kaum merklich die Augenbrauen hoch. „Du lügst. Du magst keine Shrimps.“

Er tupfte sich den Mund mit der Serviette ab.

„Stimmt“, gab ich zu. „Ich mache doch bloß Spaß. Aber ich mag diese Dinger wirklich nicht. Du hast da übrigens einen roten Fleck am Ärmel.“

Erschrocken riss er den Stoff herum. „Das ist …“ Er stutzte. „Oh.“

„Macht ja nichts. Das passiert jedem mal.“ Ich deutete auf die Flecken auf meiner Serviette. Natürlich konnte er sie nicht sehen, denn sie lag immer noch auf meinem Schoß. Aber die Geste reichte.

„Dann bin ich ja beruhigt“, sagte er erleichtert. „Schön, dass es dich nicht stört.“

Er sah mich lange an, bevor er wieder sprach. „Es ist seltsam. Vor ein paar Tagen kannten wir uns noch nicht. Und doch kam es mir vom ersten Moment an so vor, als würde ich dich seit Ewigkeiten kennen." Die Kerzenflammen reflektierten in seinen Pupillen, ihr wildes Zucken irritierte mich. Leventes Blick wurde dadurch noch intensiver und der Moment eine Spur zu dramatisch.

Ich wollte ihn nicht anlügen. Ich mochte ihn und natürlich begehrte ich ihn. Er war gut aussehend, sexy, sympathisch und hatte Manieren. Und vielleicht gab es auch eine Grundlage für mehr als nur eine vierzehntägige Beziehung oder ein, zwei gemeinsame Nächte. Aber es wäre schlichtweg gelogen gewesen, wenn ich Levente jetzt beigepflichtet hätte. Ich kannte ihn kaum, genau genommen gerade mal ein paar Tage. Da jetzt schon von einer Ewigkeit zu reden, fand ich es übertrieben.

Aber er empfindet das offensichtlich ganz anders.

Einerseits war Leventes Kompliment sehr schön, andererseits fand ich ein wenig übergezogen. Was wusste er schon groß von mir? Selbst wenn er wie Eric einen Detektiv beauftragt hatte, konnte er doch nie so viel über mich herausfinden, um mich gut zu kennen.

„So gerne ich das Gleiche zu dir sagen möchte, es wäre gelogen", meinte ich entschuldigend. „Ich kenne dich nicht, aber ich würde dich sehr gerne besser kennenlernen."

Er nickte. „Du hast natürlich recht. Wir kennen uns nicht wirklich. Das sollten wir ändern."

Ich deutete auf den Tisch und unsere leeren Teller. „Hast du tatsächlich noch einen Nachtisch eingeplant oder sollen wir uns rüber aufs Sofa setzen?"

Levente stand auf. „Ich hätte dich wohl besser vorher fragen sollen, ob du Nachtisch haben möchtest, bevor ich Henk weggeschickt habe. Möchtest du? Ich könnte dir noch schnell etwas aus der Speisekammer besorgen."

„Danke, nein." Ich lachte. „Das war gefühlt ein halbes Rind auf meinem Teller. Ich bin pappsatt. Da passt noch nicht einmal mehr ein Gummibärchen rein. Allenfalls etwas Flüssiges."

Mit nachgefüllten Gläsern setzten wir uns auf das rote Sofa. Verlegen drehte ich mein Glas und ließ den Rotwein kreisen. Er roch sehr fruchtig und schmeckte auch genauso. „Barriquegereift?", tippte ich.

„Exakt. Ein 2017er Rothschild. Henk hat hier auf Ballinmore Castle einen vorzüglichen Weinkeller angelegt."

„Praktisch, so ein Butler", meinte ich. „Ich könnte zu Hause auch so jemanden gebrauchen, der die ganze Arbeit für mich erledigt." Leventes Rückzug bemerkte ich sofort. „Ich meine, es ist hilfreich, aber bestimmt auch nervig, immer jemanden um sich zu haben, oder? Bist du irgendwann auch alleine? Ohne Henk oder Eric oder Lady Carlotta?" Um zu wissen, dass ich erneut das falsche Thema angeschlagen hatte, musste er nicht einmal etwas sagen. Ich sah es ihm deutlich an. „Tut mir leid. Magst du vielleicht erzählen und ich höre einfach bloß zu?"

Levente nippte an seinem Wein und stellte dann das Glas auf dem Beistelltisch ab. „Nein", sagte er. „Lass uns erst über dich reden. Erzähle mir von dir. Von deinem Alltag, wie du in Hamburg lebst, was du gerne magst, was du verabscheust. Von deiner Familie und deinen Freunden."

Er macht es schon wieder. Immer, wenn ich etwas von ihm wissen will, blockt er ab. Warum?

„So wird das mit unserem gegenseitigen Kennenlernen aber nichts", beschwerte ich mich. „Wie wäre es, wenn wir uns abwechseln. Jeder darf dem anderen eine Frage stellen, die beantwortet werden muss. Dann ist der andere dran."

„Wenn du das so möchtest."

„Auch Persönliches?"

„Wenn du das möchtest."

„Ist das ein Ja?"

„Na ja. Ja, ich will", antwortete er und lachte.

Ich nickte zufrieden. „Gut. Ich fange an. Was machst du eigentlich den ganzen Tag lang?"

Eigentlich war es respektlos, eine solch direkte Frage zu stellen. Sie klang wie ein Vorwurf, aber es interessierte mich wirklich, ob er einer festen Arbeit nachging oder ob er es sich leisten konnte, zu Hause zu bleiben. Wobei es auf Ballinmore Castle nach Reichtum nicht aussah. Selbst Schlösser, die sich bei Rundgängen und Gruselevents mit den Touristen ein Zubrot verdienten, konnten von den Einnahmen kaum leben, geschweige denn größere Renovierungen durchführen. Meist war dazu ein Fond oder sonst ein Gönner vonnöten. Hier arbeiteten zudem auch noch Henk, die Hausmädchen und Eric, und auch die Pferde mussten eine Menge Geld kosten. Und dann war da noch Lady Carlotta. Wie finanzierte man das alles?

Levente lehnte sich zurück und dachte nach. Er spielte mit seinen Fingern und während ich ihm dabei zuschaute, kam ich mir immer abscheulicher vor. Was ging es mich an, wie er sein Geld verdiente? Was hatte ich mir bloß dabei gedacht, so indiskret zu werden? Ich wollte schon ansetzen, mich zu entschuldigen, als er antwortete.

„Du scheinst es ja sehr ernst mit dem Kennenlernen zu meinen." Er sah mich an und hätte er nicht gleich weitergesprochen, hätte ich ihn gefragt, warum er plötzlich wieder so traurig aussah. „Ich möchte dich nicht anlügen, also werde ich dir deine erste Frage und die, die du noch stellen wirst, ehrlich beantworten, auch wenn mir das nicht leichtfällt. Ich habe noch niemandem etwas Persönliches von mir oder unserem Leben hier auf Ballinmore Castle preisgegeben, und ich vertraue darauf, dass du diese persönlichen Details für dich behalten wirst. Es werden in der Umgebung sehr viele Unwahrheiten über uns und Ballinmore Castle verbreitet. Ich möchte nicht, dass diese Lügenerzähler noch mehr Unheil anrichten, als sie es ohnehin schon getan haben."

Ich nickte verwirrt. „Natürlich. Du kannst dich auf mich verlassen."

Was zur Hölle meint er? Ich habe doch nur gefragt, was er den lieben langen Tag so tut. Und jetzt tut er so, als würde er gleich etwas Verbotenes offenbaren.

„Gut." Er strich sich eine losgelöste Haarsträhne zurück und atmete tief ein. „Du fragst, was ich tagtäglich tue. Nun, wie du weißt, bieten wir unser Schloss nicht für Besichtigungstouren feil. Wir legten noch nie großen Wert drauf, unseren Besitz touristisch zu vermarkten, um das Schloss und unser Leben hier zu unterhalten. Wir genießen unsere Ruhe und die Abgeschiedenheit."

„Was ist mit Festen hier auf dem Schloss? Geburtstagspartys oder andere Familienfeiern? Kaffeekränzchen und Ähnliches. Kommen deine Freunde dich nicht gelegentlich mal besuchen?"

Levente lachte. „Das waren mindestens drei Fragen zu viel. Lass mich doch erst mal die erste fertig beantworten." Er langte herüber und streichelte mir flüchtig über die Wange. Eine sanfte Berührung, die aber eine große Wirkung auf mich hatte.

„Ich gehe tatsächlich keiner normalen Arbeit nach, sondern kümmere mich um die Angelegenheiten, die nötig sind, damit wir auch weiterhin hier leben können. Langweilige Dinge wie die Büroarbeit, die ein solch großer Besitz mit sich bringt. Alleine damit könnte ich mich wochenlang beschäftigen. Da sind die Pächter, die mich auf Trab halten. Die Pferde, die bewegt und versorgt werden müssen. Eric schafft das nicht alleine, also helfe ich auch im Stall mit. Manchmal bin ich auch Handwerker, wenn es um nicht mehr aufzuschiebende Reparaturen geht. Langweilig wird mir nie. Daher bleibt mir auch keine Zeit, auszugehen. Und um Feste zu feiern, braucht man Geld und Freunde. Beides haben wir nicht. Wir müssen mit dem auskommen, was wir mit der Verpachtung des Landes und den Stallmieten erwirtschaften. Besuch haben wir nur sehr selten. Schon gar keinen, der so bezaubernd ist wie du."

Ich konnte nicht verhindern, dass ich rot wurde, und es war mir auch egal. Lieber freute ich mich über dieses Kompliment.

Echt traurig, wenn man keine Freunde hat.

„Aber warum hast du keine Freunde? Du lebst hier doch schon seit Ewigkeiten, oder? Dann müsstest du doch genügend Leute kennen. Aus der Schulzeit zum Beispiel?"

Levente schüttelte den Kopf. „Nein, ich hatte Privatlehrer."

„Und deine Eltern oder deine Verwandten?", hakte ich nach.

„Jetzt bin ich dran", meinte er jedoch.

„Okay. Frag." Ich bereitete mich innerlich auf eine peinliche Frage vor, doch er überraschte mich mit einer simplen Bitte.

„Würdest du mir aus einem Buch vorlesen?"

Kapitel 16

„Bitte was?“ Damit brachte er mich völlig aus dem Konzept. „Dir aus einem Buch vorlesen? Äh, ja klar, gerne. Aber warum und aus welchem Buch?“

Er meinte seine Bitte tatsächlich ernst. Er lachte nicht, er grinste nicht einmal. „Es muss auch nicht gleich sein, aber irgendwann später. Ich höre sehr gerne deine Stimme und es wäre mir daher eine Freude, wenn du mir aus einer meiner Lieblingslektüren vorlesen würdest.“

„Was ist denn deine Lieblingslektüre?“ Ich fand es spannend, bei den Leuten im Bücherregal zu stöbern. Die Auswahl erzählte meist mehr über die Menschen und deren Charakter, als ihnen lieb war. Welches Buch bevorzugte Levente?

„Ich werde dir deine fünfte Frage gleich beantworten.“ Er unterdrückte ein Grinsen und versuchte ernst zu bleiben, doch er schaffte es nicht ganz. „Zuvor beantwortest du mir vier Fragen.“

„Das ist gemein“, schimpfte ich. Ich zog einen Schmollmund und verschränkte die Arme. „Du hast mich reingelegt.“

Er blieb gnadenlos. „Es hieß, wir wechseln uns ab. Also, meine Frage: Wie gestaltet sich dein Alltag in Hamburg?“ Seine Hand legte sich wie selbstverständlich auf meinen Oberschenkel und lenkte mich kurzzeitig so sehr ab, dass mir zunächst keine vernünftige Antwort einfiel. Ich musste mich konzentrieren.

„Eigentlich ist jeder Tag gleich“, fing ich an. „Ich werde morgens von meiner Katze Fia geweckt, dann stehen wir auf und frühstücken. Anschließend laufe ich ins Büro. Das ist nur ein paar Straßen weiter. Ich brauche also kein Auto, was ziemlich gut ist, weil Parkplätze in dem Stadtteil, in dem ich lebe, ohnehin Mangelware sind. Und mit der S-Bahn kommt man auch so zu fast jeder Zeit an so gut wie jeden Ort innerhalb Hamburgs.“

„Und als was arbeitest du im Büro?“

Er hatte das Streicheln die ganze Zeit fortgeführt und irritierte mich damit ungemein. Wie sollte ich einen klaren Gedanken fassen, wenn er mich so ansah und dabei liebkoste?

„Ich bin Steuerfachangestellte und muss Tag für Tag ziemlich langweiliges Zeug machen. Ich habe ein paar Mandanten, für die ich die Buchhaltung mache. Bilanzen, Lohnabrechnungen, Steuererklärungen und der ganze trockene Papierkram. Hauptsächlich Zahlen schubsen. Vermutlich noch schlimmer als deine Büroarbeit. Immerhin bringt mir der Job genug Geld ein, um meine Miete zu bezahlen und gelegentlich einen Urlaub machen zu können."

Ich sah seiner Hand dabei zu, wie sie einfühlsam bis zu meinem Knie fuhr und langsam wieder zurückkam. Dabei streiften die Fingerkuppen kaum spürbar die Innenseite meines Schenkels.

„Wie muss ich mir deine Wohnung vorstellen?", fragte er. Er ließ mich nicht aus den Augen. Die vorwitzige Haarsträhne hing ihm über die Wange. Ich steckte sie ihm zurück und berührte dabei flüchtig seine Wange. Ich konnte mich kaum noch auf unser Thema konzentrieren.

„Normal", antwortete ich, war aber in Gedanken ganz woanders. Ob es bei ihm auch so kribbelte? „Eine Zwei-Zimmer-Wohnung im dritten Stock eines Mehrfamilienhauses in Ottensen. Typischer Hamburger Altbau mit nettem Treppenhaus und knarrender Holztreppe. Meine Wohnung hat auch einen Dielenboden. Der ist nicht bloß schlecht sauberzumachen, sondern macht auch noch Krach und Ärger. Ich habe mir auch schon einige Splitter in die Fußsohlen gerammt." Er kam näher. Ich redete erwartungsvoll weiter. „Der Vermieter müsste eigentlich mal jemanden kommen lassen, der den Boden abschleift, aber er kümmert sich nicht drum. Vermutlich …"

Seine Lippen stoppten meinen übermäßigen Redefluss. Ich nahm es ihnen nicht übel, schließlich waren es nur unnötige Worte gewesen, die ich von mir gegeben hatte. Viel lieber gab ich meinem Verlangen nach, ihn zu küssen. Was als sachter Kuss begann, artete kurz darauf in eine wilde Kussorgie aus. Seine Hände gelangten mühelos unter meine Bluse und schienen überall auf mir zu sein. Ich nestelte derweilen verzweifelt an seinem Shirt, um wenigstens ein bisschen seiner Haut zu berühren.

Levente ging so stürmisch ans Werk, dass wir lachend auf das Sofa kippten. Ich wollte ihn wieder küssen, wollte seine Lippen nicht nur auf meinem Mund, sondern überall auf mir spüren. Und nicht bloß küssen wollte ich ihn. Ich brannte darauf, ihn ganz für mich zu haben, ihn auch in mir zu spüren. Doch er rückte plötzlich von mir ab.

„Ich habe da noch eine vierte Frage offen", sagte er.

Herbe Enttäuschung machte es mir schwer, die Unterbrechung locker zu nehmen. „Welche vierte Frage denn?"

Verdammt! Ich will jetzt nicht mehr reden. Ich will mit ihm ins Bett!

Seine Antwort beruhigte und erregte mich gleichermaßen. „Darf ich dich in meine Privatgemächer entführen?"

Im Erdgeschoss, gegenüber der Küche, führte eine Tür in den hinteren Teil des Schlosses. Ich durchdachte kurz die Raumeinteilung vom Obergeschoss. Hier, genau über diesem Teil des Schlosses, musste die Kapelle liegen, in die ich beim ersten Besuch unerlaubterweise einen Blick geworfen hatte.

Und auf Leventes Andacht. Und auf seinen nackten Oberkörper.

Er schloss die Tür auf und ein Hauch von frischer Farbe schlug uns entgegen. Leventes privater Wohnbereich war ganz und gar nicht schlossmäßig. Keine Ahnung, was ich erwartet hatte. Etwas Altertümliches vielleicht? Zumindest etwas Normales mit ein bisschen kitschigem Nippes hier und dort? Oder wenigstens ein paar alte Ölschinken, wie sie auch in der Galerie hingen? Stattdessen stand ich in einem geräumigen und lichten Raum, der sehr nach Loft anmutete. Die Wände waren strahlendweiß verputzt, die hohe Decke schlicht weiß und der Boden mit nüchternem, hellem Teppich belegt. Zwei weiß gestrichene, dicke Balken, die vermutlich bloß als Schmuck dienten, lenkten den Blick auf ein großformatiges Bild, das gut und gerne 4 Meter breit sein mochte. Die blaue Sitzgarnitur davor wirkte wie Kinderspielzeug. Rechts und links neben dem Sofa führten Türen in die anderen Räume. Einzig der Kamin, den ich von den anderen Räumen her kannte, zeugte von der Zugehörigkeit zu Ballinmore Castle.

„Rechts ist mein Atelier", sagte Levente. „Links mein Schlafzimmer."

Ich verstand seine Geste. Er ließ mir die Wahl. Er wollte mir die Chance geben, im letzten Moment einen Rückzieher zu machen, und sicherstellen, dass auch ich es wollte. Doch er brauchte mich nicht zu fragen, ob er mich tatsächlich in sein Schlafzimmer „entführen" durfte. Jede Faser meines Körpers sehnte sich danach, ihm nahe zu sein, ihn zu berühren und mich von ihm berühren zu lassen. Er würde mich nicht drängen und wirkte gerade dadurch so verführerisch, dass das Verlangen nach ihm kaum auszuhalten war. Ja, er sollte mich entführen und aus der Realität reißen.

Ich sah, dass er sich seiner Sache sicher war. Keine Befangenheit, keine Schüchternheit mehr. Es war, als würde er mich gut genug kennen, um zu wissen, wie ich mich entscheiden würde.

„Das Atelier kannst du mir nachher zeigen“, antwortete ich und meine Stimme hörte sich seltsam dabei an.

Wortlos reichte er mir die Hand, öffnete die Tür und schloss sie hinter uns wieder. Ich hätte mich in diesem ungewöhnlichen Schlafzimmer umschauen, hätte die große Kissenlandschaft inmitten des Raumes bewundern können oder die seltsame Deckenverkleidung, doch meine Aufmerksamkeit war ganz auf Levente gerichtet. Er war mein einziger Mittelpunkt, um den sich all meine Gedanken drehten.

Levente riss mich stürmisch an sich. Wir küssten uns wie trunken und zerrten uns dabei die Kleider vom Leib. Wir lachten nicht, als sich mein BH irgendwo verhakte. Verbissen zerrte ich mir auch die Hose von den Beinen und die nervigen Dinge flogen zu den restlichen Bündeln auf den Boden. So stand ich Levente endlich nackt gegenüber. Er trug noch sein Shirt und Shorts. Die Distanz zu ihm schmerzte. Ich wollte ihn ausziehen, wollte seine Haut auf meiner spüren und zog ungeduldig am Saum seines Shirts, doch er hielt mich zurück.

„Nicht“, flüsterte er. „Ich möchte es dir ersparen.“

„Dazu gibt es keinen Grund“, flüsterte ich und küsste ihn. „Narben machen mir nichts aus. Sie zeugen von einem gelebten Leben, es sind Kerben, die uns das Schicksal auf den Leib schneidert.“ Erneut versuchte ich mein Glück und schob den Saum des Shirts hinauf.

Levente ließ mich gewähren. Das letzte Stück legten wir gemeinsam frei. Als der Stoff über seine Brust glitt und den Blick auf das seltsame Zeichen auf dem Brustbein freigab, tat ich, als wäre es ein Tattoo. Wohlig kuschelte ich mich an Levente und legte meine Wange an seine kühle Brust. Meine Hände fuhren sachte über seinen Rücken, spürten die kräftigen Linien zwischen den Schulterblättern nach. Plötzlich wurde ich von den Füßen gerissen. Levente trug mich zum Bett und legte mich auf die Kissen. Er betrachtete mich lange, ehe er sich über mich beugte und sanft an meinen Brustwarzen zu saugen begann. Als er den Sog verstärkte und seine Lippen fester zusammendrückte, konnte ich nicht anders und stöhnte. Seine Zunge fuhr unnachgiebig über meine harten Nippel. Es war ein Gefühl zwischen Wonne und Qual. Sollte ich ihn aufhalten oder mich ihm ergeben? Schon ließ er wieder von mir ab. Er nestelte am Bund seine Shorts herum und streifte sie herunter. Ich spürte ein angenehmes Ziehen im Bauch.

Mit einem lässigen Hüftschwung fielen seine Shorts zu Boden. Er gab mir genügend Zeit, ihn zu studieren. Mir stockte der Atem bei seinem Anblick. Er war ein Paradebeispiel für hartes Work-out. Die Muskeln zeichneten sich deutlich auf seinen Oberarmen, seiner Brust und seinem Bauch ab, doch ich konnte den Blick nicht von seinem prallen Schwanz abwenden. Die Spitze glänzte rosig feucht und zuckte leicht auf und ab. Ich wollte mich aufrichten, ihm entgegenkommen und fand mich sogleich wieder in die Kissen zurückgedrückt. Leventes athletischer Körper verweigerte mir jegliche

Bewegung und das, was ich nun zwischen meinen Beinen spürte, vertrieb den Willen zur Flucht ohnehin. Minuten vergingen, vielleicht auch Stunden, jedenfalls verstrich viel zu viel Zeit, in der er so über mich gebeugt verharrte. „Komm schon“, drängte ich ihn.

Levente lächelte, bewegte sich jedoch keinen Millimeter. „Komm du zu mir“, verlangte er. Sein Penis pochte kräftig gegen meine Schenkel, eine Berührung, die mich wild und ungeduldig werden ließ. Ich konnte es kaum ertragen. Ich hob ihm meinen Unterleib entgegen, nötigte ihn, aktiv zu werden und mich zu erlösen. Doch ich wurde im gleichen Moment herumgerissen und auf den Bauch gedreht. Levente hob meine Hüfte an und zwang mich so auf die Knie. Ich wollte mit einer Hand nach ihm greifen und mich wieder zu ihm umdrehen. Stattdessen drängte er mich tiefer in die Kissen, sodass ich mich abstützen musste, um nicht umzufallen. Ich spürte seine Erregung, hörte ihn stöhnen, als er sich zwischen meine Beine schob. Ich schloss die Augen und wartete auf das, was unweigerlich kommen würde. Ich wollte es. Ich wollte ihn in mir spüren, wollte wissen, wie es war, von ihm genommen zu werden. Wild und ungezügelt. Ohne Scheu und ohne Verstand. Purer Sex. Hier und jetzt.

„Nimm mich“, flehte ich ihn an.

Ich hörte Levente lachen, spürte seine heiße Spitze über meinen Hintern gleiten und die richtige Position suchen. Ich half nach und kam ihr entgegen. Kaum hatte Leventes Schwanz gefunden, wonach er gesucht hatte, stieß er in mich. Der Druck fachte mein Verlangen noch mehr an. Ein paarmal stieß er zu, dann verließ er mich wieder.

„Nein“, jammerte ich und versuchte verzweifelt, ihn zurückzuerobern.

Doch Levente schnalzte lediglich mit der Zunge und tadelte mich. „Sag bitte“, verlangte er.

„Bitte!“, rief ich. Ich rappelte mich hoch und drehte mühsam den Kopf. Mein Becken war immer noch in seinen Händen gefangen. „Bitte mach weiter. Hör nicht auf.“

Er sah mich an, legte den Kopf schief. Seine Haare bedeckten fast sein ganzes Gesicht.

„Womit?“, fragte er mit tiefer Stimme und pustete sich die Strähnen aus der Stirn. Seine dunklen Augen blitzten herausfordernd. Er gefiel sich offensichtlich in dieser überlegenen Pose.

„Damit“, wich ich einer direkten Antwort aus und bewegte das Becken verführerisch vor und zurück.

„Womit soll ich nicht aufhören?“, fragte er erneut. Er wollte es hören. Ich sollte ihm sagen, was ich wollte. Ohne Schnörkel, direkt ins Angesicht.

Ich drehte mich zurück und schloss die Augen. „Ich will dich tief in mir spüren.“

Sein Schwanz bohrte sich unvermittelt in mich hinein. Tief und hart, wie ich es mir erhofft hatte. Ich schrie berauscht auf.

„Ist es das, was du möchtest?“, fragte er zwischen zwei Stößen.

„Ja“, japste ich und ächzte, als er wieder und wieder in mich drang. Er füllte mich aus, dehnte mich so weit, dass es schmerzte und doch sollte er nicht aufhören. Gefangen zwischen Schmerz und Rausch stöhnte ich bei jedem Stoß laut auf.

„Mehr?“ Leventes Bewegung stoppte abrupt.

„Ja.“ Meine Antwort war nur ein Flüstern.

„Ich höre dich nicht“, meinte er und tat, als wolle er mich verlassen.

„Ja“, rief ich. „Mehr.“ Ich spürte die Veränderung seiner Position und wartete, hin- und hergerissen zwischen Ungeduld und Bedenken. Alles in mir machte sich für seinen erneuten Vorstoß bereit. Ich zitterte am ganzen Körper, meine Mitte bebte, sogar meine Zehenspitzen kribbelten. Als nichts passierte, wagte ich, erneut darum zu bitten. „Bitte, nimm mich!“

Habe ich jemals einen Mann so angefleht? Wann bin ich jemals so genommen worden?

Leventes Reaktion kam zu schnell, als dass ich darauf reagieren konnte. Im selben Moment, da er sich an mich drängte und mein Gesäß emporhob, stieß er auch schon zu. Heftig und unmissverständlich. Ich biss mir in den Arm, um meine Schreie zu ersticken. Immer und immer wieder trieb Levente sich in mich hinein. Sein Unterleib prallte gegen meine Pobacken. Die Schläge, die seine Hoden an meinen feuchten Schamlippen verursachten, raubten mir die Sinne. Finger suchten sich den Weg um meine Hüfte herum, drückten sich in meine Spalte und flatterten über den gierig geschwollenen Kitzler. Ich konnte nicht mehr an mich halten, riss den Kopf nach oben und schrie meine Wollust frei hinaus. Glühende Funken entsprangen meinen Zehen, fegten die Beine hinauf und schlugen in meinem Unterleib ein. Die Explosion erfüllte meinen Bauch, meinen ganzen Körper. Wild zuckend hing ich in Leventes Armen und fiel immer noch bebend in die Laken zurück, nur um erneut von ihm hochgerissen zu werden. Ich spürte, wie auch er sich versteifte, aufstöhnte und sich mit einem letzten Stoß in mich ergoss. Sperma floss mir warm zwischen den Beinen hinab. Langsam rollte sich Levente neben mich auf die Kissen und nahm mich in die Arme. Dankbar kuschelte ich mich an ihn. Immer noch zitterte ich, doch eine wunderbare Entspannung machte sich bereits in mir breit.

Lange lagen wir stumm aneinandergeschmiegt und kamen langsam wieder zu Atem. Jetzt erst hörte ich die leise Musik, die im Hintergrund ertönte. Ich hatte sie bei unserem Hereinkommen gar nicht wahrgenommen. Reden war nicht notwendig. Unsere Körper verstanden sich auch ohne Worte. Schließlich seufzte Levente und drehte sich auf die Seite. Mit dem Kopf auf der Hand abgestützt, betrachtete er mich nachdenklich dabei, wie ich die wulstigen Linien auf seiner ansonsten glatten Brust entlangfuhr.

„Das rührt nicht von einer Verletzung her“, murmelte ich.

Die Narben formten einen annähernd regelmäßigen Kreis mit verschlungenen Ranken darin. „Was ist das? Hast du dir ein Tattoo weglasern lassen?“

Leventes Hand stoppte die Wanderung meiner neugierigen Finger. Er hob meine Hand an seine Lippen. „Nein, da war kein Tattoo“, erklärte er.

Es fiel ihm schwer, darüber zu reden. Dass er es dennoch tat, rechnete ich ihm hoch an. Es zeugte von seinem Vertrauen mir gegenüber, und das ehrte mich.

„Das ist ein uraltes Insigne, das Zeichen eines Bundes, den ich damals aus freiem Willen und aus falscher Überzeugung eingegangen bin."

Die Vereinigung, von der mir Eric erzählt hat?

Ich wollte ihn nicht drängen. Doch ich wollte ihm wenigstens signalisieren, dass mich sein Leben interessierte. „Das klingt, als würdest du es heute anders sehen."

Levente seufzte erneut. „Das ist richtig. Damals bedeutete es mir sehr viel. Doch heute ist es nur noch das Mahnmal meiner damaligen Unwissenheit und Verblendung und erinnert mich an den größten Fehler meines Lebens. Tag für Tag. Aber lassen wir die Vergangenheit für heute Nacht bitte ruhen." Er richtete sich auf und lächelte. „Du hast doch vorhin versprochen, mir vorzulesen."

Mir war klar, dass er unbedingt vom Thema ablenken wollte.

„Habe ich", antwortete ich. „Aber im Moment habe ich keine Lust zum Vorlesen." Ich zwinkerte ihm zu und zog ihn zu mir zurück. „Können wir das von eben wiederholen? Ich glaube, ich hätte es gerne noch mal etwas langsamer und mit etwas mehr Gefühl."

Sein Gesicht war meinem ganz nah. „Mit etwas mehr Gefühl?", fragte er gefährlich leise und lag mit einem unerwarteten Schwung über mir. Entschlossen spreizte er meine Beine und kniete sich vor mich. Als seine

Zunge über meinen Bauch strich, rekelte ich mich erwartungsvoll.

„Hör nicht auf", seufzte ich und breitete die Beine noch ein wenig weiter aus, um ihm Platz zu geben. Er presste seinen Mund zwischen meine Schenkel. So verharrte er, bis ich es nicht mehr aushielt. Ungeduldig versuchte ich, ihn zu mir hinaufzuziehen.

„Langsam", maßregelte er mich. „Du wolltest es dieses Mal langsamer und mit mehr Gefühl."

Etwas Weiches fuhr die Linie zwischen meinen Schamlippen hinab und presste sich auf den Damm. Wieder verweilte Levente, verlagerte lediglich den Druck von rechts nach links. Ich konnte es kaum ertragen. Begierig rutschte ich hin und her.

„Bitte", jammerte ich. Das neu entflammte Verlangen in meinem Unterleib ließ mich nicht mehr klar denken. Ich konnte meine Beine keinen Millimeter bewegen, so fest hatten Leventes Hände sie im Griff. Ich musste erdulden, dass er mich hinhielt und mich nur sachte berührte. Viel zu schwach, um mich bis zum Gipfel zu treiben, und viel zu stark, um mich erkalten zu lassen. „Bitte", flehte ich wieder. „Ich habe gelogen. Ich will dich spüren. Jetzt!"

Leventes Lachen war ein Versprechen. „Das sollst du bekommen", sagte er und versank erneut zwischen meinen Schenkeln.

Kapitel 17

Als ich am nächsten Morgen erwachte, war es bereits hell. Die Sonne stahl sich in einem breiten Streifen unter dem zugezogenen Vorhang hindurch und vertrieb den letzten Rest Müdigkeit. Draußen pfiffen die Vögel und von nebenan ertönte das Rauschen von Wasser. Ich lag alleine im Bett. Levente musste vor mir wach geworden sein und gerade unter der Dusche stehen. Glücklich verschränkte ich die Arme im Nacken und sah mich zum ersten Mal seit meinem Eintreten in Leventes Schlafzimmer um.

Genau über mir hing ein großes Deckenpanel, in dem ich mich undeutlich spiegelte. Ich erinnerte mich, dass es am Abend zuvor einen sanften Lichtschein abgegeben hatte und den Raum nur mäßig, aber stimmungsvoll erhellt hatte. Mir war klar, dass es kein normaler Deckenabhang war. Die gläserne Fläche und der schmale Aluminiumrand drum herum ließen es vielmehr wie ein gerahmtes Kunstobjekt aussehen.

Vielleicht ein Bildschirm. Immerhin: Es ist kein Spiegel.

Ich ließ meinen Blick weiterschweifen. Vor dem Fenster stand ein wuchtiger Schreibtisch, auf dem ein geschlossener Laptop lag. Ein paar hübsch arrangierte Bücher stapelten sich am Rand, daneben eine kleine Schreibtischlampe. Ein lädierter, lederner Stuhl komplettierte das Ensemble. Ansonsten gab es auch hier die übliche Kaminnische. Von den zwei Türen, von denen eine bloß angelehnt war, führte die eine zurück in den Wohnbereich und die andere, wie ich aus den Geräuschen schloss, in ein Bad. Levente beendete gerade seine morgendliche Dusche. Also schälte ich mich langsam aus dem üppigen Bettenlager. Ich musste über unzählige Kissen klettern, bis ich endlich den Rand der Schlaflandschaft und festen Boden erreicht hatte.

Ich habe noch nie ein so großes Bett gesehen. Echt ungewöhnlich, aber superbequem. Wenigstens braucht man nachts keine Angst davor zu haben, rauszufallen.

Ich grinste zufrieden. Auch wenn die Schlafstätte riesig war, hatten Levente und ich die Nacht über eng aneinandergekuschelt gelegen. Nach unserem letzten, berauschenden Sex war ich erschöpft in seinen Armen eingeschlafen. Ich hatte bis vor ein paar Minuten ungestört geschlummert und nicht einmal bemerkt, dass er aufgestanden war.

Ob er auch so gut geschlafen hat? Oder hat er gar kein Auge zugemacht, weil ich in seinem Arm gelegen habe?

Wir hatten nicht viel miteinander geredet, hatten lediglich unsere Körper sprechen lassen und uns auf eine intime Weise ausgetauscht, wie ich sie noch nie zuvor erlebt hatte. Sex war für mich bisher Ausgleich und Erfüllung gewesen. Das, was gestern zwischen Levente und mir passiert war, ging weit darüber hinaus. Jeder Kontakt zu ihm vergrößerte meine Sehnsucht nach ihm. Mit jeder Berührung öffnete er die Schleusen zu meinen geheimsten Begierden ein Stück mehr. Das Gefühl, mich ihm ganz hinzugeben, war mir immer noch fremd, ja fast peinlich. Doch er hatte mir damit auch einen Blick auf das gewährt, was zwischen uns möglich war, und ein Zurück gab es für mich nicht mehr. Die Tür zum Bad ging auf. Levente kam, lediglich mit einem Handtuch um die Hüften bekleidet, heraus und lächelte, als er mich sah.

„Guten Morgen, Maryan. Hast du gut geschlafen?"

Etwas ungelenk ging ich auf ihn zu. Zwischen meinen Schenkeln brannte es noch ein wenig. Verborgene Erinnerungen an unsere Spiele gestern. „Habe ich", sagte ich und schlang meine Arme um ihn. Er war noch nass vom Duschen und roch herrlich frisch nach Seife.

Wir küssten uns, dann rückte er wieder von mir ab. „Das Bad ist frei, falls du duschen möchtest. Du kannst gerne mein Shampoo benutzen. Frische Handtücher liegen im Schrank und ein Bademantel hängt an der Tür." Er grinste.

Die Sonne schien herein und fiel auf seine schwarz glänzenden Haare, die einen starken Kontrast zu seiner hellen Haut bildeten. Seine roten Lippen waren verlockend. Ich seufzte und küsste ihn erneut.

„Danke, gerne. Alles. Dusche, Shampoo und Bademantel. Ich kann aber auch rüber ins Gästezimmer."

Levente lachte. „Nackt? Ich würde vorschlagen, du duschst hier und ziehst dich dann wieder an, bevor wir frühstücken gehen."

Frühstück!

Ich hatte plötzlich einen Bärenhunger auf frisch gebackene Scones.

„Leider müssen wir uns mit dem zufriedengeben, was der Kühlschrank hergibt. Ich erwarte Henk erst zum Mittag zurück."

„Kein Ding. Ich kann uns auch schnell Porridge kochen", schlug ich vor. Die Vorstellung, gemeinsam mit ihm in der gemütlichen Küche zu sitzen, Haferbrei und Kaffee zu frühstücken, hatte etwas Heimeliges.

„Danke, aber ich brauche nichts." Er nahm mich in die Arme und steckte seine Nase in mein Haar. „Es reicht, wenn du in meiner Nähe bist."

„Ich habe auch keinen großen Hunger", log ich. „Ich werde jetzt schnell duschen und dann zurück zum Hotel gehen."

Eigentlich wollte ich ja lieber bei ihm bleiben. Doch die Angst, ihm auf die Nerven zu fallen, war groß. „Du hast doch bestimmt zu tun. Ich möchte dich nur ungern davon abhalten."

Er schob mich ein wenig von sich und beäugte mich kritisch. „Du willst flüchten? Nach all dem, was letzte Nacht passiert ist?", fragte er und prompt wurde ich rot.

„Nein, natürlich nicht", meinte ich. „Ich flüchte doch nicht. Wieso sollte ich? Ich fand es gestern wunderschön mit dir."

„Aber nicht so schön, dass du mich nun nie wieder verlassen magst?" Er hatte eine Augenbraue hochgezogen und sah mich aufmerksam an.

„Ich … was? Nein. Ich meine…"

„Soll ich dich noch mal daran erinnern, was letzte Nacht geschehen ist?", fragte er wieder mit dieser gefährlich ruhigen, tiefen Stimme.

Als könnte ich das jemals vergessen. Ich würde ja gerne noch einmal, aber ich fühle mich schmutzig.

„Ich würde mich erst gerne waschen", sagte ich. „Und danach sehen wir weiter, okay?"

Er machte mir den Weg ins Bad frei, fing mich aber ab und setzte mir ein Küsschen auf die nackte Schulter. „Beeile dich."

Als ich nach zehn Minuten frisch geduscht und in einen viel zu großen Bademantel gehüllt ins Schlafzimmer zurückkam, hingen meine Kleider geordnet über dem Schreibtischstuhl. Levente hatte die Vorhänge zurückgezogen und stand am Fenster. Als er mich kommen hörte, drehte er sich sofort um. Der Ausdruck in seinem Gesicht sprach für sich.

„Es tut mir furchtbar leid", fing er an, doch ich unterbrach ihn sofort.

„Ist gut. Ich wollte ohnehin zurück zum Hotel." Die Erleichterung in seinem Blick zeigte, dass ich mit meiner Vermutung richtig lag. „Ich sagte doch, ich verstehe, wenn du viel zu tun hast. Ich wollte noch ein paar Dinge erledigen. Souvenirs einkaufen, mir Kilmaluag und die

Umgebung genauer anschauen und so etwas. Übrigens: Du hast eine tolle Badewanne."

Er kam heran.

„Vielleicht können wir sie bei Gelegenheit einmal gemeinsam nutzen? Wir könnten uns später wieder treffen", plapperte ich weiter. „Heute Abend vielleicht, wenn du Zeit hast."

Als er mich in seine Arme schloss, war ich einerseits beruhigt, andererseits enttäuscht.

Irgendwie komme ich mir gerade wie eine Frau vor, die nach einem One-Night-Stand von ihrem Lover entlassen wird. Kindisch, denn das ist es doch nicht. Oder doch?

Interpretierte ich zu viel in unsere Begegnung hinein? In das, was passiert war?

Leventes Worte straften meine Gedanken Lüge. „Ich möchte nicht, dass du denkst, ich würde dich loswerden wollen", sagte er und kraulte mir dabei den Nacken. „Henk hat mich nur leider gerade darüber informiert, dass letzte Nacht Dinge passiert sind, die mich zum Handeln zwingen."

„Hat es etwas mit Lord Reginald und Miss Theresa zu tun?", fragte ich neugierig und hätte mir am liebsten gleich auf die Zunge gebissen. Zurückhaltung kam auf meiner Nichtvorhandenliste gleich nach Geduld.

Ich spürte, wie Levente einen kurzen Moment verkrampfte, ehe er sich wieder in den Griff bekam. „Ja."

„Gibt es dazu etwas Neues?"

„Nichts Konkretes. Aber es gibt ein paar Entwicklungen, die die Aufklärung der Todesfälle ermöglichen könnten."

Seine vagen Andeutungen machten das Thema für mich nur noch interessanter. „Im Fernsehen haben sie gesagt, die Identitäten seien noch unklar. Will die Polizei nur nichts sagen oder weißt du mehr über die Sache als sie?"

„Darüber kann ich nicht reden", blockte er ab.

Komische Reaktion. Immerhin zeigt er mir dieses Mal nicht die kalte Schulter.

Erst jetzt fielen mir die vielen anderen Fragen ein, die ich ihm hatte stellen wollen. Die Sache mit seinem Ahnen, Lord William, zum Beispiel, dessen Verlobter Lady Elisabeth und dem angeblichen Sohn Montgomery William. Das Buch, das mir Scotty hatte bringen lassen, musste Levente doch kennen.

„Ich muss dich leider bitten, dir ein Taxi zu rufen und Ballinmore Castle zu verlassen. Ich kann dich nicht fahren."

Also doch ein Rauswurf.

Ich stöhnte innerlich. Es fühlte sich schrecklich an, auch wenn er es nett verpackt und gut begründet hatte.

„Musst du auch nicht. Und ich brauche auch kein Taxi", sagte ich so gut gelaunt, wie mir möglich war. Natürlich hätte ich den Tag gerne mit ihm verbracht, aber ich wollte Levente jetzt nicht vorwerfen, dass er mich nach Hause schickte. Es gab gewiss noch andere Möglichkeiten, Zeit miteinander zu verbringen.

Tage und Nächte.

Der Gedanke an weitere gemeinsam verbrachte Stunden gefiel mir.

„Es ist herrliches Wetter heute. Ich gehe zu Fuß."

Er gab mich frei. „Dann wünsche ich dir einen schönen Tag, Maryan. Pass gut auf dich auf."

„Wann sehen wir uns wieder?" Ich stellte meine Frage viel zu schnell und mit viel zu hoher Stimme, um souverän zu wirken. Wie ein kleines, enttäuschtes Mädchen stand ich vor ihm und himmelte ihn an. Also straffte ich die Schultern und wiederholte meine Frage dieses Mal einigermaßen altersgemäß: „Wenn du mich wiedersehen möchtest … du weißt ja, wo du mich findest."

Levente riss mich förmlich in seine Arme und küsste mich stürmisch. „Komm nur nicht auf die Idee, wegzulaufen", knurrte er. „Ich werde dich finden. Überall!"

Lachend ging er davon und winkte noch einmal, bevor er das Zimmer verließ.

Ich zog mich langsam an und machte mich dann auf den Nachhauseweg. Der war glücklicherweise weit genug, um mir genügend Zeit zum Nachdenken zu geben.

Ich schlenderte gemütlich den Klippenweg zum Hotel zurück. An den Stallungen war mir weder Eric noch sonst jemand begegnet. Und auch die Bank, auf der ich Margret kennengelernt hatte, war heute frei. Ich setzte mich und genoss die herrliche Aussicht und den Sonnenschein. Wie gerne hätte ich auch das Gedankenkarussell in meinem Kopf gestoppt, doch egal wie energisch ich die stetig wiederkehrenden Fragen auch wegschickte, sie tauchten immer wieder auf und ließen mich kaum zur Ruhe kommen.

Ballinmore Castle hat wirklich eine sehr spezielle Familiengeschichte. Aber gerade das fasziniert mich an Levente. Wäre er normal, dann wäre er gar nicht weiter interessant. Aber so…

Ich dachte an seine besondere Ausstrahlung, an seinen Charme und sein bezauberndes Lächeln. Für einen Moment schloss ich die Augen und versuchte ihn mir vorzustellen. Und prompt sah ich ihn im Schottenrock und mit bloßem Oberkörper hoch zu Ross am Strand entlangreiten. Ich öffnete die Augen.

„Herrje, ich habe definitiv zu viel Braveheart geguckt", schimpfte ich mit mir selbst. „Fehlt nur noch, dass ich Levente mit blauen Streifen im Gesicht sehe." Sofort lieferte mein Hirn das passende Bild. „Na prima!" Ich würde den alten Kinoklassiker so schnell nicht wieder anrühren.

Trotzdem konnte ich ein mulmiges Gefühl nicht vermeiden.

„Blödsinn!", schimpfte ich. „Andererseits …"

Auch wenn mich eine starke Kraft zu Levente zog, ich eine Verbindung zu ihm fühlte, die ich mir nicht erklären konnte, so wusste ich doch nach wie vor sehr wenig über ihn. Eigentlich so gut wie gar nichts. Ja, er hatte ein bezauberndes Lächeln. Allerdings wich er konkreten Fragen nach seiner Vergangenheit aus. Charmant zwar, aber stoisch. Beim nächsten Treffen würde ich ihn alles fragen, was ich über ihn wissen wollte. Und wenn er mir keine vernünftigen Antworten geben würde, dann würde ich einfach so lange nachhaken, bis ich welche bekam.

Ich ließ mir viel Zeit mit meinem Heimweg. Als ich schließlich im Kings and Queens Hotel ankam, war es bereits Mittag. An der Rezeption hielt mich Miss Raonic auf.

„Miss Lecon?“, fragte sie höflich. „Hier wurde eine Nachricht für Sie abgegeben.“ Sie präsentierte einen Briefumschlag und reichte ihn mir. „Er wurde von dem netten, älteren Herrn abgegeben, der Sie gestern zum Frühstück besucht hatte.“

„Ah, schön“, sagte ich und drehte den Brief herum. ‚An Miss Maryan Lecon, Kings and Queens Hotel‘ stand darauf. „Danke schön.“

„Wenn Sie Hunger haben, im Restaurant gibt es heute frisch gefangenen Lobster.“ Sie nickte mir freundlich zu. Vermutlich mochte sie dieses Gericht gerne.

„Danke.“

Ich hatte auf einer anderen Reise in einem Fischerdörfchen Rast in einem Restaurant gemacht, das zu viele, schillernd bunte Hummer in ein zu kleines Aquarium gesteckt hatte, um sie darzubieten. Die hungrigen Gäste durften sich ihr Tier aussuchen, der Wirt holte das erwählte Mittagessen aus dem Becken und servierte es dreißig Minuten später tot und knallrot auf der Platte.

Als ich meinen Salat gegessen hatte und zum Bezahlen gewunken hatte, suchte auch ich mir einen Hummer aus. Nur mit Widerwillen gab mir der Wirt das Tier lebend mit. Kaum hatte ich das Dorf hinter mir gelassen, hielt ich bei einem ruhigen Fleck an der felsigen Küste an und entließ das wunderschöne Tier in die Freiheit. Möglicherweise winkte es mir zum Dank noch einmal zu. Vielleicht war es auch nur meine Einbildung, doch danach fühlte ich mich gut. Ein knallroter, toter Hummer weniger. Zumindest für diesen einen Tag.

„Ich mag Hummer nicht. Aber Hunger habe ich schon", gab ich zu. Mein Magen beschwerte sich zurecht über das ausgebliebene Frühstück. „Ich ziehe mich nur schnell um und gehe dann ins Restaurant."

„Ich werde gleich einen Tisch für Sie reservieren lassen", bot die Managerin an.

„Danke."

Im Brief lud mich Margret zu sich ins Cottage nach Duneany ein. Die Einladung galt für den Nachmittag. Scotty würde mich mit dem Auto abholen, sofern ich ihn nicht anrufen und absagen würde. Darunter stand eine Telefonnummer, die ich mir sicherheitshalber im Handy abspeicherte. Nach dem Essen ruhte ich mich noch ein wenig aus, blätterte durch das alte Tagebuch der MacConnells, ohne jedoch etwas Neues zu entdecken, und wartete auf Scottys Ankunft. Pünktlich zur verabredeten Zeit klingelte das Telefon auf dem Nachttisch und die Hotelmanagerin informierte mich darüber, dass ich an der Rezeption erwartet wurde.

„Maryan", freute sich Scotty, als er mich sah. „Schön, dass Sie Zeit haben. Wir waren uns unsicher, ob es Ihnen überhaupt passen würde, aber dann meinte Margret, entweder es würde klappen oder eben ein anderes Mal."

„Recht hat sie." Lachend schüttelte ich seine Hand.

„Gehen wir?“, fragte er und hielt mir galant den Arm hin.

„Haben Sie einen schönen Tag“, rief uns die Managerin wie antrainiert hinterher.

Scotty führte mich zum Parkplatz, auf dem neben dem weißen Porsche und drei anderen Wagen auch ein altes, schwarzes Taxi stand, wie es auf dem Festland und in London üblich war. Scotty ging darauf zu und öffnete mir die Fahrgasttür.

„Ich sehe Ihre Verwunderung, Maryan“, sagte er und lachte auf seine besondere Weise. „Ich habe das Austin FX4 LTI Fairway nicht gestohlen, keine Sorge. Ich habe es vor Jahrzehnten gebraucht gekauft und wieder auf Vordermann gebracht. Da ich oft auch größere Dinge transportiere, kommt es zudem sehr passend, dass ich viel Platz im Wagen habe. Aber bitte, setzen Sie sich doch.“

Ich stieg in die Kabine und schob diverse Kisten und Tüten beiseite, die die Sitzfläche belagerten. Neben einer Tageszeitung setzte ich mich hin.

„Nur keine Scheu. Werfen Sie das Zeug einfach auf den Boden“, meinte Scotty, während er einstieg. „Da ist nichts Wertvolles dabei.“

Die Zeitung war von heute, wie ich mit einem kurzen Blick feststellte. Ich wollte sie von mir wegschieben, als mir plötzlich eine Schlagzeile ins Auge stach. „Lord Reginald ermordet?“, war die Überschrift. Darunter stand kleiner: „Insider: Mörder kommt möglicherweise aus den eigenen Reihen!“

Scotty startete den Motor. „Bis nach Duneany ist es nicht weit. Zu Fuß wären wir in zehn Minuten dort. Aber ich wusste nicht, ob Sie Lust auf einen Spaziergang haben."

Tatsächlich war ich froh, einmal nicht laufen zu müssen. „Ich lasse mich gerne chauffieren", antwortete ich und Scotty lachte wieder.

„Das glaube ich Ihnen sofort. Ein schöner Ausgleich zu einer Wandertour, bei der man sein Gepäck tragen muss."

Gepäck. Mist!

Siedend heiß fiel mir ein, dass ich meine Handtasche und das Handy im Hotel vergessen hatte. Ich hätte Scotty bitten können, umzudrehen, doch dann wäre ich mir lächerlich vorkommen. Geld brauchte ich keines, einen Führerschein ebenfalls nicht. Einzig um das Handy war es schade. Wenn Levente ausgerechnet jetzt anrufen würde?

Okay, das ist jetzt echt blöd. Aber dann muss er eben warten. Wie war das doch gleich? Auf gute Gelegenheiten und schöne Frauen wartet Mann gerne?

Aber ob ich mich so lange gedulden konnte? Ich lenkte mich mit der Zeitung ab und versuchte, während der Fahrt noch mehr von dem Artikel zu entziffern, doch es wackelte so sehr, dass ich kaum etwas zustande brachte. Schließlich gab ich auf. Im Fernsehen würden sie sicherlich auch darüber berichten und notfalls konnte ich heute Abend auch das Internet bemühen. Gleich nachdem ich mein Handy auf Anrufe in Abwesenheit kontrolliert hatte.

Wie Scotty versprochen hatte, hielten wir schon kurz darauf an Margrets kleinem Cottage an. Es lag vor neugierigen Blicken verborgen hinter einem kleinen Hügel, mitten auf einer saftig grünen Wiese. Hohe Bäume säumten den hinteren Teil des aus grauem Stein gemauerten Hauses, an dessen Fassade sich eine Rose emporrankte. Die weißen Sprossenfenster und der zierliche, weiße Vorbau wirkten einladend. Margret stand mit Schürze an der Haustür und winkte uns entgegen. Ich stieg aus, noch bevor Scotty mir die Tür aufmachen konnte, und ließ mich von Margret umarmen.

„Wie wunderbar, dass es geklappt hat", freute sie sich und drückte mich fest an ihre Brust, als ob wir uns schon ewig kennen würden. „Kommt herein, kommt herein. Und beeilt euch", forderte sie uns auf. „Sonst brennen mir noch die Kekse an." Sie rannte vor uns ins Haus und wir kamen kaum hinter ihr her.

„Als ob sie nicht auch noch welche auf Vorrat hätte", kicherte Scotty.

„Das habe ich gehört, du alter Schuft", rief Margret von drinnen. Ich folgte ihrer Stimme und betrat lachend das Haus. Die Küche war einfach, aber geschmackvoll eingerichtet. Ich stand unschlüssig herum und wusste nicht, ob ich mich setzen sollte. Während Margret sich um die Kekse im Ofen kümmerte, nahm Scotty die vorbereitete Teekanne vom Herd und stellte sie auf das Stövchen auf dem Tisch.

„Setzen Sie sich doch, Maryan", sagte er.

„Ja, setzen Sie sich", wiederholte auch Margret.

Ich folgte ihrer Bitte und wartete, bis sie beide ebenfalls saßen. „Danke für die Einladung“, sagte ich. „Die Kekse duften herrlich.“

„Bitte, bedienen Sie sich.“ Margret schob mir den Teller voller Kekse entgegen. „Aber Vorsicht, sie sind noch heiß.“ Ich nahm mir den obersten und schob den Teller zu Scotty weiter, der gleich zwei nahm.

Margret lachte. „Typisch.“

„Wer viel arbeitet, muss auch viel essen“, verteidigte er sich mit vollem Mund. „Sie sind wieder einmal köstlich.“

„Hast du daran etwa gezweifelt, du altes Süßmaul?“

Ich unterdrückte ein Kichern. Die beiden schienen sich wunderbar zu verstehen und wenn mich nicht alles täuschte, dann war da weit mehr im Spiel, als nur gelegentliche Hilfsdienste und Kaffeekränzchen. Das ging mich natürlich nichts an, aber es war schön zu erleben, wie herzlich und hingebungsvoll die beiden miteinander umgingen, als seien sie ein eingeschworenes Team.

Was sie vermutlich auch sind.

Es wurde ein vergnüglicher, kurzweiliger Nachmittag in Margrets Küche, in der wir das offizielle „Sie“ bald aufgaben. Es wirkte, als wären beide ineinander verliebt, wollten es sich und vor allem dem anderen aber nicht eingestehen. So neckten und piesackten sie sich immerzu, erzählten kleine Anekdoten aus ihrer langjährigen Freundschaft und lachten gelegentlich Tränen. Ich lachte mit und freute mich, solch nette Menschen auf Skye kennengelernt zu haben.

Es wurde schon dunkel. Wir halfen Margret, die leeren Teller und Tassen abzuspülen und dachten über einen gemeinsamen Spaziergang in den nächsten Tagen nach, als Scotty plötzlich auf ein neues Thema zu sprechen kam.

„Heute steht in der Zeitung, dass man die beiden Leichen aus Burstfield Woods identifiziert hat", sagte er.

„Ach, tatsächlich?", fragte Margret. „Wissen sie mehr als wir?"

„Nein, das nicht. Aber sie schreiben, dass es laut eines anonymen Anrufers kein Selbstmord, sondern Mord gewesen sein soll."

„Surprise, surprise", leierte Margret ungerührt und trocknete sich die Hände an ihrer Schürze ab. „Klatsch und Tratsch aus dem Ort, Maryan, nichts weiter."

„Ich werde heute Abend im Pub mal die Ohren spitzen." Scotty faltete sein Handtuch zusammen und legte es auf die Anrichte. „Vielleicht erfahre ich ja, wer die Polizei angerufen hat."

„In der Zeitung stand auch, dass der Mörder in den eigenen Reihen zu finden wäre", sagte ich, um ihnen zu signalisieren, dass ich den Artikel gelesen hatte.

Na ja, nicht wirklich gelesen, aber zumindest gesehen.

„Und dass die Toten Lord Reginald und Miss Theresa waren. Ich habe außerdem gehört, dass sie schwanger war und man die Leichen schon lange vor dem Bericht in der Zeitung gefunden hat. Warum hält man so etwas so lange geheim?"

Scotty warf Margret einen merkwürdigen Blick zu.

„Miss Theresa?“, fragte Scotty.

Als sie mich aufmerksam ansahen, wurde mir klar, dass ich mehr preisgegeben hatte, als ich es möglicherweise hätte tun sollen.

„Entschuldigt bitte“, versuchte ich, mich herauszureden. „Ich habe die Nachrichten im Fernsehen gesehen. Da muss der Name Theresa wohl gefallen sein. Und heute habe ich den Bericht in der Zeitung gesehen. Ich kam allerdings nicht dazu, ihn auch zu lesen, weil ich nicht unhöflich sein wollte. Und um es unauffällig zu tun, wackelte es zu sehr.“

Die beiden lachten.

„Ich glaube, wir können ihr vertrauen, Scotty“, meinte Margret schließlich. „Sie ist eine von den Guten. Setz dich wieder, Maryan. Ich hole uns jetzt den Sherry und dann erzählen wir dir die ganze Geschichte.“

„Zumindest das, was wir davon wissen“, fügte Scotty hinzu. „Letzten Endes bleibt uns bei vielen Dingen nur die Mutmaßung. Die Wahrheit wurde entweder vom Feuer vernichtet oder mit den Toten zu Grabe getragen.“

Kapitel 18

Wir saßen bis spät in die Nacht. Margret machte uns Sandwiches und Salat, damit wir nicht verhungerten. Dazu tranken wir Sherry und Kräutertee. Was die zwei mir erzählten, war kaum zu glauben. Doch Scotty war sich seiner Sache sicher und auch Margret nickte beständig, sodass ich meine anfänglichen Zweifel bald vergaß und ihnen aufmerksam lauschte.

Scotty beschäftigte sich schon lange mit der Geschichte der Gegend. Da er alte Papiere und Bücher für die Manningrove Library digitalisierte, hatte er Zugang zu Akten und Zeugnissen von Ereignissen, die kaum ein anderer je zu Gesicht bekam. Im Fall des MacConnell-Clans hatte er neben dem Tagebuch, das ich bereits gelesen hatte, und dem Brief von Jane Missford über den Verdacht des Mordes an Lord William auch noch weitere aussagekräftige Briefe der Haushälterin gesichtet. In einer dieser privaten Korrespondenzen an die Schwester in London offenbarte sich ein obskures Ereignis, das Scotty als sinistre Messe bezeichnete und das gut zwei Monate vor dem Eintreffen von Mister H. stattgefunden hatte.

Ich konnte kaum fassen, was er erzählte. Im Hause MacConnell waren eines Nachts mehrere Männer eingetroffen. Die Dienerschaft hatte man angewiesen, früh zu Bett zu gehen. Da Lord William ein unbarmherziger Dienstherr war, lagen zur Mitternacht demnach alle längst in ihren Kojen und schliefen. Nur Jane war wach geblieben, weil sie ein Magenleiden plagte, das sie besonders zu Vollmond quälte. Als sie hörte, dass in der Eingangshalle die Türen geöffnet wurden, schlich sie sich aus ihrer Kammer und sah, wie der Lord höchstpersönlich seine Gäste empfing. Die Ankömmlinge trugen, wenn man Janes Bericht Glauben schenken wollte, lange Kutten, sodass man ihre Gesichter nicht erkennen konnte. Jane vermutete, dass es Männer aus der Gegend waren. Einfache Bauersleute ebenso wie Clanführer, was die neugierige Haushälterin an den Schuhen bemerkte. Die Männer betraten Ballinmore Castle und wurden von Lord William sofort hinauf geleitet. Das alles geschah ohne ein Wort. Nur das Rascheln der Kutten war zu hören.

Ich versuchte mir vorzustellen, wie diese heimlichen Besucher nachts durch das Schloss wandelten. Damals mussten an den Wänden noch überall Fackeln oder Kerzen gehangen haben, damit man genügend Licht hatte, um sich im Schloss zurechtzufinden. Ähnlich wie in der Nacht zuvor, als der Strom ausgefallen war. Eine ziemlich gruselige Szenerie.

Nachdem alle in der Kapelle waren und sich die Türen geschlossen hatten, wagte sich auch Jane in den ersten Stock hinauf. Alle schliefen, niemand entdeckte sie auf der Treppe. Natürlich kannte die schlaue Haushälterin jeden verborgenen Winkel und jedes noch so kleine Guckloch im Schloss. Und sie wusste genau, wie sie einen unbemerkten Blick in die Kapelle werfen konnte, ohne dabei Aufmerksamkeit zu erregen, so schrieb sie stolz der Schwester.

Hinter einer steinernen Statue befand sich einen halben Meter über dem Boden eine schmale Ritze. Hier lagen die Steine des Gemäuers nur locker übereinander und waren nicht, wie sonst im Schloss, in Mörtel gelegt. Jane dankte dem unachtsamen Baumeister, den sie vorher schon oft für seine schäbige Arbeit verflucht hatte, denn solche Ritzen fanden sich vor allem in den lieblos gemauerten Gesindebereichen und ließen den kalten Wind herein. Doch nun war Jane froh über diesen Mangel und beobachtete das geheime Treiben in der Kapelle auf dem Boden kauernd vom Gang aus durch eben eine solche Spalte. Die massige Statue eines Ritters mit ausladendem Schild verdeckte sie gänzlich, wenn sich jemand in der Nacht wider Erwarten zeigen sollte, und die Dunkelheit tat ihr Übriges.

Was sie ihrer Schwester schrieb, hätte man gut für die Ausgeburt einer kranken Fantasie halten können. Tatsächlich hatte Scotty Anzeichen dafür gefunden, dass Jane sehr religiös gewesen war, Tod und Teufel fürchtete und an Geister und Dämonen glaubte. Doch vor dem Hintergrund, dass Lord William als geisteskrank und brutal galt, hielt Scotty Janes Beschreibungen, von kleineren Ausnahmen abgesehen, mehr für einen Tatsachenbericht als für eine Spinnerei.

Scotty beschwor jene okkulte Versammlung mit leiser Stimme herauf und ich kniete im Gedanken dort, wo ich mich bei meiner nächtlichen Tour durchs Schloss hinter dem steinernen Ritter vor Lady Carlotta versteckt hatte. Ich sah durch die Ritze in den dämmrigen Kapellenraum hinein.

Der Steinaltar hatte sicherlich schon damals dort gestanden. Die Kuttenträger scharten sich um ebenjenen Altar. Anhand der Schuhspitzen konnte auch ich den gesellschaftlichen Stand der Männer herauslesen. Lord William wartete auf dem Podest dahinter und überragte mit seinen gut zwei Metern alle anderen. Schwarze Kerzen erleuchteten sein blasses, aufgedunsenes Gesicht, in dem die Augen klein und böse herausstachen. Auch er trug eine Kutte und starrte grimmig auf seine Besucher herunter, musterte sie gründlich und sah sie dabei einzeln an, als müsse er sich versichern, dass sie auch diejenigen waren, die er geladen hatte. Dann hob er die Hände, als würde er den Segen vom Herrn persönlich erbeten und stimmte einen Gesang an, der laut Jane die schauerlichste Litanei war, die je gesungen wurde. Nach und nach stimmten die anderen Teilnehmer mit ein und bald schon war die Kapelle von einem grauenerregenden Choral erfüllt, der nichts mit einer kirchlichen Messe gemein hatte.

Als Lord William die Hand hob, verstummten alle. Die Rede, die er jetzt führte, war eindringlich, aber in einer fremden Sprache gehalten. Wiewohl Jane nichts verstand, hingen die Männer dagegen an Williams Lippen, nickten und ballten von Zeit zu Zeit die Fäuste zum Zeichen ihrer glühenden Zustimmung. Außer dem Lord erhob niemand sonst seine Stimme. Sie lauschten ihm einträchtig und ergeben. Und als William schließlich ein Buch auf dem Altar aufschlug und in die lodernden Augen seiner Zuhörerschaft sah, knieten sie nieder und senkten die Köpfe. Ganz andächtig lauschten sie ihrem Meister.

Wieder konnte Jane kein Wort davon verstehen, so sehr sie sich auch mühte. Latein war es nicht, denn Kirchenlatein kannte sie aus den Gottesdiensten, die sie regelmäßig besuchte. Aber es ähnelte dem, was von der Kanzel gesprochen wurde. Der geraunte Singsang, den der Lord in getragener, unheilschwangerer Stimme von sich gab, hatte nichts mit den salbungsvollen Reden in der Kirche gemein und war ihr gänzlich zuwider. Längst war ihr bewusst, in welche üble Sache sie hineingeraten war. Der Lord hatte sich mit dem Teufel verbunden und frönte mit Seinesgleichen auf Ballinmore Castle einer Schwarzen Messe. Für Jane war klar, woran ihr Herr erkrankt war: Der Satan hatte ihn vergiftet und sollte sie sich nicht dagegen wappnen, so würde der Gehörte auch sie alsbald verschlingen und mit sich in die Hölle ziehen.

Jane nahm sich vor, gleich am nächsten Tag zur Kirche zu gehen, um Abbitte zu leisten und den Pfarrer um Rat zu fragen. Drinnen schlug der Lord gerade mit einem Dolch gegen den Kelch. Der metallische Ton lenkte Janes Aufmerksamkeit wieder auf das Geschehen in der

Kapelle. Bang beobachtete sie, wie der Lord ein weiteres Mal gegen den Kelch schlug, und war so gebannt, dass sie erst im letzten Moment bemerkte, wie sich jemand ihrem Versteck näherte. Eine der Dienstmägde schlich den Gang entlang und kam zögerlich vor der Tür zur Kapelle zum Stehen. Sie trug ein kleines Bündel bei sich, presste es gegen ihre Brust und wartete. Unschlüssig trat sie von einem nackten Fuß auf den anderen und wirkte, als wolle sie am liebsten schnell weg von hier. Jane konnte es ihr nicht verübeln. Die Nächte auf Ballinmore Castle waren auch ohne geheime Treffen schon unheimlich genug. Böse Mächte trieben nachts ihr Unwesen und wer sich gegen Mitternacht herumtrieb, der lief Gefahr, von wandelnden Toten oder todbringenden Erscheinungen in den Wahnsinn getrieben zu werden.

Jane wagte kaum zu atmen, aus Angst, sich zu verraten. Sie kannte das Mädchen. Es war Fern, die Neue, die in der Küche arbeitete. Sie war ein dummes, einfach gestricktes Ding, das der Lord vor gut einem Jahr angestellt hatte, und das vor Kurzem ein Kind geboren hatte. Normalerweise hätte man sie deshalb davongejagt. Kein Herr bürdete sich freiwillig ein weiteres hungriges Maul auf. Und eine Magd mit Kind war faul. Dennoch hatte der Lord ihr weiterhin Obdach und Arbeit gewährt, wodurch sich unter der Dienerschaft hartnäckig das Gerücht hielt, er sei der Vater des Kindes. Nun stand ebendiese Hure auf dem Gang und wartete mit ihrem schlafenden Balg.

Das Mädchen stets im Blick, beobachtete Jane das weitere Geschehen drinnen in der Kapelle. Lord William hatte erneut einen Gesang angestimmt und die Hände über den Altar erhoben. Rechts von ihm stand der glänzende Kelch, ein weiteres, seltsames Gefäß stand auf der linken Seite des aufgeschlagenen Buches. Der Lord hob nun den silbernen Dolch in die Höhe. Jane schlug sich heftig die Hand vor den Mund, denn der Lord setzte das Messer an die Finger und schnitt sich ungerührt und ohne das Gesicht auch bloß ein einziges Mal zu verziehen die ersten beiden Glieder seines linken kleinen Fingers ab. Der Stummel fiel in das Gefäß zur Linken, das herausspritzende Blut tropfte in den Kelch zu seiner Rechten.

Derweilen begannen die Männer erneut mit ihrem gespenstischen Choral. Stetig singend bestieg nun einer nach dem anderen das Podest, stellte sich neben den Lord an den Altar und tat es ihm gleich. Finger um Finger landete im Gefäß, Blut mischte sich mit Blut, bis schließlich jeder der Männer seinen grausamen Zoll geleistet hatte. Als der Letzte von ihnen vom Podest heruntersteig, lachte der Lord laut, sah gen Decke und rief etwas, das Jane in ihrem Brief als „glühende teuflische Fürbitte" bezeichnete.

„Komm herein!", rief der Lord alsdann und augenblicklich stieß Fern die Tür zur Kapelle auf und ging hinein. Ihre holprigen Bewegungen waren die einer Marionette, die an unsichtbaren Fäden vom Satan persönlich durch die Reihe der Vermummten geführt wurde. Es war eine erzwungene Prozession zum Altar, wo sie dem wartenden Lord ihr Kind übergab und dann unbeteiligt zu Boden starrte. Der Lord hob das Kind in die Höhe und trug ein Gebet mit seiner unsäglichen Teufelszunge vor, während die Umstehenden leise murmelnd mitsprachen. Ewig schien dieses Gebet zu dauern, sodass der Säugling erwachte und unruhig wurde. „Haetitium clavae rituni nil mortesto", rief der Lord aus und zückte erneut sein Messer.

Was dann im Brief stand, war laut Scotty kaum lesbar gewesen. Die Krakelschrift war möglicherweise auf die Aufregung der Schreiberin zurückzuführen, vielleicht auch der Hektik geschuldet, mit der Jane das Gesehene schnellstens aufschrieb, denn sie musste sich bewusst gewesen sein, dass sie etwas Verbotenes zu sehen bekommen hatte. Und wenn man sie dabei erwischte, wie sie von der mitternächtlichen Zusammenkunft, der Schwarzen Messe des Lords, berichtete, dann gnade ihr Gott. Der wahnsinnige Lord würde sie nicht nur vom Grund verbannen, sondern sie womöglich gleich an Ort und Stelle umbringen.

In den letzten Sekunden bot sich Jane ein Schauspiel sondergleichen. Der Lord hielt den Säugling immer noch über den Altar und stieß mit dem Messer auf ihn nieder, als im gesamten Schloss mit einem Mal das Licht ausging. Fackeln, Kerzen, ja selbst das Mondlicht sollen laut Jane schlagartig erloschen sein. Es stank nach Schwefel und Ruß. Und im selben Moment, wie das Schreien des Säuglings durch die Kapelle schrillte, erhob sich ein Kreischen „wie von tausend brennenden Seelen aus den tiefsten Tiefen der Hölle".

Vor Entsetzen war Jane letztlich davongelaufen, zurück in ihre Kammer, wo sie sich bebend vor Angst unter ihrer Bettdecke versteckte und sich erst am nächsten Morgen wieder hinaustraute. Niemand sonst hatte das Treiben in der Nacht mitbekommen, doch von Fern und ihrem Kind fehlte hernach jede Spur. Die Kapelle blieb fortan für jedermann geschlossen und selbst die Hausmädchen durften nicht mehr zum Saubermachen oder Aufstellen frischer Blumengestecke oder Kerzen hinein.

Janes Brief endete mit der Bitte an die Schwester, sie möge gleich dreimal für ihre arme Seele beten, so wie sie selbst es tue. Sie entschuldigte sich bei ihrer Schwester für das Unglaubliche, das sie in ihrem Brief übermittle. Gleich am Sonntag würde sie zum Beichten in die Kirche gehen und sich von ihrer Sünde freikaufen, koste es, was es wolle. Sie wolle dieses schändliche Wissen nicht weiter alleine mit sich herumtragen und empfahl ihrer Schwester, das Gleiche zu tun.

„Ich habe leider nichts dazu gefunden, ob Jane noch lange gelebt hat", schloss Scotty seinen unheimlichen Bericht. „Weder in den Geburtenregistern noch in sonstigen Schriften taucht der Name Jane Missford auf. Aber das ist, wie wir ja wissen, keine Besonderheit."

„Stimmt", sagte ich. „Wie im Fall von Lady Elisabeth, die sonst auch nirgends auftaucht."

„Richtig." Scotty fuhr sich über seinen Bart. „Und was den markanten Spruch von Lord William angeht, den Jane uns so ausführlich überliefert hat, nun, dazu habe ich ebenfalls nichts gefunden. Es mag eine erfundene Sprache des Zirkels gewesen sein, möglicherweise hat es Jane auch falsch aufgeschrieben oder die ganze Sache hat erst gar nicht stattgefunden. Vielleicht hat sich die Haushälterin nur eine schöne, schauerliche Geschichte zusammengesponnen, um ihrer Schwester zu imponieren. Das alles wäre durchaus denkbar."

„Puh", stöhnte ich. Je mehr ich über die Geschichte des MacConnell-Clans erfuhr, desto verworrener wurde alles. „Gibt es auch über die späteren Geschehnisse Überlieferungen? Also Geburts- oder Sterbeurkunden, Pachtvereinbarungen, Zeugnisse oder Besitzurkunden?" Wenigstens von Levente musste doch etwas vorhanden sein? Eine Geburtsurkunde. Etwas über seine Eltern und über sonstige Verwandte.

Und über den Drachen, zum Beispiel.

Sehr zu meinem Bedauern schüttelte Scotty den Kopf. „Nein, leider nicht. Alles, was nach Lord Williams Tod vorhanden war, ist dem Feuer zum Opfer gefallen, das am Ende des zwanzigsten Jahrhunderts in Kilmaluag wütete. Das Haus, in dem man einen Teil der historischen Dokumente aufbewahrte, brannte vollkommen nieder. Nur Janes Briefe und das Tagebuch lagen zu dieser Zeit bei einem Gelehrten, der sich die Unterlagen angeblich zu Prüfzwecken ausgeliehen hatte." Scotty schüttelte tadelnd den Kopf. „Ein wichtiger Grund mehr, die Dokumente zu digitalisieren und zu fotografieren, damit sie auch für weitere Generationen erhalten bleiben. Aber … es gibt tatsächlich noch ein paar Unterlagen, die bis vor die Zeit Lord Williams datieren. Sie wurden vor einigen Jahren von Lord Finlay William MacConnell großzügigerweise an die historische Abteilung der Manningrove Library übergeben."

„Finlay William …?“, fragte ich überrascht.

„Der heutige Schlossherr, Herzchen“, schaltete sich Margret nun wieder ein.

„Ach ...“, sagte ich.

Levente zählte mir all seine Beinamen und Titel auf, aber ich kann mich beim besten Willen nicht daran erinnern, dass ‚William‘ darunter gewesen ist. Wirklich verwunderlich ist das aber nicht. Wer will schon wie sein verrückter Ur-Ur-Urgroßvater heißen?

Ich kam zu unserem Ausgangsthema zurück. „Was ich jetzt aber nicht verstehe: Wie hängt das alles mit Lord Reginald und Miss Theresa zusammen? Was hat Lord Williams Schwarze Messe mit den Morden an den beiden zu tun?“ Längst war es draußen stockdunkel und Margret und Scotty sahen genauso müde aus, wie ich mich fühlte. Dennoch wollte ich wenigstens dieses Detail noch klären. „Nur eine kurze Antwort, bitte“, sagte ich, um ihnen zu signalisieren, dass auch ich für heute genug hatte. „Es ist schon ziemlich spät und ich will euch nicht länger aufhalten. Aber die Geschichte will ich noch zu Ende hören.“

„Das ist schnell erzählt“, sagte Scotty. Er streckte sich, sodass es laut krachte. „Au, meine Knochen“, jammerte er und hielt sich die rechte Schulter.

„Das kommt, weil du viel zu viel vor dem Rechner sitzt. Du solltest dich dringend mehr bewegen“, schimpfte Margret sofort und knuffte Scotty gegen den Arm. „In unserem Alter tut es nicht gut, zu lange auf einem Fleck zu verweilen, das weißt du doch. Bewegung ist das A und O, um fit im Kopf und in den Gliedern zu bleiben."

„Vor allem in Letzterem." Scottys Grinsen verleitete mich zum Schmunzeln.

„Du alter Playboy, du!", strafte Margret ihn ab und erklärte an mich gewandt: „Ich halte ihn stets dazu an, mit mir spazieren zu gehen, aber er lehnt jedes Mal ab. Irgendeinen fadenscheinigen Grund findet der Schuft immer."

„Das kommt, weil du immer davonrennst, als ob der Teufel hinter dir her wäre", verteidigte er sich lachend. „Ich sag dir, Maryan, mit Margret hält selbst das schnellste Taxi nicht mit."

„Na, deine alte Schrottlaube sowieso nicht", neckte meine Gastgeberin und stand auf. „Ich lasse euch jetzt mal alleine und vertrete mir draußen kurz die Beine. Ich habe das Gefühl, mein Hinterteil ist mit dem Stuhl verwachsen, so lange haben wir hier gesessen und getratscht." Sie verließ mit staksigen Schritten die Küche.

Scotty rieb sich über die Stirn. „Ich muss gestehen, mir tut das lange Sitzen tatsächlich nicht gut." Er schenkte mir dennoch ein zauberhaftes Lächeln. „Aber wir haben den Nachmittag dennoch sehr genossen."

„Ich auch", meinte ich. „Es ist richtig gemütlich hier. Margrets Kekse sind die leckersten, die ich jemals gegessen habe."

„Na ja, das ist sicher übertrieben." Er lachte wieder. „Aber sie sind die Besten, die du hier in der Region kriegen kannst." Er zwinkerte mir zu. „Weil sie mit viel Liebe gebacken werden."

Ich lachte mit ihm und wartete dann, bis er von selbst darauf kam, mir eine Antwort auf die noch offene Frage zu geben.

„Ach ja", sagte er plötzlich, „Lord Reginald." Er rieb sich noch einmal die Schulter, ließ sie rotieren und wirkte erleichtert, als es nicht mehr knackte. Dann sah er mich an. „Lord Reginald hatte eine Besonderheit, die nur wenigen im Ort bekannt ist. Ich bin ihm einmal persönlich bei der Jagd begegnet. Es war vor ein paar Jahren in der Nähe von Bradford und den Burstfield Woods, im Süden von Skye, wo man den Lord und seine Miss auch gefunden hat. Ich war damals mit einem Bekannten auf Moorhuhnjagd und dabei trafen wir unvermittelt auf Lord Reginald und sein Gefolge. Der Lord lebte sehr zurückgezogen auf Avoy Castle, ging wohl aber von Zeit zu Zeit in die umliegenden Wälder zum Jagen. Es war nur ein kurzes Aufeinandertreffen. Miteinander gesprochen haben wir nicht, was mein Bekannter als sehr unhöflich und blasiert empfand. Ich hatte das Gefühl, der Lord fühlte sich von unserer Anwesenheit gestört und wollte so schnell als möglich wieder Abstand gewinnen. Er nickte uns also mit erhobener Hand zu, trieb sein Pferd an und galoppierte davon."

„Und?", fragte ich neugierig.

„In der rechten Hand hat er die Zügel gehalten", erzählte Scotty. „Mit der Linken hatte er uns zugewunken. Er trug keine Handschuhe, wie es bei Reitern üblich ist. Daher konnte man deutlich seine erhobene Hand sehen. Lord Reginald fehlte das letzte Glied des linken, kleinen Fingers."

Kapitel 19

Auf der Rückfahrt dachte ich über das Gehörte nach. Das, was ich über Leventes Vorfahren wusste, waren grausame Details aus einer anderen Zeit. Sie hatten nichts mit dem Mann zu tun, den ich kennengelernt hatte.

Anders. Ich kenne ihn nicht richtig, aber ich habe mich trotzdem in ihn verliebt.

Verliebtheit war absolut kein Garant, eine Sache neutral betrachten zu können, doch die Worte, die mir Margret bei unserer Verabschiedung noch mitgegeben hatte, beruhigten mich.

„Sein Ahne mag ein Tyrann gewesen sein, aber der Lord MacConnell, den ich damals kennenlernen durfte, ist kein solches Monster, wie manche ihm gerne unterstellen möchten“, hatte sie mir gesagt und mit Nachdruck hinzugefügt. „Er ist ein unbescholtener Mann!“

Ich glaubte ihr, denn ich spürte, dass Levente „unbescholten“ war. Dennoch plagten ihn Probleme. Warum sonst war er mal offen und liebreizend und mal kalt und abweisend? Es galt herauszufinden, wie ich Levente unterstützen konnte. Und möglicherweise waren die historischen Ereignisse dabei hilfreich. Davon abgesehen, war ich hier in Schottland, in einem Land voller Mythen und Legenden. Es gab fast so viele Schlösser und Seen wie es Schafe gab, vielleicht nicht ganz so viele. Aber gefühlt lebte unter jedem Stein und hinter jedem Hügel eine Fee, ein Zwerg oder zumindest ein Clan, dessen Stammbaum länger und älter war, als der meiner Familie. Das war natürlich nicht der Standard, aber wer konnte schon von sich behaupten, im selben Haus wie sein verrückter Ur-Ur-Urgroßvater zu leben und nicht bloß dessen Hab und Gut, sondern auch den Namen geerbt zu haben. William war kein ungewöhnlicher Name und in Großbritannien heute noch geläufig. Aus moderner Sicht betrachtet würde man seinen frischgebackenen Sohn heutzutage nicht mehr nach einem Ahnen benennen, der für seine schlechten Eigenschaften berüchtigt war. Erst recht nicht, wenn er als irrsinnig gegolten und Schwarze Messen abgehalten hatte. Und nur, weil eine Haushälterin etwas aufgeschrieben hatte, musste es noch lange nicht wahr sein. Viele Menschen schrieben etwas auf, das entweder frei erfunden oder aus wenigen wahren Details zusammengestückelt wurde. Die Zeitungen waren heutzutage voll davon. Das Einfachste war nach wie vor, Levente direkt danach fragen, und mich von ausweichenden Antworten nicht ablenken zu lassen.

Auch nicht durch Liebkosungen oder durch Küsse.

Ich war hundemüde und fiel sofort ins Bett. Ich sah noch ein letztes Mal missmutig aufs schweigende

Handy, verhaspelte mich mehrfach mit dem Deaktivieren der WLAN-Funktion und legte es dann beiseite. Ich wollte weder bei ständigen Zwitschern noch mit alten Geschichten einschlafen und versuchte, meine Gedanken auf schönere Dinge zu lenken. Auf Leventes Lächeln, auf seinen Mund und das Verlangen in seinen Augen, wenn er mir näherkam, um mich zu küssen. Mit seinem Gesicht ganz nah bei mir schlief ich schließlich ein.

Am nächsten Morgen wachte ich spät auf. Auf dem Weg zum Bad nahm ich mein Handy vom Nachtisch, kontrollierte die Anzeige und fluchte. Ich hatte es gestern Nacht mit meinen fahrigen Bewegungen aus Versehen auf Flugmodus gestellt.

Na super! Selbst wenn Levente versucht hat, mich zu erreichen, dann war es sinnlos. Kommt davon.

Ich aktivierte das Display und erschrak, als drei anonyme Anrufe in Abwesenheit aufpoppten. Anonym! Somit konnte ich mich nicht zurückmelden, aber zumindest ausschließen, dass Sven angerufen hatte. Seine abgespeicherte Nummer würde mir angezeigt werden. Ich starrte auf die Anzeige, als könne ich daraus ersehen, ob es Levente gewesen war, der mich angerufen hatte.

Wer sonst? Aber warum hat er nicht an der Rezeption angerufen, wenn er mich nicht direkt erreichen konnte? Mist! Und wieso habe ich eigentlich keine Nummer von ihm?

Doch es half nichts. Ich würde abwarten müssen, bis sich der Anrufer wieder melden würde. In der Zwischenzeit konnte ich genauso gut frühstücken. Mit dem Handy in der Tasche wollte ich zum Frühstücksraum.

„Miss Lecon?“, rief mir eine unbekannte Frau hinter der Empfangstheke zu, als sie mich vorbeilaufen sah. „Miss Lecon, ich habe etwas für Sie.“ Sie suchte zwischen den Papieren, die hinter dem Tresen verborgen lagen, und legte mir dann zwei Briefe vor. „Der weiße Umschlag … Einen Moment bitte, ich habe es gleich.“ Sie schob sich ein Papier zurecht. „Er wurde gestern Abend um 20 Uhr 32 abgegeben. Der Herr wollte weder seinen Namen hinterlassen noch sollte ich Ihnen den Brief gleich vorbeibringen. Der zweite, graue Umschlag …“

Wieder warf sie einen Blick auf ihren Notizzettel, „wurde heute Morgen um 6 Uhr 05 von einem Herrn Sanders abgegeben. Da ich davon ausging, dass Sie noch schlafen, habe ich den Brief für Sie entgegengenommen und gewartet, bis Sie aufgestanden sind. Ich hoffe, das war in Ihrem Sinn?“

Nein, war es eigentlich nicht, aber egal.

„Ja, danke für Ihre Mühe“, antwortete ich. „Ich bin gestern sehr spät zurückgekommen.“

„Oh, ich habe Sie gar nicht hereinkommen sehen“, sagte sie nervös. „Dann hätten ich Ihnen den Brief schon viel eher übergeben. Also, den weißen, meine ich. Entschuldigen Sie bitte vielmals.“ Die Frau wurde knallrot. „Miss Linda Thompson“ stand auf ihrem Namensschild.

„Ist doch überhaupt kein Problem, Miss Thompson“, log ich. „Ich habe Sie ja auch nicht gesehen. Es wird schon nichts Dringendes in den Briefen stehen.“

Schön wäre es ja. Aber drei fehlgeschlagene Kontaktaufnahmen auf dem Handy und jetzt auch noch zwei Briefe? Das verheißt bestimmt nichts Gutes.

Ich klaubte die beiden Briefe zusammen und ging zurück in mein Zimmer. Wenn ich die Nachrichten darin las, würde sich die ganze Sache vielleicht klären. Konnte ja gut sein, dass eine der Nummern von Eric war und er versucht hatte, mich zu erreichen. Als er damit keinen Erfolg gehabt hatte, hatte er einen Brief verfasst. Aber warum überbrachte er mir seine Mitteilung dann nicht persönlich, sondern handschriftlich? Und von wem war der andere Brief?

Ich begutachtete die beiden Umschläge. Auf dem grauen stand mein Name in Erics Handschrift. Der konnte warten. Viel mehr interessierte mich, von wem der weiße, prall gefüllte Brief war. Ungeduldig versuchte ich, ihn zu öffnen, und ging dabei so fahrig ans Werk, dass das Papier riss. Geldscheine rieselten zu Boden und verteilten sich um meine Füße. Ein einzelnes beschriebenes Blatt lag zwischen all den Scheinen. Ich fischte es heraus, setzte mich aufs Bett und las.

Liebe Maryan,

ich möchte dir für die gemeinsam verbrachte Nacht danken, muss dir aber mitteilen, dass es keine weitere geben wird.

Ich war nicht ehrlich zu dir. Es gibt in meinem Leben eine Frau, die mir mehr bedeutet als alles

andere. Sie verdient es nicht, betrogen zu werden, denn sie ist das Beste, was mir jemals passieren konnte. Ich möchte sie nicht enttäuschen. Ich weiß, du verstehst das.
Nimm das beiliegende Geld als Entschädigung und reise unverzüglich ab. Komme nie wieder nach Ballinmore Castle.

Levente Finlay MacConnell
3. Duke of Ballinmore, 7. Marquess of Clarence, 13. Lord of Hurtly

Ich las das Geschriebene mehrfach. Mit jedem Mal veränderte sich meine Stimmungslage. Die Gefühle vermengten sich zu einem brodelnden, toxischen Gemisch. Wie viel mehr würde ich noch aufnehmen können, ohne zu explodieren?

Da war Unglaube, dass dies alles tatsächlich gerade passierte. Dass Levente es mit diesem Schrieb ernst meinte. Die Enttäuschung, dass er nicht ehrlich zu mir gewesen war. Ich schalt mich dämlich, weil ich naiv gewesen und auf seine Show vom „einsamen, mysteriösen Schlossherrn“ hereingefallen war. Und ich ekelte mich vor mir selbst, weil ich seine Berührungen so genossen hatte. Mehr als alles andere jedoch brannte in mir die Wut darüber, dass er mich wie eine Prostituierte bezahlen und nach Hause schicken wollte. Wenn er glaubte, er könne so mit mir umgehen, dann irrte er sich gewaltig. Ich würde mir das nicht bieten lassen.

Mich wie eine Mätresse zu bezahlen! Und dann auch noch sein scheiß langes Adelsprädikat darunterzusetzen. So ein arroganter Snob!

Ich hätte am liebsten gleich an den Scheinen meine Wut ausgelassen, doch ich beherrschte mich. Es war schließlich nicht mein Geld und das Papier hatte es nicht verdient, sträflich behandelt zu werden. Wohl aber der arrogante Fatzke, der die Scheine lockergemacht hatte.

Na warte, du Dandy. Dir zeige ich's. Nicht mit mir. Nicht mit mir!

Der graue Brief von Eric lag immer noch ungeöffnet auf dem Bett. Er musste warten. Es gab jetzt Wichtigeres zu erledigen. Erst einmal musste ich mir Luft verschaffen. Und dabei half mir immer eine zackige Wanderung. Ich warf also mein Handy in die Tasche, stopfte den gefüllten, aber schwer lädierten Briefumschlag dazu und verließ das Hotel. Frühstück war unnötige Zeitverschwendung. Ich war auf Krawall gebürstet und in der anstehenden Schlacht war zusätzlicher Ballast bloß hinderlich.

Die beruhigende Wirkung, die ein Spaziergang normalerweise auf mich hatte, blieb dieses Mal erwartungsgemäß aus. Genau das Gegenteil geschah. Mit jedem Schritt, der mich näher an Ballinmore Castle herantrug, wuchs mein Zorn.

Egal. Dann explodiere ich eben auf seiner bekloppten Freitreppe. Hoffentlich schallt es so, dass der Kronleuchter klirrt und Heartless Harvey das nicht vorhandene Herz stehen bleibt.

Noch nie im Leben hatte mich ein Mann so gedemütigt. Obgleich es unschöne Begegnungen gegeben hatte, waren schwacher Sex mit starkem Alkohol und wortkargen Frühstücken danach nichts im Vergleich zu dem, was sich Levente geleistet hatte. Mäßiger Sex und peinliche Frühstücke waren tolerierbar, Leventes Abfuhr hingegen ein Kardinalfehler.

Binnen kürzester Zeit stand ich vor dem Schloss und hämmerte den Türklopfer mit aller Macht gegen sein Widerlager. Es dauerte viel zu lange, ehe endlich jemand reagierte. Henk öffnete im Zeitlupentempo.

„Miss Lecon“, sagte er unbeeindruckt von meiner unhöflichen Art, Einlass zu fordern.

Mir war egal, was er von mir dachte oder ob er von seinem Arbeitgeber beauftragt worden war, mich abzuweisen. Ich wartete nicht erst darauf, dass er mir ganz öffnete, sondern drückte, so fest ich konnte, gegen die Tür, und schob den verdutzten Butler damit einfach beiseite. Mit großen Schritten hastete ich in die Eingangshalle. Natürlich war sie leer. Kein Levente, kein Eric, kein Drache. Zum ersten Mal kamen leise Zweifel in mir hoch. Ich sah mich unschlüssig um. Zwar hatte ich die Konfrontation mit Levente auf dem zügigen Weg hierher wieder und wieder durchgespielt, hatte mir dagegen aber keinerlei Gedanken darüber gemacht, ob der Schlossherr möglicherweise gar nicht zu Hause war.

„Miss Lecon?“, fragte Henk. Seine Beherrschung trotz meines unmanierlichen Eindringens war bemerkenswert. „Kann ich Ihnen irgendwie weiterhelfen? Mit Verlaub, Sie wirken heute ein wenig indigniert."

Wusste er von Leventes Brief und war zu diskret, um es anzusprechen?

„Der Lord. Wo finde ich ihn?", fragte ich. „Ich muss ihn unbedingt sprechen. Jetzt!"

„Es tut mir außerordentlich leid, Miss Lecon. Lord MacConnell ist im Moment leider unabkömmlich und darf nicht gestört werden. Ich kann aber gerne …" „Das ist mir egal! Wo ist er? Ich weiß, dass er da ist", behauptete ich.

Wenigstens jetzt zeigte sich Henk beeindruckt. „Er ist in der Kapelle", meinte er. Vermutlich glaubte er, mit dem Hinweis auf eine traute Andacht an mein Gewissen appellieren zu können. Doch da hatte er die Rechnung ohne die Atheistin gemacht.

„Danke, ich kenne den Weg", sagte ich und stürmte los. Die Treppe hinauf, dann den Gang nach rechts, die letzte Tür links. Ich hörte die Tür zuschlagen und Henks Bemühung, mir schnellstmöglich zu folgen, doch ich stand längst vor der Kapellentür. Ich fackelte nicht lange und handelte, von meiner Wut getrieben. Ich riss die vom Alter gezeichnete Klinke herunter und stieß die Tür so heftig auf, dass mir die abgenutzte Klinke aus der Hand glitt. Das schwere Türblatt schwang nach innen und schlug gegen etwas, das meinem Blick verborgen blieb. Ein lautes Donnern hallte durch die dunkle Kapelle.

Was sich mir im düsteren Innern offenbarte, ließ mich sofort alles vergessen, was ich mir zuvor zurechtgelegt hatte. Ich brauchte ein paar Atemzüge, um zu begreifen, was ich sah. Obwohl es draußen taghell war, herrschte hier in der Kapelle ein trübes Halbdunkel. Vorhänge verschlossen die Fenster, die wenigen brennenden Kerzen spendeten kaum Licht. Ich versuchte, das gegenwärtige Chaos zu sortieren, doch es fiel mir schwer. Die ehemals besinnliche Stimmung der Kapelle, geprägt von Andacht und Ruhe, war der bedrohlichen Aura der Feindseligkeit, mehr noch, der Verwüstung gewichen.

Henk schnaufte hinter mir heran. Seine Hand legte sich auf meine Schulter. Nicht streng und mahnend, sondern vielmehr in einer Geste des Verständnisses und der Beruhigung. „Miss Lecon“, sagte er leise. „Bitte, kommen Sie mit mir. Sie können ihm nicht helfen.“ Er wollte mich sanft zum Umdrehen bewegen und hielt mich an den Armen fest.

„Nein.“ Ich schüttelte ihn ab und ging einen Schritt hinein. „Was ist passiert? Ist er …?“ Ich wagte nicht, das Unaussprechliche laut zu sagen, aus Angst, es könnte dann erst wahr werden.

Vor dem Altar, zwischen zerschlagenen Stühlen und anderen Trümmerteilen, lag Levente mit dem Gesicht nach unten auf dem steinernen Boden. Tiefe, blutende Striemen überzogen seinen Rücken, reichten sogar bis hin zur Hüfte. Das Werkzeug, mit dem er sich diese Verletzungen zugefügt hatte, hielt er noch in der Hand. Die Geißel mit den unzähligen, knotigen Enden lag unspektakulär wie ein lebloses Tau neben ihm. Ich mochte mir nicht ausmalen, wie Levente wieder und wieder auf sich eingeschlagen und sich die harten Enden ins Fleisch getrieben hatte. Ich wollte es nicht sehen, wollte die Schmerzen nicht spüren, die er dabei verspürt haben musste, und doch durchlebte ich genau in diesem Moment ebendiese Pein. Es musste eine unermessliche Qual gewesen sein. Warum hatte er sich das angetan? Welche Sünden hatte er ausgleichen wollen?

„Der Lord möchte nicht gestört werden." Henks Stimme drang nur mühsam zu mir durch.

„Aber wir müssen ihm doch helfen."

„Das ist nicht Ihre Angelegenheit, Miss Lecon." Seine stoische Freundlichkeit weckte mich aus meiner Lähmung.

„Nicht meine Angelegenheit?", fauchte ich. „Wir müssen ihm helfen, verdammt noch mal."

Warum ging er nicht hinein und half seinem Lord? Wieso stand er da herum und redete Blödsinn?

Ich muss doch helfen!

Ich würde nie wieder in einen Spiegel schauen können, ohne mir bittere Vorwürfe zu machen, wenn ich jetzt Ballinmore Castle einfach verlassen würde. Wie konnte ich? Ich konnte Leventes Zustand doch nicht ignorieren. Henk ließ mich zum Glück ziehen, kam mir aber nicht nach, als ich mir den Weg zwischen Glassplittern und Holzteilen hindurch suchte. Dazwischen lag die seltsame Statue, die mir bereits bei meinem ersten unerlaubten Blick in die Kapelle aufgefallen war. Levente schien den Arm nach ihr ausgestreckt zu haben. Immer noch zeigte er keine Regung, jedoch fand ich auch keine Blutlache um seinen Kopf. Das beruhigte mich ein wenig. Ich kniete neben ihm nieder und ignorierte die grausamen Verletzungen auf seinem Rücken. Vorsichtig legte ich die Finger auf sein unverletztes Handgelenk. Seine Haut war eiskalt. Ich wartete und hoffte auf eine Bewegung. Nichts geschah.

„Levente, hörst du mich?“ Ich fuhr sachte seinen Hals entlang, tastete nach dem Puls und fand keinen.

„Henk, rufen Sie sofort einen Krankenwagen.“ Ich sah mich flüchtig nach dem Butler um und erwartete ihn gleich neben mir, doch er kam nicht. „Henk?“

Ich suchte nach einer Erklärung für diese bizarre Situation in der Kapelle und Henks Teilnahmslosigkeit. Was war hier drinnen geschehen? War das vielleicht gar keine Bußübung gewesen? Hatte es einen Streit gegeben, der im Kampf geendet war und der Levente das Leben gekostet hatte?

Ich erschrak zu Tode, als Henk mich berührte. Wie hatte er so unbemerkt an mich herantreten können? Dieses Mal war es keine Bitte, die er anbrachte, sondern ein Befehl.

„Kommen Sie!“

Sein harscher Ton machte mich kurzfristig gefügig. Ich ließ mich rückwärts zur Tür ziehen und versuchte dabei, Levente nicht aus den Augen zu lassen. Vielleicht lebte er ja noch?

„Levente, sag doch was“, flehte ich, doch der Butler zerrte mich unnachgiebig weiter. „Er braucht Hilfe, sehen Sie das denn nicht, Henk? Warum tun Sie nichts?“ Im hilflosen Versuch, ihn zu stoppen, stellte ich meinen Fuß in die zufallende Kapellentür und verhinderte so im letzten Moment, dass sie ins Schloss fallen konnte.

Wegen meiner unwirschen Bewegung kam Henk aus dem Gleichgewicht. Ich spürte, wie sich sein Griff lockerte, und konnte mich befreien.

„Lassen Sie mich, verflucht noch mal!", fuhr ich ihn an. Ich drückte erneut gegen die Tür und versuchte gleichzeitig, in meiner Tasche nach dem Handy zu angeln. Wenn Henk keinen Rettungswagen rufen wollte, dann würde ich es eben tun. Er würde mich nicht davon abbringen.

„Hier stimmt was nicht", behauptete ich. „Und wenn Sie glauben, dass Sie damit durchkommen, dann irren Sie sich." Ich bekam mein Handy zu fassen und zog es hervor. Ich aktivierte es und drückte das Adressbuch. Die Notrufnummer war als Favorit hinterlegt. „Ich rufe jetzt einen Krankenwagen."

„Bitte tun Sie das nicht, Miss Lecon." Er sah mit einem Mal betroffen aus.

Ich verwarf meinen Verdacht, er könne etwas mit Leventes Zustand zu tun haben.

Vielleicht gab es Streit mit Lady Carlotta und er ist zu loyal, um sich für den einen und gegen den anderen zu entscheiden.

„Doch, tue ich", sagte ich laut, um meine Absicht zu untermauern. „Ich habe nicht vor, das hier so hinzunehmen. Irgendetwas stimmt hier nicht." Ich brauchte zwei Anläufe, ehe ich das Adressbuch öffnen konnte, so sehr zitterten meine Finger. „Und ich rufe auch gleich noch die Polizei."

Ich tippe auf das SOS-Icon, auf dem Display erschien der Hörer, den ich lediglich berühren musste. Mein Finger senkte sich.

Leventes Flüstern war kaum zu vernehmen, dennoch entging es mir nicht. „Maryan, nein. Keine Polizei!“

Kapitel 20

Mein Finger stoppte nur Millimeter vor dem Glas. Ich pfefferte das Telefon zurück in die Tasche, ließ diese fallen und stob an Henk vorbei in die Kapelle.

„Levente!" Ich ignorierte die Scherben und das fiese Knirschen unter meinen Schuhsohlen.

Er lag immer noch vor dem Altar, hatte sich aber zur Seite gedreht. Wie ein verletztes Tier sah er zu mir auf. Gebrochen, hilflos, und kaum zum Leben fähig. Ich kniete mich erneut neben ihn und nahm die Hand, die er mir zittrig entgegenhielt. Sein Anblick zerriss mir das Herz.

„Du lebst!" Vor ein paar Minuten hätte ich geschworen, dass er tot war. Doch als ich mir nun eine besonders tiefe Wunde quer über seine Hüfte ansah, meinte ich, förmlich dabei zusehen zu können, wie sie sich schloss und das schwärende Rot verlor.

Das ist unmöglich. Das muss am Licht liegen.

„Bitte keine Polizei", wiederholte er deutlicher als zuvor.

Mein Blick fiel von seinem Gesicht auf seine nackte Brust, wo das ehemals hautfarbene Insigne zu einem schwarzen Siegel mutiert war. Je länger ich darauf starrte, desto blasser wurde es und wandelte sich von Schwarz zu Violett, wurde purpurfarben und verschmolz schließlich wieder mit dem Rest seiner bleichen Haut. Lediglich die wulstigen Narben waren jetzt noch zu sehen.

Ich muss mich irren. Das schummerige Kerzenlicht ist schuld.

„Maryan."

Seine Stimme holte mich zurück. Ich hing an seinen Lippen, zu aufgewühlt, um etwas zu sagen, und drückte nur seine Hand.

„Du bist hier." Es lag Erleichterung in seiner Feststellung, kein Unmut. Die Tatsache, dass er lebte und sich nicht über mein Kommen empörte, machte mich unendlich glücklich.

„Ja, natürlich. Ich bin hier", antwortete ich leise und küsste seine kalte Hand. „Ich werde immer hier sein." Sein Brief, meine Wut – das alles spielte keine Rolle. Wichtig war nur, dass er lebte und wieder gesund wurde. Für diesen Moment brauchte ich nicht mehr. Alles andere hatte Zeit.

„Wie geht es dir?", wagte ich zu fragen.

Vorsichtig löste er seine Hand aus der meinen, stützte sich ab und richtete sich mühsam auf. Als er sich dabei drehte, konnte ich einen schnellen Blick auf seine verletzte Hüfte werfen. Die Wunde hatte sich geschlossen.

Nur noch ein dunkler Streifen war zu sehen, wo vorher eine klaffende Furche gewesen war.

Nein, das ist nicht das Licht. Die Wunden heilen tatsächlich.

Mehr als diese Feststellung brachte ich nicht zustande.

Levente stand mittlerweile vor mir und tastete seinen Körper ab. Aus meiner Position heraus hatte ich eine pikante Perspektive zu ihm hinauf. Er strich sich die Haare zurück und bemerkte erst jetzt die peinliche Situation. Ohne eine Miene zu verziehen reichte er mir die Hand, um mir beim Aufstehen zu helfen.

Eben war er noch derjenige, der Hilfe benötigte, und jetzt hilft er mir. Das ist verrückt.

Mir fehlten die Worte angesichts seiner schnellen Genesung. Dass man sich von solchen Verletzungen erholen konnte, war mir bewusst. Aber so schnell? Ich musterte ihn unverhohlen von unten nach oben. Nicht der kleinste Kratzer war jetzt noch zu sehen. Ungläubig umrundete ich ihn. Selbst die unzähligen Striemen auf seinem Rücken waren verschwunden. Seine Haut war makellos glatt und unversehrt, wo ich zuvor noch blutende Schnitte zu sehen geglaubt hatte. Waren seine Wunden nur Einbildung gewesen? Seine Heilung Wunschdenken? Oder eine Illusion?

Levente hatte meine Leibesvisitation geduldig über sich ergehen lassen. Jetzt senkte er den Kopf.

„Ich glaube, es ist an der Zeit, dir ein paar Dinge zu erklären.“ Plötzlich straffte er die Schultern und lächelte verhalten. „In fünf Minuten in der Bibliothek. Ich ziehe mir nur schnell etwas an.“

Henk war gnädigerweise verschwunden, als wir zur Kapelle hinaus auf den Flur traten.

Ich ging in der Bibliothek vor dem Fenster hin und her und konnte keinen klaren Gedanken fassen. Was zur Hölle ging auf Ballinmore Castle vor? Zum Glück musste ich nicht lange auf Levente warten. Als er hereinkam, trug er Jeans und T-Shirt, hatte sich die Haare gekämmt und sah vollkommen normal aus.

„Setz dich", bat er und deutete auf das Sofa.

Mir war nicht nach Stillsitzen. „Ich bleibe stehen."

„Wie du möchtest." Er kam zu mir ans Fenster.

Ich vermied es, ihn anzusehen. In mir tobte ein Gefühlssturm. Keine Ahnung, was Priorität besaß und als Erstes geklärt werden musste. Das eben in der Kapelle? Sein Brief? Unser Verhältnis, oder wie auch immer man das nennen wollte? Was sollte ich tun? Bleiben oder die Koffer packen? Letzteres übte plötzlich einen großen Reiz auf mich aus.

Ich spürte Leventes Berührung und entzog mich ihr, ohne aufzuschauen. Ich wollte ihn nicht ansehen. Ich wollte mich nicht in seinen Augen verlieren. Nie wieder wollte ich an die schöne Zeit mit ihm erinnert werden. Ich hörte ihn seufzen.

„Ich kann verstehen, dass du verwirrt bist, Maryan", sagte er traurig. „Es gibt so vieles an mir, das dir unerklärlich scheinen muss. Im Vergleich zu normalen Menschen bin ich ein Monster. Zumindest sehe ich mich als ein solches."

„Du bist kein Monster“, murmelte ich, hob jedoch immer noch nicht den Blick. „Aber du bist auf jeden Fall anders.“

Er lachte humorlos. „Ganz und gar anders.“

Es ergab keinen Sinn, mit offenen Fragen nach Hause zu gehen. Ich wollte Antworten. Ich wollte Erklärungen. Deshalb war ich schließlich hergekommen. Beherzt drehte ich mich um.

„Erkläre es mir“, verlangte ich. „Erkläre mir endlich, warum du so bist, wie du bist. Warum bist du in einem Moment so liebenswert und im anderen so abweisend?“

Wir sahen uns an. Ich hielt seinem Blick stand.

„Ich habe dich in der Kapelle gesehen. Damals, bei meinem ersten Besuch. Und jetzt wieder. Was bringt dich dazu, dich selbst zu geißeln und dich fast umzubringen?“ Ich spürte die Tränen aufsteigen und versuchte, sie zurückzudrängen. „Du warst tot, verdammt noch mal! Ich habe es gesehen. Ich habe es gefühlt. Da war kein Puls mehr. Und die Wunden … sie waren so tief.“

Er näherte sich behutsam.

„Es waren so viele. Und sie bluteten.“

Ein Schlag musste ihm besonders tief ins Fleisch geschnitten haben. Fingerdick hatte der Spalt geklafft. Das Weiß der Rippe hatte in all dem Dunklen herausgestochen. Ein breiter Strom Blut war den Rücken hinuntergeflossen, hatte sich um seine Hüfte geschlungen, war zu Boden getropft, als er sich erhoben hatte. Meine Stimme brach. Tränen drängten sich mir in die

Augen. „Du warst tot. Und doch stehst du jetzt lebendig vor mir. Das kann nicht sein!"

Ich ließ mich widerstandslos in den Arm nehmen. Seine Hand strich zärtlich über meinen Rücken, streichelte mir übers Haar. Seine Liebkosung war wie heilender Balsam für meine aufgewühlte Seele. Ich legte mein Gesicht an seine Brust und weinte. So lange, bis die Tränen wieder versiegten.

„Wofür tust du Buße, Levente? Verlangt das dein Glaube? Tust du es für die Frau, die du liebst? Oder bereust du, was zwischen uns war?" Ich versteckte mich in seiner Umarmung, wollte diesen schützenden, heimeligen Platz nicht aufgeben, auch wenn ich wusste, dass dies irgendwann sein musste. Irgendwann würde er mich wieder wegschicken. Aber bis dahin wollte ich diesen Moment auskosten, solange es möglich war.

„Nein, Maryan, ich bereue nichts. Keine einzige Sekunde, die wir miteinander verbracht haben, war vergeudete Zeit."

„Aber du hast geschrieben …"

„… dass es eine Frau gibt, die ich mehr liebe, als alles andere auf dieser Erde", flüsterte er. „Ich würde ihr zuliebe alles tun, um sie vor Kummer zu bewahren. Alles!"

„Aber du hast dich dennoch mit mir eingelassen. Das heißt, du würdest sie auch anlügen, um sie zu schützen?" Ich wollte nicht glauben, dass er ein Lügner war. Doch mein Wunsch, er möge ein ehrlicher Mensch sein, wurde zerstört.

„Ja, ich habe sie angelogen."

Ich sah zu ihm auf. „Ich verstehe nicht … Wie kannst du hier so mit mir beisammenstehen und mir das sagen? Wenn du sie doch liebst, wieso lässt du dich dann mit mir ein?"

Er sah mich lange an, liebkoste mein Gesicht und beugte sich schließlich zu mir herunter. Ich schloss die Augen und genoss die sanfte Begegnung unserer Lippen. Eine einzelne Träne rollte mir die Wange hinunter. Levente wischte sie mit dem Daumen vorsichtig ab. Ich fühlte mich leer und verletzt. Ich konnte nicht begreifen, wieso er sich so widersprüchlich verhielt. Vielleicht sollte ich endlich begreifen, dass es nur einen Weg für mich gab: den, nach Hause zu gehen.

Ja, ich würde gehen. Jetzt. Was für Gründe er auch hatte, sollte er sie für sich behalten. Ich würde ihn und Ballinmore Castle aus meinem Gedächtnis schneiden und nie wieder daran denken.

Irgendwann werde ich das schaffen. Ich muss nur fest genug daran glauben.

Ich versuchte, mich frei zu machen, doch Levente entließ mich nicht aus seiner Umarmung. Verwirrt sah ich ihn an.

„Ich möchte gehen", verlangte ich und meine Stimme klang so traurig wie die seine kurz zuvor. Erneut liefen mir ein paar Tränen die Wangen hinunter. Dieses Mal wischte ich sie fahrig weg. Ich kam mir vor wie ein kleines, jammerndes Mädchen. Was musste er von mir denken? Langsam erwachte der letzte Rest von Stolz, den ich noch besaß.

Menschenskind. Benimm dich wie eine erwachsene Frau und gehe stolz erhobenen Hauptes. Es war nur eine kurze Liaison, kein Heiratsantrag.

„Ich lasse dich nicht gehen." Levente machte keinerlei Anstalten, mich loszulassen.

„Bitte?"

„Du hast mir Fragen gestellt. Ich möchte sie dir beantworten. Danach kannst du entscheiden, ob du gehen oder bleiben möchtest."

„Jetzt auf einmal soll ich bleiben und heute Morgen noch hast du mich des Schlosses verwiesen? Levente, ich begreife das einfach nicht."

„Deshalb möchte ich es dir erklären."

Jetzt riss ich mich aus seinen Armen los. Dieses Mal ließ er es geschehen. Trotzig verschränkte ich die Arme vor meiner Brust, um eine sichtbare Barriere zwischen ihm und mir aufzubauen. Mein Bollwerk, um mich gegen seine Anziehungskraft abzuschirmen. Doch es half nichts. Ich fühlte mich angreifbar und ihm unterlegen. Mir blieb nichts anderes übrig, als so zu tun, als sei ich stark. Also presste ich die Lippen aufeinander und tat so unbeteiligt wie möglich, auch wenn ich am liebsten wieder in seine Arme geflüchtet wäre.

„Dann mal los", sagte ich so resolut, wie ich konnte. „Da gibt es nämlich einiges zu klären. Und komm bloß nicht auf die Idee, mich anzulügen."

„Bitte." Er wies auf das Sofa. „Es wird Zeit brauchen, dir alles zu erklären. Lass uns dazu hinsetzen."

Ich setzte mich an die äußerste Ecke, er nahm auf der gegenüberliegenden Seite Platz. Weiter auseinander ging zwar nicht, aber mir war es noch nicht weit genug. Ich verschränkte wieder die Arme und schlug die Beine übereinander. „Ich bin gespannt“, sagte ich.

Levente seufzte, legte die Hände in den Schoß und schloss die Augen. Betete er jetzt etwa um Beistand?

„Frag“, sagte er ruhig. „Frag, was immer du von mir wissen möchtest. Ich werde dir alle Fragen ehrlich beantworten.“

„Keine Bedingung diesmal?“

„Keine einzige.“

„Du weichst nicht wieder aus und lügst mich auch nicht an?“

„Das habe ich dir bereits versprochen.“

„Gut.“

Hier war also meine Chance, sämtliche Fragen, die sich seit unserer ersten Begegnung angesammelt hatten, zu stellen. Ich wusste nicht, wo ich anfangen sollte, und konzentrierte mich auf das, was mir am Wichtigsten erschien.

„Was war das vorhin in der Kapelle?“, fragte ich. „Ich weiß, was ich gesehen habe. Du warst tot und hattest übelste Verletzungen. Dann stehst du einfach wieder auf und deine Wunden heilen. War das ein Trick?“

„Nein.“ Er hatte noch immer die Augen geschlossen. Ich merkte wohl, dass er sich unter meiner Befragung unwohl fühlte, doch ich würde ihm keine Ruhe lassen, ehe ich nicht auf alles vernünftige Antworten hatte.

„Sondern?“

„Das ist meine grausame Realität. Dass, was jedermann in seiner Unwissenheit als Vorzug betrachten würde: Unsterblichkeit."

„Unsterblichkeit?", wiederholte ich verwirrt.

Er nickte. „Ich kann nicht sterben."

Das gibt es nicht. Außer …

„Ich bin ein Vampir, ein unsterbliches Monster. Keine Verletzung und keine Krankheit können meinen Körper zerstören. Ich bin dazu verdammt, eine immerwährende Existenz bar jeglicher Liebe und Freude zu führen."

Er ist ein Vampir …

„Aber die Sonne? Wir sind morgens bei Sonnenaufgang am Strand entlanggeritten."

„Es gibt Medikamente, die mich gegen die tödlichen UV-Strahlen schützen. Ein Bekannter aus Deutschland versorgt mich damit. Und bevor du fragst, warum ich mich noch nicht selbst umgebracht habe …"

„Das würde ich niemals fragen!" Es erschreckte mich, dass er es anscheinend schon in Betracht gezogen hatte.

„Es ist mir verboten, mich selbst zu richten", erklärte er.

Ich erinnerte mich plötzlich wieder an seine Worte, als ich ihn nach seinem Insigne auf der Brust gefragt hatte. Das Zeichen eines Bundes, den er damals aus falscher Überzeugung eingegangen war. „Hat das etwas mit dem Bund zu tun, den du erwähnt hattest?"

Wieder nickte er.

Auch der christliche Glaube verbot Suizid. An welchen Gott glaubte Levente? An welchen Gott glaubte ein unsterblicher Vampir?

„Erzähle mir mehr davon", sagte ich.

„Es ist mir eigentlich verboten, darüber zu sprechen."

„Du hast mir geschworen, mir alle Fragen zu beantworten."

„Das habe ich. Und das werde ich, auch wenn ich dich damit in Gefahr bringe, denn das Bündnis ist bezüglich der Geheimhaltung unbarmherzig."

„Das ist mir egal!"

„Ich weiß." Als er mich endlich ansah, lächelte er vorsichtig. „Das liebe ich so an dir."

Ich musste schlucken und schwieg lieber, statt mit einem unbedachten Kommentar darauf zu antworten.

„Vor einer halben Ewigkeit schloss ich mich auf Anraten meines Vaters einem Bund an, der mir Schutz und Heimat bieten sollte. Es war ein Geheimbund, den mein Vater damals ins Leben gerufen hat. Er hatte alle infrage kommenden Clan-Oberhäupter zu sich gerufen und gemeinsam mit ihnen über den Fortbestand der Clans beratschlagt. Man handelte die Statuten aus und feierte eine Zeremonie, in der man sich ewige Treue und Loyalität schwor. So gründeten sie den Darklander-Clan und legten sich selbst vielerlei Regeln auf, die ihnen für alle Zeit eine sichere Existenz gewährleisten sollten."

Ein Geheimbund. Eine geheime Zeremonie und ein Gelübde in der Kapelle von Ballinmore Castle. Die Entdeckung der Haushälterin Jane Missford, von der Scotty berichtet hatte!

Janes Brief war auf 1823 datiert. Bedeutete das etwa, Lord William war Leventes Vater gewesen? War auch er ein Vampir gewesen? War das der Grund, warum man heute noch von einer Erbkrankheit im MacConnell-Clan redete?

„Vielleicht erinnerst du dich an das Bild, das in der Ahnengalerie fehlt?", fragte er.

„Das schwarze Schaf in deinem Clan? Ja, natürlich. Robert, Earl of ... Entschuldige, den Titel habe ich vergessen."

„Robert William, Earl of Thee. Er war mein Vater und das erste Gründungsmitglied des Darklander-Clans." Er sah meine Verwirrung. „Einer der Nachteile der Unsterblichkeit. Man vergisst nie. Man trägt Schuld und schlechte Erinnerungen immer mit sich."

Der verrückte Lord, den man angeblich vergiftet hatte. Der, der vielleicht auch sein Kind geopfert hat. Der brutale, kranke Herrscher, dem Lady Elisabeth ein Kind gebar …

„Und deshalb bestrafst du dich selbst? Weil du es nicht mehr aushältst?" Ich verbot mir, nach ihm zu greifen und ihm tröstend die Hand auf den Arm zu legen.

„Eine der Statuten besagt, man solle nicht lieben. Niemals. Der Bund zwischen einem Darklander und einer Sterblichen ist strengstens verboten."

Ich dachte kurz nach. „Dann muss die Frau, die du liebst, ebenfalls zu deinesgleichen zählen."

„Falsch. Und genau das ist das Problem, mit dem ich fortwährend hadere. Es zerreißt mich, sie gleichzeitig zu lieben und sie zu verfluchen. Jede Stunde, die ich an sie denke, lässt mich vor Glück jubeln. Und jede Sekunde verfluche ich sie, weil sie mir zeigt, wie schwach ich bin und wie unfähig, den einst geleisteten Schwur zu befolgen."

„Und dann komme auch noch ich dazwischen und bringe dich erst recht ins Wanken. Das war nicht meine Absicht. Es tut mir leid."

Es tat mir wirklich leid. Um Levente, um seine Liebe, aber auch um mich, weil ich in diesen ganzen Schlamassel hineingeraten war.

Und weil ich mein Herz an diesen charmanten, unglücklichen Schlossherrn verloren habe.

„Das sollte es nicht, denn du bist diejenige, derentwegen ich jubeln kann."

Ich sah ihn stirnrunzelnd an. „Ich?"

Er rückte näher und ergriff meine Hand. „Du bist diejenige, die mich daran erinnert hat, für was es sich zu leben lohnt. Die ich mehr liebe, als irgendjemand anderen." Er sah mir ernst in die Augen. „Ich würde mein Leben aufs Spiel setzen, um dich für immer bei mir zu haben. Aber ich werde nicht zulassen, dass du deines für mich opferst. Deshalb habe ich dir diesen Brief geschrieben und dich nach Hause schicken wollen. Um dich zu schützen und dich dein Leben fernab alter Gelübde und Gemäuer leben zu lassen. Ich möchte dich glücklich sehen. Das Glück, das ich in deinen Augen gesehen habe, als wir uns in den Armen lagen. Verstehst du? Und deshalb darfst du auch nicht länger bleiben. Du musst Ballinmore Castle verlassen. Schnell. Bevor sie uns entdecken."

Ich konnte ihn nur ansehen, zu sehr schwirrte mir der Kopf. Das war zu viel auf einmal. Zu viel Unglaubliches. Er war Vampir, er liebte mich, und ich sollte gehen?

„Du hast gehört, was mit Lord Reginald passiert ist?", fragte er. „Er war ein Darklander und gehörte schon zu Gründungszeiten dem Bund an. Er hat sich lange gegen seine Liebe zu Miss Theresa gesträubt und ist ihr schließlich doch verfallen. Einige Zeit haben sie ihre Beziehung geheim halten können. Dann wurde Miss Theresa schwanger. Man begann in Kilmaluag zu tuscheln und es dauerte nicht lange, da wurde Lord Reginald nahegelegt, seine verbotene Beziehung zu beenden."

„Ich habe die Berichte in den Medien mitbekommen. Heißt das, Lord Reginald und Miss Theresa wurden von den Darklandern ermordet?"

„So weit kamen sie erst gar nicht. Lord Reginald hat seine Verlobte und dann sich selbst umgebracht, um seinen Häschern zuvorzukommen."

„Furchtbar!"

„Ja, das ist es. Immer noch. Weil es mir deutlich vor Augen führt, was passiert, wenn man gegen die Regeln verstößt."

Ich zögerte und lehnte mich dann an seine Schulter. „Das wird uns nicht passieren."

„Nein, weil du Ballinmore Castle verlässt und nach Hamburg gehst. Dort bist du sicherer als hier. Dort gehörst du hin, nicht hierher in diese alte, halb verfallene Ruine."

„Ballinmore Castle ist keine Ruine", begehrte ich auf. „Ballinmore ist ein wunderschönes Schloss, das eine Geschichte hat. So wie du!"

„Es ist eine grausame Geschichte."

„Mag sein, aber immerhin hast du eine. Und was das Schloss angeht, kann man von meiner Wohnung nicht behaupten, sie hätte eine Geschichte. Nicht einmal eine Grausame." Ich richtete mich auf. „Und außerdem geht es hier nicht um dein Schloss oder dich alleine. Es geht um uns."

Wieder sahen wir uns an. Leventes Miene war nicht zu deuten.

„Es darf kein Uns geben", sagte er. „Verstehst du das nicht?"

„Doch, das verstehe ich", antwortete ich ruhig. „Aber es spielt keine Rolle, ob es sein darf oder nicht, denn es ist bereits so." Ich hob seine Hand an meine Lippen und küsste sie. „Du sagtest, du liebst mich."

„Das ist wahr."

„Du hast mir geschrieben, dass du mich nicht enttäuschen möchtest."

„Das ist richtig."

Seine Aufmerksamkeit war genau das, was ich brauchte. Ich holte tief Luft und setzte alles auf eine Karte. „Und ich empfinde auch sehr viel für dich." Seine Miene erhellte sich für einen winzigen Moment. „Aber ich fürchte, ich werde dich enttäuschen müssen."

Ich spürte in mich hinein. Ja, ich hatte die Wahrheit gesagt. Und es fühlte sich großartig an, sie laut auszusprechen.

„Ich kann dich nicht im Stich lassen. Ich werde nicht gehen", beharrte ich. „Nicht jetzt und niemals wieder. Zumindest so lange nicht, wie es mir in diesem Leben möglich ist." Um meinen Worten mehr Nachdruck zu verleihen, küsste ich ihn. Er reagierte verhalten darauf. Vielleicht war er auch nur zu sehr davon überrascht, dass ich nicht aufstand und ging.

Er schob mich von sich und ließ den Kopf hängen. „Du würdest hier niemals glücklich werden können. Ich bin und bleibe ein Außenseiter. Ich muss es sein. So habe ich es damals geschworen."

Ich hob sein Kinn an, bis er mich wieder ansah. „Du musst diesen Schwur nicht brechen. Niemand wird wissen, was wir tun. Wir können uns heimlich treffen. Keiner wird davon erfahren."

Ich wusste selbst, dass das blauäugig war, aber etwas Besseres fiel mir im Moment nicht ein. Wenn mich Margret dabei beobachtet hatte, wie ich das Schloss betrat, dann konnte das schließlich auch jeder andere tun. Aber was sie und Scotty betraf, da sagte mir mein Bauchgefühl, dass ich ihnen vertrauen durfte. Und ich spürte, dass sie es mit mir ebenso hielten. Warum sonst hätten sie mir das Haushaltsbuch von Ballinmore Castle überlassen oder so offen von Lord William erzählen sollen?

Warum haben sie mir überhaupt Informationen an die Hand gegeben? Sie hätten ihr Wissen ja auch für sich behalten können.

Ich sah Levente an, dass er überlegte. Es war nicht verwunderlich, denn auch wenn ich mir im Grunde sicher war, das Richtige zu tun, konnte ich eigentlich nicht abschätzen, was Leben hier auf Ballinmore Castle tatsächlich bedeuten würde und wie groß die Gefahr war, in der ich wirklich schwebte. Vielleicht dachte Levente gerade über das Gleiche nach?

„Ich habe keine Angst, solange wir zusammen sind", sagte ich. Zärtlich streichelte ich ihm über die Schulter, fuhr die glatte Haut seines Schlüsselbeins entlang und zog ihn schließlich sachte zu mir heran. Er hinderte mich nicht daran, beugte sich zu mir herüber und atmete tief aus.

„Aber ich habe Angst", flüsterte er. „Um dich und um uns. Und vor dem, was uns passieren könnte."

Ich küsste ihn. „Lass uns die Angst bitte vergessen." Ich küsste ihn erneut. „Zumindest für heute."

Endlich gab er nach. In seinen Augen blitzte es. Ich gab ihm noch einen Kuss. „Und für heute Nacht."

Levente lachte leise und zog mich an sich. „Bist du sicher, dass du das möchtest?"

Die neu gewonnene Ungezwungenheit war wie eine Befreiung.

„Die Angst vergessen? Klar will ich das. Das und noch einiges andere." Ich wollte ihm vielsagend zuzwinkern, doch er küsste mich bereits so stürmisch, dass ich nicht mehr dazu kam. Wir fielen übereinander her, als gäbe es keine zweite Chance und die Verzweiflung, mit der wir es taten, trieb mir erneut die Tränen in die Augen. *Himmel, ich begehre ihn so sehr. Ich würde alles dafür tun, dass es ihm gut geht.*

„Was geht hier schon wieder vor, Finlay?", durchschnitt die aufgebrachte Stimme von Lady Carlotta die traute Stimmung in der Bibliothek.

Déjà-vu. Warum taucht sie immer dann auf, wenn es am unpassendsten ist?

Vermutlich hatten Drachen ein Gespür dafür.

Levente sprang vom Sofa auf und fuhr sie böse an. „Was bildest du dir ein, Carlotta? Kannst du nicht anklopfen, wie es sich gehört?"

Sie hob angewidert die Nase in die Luft. „Oh, entschuldige, dass ich euch bei eurem Techtelmechtel unterbrechen muss. Aber es ist dringend und ich habe einen guten Grund, euch zu stören."

„Das hoffe ich für dich."

„Lord Cameroy hat sich angemeldet."

Leventes Gesicht wurde eine Spur weißer, als es ohnehin schon war.

„Was will er?"

„Ach." Carlotta tat, als wäre es vollkommen unwichtig, was der Anrufer gesagt hatte, und zuckte mit den Schultern. „Dies und das."

In einem Wimpernschlag war Levente bei ihr und packte sie an den Armen. „Was?", wiederholte er barsch. Seine Wut über ihr unmögliches Verhalten war ihm deutlich anzusehen. Aber da war noch etwas anderes. „Was hat Lord Cameroy gesagt?"

„Das wird er dir gleich selbst sagen. Er ist bereits auf dem Weg hierher", antwortete sie süffisant. „Und jetzt nimm deine Finger von mir, sonst kannst du zusehen, wie du ihn alleine wieder loswirst, mein Junge!"

„Ich habe dir schon tausendmal gesagt, du sollst mich nicht so nennen!", brauste Levente auf.

Sie verzog keine Miene. „Ich nenne dich, wie ich es für richtig halte", zischte sie. „Schließlich bin ich für alle Ewigkeit deine Mutter."

Kapitel 21

Mir blieb vor Schreck der Mund offen stehen. Mit allem hätte ich gerechnet, nicht aber, dass die beiden Mutter und Sohn waren. Ich hätte sie auf etwa das gleiche Alter geschätzt. Im direkten Vergleich wirkte Carlotta nun jedoch eine Spur älter. Zumindest meinte ich, das anhand ihrer Beherrschung ausmachen zu können. Falten hatte sie keine. Auch ihre Haut war makellos glatt und porzellanfarben.

„Sie muss weg!", herrschte sie Levente an und nickte in meine Richtung, wobei eine Haarsträhne der Schwerkraft zum Opfer fiel. „Sofort."

Wie redet sie eigentlich über mich? So von oben herab. Lady hin oder her, das lasse ich mir nicht gefallen!

Egal, ob sie seine Mutter war oder nicht. Ich würde mir von ihr ganz bestimmt nichts sagen lassen. Schon gar nicht in diesem Ton. Ich baute mich vor ihr auf.

„Ich gehe nirgendwo hin", informierte ich sie. „Ich bin alt genug, um selbst zu entscheiden, wann ich wohin gehe. Und kommen Sie mir jetzt nicht wieder mit Ihren einflussreichen Freunden. Die können mich gernhaben."

„Sie hat recht, Maryan." Leider fiel mir Levente in den Rücken. Er ließ von seiner Mutter ab und wandte sich an mich. „Du musst so schnell wie möglich zurück zum Hotel. Wenn Lord Cameroy dich hier sieht, dann fürchte ich, geschieht genau das, was ich dir eben erklärt habe."

Das klang sehr dramatisch. „Du meinst wegen des Darklander-Clans? Gehört Lord Cameroy auch dazu? Ist er auch ein Vampir?"

Wie viele davon gab es hier auf Skye? Wie blauäugig war ich durch dieses Land gereist, ohne auch nur eine Ahnung zu haben, wer hier alles lebte?

„Du hast sie eingeweiht?" Lady Carlotta verlor völlig ihre Selbstbeherrschung. Wo ich vorher stolze Haltung und Disziplin gesehen hatte, war jetzt nur noch blankes Entsetzen. „Sag, dass das nicht wahr ist, Finlay! Du hast diese kleine Sterbliche in unser Geheimnis eingeweiht?"

Als wir ihr nicht antworteten, schrie sie weiter. „Bist du von allen guten Geistern verlassen? Du führst uns geradeswegs ins Verderben, du Idiot! War dir Reginalds Tod und der seiner Mätresse nicht Warnung genug?"

„Nenn sie nicht so", fuhr Levente sie an. „Sie hieß Theresa. Und du weißt genauso gut wie ich, wie sehr er sie liebte."

„Pah, Liebe!", spuckte sie. „Liebe ist nur eine menschliche Empfindung."

„Hör auf, Carlotta!", warnte er sie.

Doch die Lady hatte sich in Rage geredet. „Liebe bringt uns nichts als Ärger ein. Damals wie heute. Wohin hat sie die Menschheit geführt? Direkt ins Chaos.

Krieg, ja, der schafft Klarheit, regelt und bringt Ordnung. Aber Liebe ...?"

„Für dich mag das so sein. Und wäre deine Liebe damals nicht abgewiesen worden, würdest du heute anders denken."

Erst jetzt wurde mir bewusst, dass ich Lady Carlottas Geschichte schon kannte. Sie war die Frau, die unbedingt Lord William hatte ehelichen wollen und ihm ein Kind geboren hatte, eben Levente. Sie war Lady Elisabeth. Und da war noch etwas. Charlott de Burghs schlichtes Porträt, das unten in der Ahnengalerie hing und mich an jemanden erinnert hatte. Jetzt wusste ich auch, an wen: an Lady Carlotta.

Elisabeth, Charlott, Carlotta. Ziemlich viele Namen für ein und dieselbe Person. Aber im Laufe eines so langen Lebens ändert sich vermutlich vieles. Oder es muss sich ändern, um unauffällig leben zu können.

Die beiden starrten sich hasserfüllt an. Wie oft hatten sie dieses Thema bereits diskutiert? Wie oft hatten sie sich schon angefeindet? Ein paar Male? Hunderte Male? Ich rechnete kurz nach und kam auf knapp zweihundert Jahre, die die beiden mittlerweile miteinander verbracht haben mussten. Eine lange Zeit, in der man sich auseinanderleben oder sogar gegenseitige Feindschaft entwickeln konnte. Langsam wurde mir bewusst, dass Unendlichkeit nicht bloß positive Seiten hatte.

„Genug!", herrschte Lady Carlotta ihn an. „Es gibt jetzt Wichtigeres. Sie", damit deutete sie mit dem Finger auf mich, „muss weg. Zumindest vorläufig. Jetzt!"

„Ich habe es verstanden", sagte ich verärgert. „Ich gehe. Aber denken Sie bloß nicht, dass Sie mich loswerden. Ich lasse mich von Ihnen nicht wie ein Kind herumschubsen. Nur, dass das klar ist."

Ich bemerkte das verhaltene Grinsen in Leventes Gesicht und grinste zurück. Sollte Carlotta ruhig wissen, mit wem sie es zu tun hatte.

„Reicht es, wenn ich in die Küche gehe und mich dort in der Speisekammer verstecke, bis Lord Cameroy wieder weg ist?", fragte ich.

„Nein", antworteten beide gleichzeitig.

„Nein, Maryan", wiederholte Levente freundlich. „Das reicht leider nicht." Er setzte mir ein Küsschen auf die Stirn. „Er würde beim Betreten des Schlosses sofort wissen, dass du hier bist."

„Wie? Kann er mich riechen?"

Carlotta schnaubte spöttisch. „Wenn du zu viel Parfüm aufträgst oder eine Knoblauchfahne hinter dir herziehst, dann …"

„Nein", fiel ihr Levente ungeduldig ins Wort. „Es ist deine Aura. Aber lass mich dir das ein andermal erklären. Eric wartet bereits unten auf dich."

„Was? Wieso?" Er hatte weder Henk noch Eric gerufen. Woher wusste Eric also, dass ich gehen musste?

„Auch das klären wir später. Komm." Er führte mich sanft, aber bestimmt auf den Flur hinaus. Während wir die Treppe hinuntergingen, schickte Carlotta ihrem Sohn noch etwas hinterher.

„Sie wird kaum mehr Gelegenheit haben, um alles über uns zu erfahren“, rief sie erbost. „Ihr bleibt keine Zeit mehr. Überleg dir gut, was du tust, Finlay.“

Draußen wartete Eric mit dem Landrover, mit dem Levente mich vor einer gefühlten Ewigkeit im Hotel abgeholt hatte. Der Stallbursche grüßte uns lediglich mit einem knappen Nicken und hielt mir die Beifahrertür auf.

Levente schloss mich ein letztes Mal in seine Arme. Ich presste mich an ihn und atmete seinen Duft ein, den ich so sehr mit Ballinmore Castle verband. Diese Mischung aus Leder und Myrte würde ich nie wieder vergessen können.

Wer weiß, ob ich jemals wieder herkommen darf.

Auch wenn ich Lady Carlotta siegessicher ins Gesicht geschleudert hatte, dass sie mich nicht loswerden würde, lag es letzten Endes nicht in meiner Macht, darüber zu bestimmen. Er küsste mich viel zu kurz und half mir dann in den Wagen.

„Bleib bei ihr“, verlangte Levente von seinem Burschen, der bereits am Steuer saß und den Motor anließ. „Ich gebe Bescheid, wenn du zurückkommen kannst.“

Und ich?

Es lag mir auf der Zunge, doch ich sagte es nicht laut. Es macht mich traurig, dass er mich nicht zurückerwartete.

Levente beugte sich kurz zu mir herein. „Tu nichts Unüberlegtes“, flüsterte er, mit seinem Gesicht nah an meinem. „Bitte gedulde dich. Versprich mir das. Warte, bis ich zu dir komme."

„Versprich mir, dass du zu mir kommst", verlangte ich. Die Tränen, von denen ich geglaubt hatte, alle vergossen zu haben, begannen wieder zu rollen.

„Ich verspreche es!" Sein Kuss war kurz und intensiv. Ein leidenschaftliches Versprechen, das ich ihm nur zu gerne abnahm.

Die Tür schloss sich. Ich hielt so lange Blickkontakt, bis ich Levente aus den Augen verlor. Ich winkte nicht, ich starrte nur hinaus, bis Büsche und Bäume die Sicht einschränkten. Und selbst dann noch versuchte ich, zwischen dem Blattwerk hindurch jeden winzigen Moment von ihm zu erhaschen. Dann fuhr der Wagen in eine Senke und mein schottischer Vampir, der Schlossherr von Ballinmore Castle, war verschwunden. Ich schlug die Hände vors Gesicht, um es vor Eric zu verbergen, und weinte still.

Eric redete kein einziges Wort mit mir. Die ganze Fahrt über schwieg er, begleitete mich dann ins Hotel und verabschiedete sich lediglich mit einem „Ich bin in der Bar, wenn du mich suchst". Keine Ahnung, wieso er überhaupt im Hotel blieb oder was er die ganze Zeit in der Bar tun wollte. Wieso fuhr er nicht zum Schloss zurück? Ich brauchte keinen Babysitter und erst recht keinen zum Reden. Ich wollte alleine sein und nichts weiter tun, als heulen und meine Ruhe haben. Binnen kürzester Zeit waren so viele Dinge auf mich eingestürmt, hatte ich so viel Neues erfahren und jedes menschenmögliche

Gefühl durchlebt, dass ich mich überfrachtet fühlte und meine Glieder bleischwer waren. Ich wollte am liebsten schlafen, doch als ich aus dem Bad kam und auf mein hübsch gemachtes Bett schaute, meldete sich mein Körper, der von Schlafen nicht allzu viel hielt, wohl aber von Nahrung.

Du Verräter! Hunger geht wohl immer, wie? Selbst im größten Schlamassel willst du essen.

Andererseits war das ein gutes Zeichen. Wenn mein Appetit noch vorhanden war, konnte es nicht ganz so schlimm um mich stehen. Und außerdem hatte ich seit Margrets Sandwiches nichts Vernünftiges mehr in den Bauch bekommen. Ich schaute zur Uhr und fand, es war eine gute Zeit, um ans Abendessen zu denken. Ich zog Turnschuhe an, warf mir eine leichte Jacke über und verließ mein Zimmer. Das Restaurant war noch leer, lediglich Eric saß am Tresen der Bar. Er hielt sich an seiner Teetasse fest und starrte auf das gegenüberliegende Alkoholarsenal. Er nahm mich gar nicht wahr, als ich Platz nahm und auf den Kellner wartete. Nach ein paar Minuten wurde es mir jedoch zu dumm. Weder Kellner noch Barkeeper hatten sich blicken lassen und so stand ich wieder auf und ging zum Tresen. Eric sah überrascht auf, als ich mich neben ihn auf den Barhocker setzte.

„Na, du auch hier?", fragte ich und grinste, obwohl mir gar nicht danach zumute war.

„Na klar", antwortete er, ebenfalls mit einem erzwungenen Lächeln. „Ich gehe immer in eine Bar, wenn ich nachdenken muss."

„Trinken richtige Wikinger dazu nicht immer Met?"

„Wikinger?“, fragte er verdutzt. „Ich bin ein echter Waliser, schon vergessen?“

„Wusste ich gar nicht.“

Endlich schaute der Barkeeper zu uns herein und eilte hinter den Tresen. „Bitte?“, fragte er.

„Ich hätte gerne etwas zu essen“, sagte ich.

„Der Koch kommt erst in einer Stunde, Miss. So lange müssen Sie sich leider gedulden. Aber ich kann Ihnen zur Überbrückung gerne Salzstangen und Erdnüsse anbieten.“

„Gerne. Und dazu bitte einen Cappuccino?“

„Kommt sofort.“

Neben mir prustete Eric verächtlich. „Kaffee und Erdnüsse. Ihr Deutschen habt echt Geschmack.“

Der Barkeeper stellte uns ein Glas Salzstangen und eine Schüssel Erdnüsse hin. Ich griff sofort zu und stopfte mir eine Handvoll Nüsse in den Mund.

„Mag sein, dass wir keinen Geschmack haben“, meinte ich. „Aber Hunger haben wir Deutschen allemal. Und da Henks leckere Scones gerade nicht in Reichweite sind, muss ich mich eben mit dem begnügen, was ich bekommen kann.“

Eric trank den Rest Tee aus und schenkte sich aus dem danebenstehenden Kännchen nach. „Da habe ich die Kutsche ja mal so richtig in den Graben gefahren, was?“, fragte er. „Tut mir leid, dass ich dich da mit reingezogen habe.“

„Muss es nicht“, sagte ich großzügiger, als ich mich fühlte. „Ich hätte ja nicht auf dich hören müssen.“

„Schön, dass du es so locker nimmst. Aber ich mache mir echte Vorwürfe. Ich habe Levente noch nie so aufgewühlt erlebt."

Der Keeper stellte mir gewandt meinen Milchkaffee hin.

„Danke", sagte ich.

„Noch Nüsse?", fragte er mit Blick auf die leere Schüssel.

„Wenn es nichts ausmacht?"

Er grinste, füllte nach und sofort aß ich davon. Der Kaffee war ohnehin noch zu heiß.

„Dass er deine Gegenwart genießt, wusste ich", redete Eric weiter. „Und dass sich da womöglich etwas Größeres anbahnen könnte, auch. Aber das große Ganze dahinter, das konnte ich doch nicht ahnen."

„Redest du von den Dingen, die er mir erzählen würde, wenn er es wollte?", spielte ich auf unser Gespräch im Mar y Sal an.

Eric nickte.

„Er hat mir davon erzählt, Eric."

Er sah zu mir herüber. „Hat er?"

„Ja, aber da ich nicht weiß, was genau du weißt, sage ich nichts weiter dazu." Ich nahm die Tasse auf und pustete zuerst den Schaum weg. Dann trank ein paar Schlucke und stellte die Tasse wieder ab. „Und da ich dich mag, werde ich dich auch nicht in die Bredouille bringen und dich mit Fragen löchern."

„Bredouille?"

„In eine Zwickmühle."

Er sah mich an und grinste. „Das ist nett. Danke."

Er starrte mir direkt auf den Mund und machte mich damit nervös. „Du hast da was", meinte er dann.

Vorsorglich wischte ich mir mit der Serviette über den Mund.

„Jetzt nicht mehr", sagte er und wandte sich seinem Tee zu.

„Wobei mich schon interessieren würde, wie das mit der Kommunikation funktioniert hat. Levente hat nicht nach dir gerufen und trotzdem hast du unten gestanden und auf uns gewartet, als hätte er dich dahin befohlen."

„Ich spüre so etwas", antwortete er, ganz in seinen Tee vertieft.

„Aha." Da ich ihn diesbezüglich nicht weiter ausquetschen wollte, beließ ich es dabei. „Spürst du zufällig auch, wie lange wir hier sitzen müssen? Wie lange wird Lord Cameroy auf Ballinmore Castle bleiben?"

Eric zuckte mit den Schultern. „Keine Ahnung. Ich weiß bloß, dass Levente wegen ihm furchtbar aufgewühlt war."

Ich fragte nicht nach, woher er das wusste. Vermutlich wäre seine Antwort wieder „Ich spüre so etwas" gewesen. „Kennst du Lord Cameroy?"

„Kennen wäre zu viel gesagt." Er hob die Kanne an und schüttelte sie, bloß um festzustellen, dass sie leer war. Mit flehendem Blick sah er sich nach dem Barkeeper um, doch der blieb verschwunden. Seufzend stellte Eric die Kanne wieder ab. „Ich habe ihn ein paarmal auf Ballinmore Castle gesehen. Gelegentlich habe ich auch ein paar Worte mit ihm gewechselt, aber mehr auch nicht."

„Und er kommt aus der Gegend?“ Ich hatte inzwischen meinen Kaffee leer getrunken. Im Schüsselchen lagen bestenfalls noch Krümel und die Salzstangen waren eine nach der anderen in meinem Mund verschwunden. Für den Moment war ich satt, aber die salzigen Naschereien würden nicht lange vorhalten. Und Kaffee stillte keinen Durst. Ich sah mich ebenfalls nach dem Keeper um.

„Nein, soweit ich weiß, nicht.“

So kam ich nicht weiter. Wenn Eric Lord Cameroy nicht kannte, dann konnte er mir auch nichts von ihm erzählen. Das Einzige, was ich wusste, war, dass mich Levente weggeschickt hatte, um mich zu schützen. Weil Cameroy zum Darklander-Clan gehörte, und nachsehen wollte, was auf Ballinmore Castle los war? Warum ausgerechnet jetzt? Wenn er häufiger vorbeikäme, um nach dem Rechten zu schauen, hätte Eric ihn des Öfteren gesehen. So aber gab es eigentlich keinen Anlass, außer es war Zufall oder jemand hatte ihm verraten, dass sich Levente nicht an die Statuten des Clans hielt. Wer würde so etwas tun?

Lady Carlotta.

Ich wusste selbst, dass mein erster Gedanke völlig unpassend war. Eine Mutter würde doch ihren eigenen Sohn nicht ans Messer liefern. Oder etwa doch? Ich wusste nichts über das Leben eines Vampirs. Erst recht nicht über sein Gefühlsleben. Dass sie keine richtigen Gefühle entwickeln konnten, hielt ich für ausgeschlossen. Levente war der beste Gegenbeweis. Wie sah es aber bei der kaltblütigen Lady aus?

„Ich weiß bloß, dass er vor noch nicht allzu langer Zeit hier war und Lord Reginald einen Besuch abstattete. Kurz bevor der und Miss Theresa … Na ja, du weißt schon."

Ich nickte.

„Erst lässt er sich jahrelang nicht blicken und dann kommt er binnen kurzer Zeit gleich zweimal vorbei. Das ist seltsam. Kein Wunder, dass Levente besorgt ist."

„Vermutlich bin ich daran nicht ganz unschuldig", murmelte ich.

„Das kannst du nicht wissen." Eric stieß mich freundschaftlich mit der Schulter an. „Hey, du hast es geschafft, dass Levente auf andere Gedanken kommt."

„Tolle Gedanken. Dass ihm ein anderer Lord an den Kragen will."

„Es ist ja nicht gesagt, dass es so ist", meinte Eric und grinste. „Vielleicht braucht Lord Cameroy einfach nur einen Tapetenwechsel und will sich nett unterhalten."

Ich sah ihn an. Er knickte unter meinem Blick ein und verzog den Mund.

„Okay, es war einen Versuch wert. Aber frag nicht weiter. Ich weiß von nichts."

Der Barkeeper tauchte wie von Zauberhand wieder auf. „Kann ich noch etwas bringen?", fragte er und räumte unsere leeren Tassen vom Tresen. „Noch einen Kaffee oder eine Kanne Tee?"

„Whiskey", verlangte Eric.

„Zwei davon", fügte ich an. „Aber den guten irischen."

Schon verrückt. Hier sitzen wir und beginnen den Abend mit Alkohol.

„Jameson?“, fragte der Keeper.

„Genau.“

„Gold oder Special Reserve?“

Ich hatte keine Ahnung und hoffte, die richtige Wahl zu treffen. „Special Reserve, bitte.“

„Auch für mich“, meinte Eric.

Während unsere Bestellung ausgeführt wurde und wir dabei zusahen, wie der Keeper gewandt die Flasche aus dem Regal nahm und unsere Gläser füllte, schubste Eric mich wieder an.

„Ich nehme mein vorschnelles Urteil zurück“, sagte er, „du hast doch Geschmack.“

Wir bekamen unsere Gläser hingestellt und prosteten uns zu.

„Sláinte, Maryan. Auf das Leben und die Liebe.“

„Sláinte, Eric.“

Wir stießen an und tranken. Der Whiskey rollte weich und aromatisch die Kehle hinunter.

Ich schleckte mir über die Lippen. „Das ist genau das, was ich jetzt brauche.“ Ich nippte noch einmal und behielt mein Glas in der Hand.

„Danke übrigens für deinen Brief neulich.“

Eric sah von seinem Glas auf. „Ich hoffe, meine Warnung kam noch rechtzeitig?“

„Ehrlich gesagt, bin ich gar nicht so weit gekommen, deine Nachricht zu lesen, weil ich zuerst Leventes Brief aufgemacht habe.“

„Verdammt!“ Er wirkte bekümmert. „Ich hatte dich vorwarnen wollen, weil ich ahnte, was Levente plante.“

„Es ging ja alles gut aus“, sagte ich beruhigend. „Mehr oder minder.“

Ein Paar betrat das Restaurant und setzte sich an einen Tisch. Die Frau sah zu uns herüber und sagte etwas zu ihrem Mann. Der drehte sich kurz zu uns um. Ich kannte weder sie noch ihn, grüßte aber der Höflichkeit halber und widmete mich dann wieder dem Whiskey. Warum grinste mir die Frau so seltsam zu? Jeder normale Mensch hätte kurz aufgeschaut und dann wieder weggesehen.

„Jetzt dreh dich nicht gleich um“, sagte ich leise zu Eric. „Da ist gerade ein Paar reingekommen. Kennst du die beiden zufälligerweise?“

„Ich tu mal so, als müsste ich auf Toilette, dann kann ich sie unauffälliger in Augenschein nehmen.“ Er machte Anstalten, aufzustehen.

„Nein!“ Ich hielt ihn zurück „Lass mich nicht alleine sitzen.“

Er schaute mich seltsam an. „Okay.“ Er schob meine Serviette, die als Untersetzer für das Glas diente, mit dem Ellenbogen vom Tresen. Von Weitem musste es aussehen, als wäre er ungeschickt gewesen. Die Serviette fiel zwischen uns auf den Boden.

„Ups, da ist mir doch glatt etwas runtergefallen“, sagte er und stieg vom Hocker, um das Tuch wieder aufzuheben. Als er wieder saß, grinste er. „Nein, ich habe die zwei noch nie gesehen.“

„Hätte ja sein können", flüsterte ich, weil gerade wieder jemand zum Restaurant hereinkam. „Sie haben uns so komisch angesehen, als sie sich setzten. Vergiss es. Ich glaube, ich werde paranoid." Ich versuchte ein Grinsen.

„Soll vorkommen. Sláinte!"

Wieder stießen wir an und tranken.

Der Barkeeper kam zu uns. „Das Restaurant ist nun geöffnet", informierte er. „Wenn Sie möchten, können Sie Ihre Getränke mit an den Tisch nehmen."

„Wie schaut es aus?", fragte ich Eric. „Leistest du mir Gesellschaft? Wenn du schon meinen Babysitter spielen musst, kannst du ja auch gleich mit mir essen, oder? Ich lade dich ein."

„Es geht ja eh alles auf meine Kosten. Also ja, warum nicht. Aber bitte da hinten hin, möglichst weit weg von den beiden da drüben." Sein Kopf deutete in die Richtung des Paares. „Ich mag sie nämlich auch nicht besonders. Sie sind mir viel zu neugierig."

Kapitel 22

Das ausgiebige Abendessen, bei dem wir wenig gesprochen, dafür umso mehr getrunken hatten, machte mich müde. Ich torkelte an Erics Arm zu meiner Zimmertür, wo wir unschlüssig stehen blieben. Was jetzt? Ich wollte ihn nicht einfach so stehen lassen. Immerhin hatte er mir gute Gesellschaft geleistet. Er war ein netter, lustiger Kerl, der mich ganz wunderbar ablenkte. Und ohne Ablenkung wäre ich heute Abend verrückt geworden. Alleine fühlte ich mich sehr unwohl. Spätestens, nachdem das merkwürdige Paar den Tisch gewechselt und sich in unsere Nähe gesetzt hatte, kamen mir Zweifel, dass ich hier im Hotel wirklich sicher war. Ich wollte jetzt nicht alleine bleiben.

„Eric?", fragte ich vorsichtig. Wir schwankten beide ein wenig und ich musste kichern, weil wir uns an der Wand abstützen mussten.

„Hm?" Er wusste offensichtlich auch nicht so richtig, wie es jetzt weitergehen sollte.

„Kommst du mit rein?" Als ich seinen Blick bemerkte, fügte ich hinzu: „Nein, nicht, was du denkst. Nur so. Ich meine …" Ich suchte nach den richtigen Worten und entschied mich für die Wahrheit. „Ich mag heute Nacht nicht alleine sein. Es wäre schön, wenn du weiterhin meinen Babysitter spielen würdest. Dann könnte ich wenigstens ruhig schlafen."

„Ich weiß nicht, ob das eine gute Idee ist."

„Aber ich. Bitte. Du willst doch nicht zurück an die Bar, wo dich die zwei Kasper beobachten, oder?"

Das schien zu ziehen. „Nein, will ich tatsächlich nicht. Hast du denn überhaupt genügend Platz da drin?"

Ich zog die Karte aus der Hosentasche und mühte mich, die Tür aufzubekommen. Eric nahm mir kurzerhand die Karte ab und schloss auf. Das kleine Zimmer hatte lediglich einen Sessel, der nicht mal für kleine Zwerge zum Schlafen geeignet war, geschweige denn für große Stallburschen. „Nein, aber ein breites Bett. Und wir müssen uns auch nicht ausziehen. Ich will eben bloß nicht alleine sein." Ich wollte ihn lieb anblinzeln, konnte ihn aber nicht mehr deutlich fokussieren und musste mich am Türrahmen festhalten.

Das war ein Whiskey zu viel gewesen. Oder zwei?

„Na gut. Du hast mich überzeugt. Aber keine unvernünftigen Dummheiten, hörst du? Ich will meinen Job noch länger behalten."

„Danke."

„Gerne. Rein mit dir, du Whiskeydrossel."

Er begleitete mich zum Bett, wo ich mich einfach in die Kissen fallen ließ. Alles drehte sich, meine Glieder fühlten sich wie schwere Säcke an. Ich hörte das Klacken der Tür. Dann wurde ich zugedeckt.

„Eric?“ Ich drehte mich, schon fast eingeschlafen, zu ihm herum. Er stand neben meinem Bett und machte keine Anstalten, sich zu mir zu legen.

„Hm?“

„Du bist echt ein sehr lieber Sattelschlepper“, murmelte ich und wurde von seinem leisen Lachen in den Schlaf geleitet.

Als ich am nächsten Morgen erwachte, saß Eric auf dem kleinen Sessel, hatte die Füße auf den Schreibtisch gelegt und schlief. Ich versuchte, mein Deckbett leise aufzuschlagen, doch es war sinnlos. Das gestärkte Leinen knisterte und weckte Eric sofort auf. Mit einem Satz war er auf den Füßen und stand stocksteif da.

„Was …?“, rief er und sah sich erschrocken um.

„Guten Morgen“, sagte ich. „Entschuldige, ich wollte dich nicht wecken.“

Erschöpft ließ er sich wieder zurück in den Sessel fallen. „Ich bin wohl eingeschlafen“, meinte er und rieb sich über das Gesicht. „Wie viel Uhr ist es?“

„Mein Handy sagt: kurz vor zehn.“ Ich tappte zum Bad. „Kommst du gleich mit frühstücken?“

Eric erhob sich und sammelte seine Schuhe ein. „Also, wenn es für dich okay wäre, würde ich jetzt wieder nach Ballinmore Castle zurückgehen. Levente hat Bescheid gegeben, dass die Luft rein ist.“

Ich blieb stehen. „Heißt das, ich darf auch wieder zurück? Wobei … Er hat darum gebeten, dass ich hier auf ihn warte.“

Eric hatte sich die Schuhe angezogen und griff sich seine Jacke. „Richtig. Und er bat mich darum, dich daran zu erinnern. Wird schon, Maryan. Lass dich nicht von all den Monstern abschrecken."

„Monstern?"

„Wütende Hausdrachen, böse Schlossgeister und so. Du weißt schon." Er grinste lausbubenhaft.

Ich kicherte. „Verstehe. Na, dann muss ich alleine frühstücken gehen. Warte mal." Ich schnappte mir den Block und den Kugelschreiber, die auf meinem Nachttisch lagen, und notierte meine Handynummer drauf. „Hier, sicherheitshalber", sagte ich und reichte ihm den Zettel. „Noch mal meine Handynummer." Da fiel mir noch etwas ein. „Was meinst du, sind die zwei von gestern auch noch da?"

„Über die brauchst du dir keine Sorgen machen. Die sind gestern Abend noch abgereist."

„Woher weißt du das?" Ich war davon ausgegangen, dass er mit mir eingeschlafen war.

„Ich war noch mal draußen", sagte er. „Sorry, aber ich musste eine rauchen. Die zwei sind rausgekommen, in ein Taxi gestiegen und weggefahren."

Komisch. Ich habe ihn noch nie rauchen sehen.

„Haben sie noch etwas gesagt?", fragte ich.

Er reagierte nicht gleich und irgendwie hatte ich das Gefühl, dass er log. „Nein. Und zum Glück haben sie mich auch nicht gesehen." Er machte ein paar Schritte zur Tür und setzte seine Strickmütze auf. „Bis nachher."

Ich ließ ihn hinaus. „Bis nachher. Und danke für alles."

Beim Frühstück blätterte ich ein wenig in der Tageszeitung, in der jedoch nichts Interessantes stand. Lord Reginalds Tod wurde nicht wieder erwähnt und selbst die Horoskope langweilten mich. Gelegentlich prüfte ich mein Handy, doch niemand rief an oder schickte mir eine Nachricht. Der Sonnenschein war verlockend und ich überlegte, mich zu einem Spaziergang aufzuraffen. Dann fiel mir Margret ein und kaum, dass ich auf dem Zimmer war, rief ich bei ihr an. Sie freute sich sehr, von mir zu hören, und lud mich sofort zu sich ins Cottage ein. Levente würde hoffentlich nicht unangekündigt im Hotel vorbeikommen, also kontrollierte ich den Akkuladestand meines Handys, packte es in meine Tasche und ging zur Rezeption, um mir ein Taxi rufen zu lassen. Keine zwanzig Minuten und zwanzig Kontrollblicke auf mein Handy später stieg ich vor Margrets Haus aus. Sie wartete bereits auf mich und schloss mich herzlich in die Arme.

„Maryan, wie schön, dich so schnell wiederzusehen. Wie geht es dir?“ Im Haus roch es nach frisch gebackenem Kuchen. „Komm, wir setzen uns hinter das Haus auf die Veranda in die Sonne. Heute ist so ein wundervoller Tag, den müssen wir nutzen. Eigentlich wollte ich im Garten arbeiten, aber wo ich jetzt so netten Besuch habe, verschiebe ich das auf morgen.“

In ihrem Garten leuchtete es in allen Farben. Ich kannte die meisten Blumen, Büsche und Bäume nicht, aber alleine die Vorstellung, zwischen der Pracht zu flanieren, mal hier und mal dort die Nase in die Blüten zu stecken, und den würzigen Duft frisch umgegrabener

Erde zu genießen, war verlockend. Natürlich gab es auch in Hamburg tolle Gärten. Ich besuchte gelegentlich Planten un Blomen, den alten botanischen Garten mitten im Stadtzentrum, aber ein kleines Stück eigenes Land, noch dazu hier auf Skye, war etwas anderes. Hier konnte man anpflanzen, was immer man wollte. Und man konnte seine Früchte auch ernten und musste keine Angst haben, dass neugierige Spaziergänger Blüten abrissen oder Äpfel stibitzten.

„Was hast du denn alles im Garten stehen?", fragte ich Margret, nachdem sie uns Tee eingeschenkt hatte.

„Mehr, als man so denkt. Das Klima auf Skye ist zwar typisch schottisch und wir haben fast ständig einen rauen Wind, aber dennoch wachsen meine Pflänzchen ganz gut. Im Gegensatz zum Rest der Insel habe ich hier sogar einen richtigen Park."

Ich betrachtete die vielen hohen Bäume, die sich rings um eine Rasenfläche und ein paar Beete verteilten. „Stimmt", pflichtete ich ihr bei. „Skye ist ziemlich karg, was Bäume betrifft. Abgesehen von ein paar Wäldern."

Burstfield Woods, zum Beispiel.

Prompt fiel mir Lord Reginald wieder ein. Und dann noch ein anderer, Lord Cameroy.

„Ich würde dir gerne bei der Gartenarbeit helfen, wenn ich dürfte", sagte ich. Es war bestimmt eine gute Möglichkeit, mich mit Unkrautjäten abzulenken, um nicht ständig an Lords zu denken oder auf Leventes Anruf zu warten.

„Aber natürlich, gerne. Das Unkraut wuchert hier ziemlich, von daher könnte ich zwei helfende Hände sehr gut gebrauchen. Aber erst trinken wir unseren Tee und du erzählst mir, wie du die Zeit verbracht hast. Warst du schon in Portree?“

Es wurde ein anstrengender, aber unterhaltsamer Nachmittag. Wir redeten über das Wetter, den Garten und über Belanglosigkeiten. Natürlich hätte ich Margret gerne nach Lord Cameroy gefragt. Möglicherweise kannte sie ihn ja. Aber dann hätte sie gefragt, woher ich ihn kannte und ich hätte lügen müssen. Also schwieg ich lieber.

Zur Stärkung backte uns Margret zwischendurch Pfannkuchen und als es langsam dunkel wurde, reinigten wir das Gartenwerkzeug, kippten die Gartenabfälle auf den Komposthaufen und gingen ins Haus. Bei heißem Tee und den übrig gebliebenen Pfannkuchen saßen wir am Küchentisch und unterhielten uns über Expeditionsschiffe, die vermehrt in Portree und anderen schottischen Hafenstädten vor Anker gingen, um Hunderte von Touristen für ein paar Stunden an Land zu spülen.

„Es kommen ohnehin in letzter Zeit sehr seltsame Zeitgenossen nach Skye“, sagte Margret gerade, als sie das Klingeln meines Handys unterbrach.

Ich hatte es geschafft, während der Arbeit gelegentlich das Display zu aktivieren, um nach eingegangenen Nachrichten oder Anrufen zu schauen. Als dann die Zeit ohne eine Nachricht von Levente voranschritt, wurde ich zunehmend nervös. Auch Margret war das nicht entgangen.

„Nun geh schon ran", sagte sie, als ich zögerte, das Handy aus der Tasche zu nehmen. „Ich weiß doch, dass du darauf wartest." Sie zwinkerte mir munter zu. „Ich geh mal eben raus."

„Lecon", meldete ich mich, weil ich die angezeigte Nummer nicht kannte. Aber natürlich war es Levente.

Endlich!

„Hallo Maryan", grüßte er und bei seiner Begrüßung machte mein Herz einen kleinen Hüpfer. Ich liebte es, wie er meinen Namen aussprach.

„Hallo Levente, schön dich zu hören!"

„Ich habe gute Nachrichten. Wenn du möchtest, kann ich dich in einer halben Stunde im Hotel abholen."

„Das wäre toll", antwortete ich. „Nur leider bin ich nicht im Hotel. Ich bin bei einer Bekannten in Duneany."

„Dann könnte ich dich von dort abholen."

Ich wollte nicht, dass er hierherkam. Es war kindisch, aber Margret sollte nicht erfahren, was mich mit Lord MacConnell verband, auch wenn sie es vielleicht schon längst ahnte. Und ich wollte nicht noch mehr Theater spielen müssen. Ich hatte Margret nämlich nichts von meinen Treffen mit Levente erzählt und bei meiner Ausführung über die vergangenen Tage ein wenig geflunkert. Ich hatte vorgegeben, spazieren gewesen zu sein, hatte dabei Plätze beschrieben, die ich von meinen vorangegangenen Reisen her kannte, und gehofft, sie würde es mir nicht anmerken, dass ich nicht ganz die Wahrheit erzählte. Immerhin ging es um mein Intimleben. Das ging niemanden etwas an.

„Lieb von dir, aber das brauchst du nicht. Ich rufe mir ein Taxi und komm zu dir“, sagte ich. „Ich wollte ohnehin gleich aufbrechen. Wobei ich erst noch im Hotel vorbeifahren muss. Wir haben im Garten gearbeitet und jetzt sehe ich aus wie ein schmutziger Gartenkobold.“

Levente lachte und ich schmolz dahin. „Ich kann es mir bildlich vorstellen“, sagte er. „Und ich mag den Gedanken, dich schmutzig und voller Erde zu sehen. Vergiss das Hotel und lass dich so herbringen, wie du bist. Meine Badewanne und dein privater Handtuchträger werden dir vollumfänglich zur Verfügung stehen.“

Die Aussicht war so verlockend, dass ich nicht lange überlegen musste. „Gut, abgemacht. Dann bis gleich.“

„Beeile dich. Ich kann dich kaum erwarten“, sagte er und ich spürte, wie mir die Schamesröte ins Gesicht stieg. Ich konnte es ebenfalls kaum erwarten, ihn wiederzusehen. Ich wollte zurück in seine Arme, wo ich mich sicher fühlte.

„Na, hast du alles geregelt?“, unterbrach Margret meinen Gedankenausflug.

„Ja.“ Ich lachte. „Alles geregelt. Ich muss mich jetzt auf den Weg machen. Ich bin dir schon viel zu lange auf die Nerven gefallen.“

Sie hob die Schultern. „Ah, nein, das bist du nicht. Danke, dass du mir so fleißig geholfen hast, Unkraut zu jäten. Ich hätte dafür eine ganze Woche gebraucht. Es geht eben nicht mehr alles so flott von der Hand wie früher.“ Sie kicherte. „Außer das Kochen. Das geht besser als ehedem.“

„Das stimmt, deine Pfannkuchen waren köstlich. Entschuldige bitte, ich ruf mir eben ein Taxi."

„Ich kann Scotty bitten, dich zu fahren", bot sie an.

„Danke, aber das muss nicht sein", wiegelte ich ab.

„Ach, stimmt", fiel ihr plötzlich ein und sie tippte sich an die Stirn. „Er hat ohnehin keine Zeit. Er sagte mir ja, er habe eine Verabredung mit seinen Freunden zum Fußballabend. Da ist er immer unabkömmlich und wird ziemlich griesgrämig, wenn man ihn stört."

„Siehst du", meinte ich und kicherte. „Lassen wir den Männern also lieber ihren Spaß und unterstützen die Taxiunternehmen von Duneany."

„Na, ob das was wird?" Margret winkte ab. „Es gibt da ziemliche viele Strolche. Sieh zu, dass du nicht übers Ohr gehauen wirst und behalte das Taxameter im Auge. Am besten machst du vorab einen Festpreis aus. Und wenn sie hören, dass du im Kings and Queens untergekommen bist, verdoppeln sie die Preise gerne mal."
„Danke für den Hinweis", sagte ich.

Ich suchte die Nummer heraus, die ich vorsorglich bei meiner Ankunft im Hotel einprogrammiert hatte, und bestellte mir eine Taxe. Man versprach sie mir binnen der nächsten zehn Minuten. Also packte ich meine Sachen zusammen, zog meine Jacke an und wartete gemeinsam mit Margret vor dem Haus. Wie angekündigt tuckerte das Taxi kurz darauf heran. Mit einem lauten Knall verstummte das altersschwache Gefährt vor dem Gartentor und hüllte sich in schwarzen Nebel.

„Oha", staunte ich. „Ob das Ding es noch weit schafft?"

Der Fahrer stieg aus und winkte mir. „Miss Lecon?“, rief er gut gelaunt.

„Ich komme“, rief ich zurück und nahm Margret schnell noch einmal in die Arme. „Es war sehr schön bei dir. Bis ganz bestimmt bald“, verabschiedete ich mich.

„Gib gut auf dich acht, Maryan“, sagte sie und küsste mich auf die Wange. „Und komm bald wieder.“

Ich winkte, während ich einstieg, und schloss die Tür.

„Wohin soll es gehen?“, fragte der Fahrer.

„Fahren Sie bitte einfach die Küste entlang. Ich sage Ihnen, wann Sie anhalten sollen.“

Er sah mich über den Innenspiegel schief an, sagte aber lediglich: „Geht klar. Nessie und ich fahren dann mal.“ Er startete den Motor. Nessie ächzte, fuhr aber dennoch an und rumpelte los.

Ich schielte auf den Tacho und konnte nicht glauben, was ich da sah. Nessie hatte bereits 999999 Kilometer auf dem Buckel.

Trotzdem ging zumindest für eine Weile alles gut. Wir zogen zwar eine satte schwarze Nebelschwade hinter uns her und gelegentlich stotterte der Motor, doch Nessie bewegte sich stetig vorwärts. Ich versuchte, mich mit den Gedanken an ein heißes Bad mit Levente abzulenken, doch das Stottern des Wagens nahm mit jeder Kurve zu. Immer öfter setzte der Motor aus und gab schließlich mit einem letzten gequälten Husten mitten auf der Straße ganz auf. Mit letztem Schwung lenkte der Fahrer den Wagen an den Straßenrand.

„Ich krieg sie gleich wieder hin", meinte er zuversichtlich und stieg aus. Er öffnete die Motorhaube und wedelte den Rauch beiseite, der daraus aufstieg.

„Na prima", fluchte ich leise. „Da hätte ich ja auch gleich zu Fuß gehen können."

Ich bezweifelte sehr, dass der Taxifahrer seine alte Schrottlaube noch mal zum Laufen bringen würde. Und wenn ich Pech hatte, würde er einen Kollegen zu Hilfe rufen oder gleich einen Abschleppwagen. In dieser Zeit wäre ich bestimmt auch zu Fuß auf Ballinmore Castle angekommen. Ich schaute hinaus aufs Meer. Die Sonne war längst untergegangen, doch ganz dunkel war es noch nicht. Wir waren fast an der Stelle angelangt, an der ich ohnehin hätte anhalten lassen.

Ich stieg aus und ging zum Fahrer. „Ich laufe von hier aus", sagte ich. „Was bekommen Sie?"

„Sind Sie sicher? Ich krieg sie gleich wieder hin."

Ich warf einen kurzen Blick in Nessies Motorraum. Es qualmte, stank nach verbranntem Öl und verschmortem Plastik. Ich sah wieder die Straße entlang. Es konnte nicht mehr weit bis nach Ballinmore Castle sein. Ich konnte den Rest der Strecke laufen. „Ja, ich bin sicher." Ich lächelte, um ihn von meiner Ortskundigkeit zu überzeugen. „Ich kenne mich hier gut aus."

„Wie Sie meinen. Aber bezahlen müssen Sie nichts, Miss. Ich habe Sie ja nicht dahin bringen können, wo Sie hin wollten. Aber rufen Sie uns doch einfach beim nächsten Mal wieder an, wenn Sie ein Taxi brauchen."

„Das mache ich, vielen Dank", log ich. „Bis zum nächsten Mal."

„Schönen Abend noch, Miss“, sagte der Taxifahrer beschwingt und wedelte noch ein bisschen Rauch vom Motor. „Wir kriegen das wieder hin, was, Nessie? Haben wir noch immer.“

Ich lief den Küstenweg entlang und versuchte mich zu beeilen. Es gab keine Laternen, die mir die Strecke hätten erhellen können. Auf dem unebenen Weg stolperte ich mehrfach und fiel einmal sogar hin. Trotzdem wollte ich es vorerst ohne Handy-Taschenlampe versuchen.

„Du blöde Kuh!“, schimpfte ich mit mir selbst. „Warum hast du dich nicht von Levente abholen lassen? Oder hast ein neues Taxi gerufen? Jetzt habe ich den Salat.“

In der Ferne glaubte ich, einen dunklen Schemen erkennen zu können. Das konnte Ballinmore Castle sein oder ein Fels.

„So viel zu: Ich kenne mich hier gut aus“, wetterte ich.

Ob ich Levente anrufen und ihn bitten sollte, mir entgegenzukommen?

„Jammerlappen“, meckerte ich. „Heulsuse. Kannst nicht mal im Dunkeln spazieren gehen, ohne gleich Muffensausen zu kriegen. Jetzt stell dich nicht so an.“

Niemand war hier, nur ich und das Meer und der Wind. Es war mittlerweile stockdunkel und selbst der Mond gab kaum Licht ab. Unter mir rauschte das Meer, die Wellen klatschten gegen die steilen Felswände und der Wind ließ das Gras am Wegrand rascheln. Und dann knackte etwas. Ich blieb unwillkürlich stehen und drehte mich um. Hinter mir war es genauso dunkel wie vor mir. Ich sah nichts, hörte aber meinen Herzschlag laut und deutlich. Meine Ohren pochten und mir wurde trotz des kalten Windes heiß.

Einbildung. Wer soll denn hier draußen im Dunkeln unterwegs sein?

Und selbst wenn, war das noch lange keine ungewöhnliche Sache. Das war bestimmt ein Tier. Ein Hase vielleicht. Oder ein verirrtes Schaf.

Ich setzte meinen Weg fort. Eine Zeit lang hörte ich nur meine Schritte, doch dann gab es einen dumpfen Aufschlag, als wäre jemand über einen Stein gestolpert und hingefallen.

„Jetzt reicht es", sagte ich laut und blieb stehen. Ich kramte das Handy aus meiner Tasche heraus, überlegte kurz, ob ich nicht doch Levente anrufen sollte, und aktivierte stattdessen die Taschenlampe. Bis zum Schloss würde der Akku sicherlich noch reichen. Und danach brauchte ich das Handy erst mal nicht mehr.

„Aber ich brauche dringend ein Bad." Die Kälte ging mir durch und durch. Ich fror und zog meine Jacke fester zusammen. Ich lief weiter, was dank des Lichtes etwas besser klappte als zuvor, und kam zügiger voran. Erleichtert stellte ich fest, dass die dunkle Kontur, die ich zuvor gesehen hatte, tatsächlich Ballinmore Castle war. Mit neuem Elan schritt ich schneller und blieb plötzlich mit dem Fuß an etwas hängen. Ich kam ins Straucheln und ließ vor Schreck mein Handy fallen. Es polterte leuchtend über den Boden und hüpfte an den Felsrand.

„Nein!" Ich hechtete hinterher. Verzweifelt streckte ich die Hand nach meinem Telefon aus, dass das leichte

Gefälle Richtung Klippen hinunterrutschte. Unglücklicherweise fiel ich dabei auf die Knie.

„Au", schrie ich auf und musste hilflos dabei zusehen, wie das Leuchten die letzten Zentimeter bis zur Kante entlangglitt und dann verschwand. Sekunden später hörte ich ein leises Scheppern.

„Na prima", heulte ich und rappelte mich wieder hoch. Mein linkes Knie schmerzte und die Hose hatte einen Riss. Vermutlich blutete ich auch, zumindest deutete das widerliche Brennen auf eine üble Schürfwunde hin.

„Hilft alles nichts. Weiter", versuchte ich, mich zu motivieren. „Das Bad und mein Handtuchträger sind schon in Sichtweite." Ich musste bloß aufpassen, dass ich nicht das Schicksal meines Handys teilte. Der Weg führte jetzt sehr nah am Abhang entlang. Gleich dahinter fielen die Klippen steil zum Meer ab. Gut möglich, dass dort ein kleiner Strandabschnitt war, aber wollte ich es darauf ankommen lassen? Ich setzte meine Schritte nun wesentlich vorsichtiger, schon alleine wegen des lädierten Knies, und sah nach vorne. Ja, da war eindeutig Ballinmore Castle zu sehen. Beflügelt ging ich schneller.

Ich spürte den Schemen mehr, als dass ich ihn sah. Der Stoß kam unerwartet und katapultierte mich Richtung Steilhang. Auf den zerklüfteten Felsen fand ich keinen Halt und rutschte auf den feuchten Steinen aus. Ich fuchtelte wild mit den Armen, um Balance zu finden, und glitt aus. Unsanft landete ich auf dem Hosenboden und schnellte schreiend über die Kante ins schwarze Nichts.

Kapitel 23

Man sagt, in Schockmomenten würde das ganze Leben an einem vorbeiziehen. Die Zeit würde stillstehen und man könnte seine Vergangenheit in aller Ruhe Revue passieren lassen. Ich kann das bestätigen. Während mein Körper noch damit beschäftigt war, vergeblich gegen die Schwerkraft anzukämpfen, meine Arme mit kindlichen Auf- und Abschwüngen den Fall irgendwie doch noch stoppen wollten, hatte ich mich schon längst damit abgefunden, dass mein Ende gekommen war.

Ich erinnerte mich, wie wir als Kinder mit aufgespannten Regenschirmen vom Sofa gesprungen waren und geglaubt hatten, fliegen zu können. Da war Marko, mein erster richtiger Freund, der mich mit meiner damaligen besten Freundin betrogen hatte. Ich schickte ihn genauso weg, wie all die anderen Erinnerungen. Mama und Papa. Meine Mutter, die immer lachte, selbst wenn es nichts mehr zum Lachen gab. Mein Vater, der selten zu Hause war. Mein erster Arbeitstag, der Umzug nach Hamburg und meine ersten eigenen vier Wände. Sven, den ich wirklich geliebt hatte oder vielleicht auf eine ganz besondere Weise immer noch liebte. Meine Katze Fia, um die er sich fortan kümmern würde. Und die Guest Services Managerin Ines M. Raonic, die sich sicherlich darüber wundern würde, wenn ich nicht mehr auftauchte. Margret und Scotty würden zukünftig die Pfannkuchen und Kekse alleine futtern. Henk musste sich eine andere Abnehmerin für seine Scones suchen.

Und Levente!

Es trieb mir nun doch Tränen in die Augen. Ich würde meinen geliebten Schlossherrn nie wiedersehen. Er hatte das Bad umsonst eingelassen. Ich würde es nicht mit ihm genießen können. Ich würde *ihn* nie wieder genießen können. Selbst jetzt hörte ich ihn meinen Namen rufen. Es gab niemanden auf dieser Welt, der meinen Namen so schön aussprach. Der Klang seiner Stimme zauberte mir trotz der ausweglosen Situation ein Lächeln ins Gesicht.

Eine schöne Art zu sterben. Ein Engel ruft meinen Namen, während ich in den Tod stürze.

Und ich war ja auch nicht alleine. Kleine Schatten flogen um mich herum, begleiteten meinen Fall. Vielleicht waren es nur Trugbilder meiner gereizten Synapsen, doch ich fühlte mich nicht mehr einsam. Es war wesentlich akzeptabler, in Gesellschaft auf den Felsengrund zuzustürzen. Erst recht, wenn man die Sympathie seiner Begleiter spüren konnte. Die Schatten umarmten mich, geleiteten mich nach unten. Oder … nein, sie geleiteten mich nicht, sie versuchten, mich aufzuhalten. Ihre zarten Berührungen wurden deutlich fester. Sie zupften an meinen Kleidern. Oder war das bloß der Wind?

Ich versuchte, etwas durch den Tränenschleier zu erkennen, und sah nur reines Schwarz. Es gab einen Ruck und ich schrie entsetzt auf. Das war es also, mein Ende. Ich war auf dem Felsen zerschellt. Seltsam nur, dass es nicht wehtat. Da war bloß ein unangenehmer Druck um meine Brust und um meine Hüfte, der mir das Atmen schwer machte. Ich schnappte angestrengt nach Luft.

„Ich bin da", hörte ich Leventes Stimme in meinem Ohr. „Alles wird gut."

Ja, wenn er bei mir war und mich in meinen Tod begleitete, dann war tatsächlich alles gut. Ich hätte mir keinen besseren Sterbebegleiter wünschen können, als ihn. Schade nur, dass ich ihm nicht dafür danken konnte. Oder vielleicht doch? Ich hörte auf, nach Luft zu japsen, und versuchte stattdessen, mein rasendes Herz zu bändigen.

„Danke, dass du mich bei meinem letzten Gang begleitest", krächzte ich heiser.

Levente lachte dieses wunderbare Lachen, das mich von Anfang an so verzaubert hatte. „Darüber müssen wir uns bei Gelegenheit noch unterhalten."

„Tut mir leid", murmelte ich. Meine Glieder wurden steif, mir war eiskalt, vermutlich würde ich zu Eis gefroren sein, ehe die Leichenstarre einsetzte. „Es gibt keine Gelegenheiten mehr."

„Wieso nicht?"

„Siehst du nicht, dass ich sterbe? Vielleicht bin ich sogar schon tot und du bist bloß eine Sinnestäuschung, damit es nicht ganz so schlimm für mich ist."

„Ich bin dein letzter Gedanke?"

„Das hast du sehr schön formuliert. Ja, du bist mein letzter Gedanke. Wenn ich dich schon nie wiedersehen kann, dich nie wieder küssen darf, nicht mehr mit dir schlafen kann, dann … ja, du bist mein letzter Gedanke. Niemand sonst ist es wert."

Ich sah sein Gesicht ganz deutlich vor mir. In allen Einzelheiten spielte mir mein Gedächtnis alle Details von ihm vor. Seine unergründlichen Augen, sein sinnlicher Mund, die freche Strähne, die ihm auch jetzt über die Wange fiel. Ich hob meine Hand und strich sie ihm hinter das Ohr zurück. Wie gerne hätte ich ihn jetzt geküsst. Nur noch ein einziges Mal.

„Nie wieder …", flüsterte ich mit erstickter Stimme.

Er beugte sich zu mir herab und küsste mich.

Ich seufzte. Es fühlte sich so wunderbar real an. Auch der Druck seiner Arme, die mich nun weniger fest umschlungen hielten, fühlte sich ziemlich normal an. Ich sah mich zum ersten Mal um und nahm meine Umgebung wahr. Es war dunkel, es wehte ein kalter Wind und unter uns toste das Meer. Die Landschaft um uns herum war die gleiche, die ich verlassen hatte. Nichts hatte sich verändert, nur, dass ich nicht mehr in die Tiefe fiel oder gar in Stücken zwischen Felsen verstreut war. Ich lag in Leventes Armen und stand am Klippenrand, von dem ich eben noch heruntergerutscht war.

„Du bist nicht tot", sagte er mit Nachdruck „Du lebst. Und das hoffentlich noch sehr lange."

Als er einen Schritt zurückmachte, sah ich an ihm herunter und blickte auf zwei Paar Schuhe. Seine Sneaker waren blitzblank, wohingegen meine Turnschuhe, die ich am Morgen angezogen hatte, von der Gartenarbeit bei Margret und dem Spaziergang dreckig waren. Die Beine meiner Jeans waren nass, ebenso meine Jacke. Meine Haare klebten mir im Gesicht und es fühlte sich an, als wäre meine Haut mit einer Eisschicht bedeckt. Ansonsten fühlte ich mich ziemlich lebendig. Fast wie immer, wenn man vom Adrenalin absah, dass mich erfüllte und mich zittern ließ. Vielleicht war es auch die Kälte.

„Ich bin gefallen", sagte ich ungläubig und versuchte mich zu erinnern. „Nein, falsch. Ich wurde gestoßen."

Leventes Augen verengten sich. Selbst im Dunkeln konnte ich es sehen. „Gestoßen? Von wem?"

„Ich weiß nicht, wer es war, aber ich bekam einen Stoß in den Rücken und rutschte über die Kante. Und dann stürzte ich die Klippen runter. Eigentlich hätte ich irgendwann unten ankommen müssen, aber jetzt stehe ich wieder hier oben. Das kann nicht sein."

„Hast du den Angreifer gesehen?" Er schien sich gar nicht für das Wunder meiner Rettung zu interessieren.

„Nein, ich habe nichts gesehen. Wobei …" Ich dachte für einen Moment nach. „Ich hatte manchmal das Gefühl, dass jemand hinter mir geht. Ich dachte, es sei ein Tier."

„Ein großes Tier", knurrte Levente. Die Art, wie er es sagte, und sein Gesichtsausdruck, machten mir Angst. Er inspizierte argwöhnisch die Umgebung.

„Möglicherweise", meinte ich. „Erklärst du mir bitte, wieso ich noch lebe?" Ich tippte ihm auf die Brust, um seine Aufmerksamkeit wieder auf mich zu lenken. „Ich bin in die Tiefe gestürzt und müsste jetzt tot sein. Stattdessen lebe ich. Das geht nicht. Nicht in einer normalen Realität."

„In meiner schon. Und auch in deiner, weil du dich mit mir eingelassen hast." Er sah mich zwar an, schielte aber weiterhin über meine Schultern hinweg in die Dunkelheit. „Vampire haben die eine oder andere Fähigkeit, die bei Notsituationen wie der deinen hilfreich sein kann."

„Also kannst du fliegen? So wie Superman?"

Jetzt schmunzelte er wenigstens. „Nein, nicht ganz so filmreif und ohne schickes Cape, aber es kommt dem doch sehr nah."

„Wow." Ich war froh, dass es Dinge in meiner Realität gab, die mir vorher weder realistisch vorgekommen noch jemals aufgefallen waren. Vampire, die fliegen konnten, gehörten eindeutig dazu.

Und Vampire, die fliegen können, und so sexy und großartig sind, ganz besonders.

Levente legte schützend einen Arm um meine Schultern. Er machte mich mit seiner Wachsamkeit nervös.

„Lass uns gehen", sagte er schließlich. „Sonst wirst du krank. Außerdem wird dein Badewasser kalt." Er gab mir ein schnelles Küsschen auf die Wange und drückte mich dann vorwärts.

„Wie? Wir laufen?“, fragte ich.

„Du bist für heute genug geflogen.“ Er versuchte, lustig zu sein, doch ich sah an seiner Miene, dass er alles andere als ausgelassen und entspannt war. Sein Kopf drehte sich immer wieder nach rechts und links. Gelegentlich blieben wir sogar stehen und Levente blickte den Weg zurück, den wir gegangen waren. Ich war froh, als wir endlich unbehelligt am Schloss ankamen.

Henk öffnete uns die Tür. „Guten Abend, Miss Lecon, schön, Sie wiederzusehen.“, sagte er gewohnt freundlich. „Willkommen zurück, Lord MacConnell.“

Levente übergab seinem Butler meine Jacke, aus der er mir geholfen hatte.

„Danke, gleichfalls, Henk“, antwortete ich. „Entschuldigung für die Wasserflecken auf dem Boden. Ich hätte das feuchte Zeug besser draußen ausziehen sollen.“ Ich sah zurück und entdeckte erst jetzt auf den Treppenstufen und auf dem Fußabtreter die dicken Schlammspuren, die meine dreckigen Schuhe hinterlassen hatten.

„Das stellt kein Problem dar, Miss“, erwiderte der Butler gelassen. „Mit Sand wissen wir hier an der Küste umzugehen.“

„Mit Sand und mit Muthadh“, sagte Levente grimmig.

Henk horchte auf und hob die Augenbrauen. Die beiden Männer sahen sich kurz an, dann neigte der Butler den Kopf. „Ich verstehe, Sir. Ich werde mich umgehend darum kümmern.“

„Was meintest du mit ‚Muthadh'?", fragte ich neugierig, während wir die Eingangshalle durchschritten.

„Das ist nur so eine Redensart, die wir bei Alltäglichem wie zum Beispiel Sand anbringen", meinte Levente und führte mich eine Spur zu energisch an der Treppe und der Ahnengalerie vorbei zu seinem Wohnbereich. Seine belanglose Antwort stellte mich ganz und gar nicht zufrieden, dennoch beließ ich es vorerst dabei.

Im Vorbeigehen bemerkte ich wieder die fehlenden Bilder in der Ahnenreihe. Eines, das wusste ich jetzt, war der Platz für Leventes Vater, Lord William, oder Robert, Earl of Thee.

„Wer hing eigentlich hier, an letzter Stelle?" Ich stoppte und deutete auf den leeren Platz. „Da müsste doch eigentlich dein Konterfei hängen, oder?"

Levente blieb stehen, lehnte sich vor der freien Stelle an die Wand und hob das Kinn in aristokratischer Manier. Dazu setzte er einen blasierten Blick auf und tat gelangweilt. „So in etwa sah es aus. Stell dir noch die üblichen Accessoires dazu vor. Und natürlich meine niemals erlegten Jagdtrophäen." Er kam wieder zu mir. „Ich konnte es nicht mehr sehen und ließ es abnehmen."

„Schade", meinte ich. Ich blickte kurz zu Lady Carlottas Konterfei hinüber und genehmigte mir einen kleinen Seitenhieb in ihre Richtung. „Ein stattlicher Schotte mit Pferd, noch dazu ein unsterblicher Vampir, ist doch bestimmt netter anzusehen, als eine Lady mit einem Buch." Ich umarmte ihn und spürte Leventes Muskeln durch das feuchte Shirt hindurch sehr deutlich. Und auch das, was sich tiefer bemerkbar machte.

Levente lachte. „Wohl wahr. Aber das Bild entsprach nicht ganz der Realität. Ich fühlte mich nicht gut getroffen."

Als wir seinen Wohnraum betraten, roch es dort nach Kaminfeuer und Blumen.

Vor der Badezimmertür blieben wir stehen. „Möchtest du, dass ich dich alleine lasse?", fragte er vorsichtig.

Seine Zurückhaltung war rührend, aber nicht notwendig. Ich brauchte keine Privatsphäre. Was ich brauchte, stand vor mir. Ich ergriff seine Hände und zog ihn zum Bad.

„Ich möchte jetzt nicht alleine gelassen werden", sagte ich und stieß die Tür mit einem leichten Schubs auf. In Leventes Wohnraum war es dämmerig gewesen. Das Feuer im Kamin hatte den Raum kaum erhellt. Hier im Bad verhielt es sich anders. Das Licht unzähliger Flammen ließ den Raum unwirklich und wie aus Tausend und einer Nacht erstrahlen. Überall standen rote Gläschen mit flackernden Kerzen darin. Am Rand der großen Badewanne standen zwei dicke, blutrote Kerzenstumpen und zauberten glitzernde Reflexe auf den Badeschaum, in dem einzelne Rosenblätter durchschimmerten. Leise Klaviermusik begleitete die romantische Stimmung.

„Ich möchte dich auch nicht alleine lassen", sagte er sichtlich bewegt. „Nie wieder." Er küsste mich hingebungsvoll. Dabei zog er mir das Shirt aus, nestelte an meinem BH, der kurz darauf zu Boden fiel, und half mir schließlich aus der Jeans.

Ich entledigte mich schnell der restlichen Kleidung und sah ihm dabei zu, wie auch er Shirt und Jeans auszog. Stück für Stück gab er seinen vollkommenen Körper preis. Dann stand Levente vor mir. Ganz und gar nackt und in jedem einzelnen Detail perfekt.

„Manchmal ist die Realität viel reizvoller als die Fantasie", sagte ich, ergriffen von seiner Schönheit.

Er hob mich sachte an und trug mich zur Wanne. Gemeinsam steigen wir hinein. Das Wasser hatte genau die richtige Temperatur und umspülte meine steifen, kalten Glieder mit angenehmer Wärme. Ich ließ Levente den Vortritt und setzte mich dann zwischen seinen Beinen nieder. Seufzend legte ich meinen Kopf auf seine Brust und schloss die Augen. Doch meine Anspannung löste sich nicht.

Levente streichelte mich. Seine Hände fuhren zart wie Samt über meinen Busen, hinunter zum Bauch und zur Hüfte. Nur das Knistern des Schaumes und die leise Musik waren noch zu hören. Wie gerne hätte ich mich ihm hingegeben, mich auf seine Zärtlichkeiten eingelassen, aber zu viele Dinge beschäftigten mich.

„Lass los", flüsterte er mir ins Ohr. Er küsste mich auf die Schläfe. „Und frag, was immer du möchtest."

Ich tat, als hätte ich seine letzte Bemerkung nicht gehört. Ich wollte die Stimmung nicht zerstören. „Ich versuche es."

Seine Hände wurden forscher, fuhren zwischen meine Schenkel und wanderten weiter. Ich rutschte ein wenig zur Seite und neigte den Kopf. Es war eine unbedachte

Bewegung, derer ich mir erst bewusst wurde, als ich Levente stöhnen hörte.

Ich biete mich ihm an! Ich präsentiere ihm meinen Hals. Ob er mich beißen wird?

Levente versteifte sich unter mir. Ich spürte, dass er erregt war. Die Stimmung, unsere ungewohnte Lage und mein unbewusstes Angebot reizten ihn. Ich genoss diesen Moment. Sehr sogar. Auch wenn ich ihm ausgeliefert war, war doch ich diejenige, die ihn lockte und zu etwas verführte, dem zu widerstehen ihn viel Kraft kosten musste. Und Levente versuchte, sich zu beherrschen. Er schlang seine Hände um meine Hüfte, nur um seine Finger von weiteren unerhörten Wanderungen abzuhalten, und drehte sich so, dass mein Kopf wieder auf seiner Brust lag.

„Wie ernährst du dich?", fragte ich.

Levente brauchte einen Moment, ehe er sich gesammelt hatte. „Ich trinke Blut, wie es von jeher bei uns ist. Doch ich jage oder morde nicht. Ich habe meinen privaten Donor, der sich mir freiwillig anbietet."

Ich ahnte sofort, auf wen er anspielte. „Eric."

„Ich weiß seinen selbstlosen Dienst sehr zu schätzen. Er ist unbezahlbar. Und mittlerweile scheint Eric mich sogar zu mögen. Wir sind Freunde geworden, trotz aller Unterschiede." Er entspannte sich, seine Umarmung wurde lockerer, was ich bedauerte.

„Warum wundert es dich, dass Eric dich mag? Es ist nicht schwer, dich zu mögen."

Das Zucken seiner Schulter brachte das Wasser in Bewegung. Der Schaum knisterte lauter. „Ob du es glaubst oder nicht, es ist für mich schwer nachvollziehbar, warum sich ein Mensch mir freiwillig hingibt. Es ist ein barbarischer Akt, sich des Blutes anderer zu bemächtigen. Es macht mich zum Tier, aber als solches möchte ich mich nicht sehen. Es mag meine Natur sein, mich von Beuteblut zu ernähren, aber deshalb muss ich es noch lange nicht gutheißen."

„Aber Eric akzeptiert es, und das verstört dich?"

„Richtig."

Ich löste mich aus seiner Umarmung, drehte mich zu ihm herum und kniete nun zwischen seinen Beinen. „Du bist weder ein Monster noch ein Tier noch ein Barbar", sagte ich ernst. „Du bist ein sympathischer Mann. Du magst vielleicht eine außergewöhnliche Natur haben und anders sein als andere, aber du bist dennoch liebenswert."

„Danke, aber das ist deine Sicht der Dinge", sagte er und ließ den Kopf hängen. Es war, als hätte ich mit meinem Kompliment sein Herz geöffnet, denn er seufzte tief und fuhr mit trauriger Stimme fort: „Ich sehe das differenzierter. Ich bin anders, ja, aber mehr im Sinne von absonderlich und nicht im Sinne von ungewöhnlich und interessant." Und dann, weitaus schroffer: „Und es widert mich an, dass ich den Reiz, dich zu beißen, kaum unterdrücken kann. Ich hasse mich dafür, diesen Trieb überhaupt zu haben. Ich liebe dich! Ich sollte nicht einmal ansatzweise darüber nachdenken, wie dein Blut schmecken könnte, wie es mir den Rachen hinunterläuft, mich erfüllt und wärmt. Wie du … Nein! Ich möchte das nicht!"

Erschöpft ließ er sich zurückfallen und schloss die Augen. In seinen Augenwinkeln glitzerte es feucht. Weinte er? Ich wartete, bis er sich wieder beruhigt hatte, und schmiegte mich an ihn.

„Es macht mir nichts aus, mich dir hinzugeben", meinte ich. „Egal ob auf sexueller Ebene oder auf diese besondere Weise."

„Wie kannst du das sagen? Du weißt gar nicht, wovon du redest." Er wollte sich entrüstet aufrichten, doch ich drückte ihn zurück.

„Richtig. Dann gib mir eine Grundlage, anhand der ich urteilen kann."

„Niemals!"

Auch wenn ich „nur" eine Sterbliche war, spürte ich in diesem Moment sehr wohl meine Herrschaft über ihn. Es war ein riskantes Spiel, das ich spielte. Dennoch reizte es mich, ihn herauszufordern. Da war der Gedanke, mich ihm darzubieten und von ihm beißen zu lassen. Mein Körper sollte ihm gehören. Ohne Bedingungen. Dass ausgerechnet ich diesem starken, potenten Mann überlegen sein sollte, versetzte mich in Hochstimmung. Ich konnte ihn aus der Reserve locken, wenn ich es bloß richtig anstellte. Wir würden uns gegenseitig zum Opfer fallen. Es wäre die totale Hingabe. Ein Zustand bar jeder Vernunft und jenseits von allem, was ich in meinem Leben bisher erfahren hatte. Der Wunsch, dieses Erlebnis mit ihm zu teilen, trieb mich zum Äußersten.

Ich änderte meine Position, hockte mich nun auf seine Oberschenkel und rutschte mit Bedacht nach oben.

Levente sah mich an. Er wartete, ließ mich untätig gewähren.

„Und wenn ich es möchte?", fragte ich und strich meine nassen Haare zurück. Langsam beugte ich mich über ihn, küsste seine Brustwarzen, ließ meine Zunge die Konturen seiner Muskeln entlanggleiten.

Levente stöhnte und schloss wieder die Augen. „Ich könnte dir das niemals antun. Es wäre nicht recht." Sein Widerstand bröckelte wie seine Stimme.

„Selbst wenn ich darum bettle, dass du es tust?" Ich erkundete mit der Fingerspitze die kräftigen Muskeln seines Halses bis hinauf zum Ohr, strich seine Schläfe entlang und wieder hinab zum Hals. „Wenn ich mir vorstelle, wie du mich da küsst … Wenn ich mir vorstelle, wie du mit deiner Zunge meine Haut berührst, dort, wo mein Blut heiß und lebendig pulsiert, dann erregt mich das sehr. Und die Vorstellung, du beißt mich genau dort … und nimmst mich dabei …" Unter mir spürte ich ihn zucken. Sein Schwanz richtete sich auf, suchte Platz zwischen meinen Schenkeln. Ich ließ ihm keine Wahl, bewegte mein Becken und nahm ihn gefangen. Leventes Stöhnen ermutigte mich zu mehr. „Ich will dich", flüsterte ich ihm ins Ohr. „So sehr." Ich rückte nicht von ihm ab, drehte meinen Kopf leicht zur Seite und strich mit der Wange an seinem Mund vorbei. Zentimeter für Zentimeter glitt ich weiter, brachte ihm die reizende Stelle näher. Mein Becken hob und senkte sich instinktiv zum Takt meines Herzens. „Ich will, dass du mich nimmst", flüsterte ich. „Ganz und gar. Keine Grenzen." Ich hielt das Becken einige Atemzüge still, bevor ich mich wieder setzte. „Keine Bedingungen." Ich rührte mich nicht mehr. Alles in mir war angespannt. Mein Unterleib pochte, mein Herz flatterte, mein Kopf schwirrte.

Einen Moment lang dachte ich, er würde nicht reagieren, könne sich beherrschen. Ich wollte schon ablassen und deutete an, mich ihm zu entziehen.

„Hör sofort damit auf!", knurrte er und schob uns jäh aufrecht.

Ich erschrak und wollte von ihm abrücken, doch er hielt mich gefangen. Ich hatte ihn vorsätzlich gereizt, aber eine so heftige Reaktion hatte ich nicht kommen sehen. Eingeschüchtert sah ich ihn an. Ein Muskelpaket, das mich im Klammergriff hielt und mich wütend anblitzte. Meine Situation schien ausweglos. Ich war ihm auf allen Ebenen ausgeliefert, ohne Chance auf Flucht. Ich konnte ihn anflehen, mich freizulassen. Doch würde er nachgeben? Ich konnte nicht abschätzen, wie sehr er sich noch unter Kontrolle hatte. Ob es nach wie vor Spiel oder mittlerweile schon Kampf war?

Würde er seine Vorsätze missachten und sich mir ergeben oder meine Bitte ignorieren und mich abweisen? Egal, wie er sich entschied, ich würde seine Entscheidung akzeptieren müssen. Doch noch wollte ich nicht aufgeben. Ich erinnerte ihn mit einer Bewegung meines Beckens daran, dass auch ich ihn gefangen hielt. Die intime Berührung, der sinnliche Druck, erregten mich und ließen mich rebellisch werden. Wir sahen uns an, taxierten uns ohne ein Wort.

Beweise mir deine Liebe. Zeig mir, wer du wirklich bist. Ohne Maske, ohne Scheu. Kapituliere!

Erneut drehte ich den Kopf und präsentierte ihm meinen Hals, ungeschützt, als Zeichen meiner Liebe und Ergebenheit. Innerlich triumphierte ich, als er sich bewegte, sich an mich schmiegte und seine kühlen Lippen auf meinen Hals drückte. Ich schloss die Augen und wartete mit klopfendem Herzen auf den Biss. Doch Levente ließ mich zappeln. Er küsste mich lediglich an dieser empfindsamen Stelle. Dabei hob er mich mit seinem Becken an und drängte sich tiefer in mich. Ich stöhnte laut auf.

„Du spielst mit dem Feuer, Maryan", raunte er. „Du weckst eine Bestie, der du niemals Herr werden kannst."

„Ich habe keine Angst vor dir." Wieder stieß er in mich und ich stöhnte laut auf. Ich war gierig nach mehr. Würde ich es bekommen? War sein unverhohlenes Verlangen ein Eingeständnis seiner Niederlage?

Levente veränderte seine Position. Er hob mich an, glitt auf dem Wannenboden herum und saß schließlich auf seinen Füßen. Ich schaukelte dabei, gegeißelt durch seinen harten Schwanz, auf seinem Schoß hin und her und konnte kaum an mich halten. Voller Wonne bog ich mich nach hinten, presste mich fest auf ihn. Meine ohnehin sensiblen Brustwarzen prickelten, als sie von seinen Lippen drangsaliert wurden und pochten weiter, kaum dass er sie freigab. Die Entspannung währte nicht lange. Leventes Finger übernahmen die Marter, reisten dann weiter nach unten und fuhren über meine Scham.

„Ich könnte dich dazu bringen, Angst zu haben." Seine Finger huschten flüchtig über meinen Kitzler und begannen zu kreisen. Eine heiße Welle wanderte von meinem Bauch hinauf zu den Brüsten. Ich richtete mich auf. Meine Nippel stießen hart an seine Brust und ich musste mir auf die Lippen beißen, um nicht laut zu schreien.

Levente gewährte mir einige Sekunden Ruhe. „Ich könnte dich brechen. Mit nur einem Handschlag."

Die Angst, die aufbegehren wollte, wich meiner Erregung. Er gab mich frei und schob mich ein wenig von sich. Schon fuhren seine Hände wieder qualvoll langsam meinen Körper entlang.

„Das wirst du nicht tun." Ich leckte mir über die Lippen und schmeckte Blut. Die Unterlippe brannte.

In Leventes Augen loderte die Gier. Er zögerte nur kurz, packte mich dann im Nacken und zog mich an sich. Seine Lippen pressten sich auf meinen Mund, waren ungezügelt und entschlossen.

Durch die neue Position hatte auch ich mehr Spielraum. Ich hielt mich an Leventes Schultern fest und schob mich auf seinem Schoß sachte vor und zurück. Ich gewährte seinem Schwanz fortwährend Einlass und schickte ihn dann wieder hinaus. Levente folgte sogleich meinem Rhythmus. Wasser schwappte über den Rand, doch wir ignorierten es. In unserer Euphorie gab es nur noch uns beide, in eben diesem Moment, in diesem Raum. Levente und ich, vereint und miteinander verbunden. Körper wie Seele. Nichts anderes zählte. Mehr brauchte es nicht.

Seine Stöße gingen an die Grenze des Erträglichen, doch ich genoss den Tanz zwischen Schmerz und Befriedigung zu sehr, als dass ich ihn stoppen wollte, selbst als Leventes Bewegungen immer rückhaltloser wurden und meine Erregung kaum mehr zu ertragen war. Ich zitterte und bäumte mich auf, als sich der Orgasmus ankündigte. Ich wollte schreien, doch Levente riss mich unerwartet an sich. Ich verlor kurz das Gleichgewicht und landete sogleich sicher in seinen Armen. Der Schreck hatte der anrollenden Woge Einhalt geboten, doch schon jagte mich Levente zu neuen Höhen weiter.

„Sag: Ich will", verlangte er im Takt seiner Lenden.

Ich war längst nicht mehr bei Sinnen, ließ mich nur noch von meinen Gefühlen leiten. „Ich will", presste ich hervor. „Ja, ich will. Nimm mich."

Mit Leventes leidenschaftlichem Stöhnen und einem weiteren tiefen Stoß bahnte sich bei mir die Erlösung an. Ich fühlte das Prickeln zuerst in den Zehen und schließlich meine Beine hinaufrasen. Ich wartete auf das Ziehen in meinem Unterleib und erschrak, als ich Levente unversehens auch an meinem Hals spürte. Zähne schlugen sich in meine Haut und dieses Mal schrie ich laut auf, weil es wehtat. Doch der Schmerz verging so plötzlich, wie er gekommen war. Sein Fehlen verstärkte den Höhepunkt um ein Vielfaches. Elektrisierende Wellen schossen durch mich hindurch, gefolgt von einem sprühenden Feuerwerk der Emotionen. Ich schrie meine Freude heraus, kam wieder und wieder und spürte auch Levente unter mir erbeben. Ich war zu seiner Beute geworden, war ihm erlegen, wie er mir. Wir hingen aneinander, unfähig, loszulassen. Minuten vergingen, vielleicht waren es auch bloß Sekunden, ehe Levente von mir abließ, und seine Zähne vorsichtig aus meinem Hals herauszog.

Ich öffnete die Augen. Wie eine Statue saß er vor mir, mit geschlossenen Augen und einem unergründlichen Ausdruck im Gesicht. Ich nahm mir Zeit, jede Falte und jede Kontur zu betrachten. Der perfekte Schwung seiner schwarzen Augenbrauen und Wimpern, die prägnanten Wangenknochen, das markante Kinn und seine feinen Lippen, die wie von Meisterhand geformt in seinem Antlitz blutrot erstrahlten.

Ich beugte mich vor und küsste sie sanft. Sie schmeckten nach meinem Blut. Mein Kuss erweckte Levente zu neuem Leben. Er schlug die Augen auf und sah mich an. Ich machte Unglaube, Seligkeit und Trauer in seinem Blick aus. Doch ich wollte nicht, dass er sich Vorwürfe machte. Dazu gab es keinen Grund. Noch nie hatte ich mich einem Mann so hingegeben und noch nie solch ein Hochgefühl erlebt.

Statt die Stimmung mit kläglichen Worten zu ruinieren, küsste ich ihn wieder, dieses Mal voller Dankbarkeit. Ich nahm ihn in meine Arme und bettete seinen Kopf an meine Schulter. Ich hätte es nicht bezeugen mögen, doch ich glaubte, ihn weinen zu hören. Er zitterte in meinen Armen, seine Brust wurde von gelegentlichen Beben erschüttert, während ich ihm sanft über die Haare strich und ihn in seiner Verwundbarkeit beschützte. Ich würde nicht zulassen, dass ihm etwas passierte.

Weder Clan noch Drachen hatten unserer Liebe etwas entgegenzusetzen. Gemeinsam waren wir vollkommen und nichts auf dieser Welt würde uns je mehr entzweien.

Kapitel 24

Später kuschelten wir aneinandergeschmiegt auf seinem Bett. Wir hatten uns lediglich in die Decke gewickelt. Ich lag in Leventes Arm, meinen Kopf auf seiner Brust. Mehrfach dämmerte ich weg und schreckte wieder auf.

„Entschuldige“, murmelte ich schläfrig. „Ich bin zu müde.“

„Verständlich“, sagte er und streichelte meine Schulter. „Es war ein langer Tag. Es ist viel passiert. Und dann auch noch der Blutverlust.“ Er klang müde. Ich wusste, er war von sich und seinem Unvermögen enttäuscht.

„Du musst dir keine Vorwürfe machen“, meinte ich. „Ich wollte es und habe dich herausgefordert. Du hattest keine Chance. Außerdem …“

„Die hatte ich sehr wohl.“

„… kannst du gar nicht wissen, was für ein Genuss es für mich war.“

Er sah mich ungläubig an. „Das sagst du nur, um mich zu beruhigen. Es tat weh, das habe ich gespürt und gehört. Du hast vor Schmerz geschrien.“

„Schmerz und Freude liegen manchmal nicht weit auseinander", sagte ich und gähnte verhalten. „Außerdem hast du auch geschrien."

„Das stimmt allerdings. Was daran lag, dass es für mich ebenfalls ein außergewöhnlicher Genuss war."

Ich schielte zu ihm hinauf. „War es das?" Ich war froh, dass er das sagte. Bedeutete es, dass ihn seine Verfehlung zwar beschämte, ihn das Ereignis aber wider Erwarten begeisterte?

„Das war es."

„Wie schmeckt mein Blut?", fragte ich und hoffte, er würde mir meine naive Frage nicht übel nehmen.

„Nach Sonne und Freiheit, nach Gras und frischem Wind. Es schmeckt himmlisch."

Das alles glaubte er, aus meinem Blut herausschmecken zu können?

„Unglaublich. Ich habe bloß Eisen geschmeckt, als ich einen Rest von deinen Lippen abbekam."

Jetzt lachte Levente. „Dafür versage ich bei Wein. Ich kann die Aromen, die auf den Etiketten beschrieben werden, nicht nachvollziehen. Für mich schmeckt jeder Wein gleich: sauer und stumpf."

Wir lachten uns an.

„Gibt es eigentlich viele von euch?"

„Vampire?" Er kraulte meinen Nacken. „Mehr, als man vermuten würde."

„Wie viele?" Die deutlich definierten Muskeln verleiteten mich dazu, über seine Brust zu streicheln.

„Das lässt sich nur schwer sagen", meinte er und lächelte, als ich absichtlich fest über seine Brustwarze strich. „In jeder Großstadt gibt es mindestens einen Clan, manchmal auch mehrere, je nachdem, wie gesittet sie miteinander und mit den Menschen umgehen." Er zwinkerte vielsagend.

Ich staunte. In jeder Großstadt gab es Vampire? Mir waren noch nie welche aufgefallen. „Auch in Hamburg?"

Levente lachte herzlich. „Natürlich. Ebenso in Stuttgart, München, Leipzig und anderswo. Aber auch in kleineren Städten findet man uns. In Trier zum Beispiel."

„Ist das nicht die älteste Stadt Deutschlands, die auch ein paar römische Erbschaften hat? Ich erinnere mich an ein Römertor." Meine Hand wanderte unter das Laken.

Levente nickte und schloss kurz die Augen, als meine Hand seinen Oberschenkel erreichte. „Die Porta Nigra. Insider nennen sie gerne auch mal Porta Vampira." Er grinste. „Besonders mein Freund Leander Kayran."

„Ist das der, den du schon einmal erwähnt hast? Als du mir von dem Medikament erzählt hast, das dich gegen die UV-Strahlen schützt?"

„Genau. Leander versorgt mich regelmäßig mit meinen Sonnenpillen, dem Calorsin, wie es richtig heißt. Er residiert mit seiner Partnerin Seraphim in Trier."

Ob auch deren Clan solche harten Statuten pflegte wie der Darklander-Clan?

„Seraphim ist eine Vampirin. Die beiden leben frei, ohne Anschluss an einen Clan", beantwortete Levente meine nicht gestellte Frage sogleich. Plötzlich strahlte er übers ganze Gesicht. „Hättest du Lust, die beiden einmal zu besuchen?"

„Deine Freunde Leander und seine Seraphim?“ Meine Gedanken waren schon wieder abgeschweift, meine Müdigkeit verflogen. „Ich war noch nie in Trier.“

„Ist das ein Ja?“

„Ehrlich gesagt, ist es mir egal, wohin wir gehen, solange wir zusammen gehen.“ Ich schmachtete ihn an und bekam einen Kuss dafür.

„Leander feiert alljährlich ein Fest, zu dem er mich jedes Jahr aufs Neue einlädt. Mir war der Weg bisher immer zu weit, aber mit dir an meiner Seite würde ich einen Besuch bei meinem alten Freund und seiner charmanten Begleiterin gerne wagen.“

Ein Fest der Vampire zu erleben, das hatte schon etwas. Aber ob das für mich nicht gefährlich war? Ich zögerte.

„Sind da Menschen wie ich überhaupt gerne gesehen?“, fragte ich vorsichtig.

Levente deutete mein Zögern richtig. „Du hast nichts zu befürchten“, versicherte er mir. „Leander ist sehr zivilisiert und seine Partnerin ist es im Allgemeinen auch. Abgesehen von einem kleinen Ausrutscher auf einem seiner Feste, gab es meines Wissens keinerlei Zwischenfälle. Und die Dame, die angebissen wurde, kommt nach wie vor auf das Fest.“ Er schmunzelte. „So, wie es Leander hinterher darstellte, war sie sogar sehr angetan von dem Biss und vor allem vom Beißenden. Die Dame erzählt es laut Leander seither jedem, der es nicht hören und glauben will.“

Vermutlich waren auch mir solche Berichte schon in der einen oder anderen Art zu Ohren gekommen, doch ernst hatte ich sie nie genommen.

„Nach allem, was gerade passiert ist, kann ich mir gut vorstellen, dass die Dame *sehr* angetan war.“ Meine Finger schlossen sich fester um seinen langsam wieder erwachenden Penis.

Levente stoppte meine Hand nur halbherzig bei ihrer unschicklichen Tat.

„Trier, sagtest du?“, fragte ich und entzog ihm meine Finger, nur um sie weiter auf Wanderschaft zu schicken.

„Ja. Seraphim ist eine entzückende Persönlichkeit. Etwas ungestüm und gelegentlich auch bissig, aber vermutlich ist es gerade das, was Leander so an ihr liebt.“ Er gab mir einen Stups auf die Nase. „Ich mag es lieber ruhiger.“

Ich blitzte ihn gespielt böse an. „Dann hast du mich noch nicht richtig kennengelernt.“

„Oh? Na, wenn das so ist. Ich habe dennoch keine Scheu vor deinem Temperament. Wenn es mir zu wild wird, dann stecke ich dich einfach in den Kerker.“ Er grinste selbstzufrieden.

„Denkst du wirklich, du könntest mich mit dieser Drohung einschüchtern? Nach allem, was ich heute erlebt habe?“

„Nicht?“

Ich schüttelte belustigt den Kopf. „Mit dem heimtückischen Graig Fersom werde ich locker fertig.“

Levente grinste schelmisch. „Es gibt auch eine alte Folterkammer da unten.“

Ich setzte mich auf. „Logisch. Das hat schließlich jeder anständige Vampir in seinem Schloss", neckte ich ihn.

„Kapellen und Folterkammern?" Er schmunzelte. „Man sagt uns Vampiren so einiges nach, aber dass alle so etwas besitzen, ist mir neu."

„Möglicherweise bringe ich da etwas durcheinander. Vielleicht war das nur bei den Hexenmeistern und Dämonenlords der Fall", antwortete ich irritiert.

Es macht mich nervös, dass er den Kopf senkte und mich taxierte. Sein Blick glitt über mich, machte mir meine Blöße bewusst und bescherte mir erneut ein vielversprechendes Prickeln. Ich zog das Laken über mich und ging vorsichtshalber auf Abstand. „Aber du musst zugeben, dass ihr für ziemlich viele erotische Fantasien herhalten müsst."

Er richtete sich langsam auf, schlich wie ein geschmeidiger Panther auf mich zu. „Und alle entsprechen meiner Natur", raunte er. Das Lächeln, das seine sinnlichen Lippen umspielte, versprach Himmel und Hölle zugleich. „Und wenn du lieb darum bittest, werde ich es dir beweisen."

Danksagung

Meine Leser*innen wünschten sich schon länger eine weitere Vampirgeschichte. Aber bitte nicht so keusch, wie die Vorherigen, sondern mit mehr Erotik und dem gewissen Etwas. Da ich von meinen anderen Vampiren bezüglich expliziter Szenen aber deutlich in die Schranken gewiesen wurde (Einer davon hatte mir beim Schreiben einer solchen Szene buchstäblich (!) die Schlafzimmertür vor der Nase zugeschlagen. Der Schuft!), mussten neue Protagonisten und ein gänzlich anderes Setting her. Verführerische Blutsauger, die Mystik Schottlands und eine gehörige Portion Sex sollten die Ingredienzen der neuen DARKLANDER-Vampirsaga sein. Gesagt, getan. Fatalerweise ließ ich mich nicht nur dazu hinreißen, dieses Buch nach Wunsch der Leser*innen zu schreiben, sondern willigte auch in den gewünschten Veröffentlichungstermin im September 2019 ein.

Es war das erste Mal, dass ich eine solche Schreibveröffentlichungschallenge annahm. *Ein Jahr reicht locker, um einen Roman zu schreiben, zu überarbeiten und drucken zu lassen,* dachte ich. Und ich erstellte fröhlich eine Facebook-Veranstaltung, um mein Vorhaben zu untermauern und um meine Leser*innen immer auf dem aktuellsten Stand des Schreibprozesses zu halten. Anfangs lief der auch nach Plan.

„Die Deadline ist meine Muse", sagen manche Kollegen. Meine divenhafte Muse interessierte sich aber nicht für Abgabetermine. Sie leidet in Stresssituationen bisweilen unter übler Aufschieberitis (Prokrastination). So geschah es, dass sich eines Nachts folgendes Gespräch zwischen uns entwickelte:

Muse: „Hey, du. Lass doch den Vampir-Lord mal in Ruhe und kümmere dich um was anderes. Facebook, Insta oder so?"

Ich: „Geht nicht. Ich muss arbeiten. Deadline, du erinnerst dich?"

Muse: „Wir haben doch noch sooo viel Zeit."

Ich: „Ja, aber bald nicht mehr."

Muse: „Mal so ganz unter uns: Es läuft doch eh nicht mit dem Schreiben, oder? Ist ziemlich zäh, oder?"

Ich: „Weil ich mich nicht konzentrieren kann, weil du mich ablenkst. Ich schreibe gerade an einer ziemlich kniffeligen Stelle. Kannst du nicht mal ruhig sein?"

Muse: „Schon, aber guck doch mal, was ich für eine neue, tolle, einzigartige Idee mitgebracht habe."

Ich: „Nicht jetzt. Ich habe keine Zeit dafür."

Muse: „Aber dann schnappt sie dir ein anderer womöglich weg. Sie ist genial, echt jetzt! Guck doch einfach mal. Nur ganz kurz, versprochen! Du brauchst doch ohnehin eine Pause."

Ich: „Okay, also gut. Moment, noch diesen Absatz."

Muse: „Juchhu! Pauuuuuuuseeeeeeee!"

Ich: „Uff, ja. Du hast ja recht. Der Kaffee ist sowieso leer und ich muss aufs Klo."

Muse: „Na, siehst du? Kaffee und Klo müssen genauso sein, wie gelegentliche Ablenkungen."

Ich: „Gelegentlich ist gut …"

Muse: „Die tut schließlich gut. Danach fluppt es vielleicht auch mit dem Schreiben an den blutgierigen Bleichgesichtern besser."

Ich: „Rede nicht so abwertend über sie. Ich finde sie toll. Vor allem Levente …"

Muse: „Örks! Nicht schon wieder. Den Blick kenne ich bei dir. Ja, ja, der Typ ist heiß. Ich verstehe das. Aber ich hab hier auch was Schönes. Schau mal, ein herziges, kleines Hoppel-Häschen. Sein Name ist Plott-Bunny. Sag, ist das nicht zuckersüß?"

Ich: „Ja, stimmt. Sieht echt niedlich aus. Oh, wie süß. Jetzt wackelt es mit dem kleinen Puschelschwänzchen. Und wie es mit dem rosa Stupsnäschen zuckt. Ich glaube, es mag mich. Meinst du, ich kann es mal streicheln?"

Ideen, die einen aus dem Nichts heraus anspringen und vom eigentlichen Projekt ablenken wollen, nennt man in Autorenkreisen scherzhaft ‚Plot-Bunnys'. Für mich war dieser Hase jedoch mehr Schmerz denn Scherz.

Als ich mich während des Schreibens auch noch in einem Logikknoten verfing, ging gar nichts mehr. Ich gestand mir ein, dass ich nicht fürs Schreiben auf Bestellung tauge, legte den DARKLANDER beiseite und hoppelte stattdessen mit dem niedlichen Bunny über grüne Wiesen.

Auf einer solchen stehend fiel mir irgendwann die Schönheit der Gegend auf. Wo war ich eigentlich gerade? Ich ignorierte das zornige Klopfen des Mümmlers auf meinem Arm und blickte in die Ferne. Dort hinten lag doch Ballinmore Castle. Da wartete immer noch Lord MacConnell, mein sexy Schlossherr. Verflixt, so einen Prachtkerl konnte frau doch nicht warten lassen! Ich ließ Muse und Mümmler links liegen, sprang schneller als jeder Hase in meine Schreibstube zurück und schrieb Leventes Geschichte mit Feuereifer weiter.

Das alles geschah unter den Augen meiner Leser*innen, die ich in der Facebook-Veranstaltung immer auf dem aktuellsten (Still)Stand hielt.

Wer weiß? Ohne diesen Druck von außen würde ich möglicherweise immer noch mit dem Hasen hoppeln und der schottische Lord vergeblich in seinem Schlossverlies ausharren. Und das wäre jammerschade, ginge uns allen doch ein potenter Vampir verloren. Daher gilt mein größter Dank all meinen Fans, die mich zum Schreiben dieses Buches animiert und vor allem bei Flauten motiviert haben. Danke!

Und damit die unweigerlich folgende Frage überhaupt erst gar nicht aufkommt, beantworte ich sie hier gleich selbst: Ja, es wird weitere Bände der DARKLANDER-Vampirsaga geben. Natürlich, sonst wäre es ja keine Saga. Aber nagelt mich nicht schon wieder auf den Veröffentlichungstermin fest. Sonst flüchte ich und schlage dabei die zackigsten Haken, die ein Bunny je geschlagen hat.

Eure Andra

Andra Leabhar ...

... ist das Pseudonym einer selbst nach einem halben Jahrhundert immer noch nicht ganz erwachsenen, deutschen Schriftstellerin, die sich damit Ausflüge in die erotischen Schreibgefilde erlaubt. Mit ihren Geschichten lässt sie die Leser Seite an Seite mit fantastischen Gestalten durch ihre Heimatstädte wandeln oder schickt sie zu den exotischsten Orten.

Die Autorin lebt gelegentlich mit mehr oder minder drei fantastischen Charakteren in Trier. Es sei denn, sie leidet wieder einmal unter chronisch unterernährtem Fernweh. Dann schreibt sie sich aus ihrem Alltag heraus und reist mit unwiderstehlichen Vampiren, unbekleideten Meermännern oder verwegenen Dämonen in ferne Welten.

HAGZISSA - Chronik der Hexen

Im Jahre 1584 kämpft die kleine Joanna nicht bloß gegen die wütende Inquisition, sondern stellt sich auch tapfer gegen einen Dämon, der die Macht über die Menschheit an sich reißen will. Was alle für unmöglich halten, geschieht: Joanna besiegt den Dämon Modroch.

Über 400 Jahre später scheint sich die Geschichte zu wiederholen. Modroch kehrt zurück und plant seinen Rachefeldzug. Doch seine einstigen Widersacher waren nicht untätig und hielten ihr Wissen in der „Chronik der Hexen" fest. Verstehen es die Erben, mit dieser mächtigen Waffe umzugehen?

Print ISBN 978-3-947361-11-3 im Machwerke Verlag

Ebenfalls im MACHWERKE Verlag erschienen:

Die SERAPHIM: Vampirsaga von Sandra Baumgärtner

Eine junge, wagemutige Frau gelangt in die tödlichen Fänge eines Vampirs und erwacht als Vampirin Seraphim aus ihrem Todesschlaf. Als ihr Erschaffer sie bittet, ein von ihm entwickeltes Mittel zu testen, das Vampire gegen Sonnenlicht unempfindlich macht, ist Seraphim zunächst begeistert.

100 Jahre später trifft Seraphim auf den charismatischen Vampir Leander Kayran. Er klärt sie über die wahren Hintergründe ihrer damaligen Verwandlung und die dunklen Geheimnisse ihres Kreators Ludwig auf. Ein Wettlauf gegen die Zeit beginnt, denn sollten Leanders Informationen stimmen, so wäre sowohl Seraphim als auch ihresgleichen in größter Gefahr.

Band 1 Seraphim: Carpe Noctem

EBook ISBN 78-3-947361-00-7

Band 2 Seraphim: Mea Culpa

EBook ISBN 978-3-947361-01-4

Band 3 Seraphim: Veritas Obscura

EBook ISBN 978-3-947361-02-1

Band 4 Seraphim: Tempus Fugit

EBook ISBN 978-3-947361-03-8

Print ISBN 978-3-947361-05-2

Aquarií - Schlucht der Erinnerung – Band 1
von Sandra Baumgärtner

Endlich kann sich Melli ihren Traum erfüllen: Sie fliegt mit ihrem Freund Juri in ihr Geburtsland Australien. Aufregende Tauchgänge im glasklaren Wasser und romantische Spaziergänge an weißen Sandstränden stehen auf ihrer To-Do-Liste. Nie hätte Melli geahnt, dass in Down Under auch Kräfte am Werk sind, die für sie die größtmögliche Gefahr darstellen.

Als Melli fast ertrinkt, begegnet sie sonderbaren Meerwesen. Eine Nahtoderfahrung? Ein Traum? Oder gibt es die sagenumwobenen Aquarií wirklich?

EBook ISBN 978-3-947361-06-9
Print ISBN 978-3-947361-07-6